남도문학과 근대

머리말

그간에 쓴 많지 않은 논문들 가운데서 남도문학과 관련된 논문들만을 모아 책으로 엮었다. 『남도문학과 근대』라 이름을 붙이고 보니 다소 석연찮아 보인다. 그렇다는 것은, 여기 모인 글들을 일이관지(一以貫之)할 수 있는 지방문학론이 정식화된 상태에서 쓰여진 글들이 아니기 때문이다. 그때그때 당위 수준의 문제의식을 가지고 쓴 것들이다.

논문들을 추동한 문제의식이 있었다면 어렴풋하나마 이런 것이다. 우리나라 거개의 인문학적 상상력들은 압도적으로 일국적 차원에 머물러 있으며, 그것도 서울 중심으로 이루어져 왔다는 점이다. 대외적으로는 탈식민주의 입장에서 차이성과 다양성을 주장하면서도 대내적으로는 동일성을 아무런 의심없이 폭력적으로 관철시킨다. 그간의 연구물들은 근대 지방 문화와 문학이 처음부터 민족국가적이었거나 서울에 아주 종속적이었던 것으로 묘사한다. 결과론적인 해석이다. 모두 다 근대 시작부터 민족국가에 흥분하고 서울에 들떠 있었던 것은 아니다. 초자연적으로 행사되는 민족국가주의적 서사 전략을 전면적으로 검토해야 하는 이유이다. 충실한 연구라면, 이 결과, 즉 지방의 이 참담한 식민화가 이루어지기까지의 과정을 실상에 즉해서 추적해야 할 것이다. 어쩌다 신통하게도 지방문화에 대하여 걱정하는 소리가 들린다. 바람직하고 다행스러운 일이다. 지방문화의 문제점에 대한 처방전은 실상에 대한 정확한 진단이 이루어진 다음에 내려져야 한다.

서장 '남도문화, 어떻게 이해할 것인가?'는 제2장 '순천 지역의 근대 문학'의 첫 부분을 확대 보완하여 쓴 글이다. 이 책 전체의 내용을 안내하는 성격을 지닌다는 생각에서 맨 앞에 실었다. 남도문화를 이해하는 데 유념해야 할 점 여섯 가지를 들었다. ① 전통시기 남도문화를 이해하는 데 있어서 예향(藝鄕)과 같은 추상적인 관념을 단호히 경계하고 사회경제적 토대의 변화 양상과 관련하여 이해해야 한다. ② 전통시기 일정 정도 지켜졌던 지방문화의 정체성과 독자성이 근대에 들어와 파괴되는 양상을 통찰해야 한다. ③ 전통시기 지방문화의 한 축을 이룬 구술문화가 근대 인쇄문자문화 시대에 들어와 어떤 변화를 겪게 되는가를 관찰해야 한다. ④ 근대에 들어와 일반민중 문학에서의 생산 주체와 소비 주체의 분리 현상을 관찰해야 한다. ⑤ 근대에 들어와 남도지역에서의 근대문학 생산이 서도 지역이나 경인 지역에 비해 다소 지체된 현상을 이해해야 한다. ⑥ 근대 행정 체제 개편의 결과 전라도가 남북도로 나뉜다. 그 결과 전통 시기의 구도, 즉 좌우도 관념 하에 형성된 남도지방문학의 지형이 대대적으로 변형을 초래했다는 사실을 유념해야 한다.

제1장 '우리 문학사의 지역문학 인식'은 기존 문학사(18종)들이 얼마나 지방문학의 변화 실상을 염두에 두고 기술되었는가를 검토한 글이다. 근대사란 지역의 독자성을 파괴하고 하나의 국가로 단일화되고 통합되는 역사이다. 근대문학은 근대 국민을 생산하고 동원하기 위하여 중앙을 표준화하고, 중앙으로 집중한다. 문학사는, 서울 중앙으로 통합되면서 무엇이 배제되고 무엇이 전면화되었는가를 묘사했어야 했다. 그러나 대부분의 문학사는, 앞에서 언급한 바와 같이 근대 시작

부터 일국적으로 통일되어 있었던 것처럼, 처음부터 서울 중심이었던 것으로 묘사한다. 이는 민족국가주의나 근대발전주의 이데올로기의 전제 하에 구축된 담론이다. 이와 같은 거대담론은 특히 근대 지방에서 소멸의 운명 가운데서 그러나 여태도 실행되는 구비문학 등에 전혀 관심을 보이지 않는다. 미시사적 관찰이 필요한 이유이다.

제2장 '순천 지역의 근대문학' 은 순천 지역에서 전개된 근대문학의 실상을 조사 연구한 것이다. 우리는 순천지역 출신 문인들, 예를 들어 김승옥과 서정인을 논의할 때 서울이 중심이 된 단일 공간을 전제로 한 일국적 차원에서만 논의한다. 그들의 문학은 서울로 은유되는 근대와 그들을 길러낸 지방—전통을 은유하는—과 길항하고 있었던 것으로 해석할 수 있다. 지방 출신 작가들을 이해할 때 근대문학에 대한 지방 차원의 안목이 필요한 이유이다.

보론 '순천향교(順天鄕校)와 순천 지방의 중세문학'은 중세 시기 문학 교육과 생산의 장으로서 향교의 기능과 그 결과인 문학, 특히 전통시기 순천지역의 문화생산 역량을 보여주는 『승평지』와 『강남악부』의 문화사적 의의를 밝혀보았다. 중세 순천지역이 지녔던 문화 생산력을 드러내기 위하여 쓴 글이다. 근대에 들어와 왜소해진 순천지방문학 현상을 비교 차원에서 이해하는 데 도움이 된다고 판단하여 실었다.

제3장 '여수 지방의 근대문학'은 1923년 동아일보 '지방 동요란'에 곽은덕이란 여수 사람의 이름으로 발표된 민요와 양치유(1854~1929)라는 한학자가 남긴 한문학, 그리고 일본 유학생 김우평(1897~1967)이 남긴 신체시 두어 편을 검토한 글이다. 근대 여수지역에서 생산된 문학을 통해 전통양식과 새로운 양식의 교체 양상을 드러내고자 하였다.

제4장 '이청준 문학과 남도문학'은 이청준 문학은 남도문학에서 차지하는 이청준 문학의 위치를 제대로 파악할 때 그의 문학을 제대로 이해할 수 있다는 점을 강조하였다. 이청준 문학을 조금만 들여다보

면 이청준과 그의 문학은 고향 장흥과 서울이라는 도시 공간을 한없이 배회하고 있었음을 금방 알아차릴 수 있다. 이청준 문학은 과거(혹은 전통)와 현재, 고향과 서울, 그리고 중심부와 주변부 사이에서 나타나는 길항관계에 의해 중층 결정된다. 이것이 이청준 문학을 이해하는 데 있어서 지역적 시각이 필요한 이유이다. 다음으로 '집'의 개념을 통해 이청준의 문학을 논의해 보았다. 이청준 문학의 한 특징은 남도 고향을 '집'으로 은유하여 잃어버린 유토피아를 찾아나서는 여로구조를 보인다. 이 점을 현상학적으로 관찰하였다.

제5장 '『태백산맥』의 민족운동'은 조정래의 『태백산맥』에 나타난 민족운동 양상을 운동 주체와 목표를 통해 구명해 보았다. 특히 이 글은 민족운동의 두 양상인 사회해방과 민족해방의 변증법적 상호관계를 소설의 플롯 전환점과 관련하여 살펴봄으로써 『태백산맥』에 드러난 민족의식을 구명해 보고자 하는 데 주안점을 두었다. 『태백산맥』은 총 4부 가운데 1・2부와 3・4부가 서사 전개상 돌이킬 수 없는 관문으로서 플롯의 대전환을 보여준다. 이 글은 『태백산맥』이 그 플롯 전환점을 중심으로 하여 민족의식에 큰 폭의 변화를 가져오는 동시에 사회해방과 민족해방의 운동 논리에도 상호간에 큰 변화를 일으키고 있다는 점을 밝혔다.

제6장 '지방문화 시론'은 일국적으로 통합된 오늘날 상황에서 과연 지방문화론이 구성될 수 있는가 하는 문제를 논의한 것이다. 논지는 이렇다.

문화론은 논리적 분석 목적을 위하여 그 대상을 실재로서의 대상과 지식으로서의 대상 두 가지를 동시에 상정할 수 있다. 실재로서의 대상을 상정함으로써 기호 또는 언어는 구체적이고도 객관적인 현실을 인식주체에 매개함으로써 기호 또는 언어 자체의 물신성에 함몰되지 않는다. 동시에 지식으로서의 대상을 상정함으로써 객관적 현실이란 지식으로서의 대상이 될 때 그 인식이 가능하다는 판단에 준거를 제공할 뿐만 아니라, 인식 과정상 객관적 현실에 대한 지식은 새로운 현실에 대한 인식에 있어서 선험적으로 작용한다는 판단에 준거를 제공하게 된다. 지방문화는 지방 사람들의 삶의 표현으로서 실재로 존재하는 것이며 지방 사람들의 이데올로기를 담지한다. 따라서 어떤 한 지방의 문화 요소들은 무매개적으로 문화가 되는 것이 아니다. 그것들은 기호 또는 언어의 이데올로기에 의해 매개되어 문화의 요소가 되는 것이다. 이와 같은 사실은 어떤 지방의 문화는 그 지방 사람들에게 단순히 실재대상으로만 작용하는 것이 아니라 지식대상, 즉 이데올로기로 동시에 작용한다는 사실을 의미한다. 따라서 지방문화는 실재대상의 측면보다는 지식대상의 측면에서 일반문화와는 물론 다른 지방문화와의 차이, 즉 독자성을 확연히 드러내 보인다고 할 수 있다. 그러므로 지방문화의 독자성과 상대적 자율성은 지방문화를 지식대상으로 인식할 경우에 파악이 가능하게 된다.

반복하자면, 여기 모인 글들은 근대 지방 문학 활동에서 저 도저한 일국적 관점과 서울 중앙 중심주의적 상상력이 어떻게 작동하였는가를 보고자 했다. 그러나 성과는 기대에 미치지 못했다. 애정이나 열정만 가지고 학문이 이루어지지는 않는다는 사실을 다시 절감한다.

책 출판에 애를 써주신 케포이북스 직원 여러분들께 먼저 감사드린다. 그리고 바쁜 시간 중에도 거친 원고를 깔끔하게 손질해준 박길희·한지현·전수평 등 여러 대학원생들을 잊지 않겠다.

삼십여 년 전 낯선 이곳 순천에 오는 데 동행해주신 문영오 교수님께 언제고 감사드린다. 그때 이삿짐 트럭을 같이 타고 천리만리 길을 달려온 수현이, 만주도 항상 기억한다. 팽권도 많고 기러기도 많은 이 시대에 순천에 와 그 세월 같이 살아준 내 가족들에게도 감사의 마음 전한다.

2012년 7월
순천 난봉산하 연구실에서
임성운

차례

서장

남도문화, 어떻게 이해할 것인가?[1]

우리들은 문화를 현재적인 안목이나 자기중심적인 안목으로만 이해함으로써 문화의 다양성을 바로 보지 못하는 경우가 있다. 오늘날은 민족이라는 이름으로, 다른 한편 세계화라는 미명 하에 다양한 문화를 무차별적으로 이해해 버리는 경우가 허다하다.[2] 문화는 시대적, 지역적, 계층적 차이로 말미암아 다양하게 전개되기 마련이다. 따라서 문화의 이해는 문화 그 자체를 낳은 자연적 배경은 물론 사회역사적 맥락을 이해하는 것으로부터 시작되어야 한다.

이 글은 남도문학을 이해하는 데 있어서 우리가 무심결에 지나쳐버리기 쉬운 몇 가지 점을 짚어보고자 기획된 것이다. 다음 열거한 것 가운데 앞의 세 가지는 전통적인 현상에 관한 것이고, 뒤의 세 가지는 비교적 근대적인 현상에 관련된 것이다.

---

1 서장은 이 책 전체의 이해를 위하여 마련한 글이다. 부분적으로 '제2장 순천 지역의 근대문학' 전반부 내용을 참조한 것이다.

2 임지현, 『민족주의는 반역이다』, 소나무, 2005; 강준만, 『지방은 식민지다』, 개마고원, 2008.

첫째, 남도의 모든 역사와 문화는 기본적으로 '쌀'과 그것을 길러낸 '땅'과 관련된다는 점이다. 사람은 밥 따라 산다고, 배고프면 아귀다툼이요, 배부르면 노래 부르기 마련이다. 이 아귀다툼이 역사요, 그 노래가 문화가 아니고 무엇이겠는가. 남도의 그 많던 역사적 시련과 그 다양한 문화적 웅숭깊음은, 따지고 보면, 남도의 쌀과 남도의 땅으로 말미암은 것이다. 남도를 흔히 예향(藝鄕)[3]이라고들 하는데, 이 말은 남도의 쌀과 남도의 땅에 서린 지난 시기 역사와 상관하여 이해할 때만이 구체적이고 실질적인 의미를 지니게 된다. 호사가들의 입에 발린 '예향'이라는 말은 자칫 비역사적, 추상적인 이해 수준에 머물러 남도문화 그 자체를 절대화하고 신비화하는 경향으로 흐르기 쉽다. 세상에 존재하는 모든 것은 시간 앞에서, 그리고 다른 존재들 앞에서 절대적일 수 없고 오직 상대적으로 의미를 지니게 될 뿐이다. 따라서 문화와 역사를 구체적으로 이해하고자 한다면 그것들을 배태했던 사회역사적 토대를 주목하여야 한다. 남도의 예술은 하늘에서 뚝 떨어진 것도 아니요, 몇몇 천재들의 영감에 의해서 만들어진 것도 아니다. 반복하자면, 그것은 남도의 쌀과 땅에 서린 역사의 산물이다.

둘째, 전통시기에 남도지방은 제 나름의 정체성과 독자성을 상당히 유지하고 있었다는 점이다. 이 점이라면 당시 각 지역 또한 마찬가지였다. 그것은 각 지역이 중앙으로부터 아주 상거(相距)하여 경제가 지역을

---

3 전통시기 문학의 근거로는 흔히 ① 남성 화자의 여성적 목소리, ② 풍류와 한의 문학, ③ 흥(興)의 문학, ④ 활발한 국문시가 창작 등이 언급된다. 근대문학의 근거로는 ① 귀향소설, ② 현실주의문학, ③ 노동자 농민 문학가 등장 등을 들 수 있다. 전통시기 남도문학의 특징에 대한 논의는 박준규 교수의 『호남시단연구』(전남대 출판부, 1998), 조동일 교수의 『지방문학사』(서울대 출판부, 2004), 여증동 교수의 『한국문학역사』(형설출판사, 1983)를 참조할 만하다. 앞의 두 논의가 비교적 중립적인 데 반해, 마지막 논의는 비판적이다.

중심으로 이루어졌기 때문이다. 오늘날과는 달리 한 백 년 전만 해도 지방에서 서울은 아주 먼 길이었다. 어느 정도였을까? 창평 별뫼[성산(星山)]에 살던 송강 정철 선생이 한양을 가려면 근 열흘이나 걸렸다고 한다. 방자가 춘향이의 옥중서신을 지니고 이몽룡을 찾아 나서며, "천리 길 한양성을 며칠 걸어 올라가랴."라고 탄식을 한다. 남원에서 출발했지만, 말을 타지 않은 방자는, 중도에 돌아서지만 않았다면, 아주 더 걸렸을 것이다. 그 시절 전라도 양반들이 식영정(息影亭)에서 시문과 가사를 즐기고, 서민들이 논밭에서 남도민요 육자배기 가락을 불러 젖히는 한편, 양반·서민들이 합작으로 소리를 만들어 판을 함께 즐긴 것 모두 다 지역적으로 독자성과 자율성을 일정 정도 지니고 있었기에 가능했던 일이다.

그런데 어찌된 일인지, 오늘날 흔히들 남도문화를 한(恨)의 문화, 낙향의 문화, 유배의 문화 등등 지극히 패배적이며 주변부적인 문화로 인식하는 경향들이 있다. 이것은 각 지방이 문화의 생산력을 중앙에다 내주어 버린 오늘날의 초췌한 입장에서 과거문화를 바라보는 태도이다. 지난날 각 지방의 재지사족(在地士族)들과 지방 민중들은 제 것을 지켜내기 위하여 중앙과 그리고 외적과 줄기차게 싸웠다. 그런 역사적 상황에서 생산된 지방문화가 어찌 소극적이고 패배적이기만 하였겠는가?

중요한 것은, 무엇이 지방과 서울의 공간적 통합을 이토록까지 촉진하였으며, 또 그 진행 속도에 비례해서 중앙에 대한 지방의 예속이 이토록까지 강화되었는가를 속속들이 이해하는 일이다. 이 같은 역사적 이해의 틀이 뒷받침되지 않은 현상적 안목은 지방문화를 그 자체의 정체성이 없는 부유하는 주변문화로만 인식하기 십상이다.

셋째, 과거에는 문화를 전달하고 축적하는 데 있어서 구술(口述)에 많이 의

존했다는 점이다. 이에 따라 당시 사람들은 맑은 총기(聰氣)가 있어야 했고 귀가 밝아야 했다. 옛날 할머니들은 조상 제삿날을 머리에 다 담아 두어야 했고, 소리판에서는 귀명창이 되어야 했다. 오늘날은 문자가 기억을 돕고 눈이 귀를 대신한다.

문화를 전달하는 매체에는 오늘날 흔히 보는 문자매체만이 있는 것이 아니다. 인류가 사용한 매체에는 구술매체, 문자매체, 그리고 최근의 전자영상매체 등이 대표적이다. 이 가운데 인류가 가장 오랫동안 사용한 매체는 물론 구술매체이다. 구술매체는 인류가 지구상에 존재한 순간부터 사용했을 터이니 얼마나 오래되었는지 짐작하기조차 어렵다. 이에 비해 문자매체는 기껏해야 이삼천년에 불과하다. 그것도 문자를 너나없이 두루 사용하게 된 것은 이른바 문자의 민주화가 일어난 백여 년 전의 일이다. 우리나라의 경우 한 세기 전 문맹률은 90% 이상을 상회하였다고 한다. 그렇다고 그 시기에 글을 아는 양반귀족 소수만이 문화를 향유하고 있었고, 나머지 조상 대부분은 눈 어두운 사람들로서 문화를 전혀 지니지 못한 사람들이었다고 한다면 동의하지 않을 것이다. 그들은 이른바 입으로 말하고 귀로 듣는 구술문화를 지니고 있었으니까 말이다.

오늘날 남아 있는 문학 유산은 양반들의 문자문학이 대부분을 차지한다. 일반 서민문학은 거의 사라지고 일부가 문자로 채록되어 남아 있을 뿐이다. 그것도 소리를 상실해 버린 채 형해(形骸)처럼 남아 있다. 구술에 많이 의존했던 지방 서민문화의 경우는 더욱 그렇다.

그런데 전통시기에는 서민문학은 말할 것도 없고, 심지어 문자 중심의 양반문화에 있어서도 소리가 중요한 구실을 하였다. 양반들이 즐긴 시가문학의 기본은 음주종사(音主從詞)였으므로 음영(吟詠)으로 감상하였고, 서당교육 또한 눈으로 읽기보다는 낭독이 주가 되었다. 경전을 비롯한 당시의 모든 책들은 다소 먼 거리에서도 읽고 낭독하기에 알맞도록 그 활자는 어지간히 커야만 했다. 이 전통은 근대 초기 연활자 인쇄본이 나올 때까지도 이어졌다. 문장 구조 또한 읽기에 알맞고 기억하기에 알맞도록 정형성을 지녀야 했다. 이런 것들은 구술문화 전통이 인쇄문자문화로 완전히 정착되기 전에 있었던 이행기적 현상이다. 오늘날에는 문자문화가 완전히 정착되어 책을 가능하면 조용한 방에서 혼자 눈으로 읽어야 하지만, 옛날 같으면 서당에서 여럿이 한목소리로 낭랑하게 읽었던 것이다. 이처럼 전통문학은, 그것이 양반문학이든 서민문학이든 언제나 소리와 그리고 음악과 함께 하고 있었던 것이다. 그런데 이제 그 소리와 음악은 모두 다 시간 속으로 사라져 버렸다.

넷째, 근대에 들어와 문화 생산의 주체와 소비의 주체가 분리되었다는 점이다.

조선조 문인들은 스승이 남겨 놓은 글들을 문집으로 만들어 펴내는 일을 스승에 대한 도리로 알았다. 설령 활자본으로 펴낸다 하더라도, 매문(賣文)이 있을 수 없는 시절이었으니 책 부수는 그렇게 많을 필요가 없었다. 선생을 기리는 지기(知己)들이나 후학(後學)들이 보는 것만으로 족했다. 일반 민중 또한 자신들의 문화를 사고판다는 것을 상상할 수 없었다. 설화나 노동요 등 민중문화는 민중들이 생활과 노동 가운데서 생산하고 자신들이 즐긴 문화이다. 전통시대의 문화는 그 내용이 계층적으로 서로 다르기는 하였지만 각자 스스로의 필요에 의해 생산하였기 때문에 생산과 소비의 분리 현상이 나타날 수 없었다. 그래서 당시에는 일하지 않고 문화 소비를 조장하는 사람들을 광대라 하여 천시하기도 하였던 것이다.

문화의 생산과 소비의 분리 현상은 봉건 해체기에 서서히 나타난다. 서울 지역에서 이야기로 밥을 먹고 산 전기수(傳奇叟)의 출현, 전주 지방에서 시작된 방각본 이야기책의 성행, 그리고 남도지방에서 판소리를 부르던 광대들의 출현 등에서 그와 같은 현상을 짐작해 볼 수 있다. 민중들이 향수하는 문화는 대체로 전달자로서의 전기수나 광대들이 수용자로서의 일반 민중들과 맞대면하여 이루어진다. 공연 중에 청중들은 추임을 넣거나 격전(擊錢)하기도 하였으며, 연행자는 청중들의 반응 여하에 따라 전달 내용과 표현을 현장에서 그때그때 달리하기도 하였다. 이처럼 연행자들은 민중들의 의식과 가치관에 언제나 민감해야만 했다.

문화의 생산과 소비의 분리 현상이 본격화된 것은 일제가 문화와 문학을 상업화하면서부터다. 글을 팔고, 지식을 파는 행위가 문화산업 초기에는 매우 낯설었던 모양, 박영희는 1920년대를 이렇게 회고한다. "원고료를 주는 사람이나 받는 사람이나 다 赤面으로 授受"하였다고. 그런데 문화와 문학의 대중화는 생산 주체가 누가 되느냐에 따라 그 성격이 판이하게 달라지게 된다. 우리의 경우 불행스럽게도 식민지시대를 거치면서 일반 대중은 문학 생산에 있어서 철저히 배제된다. 이러한 현상은 지방문화를 주변화시키는 결정적인 계기로 작용하기도 하였다. 일제의 문화 전략과 규율에 의해 대중문화가 철저히 관리되고 생산된다. 식민지시대의 대중문화는 한마디로 지배적 이념에 순응케 하는 도구적 성격을 지니게 되었다. 따라서 이 시기의 대중문화에서 문화의 대중화라는 긍정적인 효과를 기대하기는 어려운 실정이었다.

해방 이후의 대중문화는 소비문화적 성격을 강하게 지니게 된다. 대중들은 대중예술 전문가들에 의해 만들어진 의사예술(擬似藝術)을 상품처럼 소비할 뿐이다. 대중들이 문화 소비의 객체로 전락한 점에서는 식민지시대와 마찬가지라고 할 수 있다. 서구적 감각이나 서울 등 대도시의 감각을 중심으로 하여 생성되는 대중문화에 대하여 느끼는 지방 대중들의 소외감은 이루 말할 수가 없다. 대중의 소외 현상은 오늘날에 있어서도 별반 개선되지 않고, 어떤 면에서는 새로운 사태에 직면해 있다고 할 수 있다. 오늘날 대중은 물신 이데올로기를 조장하는 광고매체에 의해 재탄생된다. 그런 대중들은 이제 문학과 문화에 대하여 선정성과 통속성을 오히려 자발적으로 요구하게 되기에 이른다. 이러한 현상을 이 시대를 특징짓는 문화 현상으로 인식할 수도 있으나 결코 바람직한 대중문화라고는 할 수는 없을 것이다. 문화 활동에 있어서 이제 수용자의 주체성을 다시 회복해야만 한다. 새로운 대중문화는 문화 생산의 주체와 소비의 주체가 적어도 상호 교환할 수 있는 쌍방향적 문화를 건설해야만 한다. 이러한 전망을 가질 때 지방문화 또한 자신의 주체성을 다시 확립하는 계기를 마련하게 될 것이다.

다섯째, 남도의 근대 문화와 문학은 다른 지역에 비하여 다소 늦게 시작되었다는 점이다.

남도는 두루 알려진 바와 같이, 고려조 지눌(知訥)을 효시로 한 송광사 선사들의 선시(禪詩), 조선조 양반사대부들의 한문문학·시조·가사문학, 그리고 민중문학으로서 판소리·소설·구비문학 등을 생산하였던 유서 깊은 문화권이다. 남도는 다른 문학을 수용하는 수준에 그친 것이 아니라, 그 나름의 문학을 생산하여 다른 지역과 당당히 어깨를 겨루었다는 사실을 우리 문학사는 기억하고 있다. 그런데 우리 근대문학사 첫 장을 열어보면, 경인 지역 청년들(이인직, 염상섭, 박종화 등)이나 서도 청년들(이광수, 김동인, 전영택 등)만이 거명될 뿐, 남도지역의 젊은이들 이름 석 자는 눈에 띄지 않는다. 이 점이라면 경상도 지역도 마찬가지다. 남도의 젊은이들이 근대문학사에서 당당하게 거명되기까지에는 근대 시작 이후 거의 반세기 이상을 기다려야 했다. 문학사에 관심이 있는 사람들이라면 저 60년대의 문학사적 충격을 가슴 서늘하게 기억할 것이다. 남도의 두 젊은이, 김승옥과 김현이 한국 중앙문단을 경악케 했던 사실 말이다. 연이어 출현한 70년대 김지하의 민중문화운동, 80년대 5・18문학, 이청준의 『당신들의 천국』, 조정래의 『태백산맥』 등의 문학사적 충격은 또 어떠했던가?

남도의 문학이 근대에 들어서서 왜 반세기 이상이나 침묵할 수밖에 없었을까. 물론, 앞질러 말한다면, 지방적 자율성과 생산력을 상실해 버렸기 때문이다. 주체적 토대가 없이는 항심(恒心)도 항산(恒產)도 없게 되는 법이다.

일제시기 각 지방의 자율성 훼손은 일국적 차원과 범세계적 차원에서 동시에 자행되었다. 지방은 대외적으로는 일제로부터, 그리고 대내적으로는 서울을 비롯한 중앙 대도시로부터 이중적 수탈을 당해야 했으니 그 자율성이 온전이나 했겠는가. 자본주의 작동 방식에 의하여 세계 전체가 유럽을 중심으로 통합되고 동아시아가 일본을 중심으로 통합되듯, 한반도는 서울 중심의 단일 공간으로 통합되어 간 것이다. 식민지시대를 거치면서 각 지방은 정치・경제・문화・학문 등 모든 부문에 걸쳐 자체의 자율성과 생산력을 결정적으로 박탈당할 운명에 처하게 되었다.

근대의 역사와 문화를 주도했던 각종 서구의 제도는 일제에 의해 운영되고 관리되었다. 새로운 학교제도, 통신교통체제, 의료체제, 치안체제 등은 새롭지만 전혀 낯선 제도들이었다. 당시 한국인들은 서구 제도들을 이식하는 가운데 전통의 단절을 뼈아프게 느낄 수밖에 없었다. 그래서 한국인들은 서구의 근대를 수용하는 한편으로 제국주의자들의 근대기획에 끊임없이 저항하는 모순에 빠져 심한 갈등을 겪지 않을 수 없었다. 근대를 시작하면서 한국인들에게 가장 가슴 아픈 사실은 무엇보다 근대적 삶을 주체적으로 기획할 수 없었다는 점이다.

그런데 전통을 고수하려는 의식과 새로운 서구문화로부터의 소외 현상은 당시로서 서울보다 지방이 훨씬 강했다. 지방에서는 상기도 전통적인 학문과 예술을 지향하는 경향이 우세하였다. 신문화 초기 지방에서 이광수의 『무정』이나 주요한의 「불놀이」를 얼마나 읽고 감상하였겠는가? 새로운 문화를 감상하고 새로운 작품을 생산하기 위해서는 그에 맞는 미적 감수성이 형성되어 있어야 하는 법이다. 당시까지만 해도 한국인들의 미적 감수성은 3분박이나 『춘향전』과 같은 전류(傳類)의 서사성에 있었지 않았겠는가. 새로운 문화에 대한 인식틀이나 감수성은 교육을 통해서 형성된다. 그 감수성은 생명 리듬이기 때문에 그것이 형성되기에는 많은 시간을 요하게 된다. 남도지역에 이른바 근대문학의 출현이 더딘 이유가 바로 여기에 있다. 이 지역 신문화운동의 1세대라 할 수 있는 김우진, 김영랑, 박용철, 김진섭, 조운, 임학수, 박화성, 조종현 등은 뒤늦게나마 새로운 문화를 이해하기 위하여 서울이나 동경으로 유학을 다녀온 인사들이다. 그들은 자신들의 작품 자체만으로도 예술적 평가를 받을 만하지만, 그들의 지방문화사적 가치는 해방 이후 진정한 한글세대를 위하여 이 지역에 새로운 근대문화의 기틀을 마련한 데 있다고 할 수 있다.

여섯째, 근대에 들어서서 전라도의 문화지형이 좌우도(左右道) 형태에서 남북도(南北道) 형태로 바뀌게 되었다는 점이다. 1896년에 있었던 근대식 행정 개편의 결과로 그리된 것이다.

『춘향전』에서 암행어사 이몽룡은 서리, 중방, 역졸 등에게 전라도를 좌우도로 나누어 순행을 분부한다. 노사신(盧思愼)의 『동국여지승람』에 보면, 오늘날 전북 지방인 전주 · 익산 · 김제 · 정읍 · 태인 등이 오늘날 전남 지방인 나주 · 광산[광주] · 장성 · 강진 · 해남 등과 함께 전라우도에 속하는 것으로 되어 있다. 한편 전라좌도에는 오늘날 전북 지방인 남원 · 순창 · 임실 · 운봉 · 장수 등과 오늘날 전남 지방인 순천 · 보성 · 광양 · 구례 · 화순 등이 있는 것으로 되어 있다. 물론 이와 같은 좌우도 관념은 우리나라 땅의 형세와 물의 흐름에 따라 형성된 것으로 지극히 자연스럽다 하겠다. 옛부터 문화와 역사는 이 자연지리적 형세에 따라 형성되고 전개되었다. 판소리의 경우, 서편제는 우도를 따라 향수된 것이고, 동편제는 좌도를 따라 향수된 것이다. 이에 따르면, 오늘날 전남 동부 지역 사람들은 같은 남도인 광주 지역 사람들의 소리 감각보다는 북도인 남원 지역 사람들의 소리 감각에 오히려 친숙하다 하겠다.

그런데 근대에 들어와 비록 정치행정에 의해 근대의 문화지형이 남북도 지형으로 바뀌었다 하더라도, 남도 안에서는 근대에 형성된 문화가 작으나마 여전히 지역 간의 차이를 보여주고 있다. 남도의 문화와 문학은 대체로 영산강, 섬진강, 그리고 탐진강 등 세 권역을 중심으로 발달하고 전개되었다.[4] 영산강은 평야지대를 가로지르고, 섬진강

4 작가들을 출신지역별로 들어 표로 보이면 다음과 같다.

시기 \ 권역	영산강(상류)	영산강(하류)	탐진강	섬진강
조선조 전기	박상, 송순, 김인후, 김성원, 기대승, 고경명, 정철.	최부, 임형수, 박순, 최경창, 이발, 임제.	임억령, 백광홍, 백광훈.	(자눌), 최산두, 조위.
조선조 후기	권필, 기정진.	강항.	윤선도, 정약용, 위백규, 이세보.	왕석보, 황현, 나철.
근대 전반	박용철, 정소파, 김현승.	김우진, 조운, 김진섭, 박화성.	김영랑.	임학수, 조종현.
근대 후반	전병순, 이성부, 문순태.	승지행, 차범석, 오유권, 이명한, 천승세, 송영, 김지하, 김현, 이상문.	송기숙, 이청준, 한승원, 서종택, 송기원, 황충상.	정조, 최미나, 서정인, 김승옥, 조정래, 송수권, 오인문, 이균영.

은 지리산을 비롯한 높은 산악지대를 끼고 도는 한편, 탐진강은 남도의 육지에서 발원하여 곧바로 바다로 흘러든다. 남도의 언어지도는 대체로 이 세 권역에 따라 작성되는데, 이는 언어에도 지역적 특성이 반영되고 있음을 말해준다 하겠다. 어느 시대나 문화와 예술이 형성되는 데 있어서 자연지리적 조건은 사회역사적 조건 못지않게 중요한 것이다. 사실, 문화와 역사의 현장 순례는 자연지리의 문화 형성력을 애초에 강하게 믿는 데서 시작된 것이다.

(순천대 남도문화연구소, 『남도문화연구』제10집, 2004; 순천대 지리산권문화연구원 주최, 콜로키움 자료, 2011.4.2)

위에 거명된 문인들은 전통시대의 양반 문인들과 근대 지식인 문인들만 들어놓은 것이다. 말하자면 문자문학을 지향했던 문인들만을 대상으로 한 것이다. 따라서 판소리를 불렀던 광대나 설화나 민요를 창조했던 무수한 구비전승자들은 누락되어 있다.

제1장
우리 문학사의 지역문학 인식

호남 지역문학을 중심으로

1. 머리말

문학사를 구성할 경우 흔히 시간, 담당층, 갈래 등을 핵심적인 축으로 고려하는데,[1] 여기에는 공간 관념이 전제되어 있다고 보아야 한다. 왜냐하면 문화 또는 문학은 일정한 공간 속에서 발생하여 시간을 통하여 재생산되기 때문이다.[2] 문학사의 상(像)은 문학의 시간상의 변화 및 재생산 과정에 대한 추적은 물론 문학이 생산되는 공간을 어떻게 인식하느냐에 따라 좌우된다고 할 수 있다.

문학사의 공간을 설명하는 데는 두 가지 방법이 있다. 하나는 민족·계급·정신 등의 개념을 사용하여 인문사회적으로 설명하는 방법

1 조동일, 「문학사를 어떻게 이해할 것인가」, 『문학연구방법』, 지식산업사, 1980.

2 따라서 문학사의 핵심축을 문학사적 시간과 공간으로 인식하고, 문학·담당층·수용층 등은 문학사적 시간과 공간을 구체화하는 핵심적 요소로 인식해야 할 것이다.

이며, 다른 하나는 지역 개념을 사용하여 자연지리적으로 설명하는 방법이다. 이상적이라면 이 두 방법을 통합하여 설명하는 방법이어야 할 것이다. 이 글은 기존 문학사들에 지리적 공간 인식이 어느 정도 반영되어 있는가를 알아보자는 데 목적이 있다.

앞질러 말한다면, 우리 문학사는 지리적 공간에 대한 인식을 거의 일국 차원의 단일 공간으로 전제하고 있다.[3] 단일 공간 관념을 전제한 문학사는 다양한 지역문화 공간들의 차별성을 소홀히 하기 마련이다. 설령 지역 공간에 대한 인식이 있다 하더라도 지역문화를 상호간의 구조적 관계로 인식하기보다는, '지역'을 주변부로 인식하여 종속 관념을 지닌 '지방'문화로 인식하는 수준에 머물 뿐이다. 여기에는 학문사적 동기에서 유발된 고정 관념이 크게 작용하고 있다. 문학사는 일반사가 그러하듯, 근대 민족국가를 정당화하거나 방어하기 위하여 구성되기 시작한다. 따라서 문학사는 국가를 중심으로 하여 모든 문화를 표준적 관점에서 인식하게 된다. 이런 관점은 표준적인 중심부 문학을 상정하여 민족문화의 다양성 또는 차별성을 소홀히 해버리는 결과를 초래한다. 이런 문학사란 실은 관념적 총체성에 의존하는 것일 따름이다.

민족 성원들이 살아오면서 문화 또는 문학을 생산했던 땅은 단일한 것이 아니라, 아주 다양하고 구체적인 지역 공간들이다. 각 지역에 사는 사람들에게는 국가 통합을 이룩한 근대에 있어서조차도 단일 공간이라는 거대 공간은 항상 추상적일 따름이다. 구체적인 것은 자기가 현재 살고 있는 지역 공간이다. 이 지역적 하위 공간들은 민족국가 단위의 공간들이 그러하듯, 저마다의 독자성과 상호의존성에 기초하기 때문에, 시간상으로 상호작용하면서 끊임없는 팽창과 수축을 거듭한

3 이 점에 있어서는 관여적 문학사이든 비관여적 문학사이든 마찬가지이다.

다. 지리적 팽창과 수축의 동인은 물론 인문사회적 요인들이다. 범상한 말 같지만, 한 민족 단위의 공간은 다른 민족의 공간과 근접성을 지니면서, 역시 상호근접성을 보이는 지역이라는 하위 공간들에 의해 조직되는 것이다. 따라서 문학사의 기술은 일차적으로 다양하고 구체적인 지역공간들에 나타난 문화 또는 문학의 상호관계에 대하여 주목하여야 마땅하다. 그러므로 문학사의 공간을 설명하는 데 있어서 지리적 인식과 인문사회적 인식이 결합될 때 문학사의 구체적 총체성(concrete in totality)이 확보되었다고 말할 수 있을 것이다.[4]

이 글은 기존 문학사에 반영된 지리 공간에 대한 인식의 정도를 살펴보고자 하는 데 목적이 있으므로, 전체적으로 조사의 성격을 띠게 된다.

조사 대상은 다음과 같다.

① 안확(安廓), 『조선문학사(朝鮮文學史)』(1922)

② 권상로(權相老), 『조선문학사(朝鮮文學史)』(1947)

③ 이명선(李明善), 『조선문학사(朝鮮文學史)』(1948)

④ 김사엽(金思燁), 『조선문학사(朝鮮文學史)』(1948) · 『한국문학사(韓國文學史)』(1954)

⑤ 조윤제(趙潤濟), 『국문학사(國文學史)』(1949) · 『韓國文學史(한국문학사)』(1963)

⑥ 이병기 · 백철(李秉岐 · 白鐵), 『국문학전사(國文學全史)』(1957)

⑦ 문학연구실, 『조선문학통사』 2(1959)

⑧ 김준영(金俊榮), 『한국고전문학사(韓國古典文學史)』(1971)

⑨ 김윤식 · 김현, 『한국문학사(韓國文學史)』(1973)

---

4 K. 코지크, 박정호 옮김, 『구체성의 변증법』, 거름, 1985, 36면 참조.

⑩ 여증동(呂增東), 『한국문학사(韓國文學史)』(1973) · 『한국문학역사(韓國文學歷史)』(1974)

⑪ 김동욱(金東旭), 『국문학사(國文學史)』(1976)

⑫ 김석하(金錫夏), 『한국문학사(韓國文學史)』(1975)

⑬ 장덕순(張德順), 『한국문학사(韓國文學史)』(1975)

⑭ 사회과학원문학연구소, 박종원 · 류만 · 최탁호 · 김하명 · 김영필, 『조선문학사』 5(1977~1981)

⑮ 김일성종합대학, 『조선문학사』 2(1982)

⑯ 조동일, 『한국문학통사』 5(1982~1988), (1989, 제2판)

⑰ 정홍교 · 박종원 · 류만, 『조선문학개관』 2(1986)

⑱ 김수업, 『배달문학의 갈래와 흐름』(1992)

조사 항목은 지역문학으로서의 호남문학으로 한정하고자 한다. 호남문학 가운데서도 시조문학, 가사문학, 소설 및 판소리 문학, 구비문학 등이다. 이 문학들은 주지하다시피 우리 문학사에서 그 나름의 생산력을 지니고 있는 것들로 호남 지역문학의 독자성 또는 상대적 자율성을 확인하고자 할 때 지표로 삼을 만한 갈래들이라고 보기 때문이다. 이 갈래들은 양반귀족계층, 서리중인층, 일반평민층 등의 문학 담당층에 대응하는 것들이다.

논의의 편의를 위하여, 기존 문학사들을 다음 두 가지 근거에 따라 유형화하여 살펴보기로 한다.

첫째, 문학사가 지역 공간을 고려하고 있는가 하지 않는가에 따라 단일 공간 설명모형과 지방적 공간 설명모형으로 구분하였다. 이 구분은 다만 상대적일 따름이다. 지리적 인식을 보여준 것 가운데 지역 공간에 대한 인식을 상대적으로 많이 보인 문학사들을 따로 독립시켰을 뿐이다. 여기서 지리적 인식을 '지방적 공간 설명모형'이라 한 것은 기존 문학사들이 전반적으로 지리적 인식을 명확히 전제하지 않고 있다는 판단 때문이다. 명확하다면 '지리적 공간 설명모형'이라 해야 할 것이다.

둘째, 문학의 발생을 무엇에 두고 있느냐에 따라 실증적 문학사, 민족주의적 문학사, 사회경제적 문학사, 정신사적 문학사 등으로 분류하였다.[5]

유형화의 결과는 다음과 같다(뒤에 붙인 번호는 조사 대상을 나타낸 것이다).

1) 단일 공간 설명모형
  (1) 실증적 문학사 : ②, ④, ⑥, ⑧, ⑫, ⑬, ⑱
  (2) 민족주의적 문학사 : ①, ⑤
  (3) 사회경제적 문학사 : ③, ⑦, ⑭, ⑮, ⑰
  (4) 정신사적 문학사 : ⑨
2) 지방적 공간 설명모형
  (1) 정신사적 문학사 : ⑩
  (2) 실증적 문학사 : ⑪, ⑯

이 글은 개별 문학사의 성격에 대한 논의가 아니므로, 문학사 분류에 관한 문제를 따로 언급하지는 않고 논의 가운데 분류의 타당성이 자연스럽게 드러나도록 하겠다. 그리고 개별 문학사에 나타난 지리적 공간에 대한 인식의 정도를 조사하는 데 있어서, 지역적 인식이 드러나 있다고 판단되는 문학론부터 거론하기로 한다.

5 임성운, 「문학사 기술방법 연구」, 동국대 박사논문, 1990, 119~122면 참조.

2. 단일 공간 모형

1) 실증적 문학사의 경우

② 권상로(權相老), 『조선문학사(朝鮮文學史)』에는 지역적 인식이 전혀 드러나 있지 않다. 따라서 우리가 검토하고자 하는 호남문학을 지역적 관점에서 논의하지는 않는다.

이 문학사에서는 가사(歌辭)문학을 가사(歌詞)라는 장르의 하위 장르로 설정한다. 가사(歌辭)문학을 장가라 하고, 시조를 단가라 하여 가사(歌詞)에 포괄하여 논의한 것이다. 가사문학으로 송순의 「면앙정가」, 백광훈의 「관서별곡」, 정철의 「관동별곡」·「사미인곡」·「속사미인곡」 등을 약간의 내용 소개를 곁들여 언급하고 있는데, 전체적으로 사실 나열에 그치고 있다. 한편 소설의 경우는 한문소설과 국문소설로 나누어 언급하고, 국문소설 가운데 판소리계 소설을 다른 계열의 작품들, 이를테면 군담소설·사회소설·가정소설 등과 병렬적으로 다루고 있다. 이 역시 작품들의 내용을 짤막하게 소개하는 정도에 그치고 있다. 판소리계 소설과 판소리와의 관련성은 약간 언급되고 있을 뿐이다. 『춘향전』은 "조선에서 가장 대중적으로 된 것이니, 비단 古談, 즉 이약이冊으로만 讀者가 많을 뿐 아니라 사설로 타령으로 演劇으로 되어서 조선 소설계의 왕자"[6]가 되었다고 한다. 소설이 먼저 있었고, 이에서 다른 장르들로 각색 분화되었다는 인식이다. 그리고 「홍부전」, 「장끼전」 등은 동화를 소설화한 것으로 인식하여 어느 정도 구비문학과 관련하여 언급하고 있는데,[7] 판소리와의 관련성에 대한 논

6 169면. 앞으로도 해당 문학사의 면수만을 밝히기로 한다.

의는 없다. 그리고 구비문학에 대한 언급은 없고, 시조의 경우는 작품을 나열하는 데 그치고 있다.

②에는 본 바와 같이, 지역문학에 대한 지리적 인식이 전혀 드러나 있지 않을 뿐만 아니라, 작품들의 상호관계에 대한 인식이 거의 나타나 있지 않다. 어느 경우나 다 같이 현상을 고립적으로 인식하는 태도가 지배적이다. 시간적으로 동시에 존재했다 하더라도 지역들 간에 그리고 작품들 간에 어떤 구조적 상호작용이 있었는지 전혀 언급이 없는 것이다. 더구나 이 문학사에는 인문사회적 공간 설명도 부족하여 거의 일국적 차원의 공간을 선험적으로만 상정하고 있다고 할 수 있다. 이 점은 문학사 기술이 실증 위주의 편년체적, 연대기적 기술 방식을 취하고 있는 것과 관련된다 하겠다. 이와 같은 문학사 기술이 전통적인 술이부작(述而不作)의 인식을 보이는 것이라 할지라도[8] 문제는 문학사를 시간의 전개로만 보는 데 있다. 이런 문학사는 문학사의 상을 형성하지 못하여 사전식의 문학사가 되고 만다.

④ 김사엽(金思燁), 『조선문학사(朝鮮文學史)』·『한국문학사(韓國文學史)』[9]에는 지방적 인식이 상당히 드러나 있다.

이 문학사는 문학사적 사실을 실증하고 집성한 점에서 기왕의 문학사에 비해 그 때까지의 연구 성과를 충실히 반영하였다고 할 수 있다. 이른바 실증(주의)적 문학사는 사실을 단순히 연대기적으로 병렬하기 십상인데, ④는 부분적이기는 하지만 걸작을 중시하고 지방적 인식을 반영하여 어느 정도 그 평면성을 극복하고 있다. 걸작을 중시한 점은 송강가사와 윤고산의 단가, 그리고 『춘향전』 등을 군소 작품과는 따로 항목을 설정하여 다룬 점에서 잘 드러나 있고, 지방적 인식이 반영

7 172~173면.

8 조동일, 『동아시아문학사비교론』, 서울대 출판부, 1993, 117면 참조.

9 연구대상은 『조선문학사(朝鮮文學史)』이다.

된 것은 창극과 민요를 언급한 대목에서이다.

정철의 가사와 윤선도의 단가에 대한 기술은 대체로 해당 작가와 작품의 판본, 그리고 작품 개관 등으로 이루어져 있다. 작품에 대한 평가는 기왕의 평가를 나열하면서 사가 나름의 평가도 약간 곁들이고 있다. "송강은 정치면에서는 실패하였으나, 문학인으로서는 길이 청사에 빛날 거대한 존재다."[10] "장가에 있어서 송강의 지위가 절대적인 거와 같이, 단가에 있어서의 월계관은 고산옹에게 올려야 할 것이다. 단가의 나아갈 길도 고산에 와서 끊어지고, 절정에 다다른 듯한 감이 있다."[11] 지극히 인상적인 진술이다. 민요에 대한 논의도 마찬가지다. "지방적 특질은 웅혼하면서 위압적인 영남, 柔和하면서 여유 있는 호남, 淸和閑雅한 궁정적 기분이 넘치는 경성, 促進 哀楚 傷心에 찬 서도풍이라고 볼 수 있다."[12] 한편 광대는 전라도 사람들이 많다[13]는 정도로 지방적 인식을 보이고 있으나, 『춘향전』에 대한 논의에서는 그런 인식이 드러나 있지 않다.

④의 문학사에서 지방적 인식을 부분적이나마 보이고 있는 점은 문학사 기술의 시야를 넓히는 데 중요한 안목을 제시하였다고 판단한다. 그러나 실제 작품으로 충분하게 실증하고 있지는 않다. 이 문학사는 전체적으로 보아 걸작들을 일국 차원의 공간에서 기술하고 있고, 일반 서민문학은 지방적 공간에서 기술하고 있다. 두 관점이 병렬로 문학사의 지리 공간 인식에 불균형을 이루고 있다. 이것은 이 문학사의 지리 공간에 대한 인식이 문화사적 이해 수준을 넘지 못했다는 것을 말해 준다 하겠다.

---

10 222면.

11 270면.

12 317~318면.

13 310~312면.

⑥ 이병기·백철(李秉岐·白鐵), 『국문학전사(國文學全史)』에서 어느 정도 지방적 인식이 나타나 있는 부분은 판소리와 판소리계 소설 그리고 잡가에 관한 논의에서이다.

먼저 판소리계 소설과 판소리를 살펴보자.

> 서민소설의 백미인 『춘향전』에 관하여는 여러 가지 기원설화가 전하고 있다. (…중략…) 이런 설화(지리산녀 설화-필자)를 명창의 정중이던 남원 광대들이 번안 분장한 것일 것이다. 이른바 귀토설은 충을, 방이는 우애를, 연권녀는 효를, 이 지리산녀는 열을 주지로 한 것이다. 『춘향전』이 남원지방을 근거하여 생겼다는 것이 이를 한 증거를 하고 있다. 지리산은 경상 전라의 어름에 웅거한 산이지마는 남원에 속한 산으로서 전라도에 가장 접근하여 이 설화도 여기서 가장 전파되었을 것이다."[14]

그러나 『춘향전』이 다른 지역 문학과 맺는 관계에 대한 논의는 없다. 다음 서민문학에 대한 논의에 있어서는 판소리 문학을 높이 평가한다. "……서민문학의 현상으로, 우리는 잡가의 발생, 歌詞의 변질, 사설시조의 발생, 소설의 발흥 등을 들 수 있겠으나, 이 서민문학의 백미로 극가 즉 〈판소리 문학〉을 들지 않을 수 없다. 이 극가는 그 때 천대를 받던 광대·기생의 작이요 창이었다. 기생·광대에는 의협·호방한 천재적인 예술가가 많았다."[15] 이 천재적인 예술가 가운데 신오위장(申五衛將)을 들어 셰익스피어에 비견하고 있다.[16] 서민문학 가운

---

14 161~163면.

15 177면.

16 "……그의 개작은 事理로나 修辭로나 더할 나위 없는 신묘한 필치였고, 또 그 成造歌, 廣大歌, 桃李花歌, 烏蟾歌 등도 끔직한 그의 창작이었다. 실로 그의 本集 육권은 서민문학의 귀중한 寶典이라 하겠고, 그가 문학사상에 차지하고 있는 그 의의는 마치 저 영국문학사의 세익스피어에도 해당하리만큼 귀중한 존재였다 하겠다."(181면)

데 잡가를 언급하면서 「강강술래」를 예로 들어 지방적 특질을 드러내 보인 대목은 지리적 공간 인식이 어느 정도 반영되어 있다고 할 수 있을 것이다. "……잡가는 그 시대나 지방을 거쳐 오며 변전 첨삭 또는 와전된 것도 적잖다. 그 몇 예를 들면 「강강수월래」는 화순에서는 「강강수래」, 고창에서는 「강강술래」라 하기도 하고, 「캐지랑 칭칭 나아네」를 상주에서는 「쾌지랑칭칭 노오네」라 하고, ……"[17] 그런데 잡가를 가사문학에서 발전한 것으로 인식하여, 양반문학과 서민문학의 상호관계에 대한 인식을 촉구한 점은 주목된다.[18]

다음 가사문학에 대한 논의를 보자. "근조 가사의 작품은 과연 산적하리만큼 많으나, 그 중에도 최고봉은 정송강의 「사미인곡」, 「속미인곡」을 꼽지 않을 수 없을 것이다."[19] "……박인로의 지은 바 노계가사(「태평사」, 「사제곡」, 「누항사」, 「선상탄」, 「독락당」, 「영남가」, 「노계가」), 고상언의 「농가월령가」, 김인겸의 「일동장유가」, 한산거사의 「한양가」, 홍순학의 「연행가」 등은 이 가사문학의 유수한 거편으로서, 송강의 作品보다 또 다른 시대적, 지방적 색채를 보이며, 우리의 민족적 의식이 농후한 것들이다."[20] 가사문학에 대한 언급은 전체적으로 걸작 중심으로 다루고 있는 듯이 보이지

---

17 155면.

18 "……우리는 잡가도 그 어떠함을 소홀히 속단할 것이 아니라, 그 기록이며 구전 등을 많이 모일 대로 모아가지고, 서로 비교 대조하여 그 眞 우열을 깊이 따져야 할 것이다. 요컨대 잡가는 지금까지 국문학사에서 그리 주목되지 아니했고 따라서 그 구명도 소극적으로 다루어져 왔으나, 앞으로는 이 방면에 훨씬 적극적인 정력과 관심이 기울어져야 할 것으로 본다. 이 잡가가 시가사상에 지니고 있는 의의는, 고려 말기에 그 기반이 잡히고 近朝에 들어와서 불우헌 · 송강 · 노계 등 儒冠들의 손에 의하여 성장된 歌詞文學이 임진란 이전까지는 오로지 귀족 관료들의 서정적 서사시로서 행세하다가, 문학 일반의 산문화 경향과 서민층이 광범한 문학의 영역을 장악하게 되므로 인하여, 이 가사문학도 서민들을 그 기반으로 사실적인 수사와 즉생활적인 내용으로 변전하였다는 사실에 있었던 것이다."(155~156면)

19 122~123면.

20 123면.

만, 실제로는 병렬적이어서 상식화된 논의를 좇고 있을 따름이다. 그리고 지방적·민족적이라는 지리 공간적 인식을 보이는 듯하지만 실제로 가사의 어떤 점이 지방적이며 민족적인지, 나아가 공간들의 상호관계는 어떤 것이었는지를 구명하지 않는다.

시조에 대한 언급을 들어보면 이렇다. "시조문학은 (…중략…) 성리학과 운명을 같이하여 성리학이 그 절정에 달하였을 때에, 시조도 난숙의 정상에 이르렀으나, 평시조형의 최후를 장식한 이는 곧 이 윤선도이었다. 그는 (…중략…) 시조문학이 융성기에 이르렀을 때에 태어나, 다음 시대에 오는 새로운 문학이 미쳐 개화하기 전에 그의 생애를 마쳤다는 점에서 그의 역사적 위치는 규정될 수 있는 것으로 본다."[21] 시조의 성쇠를 사상사적 관점에서 언급하고 있는 점이 주목된다. 가사문학과 시조문학에 대한 논의는 일국 차원에서 이루어지고 있다.

⑥의 문학사는 양반문학에 못지않게 서민문학을 높이 평가하고, 서민문학에 대한 논의에 있어서는 지방적 인식을 드러내 보이고 있다. 그러나 지역문학 간의 상호관계가 드러나 있지 않아 전체적으로는 일국적 인식에 머물러 있다고 말할 수 있다. 그런데 이 문학사에 나타난 일국적 인식은 단호하다. 국문문학으로부터 한문문학을 배제함으로써 국문문학의 공간을 순수하게 구성하고자 한 것이다. 이것은 이 문학사가 기술되던 시기의 지적 분위기를 반영한 것으로 보이지만, 그 결과 민족문학이 전개된 공간을 매우 경직되게 한다. 이 문학사가 번역문학에 대하여 지대한 관심을 보이고 있으면서도 이것을 외적 상호관계를 구명하는 데까지 나가지 못한 것은 그와 같은 순수한 공간을 전제한 인식 태도의 좋은 예가 된다 하겠다. 전체적으로 보아 이 문학사에 나타난 민족의 순수성에 대한 지나친 집착이 대외적 차원의 지

21 145~146면.

리적 공간을 인식하는 데 커다란 장애로 작용한다.

⑧ 김준영(金俊榮), 『한국고전문학사(韓國古典文學史)』에서 무엇보다 주목되는 것은 판소리와 시가를 중국문학과 관련해서 언급함으로써 대외적 차원의 지리 공간 인식을 보여주고 있는 점이다. 대내적 차원에서 지방적 인식은 미미하게나마 드러나 있다.

판소리나 시가에 대한 논의 가운데 한 부분씩을 예로 들어보자. "……극가(판소리—필자)는 중국 講唱 형식을 받아들인 것이로되, 전래의 우리 가무극이나 음악의 영향도 미쳤다고 보아야 할 것이다."[22] "실로 우리의 시가나 음악은 민요 계통을 제외하고는 중국의 영향을 입지 않은 것이 없다. 그리고 고대로 본다면 중국과 우리는 같은 나라로 自稱했으니까 중국 문학이나 음악이 바로 우리 문학이요 음악이었으므로 그 차이는 오직 지방적인 것뿐이었다."[23] 그러나 영향관계에 대한 사실 구명은 되어 있지 않고, 지극히 인상적인 진술에 그치고 있다.

구비문학 가운데 잡가에 대해서는 경기도 일대, 서북도 일대, 남도 일대의 잡가별로 나누어 나열하고 있으나,[24] 사실 확인 수준에서 지방적인 인식을 보이고 있다. 그리고 잡가에 대하여 "과거에는 지방성이 농후했지만 현대에는 박약할 수밖에 없고, 그 유행성도 미약할 것은 당연한 일이다"[25]라고 하는데, 어느 만큼 농후했고 어떻게 미약해졌는지 구체적인 설명이 없다.

가사문학이나 시조문학에 대한 언급은 작가와 작품을 병렬하여 소개하고 있다. 교재용의 사전적 기술 방식을 취하고 있는데, 소개 내용도 지극히 인상적이다. 시조문학의 예를 들어보자. "고산의 시조는 그

---

22 398면.
23 399면.
24 407~408면.
25 408면.

정서면에 있어서나, 언어 기교면에 있어서나, 그 시대에 보기 드문 명작이다."[26]

⑧은 전체적으로 논의가 인상주의적 촌철비평이어서 사전적 기술 수준을 넘어서지 못하고 있다. 그러나 중국문학과의 영향관계를 언급하고 미미하지만 지방문학에 대하여 관심을 보인 점은 지리적 공간에 대한 인식을 어느 정도 반영하였다는 점에서 일단 주목된다. 그러나 논의들을 구체적으로 실증하지 못하고 있을 뿐만 아니라 사실을 나열하는 수준에 머물러 공간적 근접성을 기능적 상호작용으로 발전시키지 못하고 있다.

⑫ 김석하(金錫夏), 『한국문학사(韓國文學史)』에서는 다루는 문학마다 지방에 대한 언급이 미미하게나마 나타나 있다.

지방적 인식이 다소 뚜렷한 부분은 민요와 잡가를 언급한 부분이다. "서도잡가 수심가는 슬픈 애조를 띤 개면조라든가 전라도 지방 육자배기는 우렁차고 장쾌한 곡조인 우조로 부른다든가 하는 것이다. 잡가란 이와 같이 여러 가지 곡조로 부른 노래의 총칭이요 지방색이 짙은 노래이다. 즉 제종의 곡조로 지방 특색을 나타낸 민요라 할 수 있다."[27] 그러나 실상을 보여주지 않은 채 인상적 진술에 그친다.

가사문학과 시조문학에 대한 언급은 호남가단을 형성케 한 작가들의 계보에 주목한다.[28] 『춘향전』과 판소리에 대한 언급에도 지방적

---

26 348면.

27 279면.

28 "근세전기의 가사는 정극인의 상춘곡에서 비롯하여 송강가사에 이르러 대성된다. 그 과도적 작가로 면앙정 송순을 들 수 있다."(174면)
"시조는 譜學 風月 翰札과 더불어 그들의 교양이요 멋이었다. 이런 풍류문학으로서의 시조의 전통은 아무래도 면앙정 송순에게서 찾지 않을 수 없을 것 같다. 송순은 仁明年間의 풍류객으로 정송강 황진이 등이 모두 그에게 사사했다고 한다. 송강과 진이의 時調流風은 다분히 면앙정에게서 영향받았는 듯하다. 그러므로 근세전기 시조의 정수한 계보를 논의한다면 면앙정 송순 송강 정철 그리고 황진이로 이어지는 하나의 계

인식이 다소 드러나기는 하지만 소략할 뿐이다. 고창 사람 신재효를 광대가 아닌 이론가라는 점을 특히 강조하고 있다.[29] 중서(中庶) 위항인(委巷人)의 문학을 다루면서는 지역과 계층을 아울러 인식한 점이 주목된다. "봉건 이조사회의 미세한 계층성으로 인하여 중서층만 하더라도 그 하이어래키는 세밀하여 서울의 권문세가의 서자는 주로 중인층을 이루었고 지방에서는 아전이 되었다. 서울의 중인층이나 지방관아의 아전도 그 구분과 차별이 다층적이다. (…중략…) 중서인으로서의 최고의 영달은 문예 아니면 치부하는 일이었다."[30] 이 역시 지역별로 전개된 계층문학의 실상이나 그 상호작용에 대한 언급은 나타나 있지 않다.

⑫는 지방문학에 대하여 다소 언급하고 있지만, 그 상호작용에 대한 논의가 부족하여 그것이 지리적 공간 인식을 반영한 것이라고 보기는 어려울 듯하다. 이 문학사의 특징 가운데 하나는 한문학과 평론을 언급한 점이다. 이와 같은 문학들을 동아시아 문화권의 전개 양상과 비교할 때 다른 민족문학과 맺는 관계, 즉 대외적 차원의 지리 공간에 대한 인식을 확보하게 되리라고 본다.

⑬ 장덕순(張德順), 『한국문학사(韓國文學史)』는 구비문학을 문학사 체제 가운데 처음으로 독립적으로 중요하게 다루었다는 점에서 문학사 기술의 역사상 획기적이라 하겠다. 그러나 다른 문학사들과는 달리 구비문학을 일국적 관점에서 다루고 있다. 지방적 인식은 가사문학과 『춘향전』을 언급한 부분에 드러나 있다.

보를 그어볼 수 있지 않을까 한다."(169~170면)

29 "고종 연간에 와서 전라도 고창 사람 동리 신재효는 재래의 판소리를 정리하고 또 개작하여 판소리를 집대성한 인물이다. 그는 판소리의 작가요 이론가이지 광대는 아니었다."(259면)

30 261면.

"정극인은 상춘곡을 전라도 태인에서 지은 것으로 알려졌는데, 이것이 바탕이 되어 호남가단의 형성을 보게 되었다. 정극인의 歌風은 곧 면앙정 송순에게 계승되어 강호가도를 주창하기에 이르렀기 때문이다. 송순은 90의 장수를 누린 당대의 멋장이로 그 문하엔 정송강, 임백호, 황진이 등의 시인이 있었다. 술과 노래를 좋아하는 그는 致仕後 담양의 제월봉 밑에 면앙정과 석림정사를 짓고 시작을 계속했다."[31] 다음 송강 문학에 대한 언급 가운데, 정치와 관련시켜 언급한 점이 주목된다. "송강 정철은 선조의 총애를 받으면서 재상까지 이른 정치인이면서, 또 16세기의 조선문학의 금자탑을 이룩한 위대한 시인이기도 하다. 당시는 동서 양당으로 갈리어서 당쟁이 치열했는데, 송강은 서인으로 항상 동인의 공격대상이 되었다."[32] "송강이 파란중첩한 당쟁의 와중에서 부침하면서도 여러 번 큰 옥사를 깨끗이 다스려버린 역량도 크려니와 이와 같은 정치를 그는 문학과 병행시켰기 때문이라고 생각한다. 문학적인 역량은 곧 정치적 능력과 상통한다는 좋은 예를 남겨 놓았다. 그러나 이 두 능력 중에서도 그는 시인으로서의 기질이 더 컸다고 본다."[33] 정치의식이 문학에 어떻게 나타나 있는지는 구명되어 있지 않다.

한편 『춘향전』에 대한 지방적 인식은 '향토성'이라는 측면에서 언급되고 있다. "……이 완판본은 남원이란 배경의 지방색을 철저히 살려 전라도 방언을 소담하게 담고 있고, 雅俗을 具全한 창사문체를 가지고 있으며, 그 묘사나 문장력으로 인하여 『춘향전』 중의 걸작이 되기에 충분하다."[34] "……조선시대의 소설이 대부분 중국을 배경으로 택

31 261면.
32 265면.
33 268면.
34 239면.

하고 있음에 비하여 『춘향전』은 남원지방의 지리적 제 사실을 소상하게 표현하여 사건과 인물의 유기적 관계를 맺게 하고 있고, 민요・사조・생활상이 비교적 잘 표현되고 있어 향토문학으로서의 본령을 발휘하고 있다."[35] 그런데 『춘향전』이 다른 지역과 작품에 어떤 영향을 주었는지 전혀 언급이 없을 뿐만 아니라, 『춘향전』과 판소리와의 관계에 대한 언급 또한 없다.

시조문학에 대해서는 구비문학과 마찬가지로 일국적 관점에서 다루어지고 있다. 그것도 작가별로 다루고 있는데, 윤선도의 문학에 대해서는 귀향문학의 측면에서 논의하고 있다. "……고산의 생애는 유배와 향리생활로 일관됐고, 관운은 불행했었다. 따라서 그 아담하면서도 호탕한 문학은 유배와 향리생활에서 창작되었으니, 그의 문학이야말로 진정한 「귀향문학」인 것이다."[36] 유배문학으로서의 귀향문학이라면 그 이방성이 실증되어야 할 터인데, 그런 인식은 전혀 나타나 있지 않다. 유배문학은 그 이방성 때문에 지리적 공간을 극대화하는 갈래인 것이다.

⑬은 구비문학을 중시한 반면, 한국한문학은 국문학으로 인식하고 있지 않다. 국문학의 갈래 체계에 따라 문학사가 전개되어야 한다는 전제 때문이다. 그러나 이 문학사는 기왕의 문학사들이 체계적이지는 않지만 구비문학에 대하여 어느 정도 지방적 인식을 보이는 것과는 달리 일국적 차원에서만 다루고 있다. 여러 문학사들이 보여 준 바와 같이 구비문학은 어떤 다른 문학보다도 하위 공간들과 깊은 연관이 있다. 이 점을 소홀히 한다면, 일국 차원이라 할지라도 문학사의 지리적 공간에 대한 인식은 좁아질 수밖에 없다. 그리고 기층문학으로서

35 240면.

36 332면.

의 구비문학과 그 이후에 성립된 문자문학과의 관계도 거의 언급되어 있지 않다. 한문학을 고려하지 않고 있는 점 또한 지리적 공간에 대한 인식을 스스로 정적인 것으로 만들고 있다. 이 문학사가 또 자체의 공간을 경직화하고 있는 것은 문학사를 설명하면서 문학 외적 요소를 고려하지 않는 데서 기인하기도 한다. 이와 같은 기술은 문학 자체의 순수성만 주목한 결과, 갈래들의 상호 경쟁관계가 드러나지 않게 되어 문학사의 공간은 정적인 것이 된다. 이 점은 ⑬이 문학 양식과 개별 작품에 대하여 지나치게 정밀하게 분석함으로써 학문으로서의 문학사를 지향한 나머지 문학사의 역동성을 스스로 잃고 있는 점과 관련된다. 각 시대는 시대를 재현하는 데 주도적 갈래를 요구하기 때문에 문학사의 공간은 상상 이상으로 동적인 것이다.

⑱ 김수업, 『배달문학의 갈래와 흐름』[37]에는 지방적 인식이 전혀 드러나 있지 않다. 이 문학사는 민족문학이란 해당 민족의 말과 글로만 제한해야 한다는 전제에서 한문학을 문학사에서 일체 배제해 버린다. 이런 점은 가사문학을 다음과 같이 언급한 대목에서도 짐작해 볼 수 있다.

> ……정철 같은 이의 「속미인곡」을 위시한 가사와 시조들이며 윤선도의 「어부사시사」를 비롯한 대부분의 시조들이 놀랄 만큼 아름다운 우리의 배달말을 뛰어난 솜씨로 부려 쓰고 있기도 하다. 오히려 진정한 사대부 출신도 아니면서 사대부 행세를 해보고 싶어했던 박인로(朴仁老, 1561~1642) 같은 이들의 가사는 온통 한자어 투성이에다가 토와 씨끝만 겨우 우리 것을 붙여 씀으로써 그 멋과 아름다움이 한결 떨어진다. 유식한 사대부들의 삶

37 이 문학사는 제목에 나타난 바와 같이 국문학의 갈래와 역사 두 부분으로 구성되어 있다. 이 가운데 문학사 부분은 그 나름의 단단한 구조를 지니고 있어 우리 문학사 기술의 역사에서 훌륭한 문학사로 기억되어야 한다고 본다.

을 부러워한 나머지 자기 신분의 참 삶을 정직하게 표현하지 못한 그의 비극이 역설적으로 드러날 뿐이라고 하겠다.[38]

시대구분도 그런 전제하에서 이루어져 있어 이름붙이기에 있어서도 일관성을 유지하고 있다. 〈입말문학의 시대—글말문학의 시대〉가 그것이다. 전제가 확실하니 문학사 체제가 그 나름으로 단단한 구성력을 지닌다 하겠다. 그렇더라도 문학사에서 한문학을 배제해 버림으로써 지리적 공간을 스스로 좁혀 버린 점은 여전히 해결해야 할 과제로 남는다. 그리고 입말 시대와 글말 시대로 나누고 있지만, 각 시기의 특성을 그것 자체로 설명해 내지는 못하고 있다.[39]

지금까지 우리는 실증적 문학사들에 나타난 지리적 공간 인식을 호남문학을 중심으로 하여 살펴보았다. 전체적으로 지리적 공간 인식은 일국적 차원에서 이루어지고 있다. 관념적으로는 외국 가운데 특히 중국문학을 의식하고는 있지만, 우리 문학과의 관계를 설명하지 않거나 한국한문학을 순수한 우리 문학이 아니라는 이유로 대체로 제외시켜 버림으로써 문학사 공간을 매우 정적인 것으로 만들고 있다. 이미 말한 바와 같이, 문학사의 공간은 순수한 것이 아니다. 그리고 많은 문학사들이 일련의 구비문학을 기술하면서 지방적 특성에 주목하고는 있지만, 그것은 지리적 공간 인식을 명확하게 전제한 것이라 보기는 어려울 듯하다. 지방적 공간에 대한 인식이 다만 거기에 무엇이 있다는 식의 실증적 수준에 머물고 있기 때문이다. 그 상호관계가 설명되지 않는 한 문학사는 그 구조가 취약한 구성물일 수밖에 없다.

---

38 94~95면.

39 이것은 구술성(orality)과 문자성(literacy)의 관계를 설명함으로써 가능하지 않을까 한다. 이 관계의 구명에 대한 진척이 있다면 국문학과 한문학을 동시에 설명할 길 또한 열리지 않을까 하는 것이 필자의 생각이다.

2) 민족주의적 문학사의 경우

① 안확(安廓), 『조선문학사(朝鮮文學史)』는 우리 문학사 기술사상 최초의 것으로 민족주의적 성향을 보인 문학사로 알려져 왔다. 지리 공간에 대한 인식은 전적으로 일국적 차원에서 이루어지고 있다.

이 문학사에서는 가사(歌辭)문학이 시조, 사설시조, 가사(歌詞), 잡가, 선소리, 민요 등과 함께 '가사(歌詞)'라는 장르에 포괄되어 있는데, 이는 국문학 장르를 이야기 문학과 노래 문학으로 본 발상인 듯하다.[40] 歌詞에서 중점적으로 다루어진 문학은 시조일 뿐 가사(歌辭)문학에 대한 것은 정극인, 김구 등 초기 작가와 그 작품 이름을 드는 정도에 그치고 있다. 이것은 당대의 연구 수준을 반영한 것일 것이다. 한편 판소리계 소설은 소설 갈래와는 따로 희곡 갈래를 설정하여 희곡으로 다루고 있다. 소설과 희곡의 상호관계에 대한 인식은 나타나 있지 않다. 소설에 대해서는 배외 등 민족주의적 관점에서 해석하는 데 반해, 희곡으로 분류된 판소리계 소설은 계층적 관점에서 해석하고 있다.[41]

이 문학사는 배외의식을 문학사관으로 하여 전체적으로 일민족 일문학이라는 단일 공간 의식을 반영한 문학사이다. 민족문학을 배외의식으로 파악했을 때 문학사의 공간은 상당히 좁아질 수밖에 없다. 이와 같은 문학사 기술 태도는 우리 문학사 기술의 역사에서 어느 일면 해당 시기의 지적 분위기를 반영한 것으로 보아야 할 것이다. 문제는 이와 같은 지리적 공간 인식이 그 이후의 문학사에 하나의 오랜 기술 관습으로 굳어졌다는 데 있다 하겠다.

⑤ 조윤제(趙潤濟), 『국문학사(國文學史)』·『한국문학사(韓國文學史)』[42]

---

40 107면.

41 98~106면.

는 지리적 공간 인식이 이중적으로 나타나 있다. 우리 문학사의 전개를 한문문학에 대한 국문문학의 줄기찬 투쟁과 갈등 과정으로 묘사한 점에서는 지리적 공간에 대한 인식이 드러나 있다. 그러나 민족문학 자체는 민족을 구성하는 성원이나 계층 사이에 아무런 갈등이 없이 그 스스로 유기적, 총체적 발전과정을 밟아온 것으로 기술함으로써 일국적 차원의 문학사 인식을 보여주고 있다. 하나의 예로 『춘향전』을 살펴보자.

> ……춘향과 이도령이 사회적 계급이 다른데도 불구하고 연애하여 결혼하였다는 것이니, 이런 것은 구사회에 있어서는 있을 수 없는 일이다. 그러나 사랑에는 국경조차 없다 하는데 계급이 있을 리 없고, 같은 민족 안에서 계급을 찾아서 결혼을 한다는 것은 큰 모순이다. 춘향전은 말하자면 이러한 모순과 구사회의 유물인 봉건제도를 타파하고 四民平等의 정신을 힘차게 부르짖었다. (…중략…) 당시 지방관의 생활과 지방사정을 여실히 표현한 것이니 춘향전은 이러한 부패한 관료들의 생활과 지방인민의 비참한 사정을 남김없이 폭로하고 또 저주하였다.[43]

"같은 민족 안에서 계급을 찾아서 결혼을 한다는 것은 큰 모순이다" 라는 말은 같은 민족이기 때문에 계급적 편차가 있을 수 없다는 인식을 전제한 것이다. 이와 같은 인식에서는 일국적 차원에서 지방적 편차 또한 있을 수가 없거나 문제될 수 없게 된다. "부패한 관료들의 생활과 지방인민의 비참한 사정"에 대한 언급 또한 일국 차원의 것이지 어떤 지방의 특성을 지적한 것은 아니다. 또한 이 문학사에는 가사, 시조, 민요, 구비문학 등 국문학이 어떻게 한문문학과 투쟁하는가에 초

42 연구대상은 『국문학사(國文學史)』이다.

43 323~324면.

점이 맞추어져 있다. 민족문학들이 연합전선을 구축하여 한문문학에 줄기차게 투쟁하는 것이다. 일국적 차원에서는 국문학 갈래들 사이의 경쟁 또는 갈등 관계는 없는 것으로 인식하여 조화로운 문학사적 이어달리기만 계속하는 것으로 설명된다.[44] 따라서 문학사 ⑤에 호남지방 문학의 특성이 진술되지 않는 것은 논리적 귀결이라 하겠다.

이 문학사는 전체적으로 보아 대외적 차원에서는 지리적 공간 인식이 확보되어 있지만, 대내적 차원에서는 그런 인식이 반영되어 있지 않다. 민족문학의 유기적 총체성을 겨냥한 문학사이지만 내적인 지리공간에 대한 인식의 결여로 문학사의 구체적 실상을 파악하는 데는 문제를 안고 있다. 그러나 이 문학사가 민족문학 가운데 민족정신을 전형적으로 드러낸 걸작을 중심으로 기술하여 문학사 공간을 구조화하였다는 점에서 나열식의 실증적 문학사와는 구별된다. 그만큼 선택적이요 설명적이다. 선택 기준은 물론 민족이다.

3) 사회경제적 문학사의 경우

③ 이명선(李明善), 『조선문학사(朝鮮文學史)』는 우리 문학사 기술의 역사에서 사회경제적 문학사로는 맨 처음 것이며, 남북분단 이후 북한에서 그 계통을 잇게 되는 문학사이다. 공간 인식은 문학사의 성격상 계급적 측면에서 이루어지고 있다. 지리적 인식은 대외적으로든

---

44 송강을 언급한 부분을 예로 들어보자.
"……송강은 때마침 자연의 미가 깊이 이해되어가는 시기에 나서 자연에 몸소 가까이 접근하여 들어가 그 미를 발견하고, 또 그를 남김없이 표현하기 위하여 특히 가사의 형식을 써, 드디어 이 문학을 대성하였다. 그리하여 가사문학은 국문학에 큰 영역을 점유하고 앞으로 크게 발전하여 갔으니, 사실상 국문학은 가사문학의 발생으로 말미암아 일대진전을 하였던 것이다."(149~150면)

대내적으로든 어느 쪽도 반영되어 있지 않다. 그런데 이 문학사가 사회경제적 문학사를 지향한다 해도 위대한 작가나 걸작을 중심으로 기술하고 있는 점이 주목된다.[45] 다시 말하면 문학사 기술 대상의 선택은 사회경제적 조건과의 관련성보다는 오히려 문학적 달성도에 두고 있는 것이다. 일단 전형적 상황에서의 전형적 사건이나 인물을 훌륭하게 재현한 문학작품을 주목한 것으로 보인다.

먼저 송강가사를 살펴보자.

> 사미인곡, 속미인곡은 (…중략…) 미인에 의탁하여 임군을 그리워하는 진정을 완곡히, 그러나 간절하게 토로한 대작이다. 관동별곡에서 이백과 같은 天馬空行의 분방 자재한 필치를 보이던 정철은, 여기에 이르러 일전하여 두보와 같은 憂時戀君의 웅혼 침통한 필치를 유감 없이 발휘하여 조선 최대의 시인의 관록을 표시하였다. (…중략…) 관동별곡에서보다도 다시 또 수보 진보하였음을 인정하지 않을 수 없다. 아니 양반의 가사문학으로서는 空前絶後의 최고의 경지에 도달한 것이다. 양반 관료로서 어떻게 이처럼 한문口調에 조곰도 사로잡히(지) 않고 조선 말의 묘미를 발휘할 수 있으며, 어떻게 이처럼 도덕적인 딱딱한 제재를 조곰도 관념화시키지 않고 아기자기하게 표현할 수 있었던 것인지, 거의 한 기적에 가까운 일이다. 만약 천재라는 말의 사용이 허용된다면 그야말로 조선문학의 최대 천재에

---

45 이 점은 가사문학과 소설을 기술하고 있는 다음 목차 일부에도 잘 드러나 있다.

第5節 李朝歌詞	第6節 小說
1. 槪觀	1. 槪觀
2. 龍飛御天歌와 月印千江之曲	2. 漢文小說
3. 兩班官僚의 歌辭	3. 洪吉童傳
a. 賞春曲	4. 春香傳
b. 宋江歌辭	
4. 平民의 雜歌	
5. 內房歌辭	

틀림없을 것이다.[46]

그래서 정철의 "신분이 양반 관료고 그의 작품이 도덕적인 외양을 갖추고 있다고 해서, 그에게 귀족작가라는 렛델을 붙임으로써 만족해서는 안될 것이다"[47]라고까지 한다. 말하자면 문학성이 훌륭한 작품은 사실대로 인정하여야 한다는 인식이다. 이와 같은 인식은 우리가 조사 대상으로 삼은 『춘향전』에 대한 언급에서도 그대로 나타난다. "……고대소설로서는 봉건적 제제약을 벗어나서 신시대로의 발전을 목표로 도달할 수 있는 최고의 경지며, 또 이것은 그대로 현대의 장편소설과도 능히 통할 수 있는 최후적인 성과일 것이다."[48]

한편 사회적 문학사의 공간 인식이 반영된 것은 가사문학의 쇠퇴에 대한 부분에서이다. "시조가 숙종 이후해서 양반 관료의 손에서 평민의 손으로 그 헤게모니가 넘어갔듯이 이러한 양반 관료들의 가사도 점차로 평민들의 잡가에 압도되어 그 헤게모니를 빼앗겼"을 것으로 추측한다.[49] 양반문학과 평민문학을 대립적으로 파악하여 계급적 측면에서 문학사의 공간을 설명하고 있는 것이다. 시조나 구비문학에 대한 논의는 없다.

---

46 121~122면.

47 122면.

48 153면.
그런 인식은 다음과 같은 유추적 설명으로 더욱 강화된다.
"루넷싼스 시대의 거장 다빈치나 라화엘의 작품명이 기독교에 관련되어 있다고 해서, 그 작품을 종교적이라고 간단히 무시해 버릴 수 없는 사실을 우리는 다시 한번 상기할 충분한 이유가 있다. 그리고 또 단테의 「신곡」이 그 주제와 형식이 귀족적이며 종교적이면서도 신흥도시의 부르죠아의 대두를 배경으로 하여 그것을 줄기차게 형상화하였으므로 루넷싼스의 여명의 종소리로서 최대의 고전으로 꼽히는 사실도 상기하지 아니치 못한다."(148~149면)

49 125면.

③은 계급 개념을 사용하여 문학사의 공간을 구성하고 있을 뿐 경제적 요인에 의한 설명은 거의 나타나 있지 않다. 지리적 인식은 일국적 차원으로 단일화되어 있다. 그리고 전형적 작품을 형성하게 한 전형적 상황에 대한 근거를 세계 보편사적 일반 이론으로 대치하고 있어 문학사가 추상적이다. 그런데 이 문학사는 사회경제적 조건보다는 오히려 국문문학의 문학성을 중시하고 있는데, 이는 이 문학사가 기술되던 지적 상황, 즉 해방 이후 민족국가 건설기에 민족문화를 새삼 중요시하던 지적 상황을 크게 의식한 일면이 있는 것으로 보인다. 이런 점에서는 문학사 기술의 역사상 서로 경쟁했던 민족주의적 문학사의 기술 태도와 같다고 하겠다.

⑦ 문학연구실, 『조선문학통사』는 북한에서 기술된 문학사이다. 이 문학사에서 지리적 인식은 일국적 차원에서의 단일 공간을 전제하고, 공간 설명은 계급적 관점에서 이루어지고 있다.

『춘향전』의 논의에서 계급적 인식은 형식과 내용 두 측면에서 언급되고 있다. 형식적인 측면에서 많은 이본들과 한문본이 유통되고 있었다는 사실을 민중성의 반영이라고 설명한다.[50] 내용에 대한 논의를 보자.

---

50 "『춘향전』은 인민들에게 애독되면서 많은 이본을 낳았다. 출연하는 광대들에 의하여 즉흥적으로 윤색이 가해졌던 사실과, 또한 그 향수자로서 그 미학적 요구를 달리 하는 각이한 계층을 포괄하고 있었던 사정과 관련된다.
그리하여 그 이본들은 판소리 대본을 그대로 기록하여 그대로 상연되기도 하고 또 소설 작품으로서 읽히기도 한 전주 토판의 『렬녀 춘향 수절가라』와 『소 춘향전』이 있으며, 주로 량반 유학자들에게 읽힌 한문본 『수산 광한루기(水山 廣寒樓記)』, 『한문 춘향전』 등이 있다.
이 밖에 사본(寫本)으로서 『고본 춘향전』 기타의 이본이 있으며 19세기 말 계몽기 이후에 새로운 문체로 개작된 『언문 춘향전』, 『옥중화(獄中花)』 등이 있다.
이들 많은 이본 중에서 전주 토판 『렬녀 춘향 수절가라』가 맨 먼저 창작된 것으로 추정되며 그 이후에 개작 윤색된 이본들은 그 사상 예술성에 있어서 대체로 이 작품의 수준을 넘어 선 것이 없다."(상권, 316면)

『춘향전』은 그 제재의 현실성에 있어서, 묘사된 사회 생활의 넓이와 심도에 있어서, 등장 인물들의 다양한 성격과 묘사의 사실성에 있어서 이 시기의 가장 우수한 사실주의 작품의 하나다. 이 작품에는 18세기 말 19세기 초에 걸치는 조선의 사회 생활이 광범하게 반영되여 있다. 이 작품에는 당시 집권층의 량반 생활과 함께 광범한 사회 계층—농민들과 도시 주민들의 생활이 그려져 있으며, 아름다운 조국의 자연 풍경에 대한 자랑찬 찬가가 들어 있다.

『춘향전』은 봉건적인 신분적 구속을 반대하는 남녀간의 새로운 사랑의 륜리를 제시하고 리조 봉건 사회 량반 관료배들의 포학성, 봉건 통치 제도의 반인민성을 폭로하면서 아울러 량반 관료들을 반대하는 인민들의 기분과 동향도 전달하고 있다.[51]

여기서 "아름다운 조국의 자연 풍경에 대한 자랑찬 찬가"라는 식의 설명은, 이후에 자주 보게 되겠지만, 북한에서 기술된 문학사의 일반적인 인식이다. 이것은 문학사의 공간을 대외적으로는 지리적 측면에서 인식하고 있으며, 대내적으로는 계급적 측면, 즉 인문사회적 측면에서 인식하고 있음을 나타낸다. 가사문학, 시조문학 등에 대해서도 일관하여 일국적 차원에서 그 계급성만을 논의할 뿐 지리적 인식은 드러내지 않고 있다. 이와 같은 문학사 기술은 기본적으로 일국사회주의적 인식을 전제한 것으로 보인다. 문학사 ⑦은 공간 인식에 있어서 대외적으로는 지리적 관점을 전제하고 대내적으로는 단일 공간 인식을 보임으로써 불균형을 이루고 있다. 이런 점에서 민족문학사의 경우와 같은 패턴을 지니고 있다 하겠다.

⑭ 사회과학원 문학연구소, 『조선문학사』에는 민간극을 언급한 부

51 상권, 316~317면.

분에서 지방적 인식이 드러나 있는데, 가사 · 시조 · 소설 등은 일국적 차원의 단일 공간에서 언급되고 있다. 더구나 한문학에 대한 국문학이 지니는 관련성을 배제함으로써 대내적인 차원에서의 지리적 단일 공간 인식을 더욱 공고히 하고 있다.

먼저 지방적 인식이 드러나 있는 탈극, 인형극 등 민간극을 살펴보자.

> 탈극의 여러 변종들가운데는 비교적 우수한 것은『봉산탈놀이』와『오광대놀이』이다.
>
> 『봉산탈놀이』는 봉산을 중심으로 해주, 황주, 신천, 재령 등 황해도일대에서 많이 공연되였으며 오광대놀이는 경상도일대에서 많이 공연되였다.
>
> 『봉산탈놀이』는 대개 봄에 공연되고 오광대놀이는 음력 정월달에 공연되였다.
>
> 이 시기에 공연된 인형극들도 여러가지 변종을 가지고 있다. 인형극들의 기본적인 사상적지향은 탈극과 마찬가지로 중과 봉건관료들에 대한 풍자이며 구성과 사건체계는 모두 비슷하다.
>
> 인형극은 경기도일대와 황해도, 강원도, 충청도 지방에서 많이 공연되였는데 그가운데서 대표적인 것은『장연인형극』과『서울인형극』이다.[52]

민간극에 지방적 인식이 드러나 있다 할지라도 문학사의 공간은 계층적 관점에서 구체화된다. 민간극은 "인민의 지향과 사상감정을 반영"하는 중요한 요인을 지니고 있다고 할 뿐 지역문화 상호간의 관계에 대한 인식은 없다.[53]

---

52 414면.

53 그 요인은 다음과 같다.
"민간극은 많은 경우 광대들에 의하여 창조되고 공연되었으므로 피착취근로인민의 직접적창조물인 설화나 민요와는 일정한 차이를 가지고있다.

다른 문학들은 위에서 말한 바와 같이 일국적 관점에서 기술하고 있는데, 주목되는 점은 한글문학을 중시하고 그것도 걸작 중심으로 거론한 점이다. 송강가사, 윤선도의 시조, 『춘향전』에 대한 평가도 그런 관점에서 이루어지고 있다. 먼저 가사문학을 살펴보자.

> 가사 『관동별곡』에서 시인은 금강산일대의 아름다운 풍경을 시적으로 생동하게 그려내면서 조국산천에 대한 사랑과 긍지를 표현하였다. (…중략…)
>
> 사대주의사상이 뼈속까지 깊이 배겨있던 량반문인들이 한문을 숭상하면서 한시만을 『정통문학』으로 추켜올리고 우리의 고유한 말과 글을 『언서』, 『언문』이라고 천시하던 봉건시기의 사회력사적조건에서 우리글을 표현수단으로 하여 자기 나라 자연경치의 아름다움을 자랑차게 노래부른 것은 진보적인 것이었다.
>
> 『관동별곡』은 금강산의 경치를 노래하면서 우리 나라의 자연경치가 다른 나라의 풍경보다 더 좋다는 것을 강조함으로써 애국적감정과 민족적긍지를 뚜렷이 표현하였다. (…중략…)
>
> 가사 『관동별곡』은 일련의 본질적제한성이 있으나 우리 글로써 조국산천의 아름다운 풍경을 생동한 시적화폭으로 형상화하면서 애국적감정과 민족적긍지를 표현한 점에서 이 시기 가사문학의 대표적인 작품의 하나로서 봉건시기 시가문학발전에서 중요한 역할을 하였다.[54]

그러나 봉건시기 광대들은 가장 낮은 신분층에 처하여 있었던 사정으로 말미암아 지배계급에 대한 불만이 컸다.
민간극은 인물들속에서 공연되였으며 때로 광대가 아닌 근로인민 자신들이 출연하여 공연하는 경우도 있었다.
이러한 사정은 민간극에 인민의 지향과 사상감정을 반영할 수 있은 중요한 요인으로 되었다."(413면)

54 고대중세편, 280~290면.

여기서 "조국산천에 대한 사랑과 긍지", "조국산천의 아름다운 풍경을 생동한 시적화폭으로 형상화"하였다는 데서 드러난 공간 인식은 대외적인 차원에서의 지리적 공간 인식이다. 그러나 대내적으로는 일국 차원의 단일 공간을 전제함으로써 지역문화에 대한 지리적 인식은 드러나지 않게 된다. 여기서 자연경물을 노래한 점을 표 나게 "조국산천"에 관한 노래라 인식하여, 애국적 감정과 민족적 긍지를 보인 것이라는 평가는 위에서도 언급한 바와 같이 북한 문학사의 일반적인 경향이다.

윤선도의 시가도 "조국산천의 아름다운 경치에 대한 묘사"[55]를 표현한 작품으로 평가한다. 우리말을 풍부하게 구사한 점 또한 높이 평가한다. "……썩어빠진 량반사대부들이 사대주의에 사로잡혀 우리글을 천시하고 배척하던 당시에 있어서 조선말의 풍부한 표현적가능성을 살려 우리 나라 자연의 아름다운 경치를 생동하게 노래한 점에서 문학사적의의를 가진다"[56]고 평가하고 있다.

『춘향전』에 대해서는 "봉건시기에 인민들의 사랑속에 널리 읽히였다"[57]다는 점, 즉 민중문학으로서의 특성을 구전설화에서의 발전과 이본의 다양성[58] 그리고 판소리 대본과의 관련성[59] 등을 들어 말하고 있다. 이 역시 공간적 인식은 "작품은 녀주인공 춘향과 남주인공 리몽룡사이의 사랑선에서 벌어지는 다양한 인간관계를 통하여 리조봉건사회의 부패상을 폭로하고 있다"에서 볼 수 있는 바와 같이 지방적 인식은 나타나 있지 않고 계급적 차원만을 언급하고 있다. 그리고 설화

55 고대중세편, 369면.
56 고대중세편, 371면.
57 고대중세편, 441면.
58 고대중세편, 440~441면.
59 고대중세편, 421면.

나 민요 등 구전문학은 주제별로 언급하면서 역시 일국적 차원에서 계급성만을 강조한다.[60]

⑭는 북한에서 나온 문학사로서 부분적이나마 지방적 인식을 보인다는 점에서 일단 주목할 만하다. 그러나 전체적으로는 문학사의 공간을 계층적으로만 이해하고 지역적 인식을 보이지 않은 일국 차원의 문학사이다. 일국 차원의 문학사 관점은 국문학이 한문학에 대하여 지니는 관련성을 무시하고 애국주의를 강조한 결과 대외적 차원의 지리 공간 인식마저 추상화시키고 있다.

⑮ 김일성종합대학, 『조선문학사』에서 지방적 관점과 일국적 관점이 동시에 구사된 부분이 있어 주목된다. 정철의 가사문학을 언급한 대목이다. 다른 문학들, 즉 시조, 판소리 및 『춘향전』, 구비문학 등은 일국적 관점만 드러나 있을 뿐이다. 부분적으로 한문문학에 대한 관심을 보인 부분도 있는데 민중성을 보인 작품으로 제한된다.

먼저 정철의 가사문학에 대한 논의를 살펴보자.

> 15세기에 발생한 민족 시가로서의 가사 문학은 16세기에 이르러 진보적 시인들에 의하여 더욱 발전하였다. 16세기 가사 문학의 대표적인 시인으로서는 정철을 들 수 있다. 정철(1536~1593)은 호를 송강이라 하였다. 정철은 16세기 시인으로서 민족 시가인 가사 문학의 발전에 영향을 미쳤다. 그의 가족은 당시 양반 사대부들 사이에 벌어졌던 당파 싸움에 끼어들게 되었으므로 남달리 곡절 많은 생활을 하게 되었다. 그가 아홉 살 되던 때 "을사 사화"에 관계되어 그의 아버지는 귀양살이로 전라도 창평에 가서 살게 되었는데, 정철도 열다섯 살 때부터 창평에 가서 살았다. 이 시기 그는 인민들의 고통스러운 생활과 직접 접촉할 수 있었으며, 이 과정에 그 자신도

60 고대중세편, 391~400면.

생활 체험을 더 많이 할 수 있었다. 또한 이 시기에 그는 김인후, 기대승 등 학자들에게서 글을 배울 수 있는 기회를 가지게 되었다. 이 시기에 벌써 그는 지방은 물론 서울에서도 잘 알려질 만큼 적지 않은 서정시 작품을 창작하였다.[61]

서울에서 전라도 창평으로 내려와 민중들과 생활 체험을 공유했다는 점에 주목하여 지방과 서울에 대한 지리적 공간 인식을 보여준 것은 계층적 공간 인식만을 중시하는 사회경제적 문학사에서는 보기 드문 예다. 다음은 정철의 정치 및 유배 체험과 우리말에 대한 관심을 눈여겨 본 부분이다.

정철의 문학 활동에서 주목되는 것은 그가 여러 차례에 걸쳐 유배살이하면서 이 과정에 적지 않은 생활 체험을 하게 된 것이다. 정철이 유배살이하게 된 것은 물론 당시 양반들 내부에서 있었던 당파 싸움과 관련되어 있다. 이것은 정철 자신이 부귀 영화를 누리려는 양반들의 입장에서 벗어나지 못하고 있었다는 것을 보여준다. 그러나 그는 유배살이하는 기간 그곳 인민들의 생활에 관심을 돌리면서 가사 작품을 비롯한 많은 시가 작품을 창작하게 되었다. 그리하여 이 시기에 그는 가사 「사미인곡」, 「속미인곡」 등 작품을 창작할 수 있었다. 이 두 작품은 님에 대한 그리움을 통하여 왕을 생각하는 '연군'의 사상을 보여준 제한성을 가지고 있기는 하지만, 불우한 처지에 있는 여인의 심리적 체험을 풍부한 우리 말과 글로 생동하게 노래하고 있다. 이것은 정철이 인민들의 언어 생활을 일정하게 체험하면서 시 창작을 한 데서 온 것이다.

정철의 문학 활동에서 중요한 것은 그가 우리 나라 말과 글자를 가지고

---

61 1권, 303면.

국문 장편 시가인 가사 작품들을 창작하여 우리 나라 가사 문학 발전에 이바지한 것이다. 이 시기 고루한 양반 문인들과 양반 사대부들은 여전히 "정중 문학"을 표방하면서 우리 말과 글로 표현한 문학을 "속된 글", "비루한 문장"이라고 천시하였다. 바로 이러한 때 정철은 국문 시가 창작에 큰 관심을 가지고 가사 「관동별곡」을 비롯하여 「사미인곡」, 「속사미인곡」 등 우리 말과 글로 된 장편 시가 작품을 창작하였다.[62]

서울에서의 정치 체험 그리고 각 지방에서의 유배 체험에 주목한 점은 지리적 공간 인식을 일정 정도 반영한 것이라 하겠다. 정치 체험과 유배 체험은 다양한 지방적 공간에 대한 체험이다. 높은 수준의 문학은 지방성을 배제하는 데서가 아니라 수용하는 데서 유지된다는 점에서도 이 진술은 적확하다 하겠다. 그런데 정철의 가사문학에 대한 평가에 있어서도 애국주의는 빠뜨리지 않는다. "가사 「관동별곡」은 금강산의 천태만상을 시적으로 생동하게 묘사하면서 조국 산천에 대한 사랑과 긍지감을 노래하였다"[63]고 한다.

다음 윤선도의 시조문학에 대한 기술을 살펴보자.

윤선도의 초기 작품들 가운데는 어지러워진 당대 현실에 대한 불만을 노래하거나 유배살이 체험에 기초하여 농민 생활의 이모저모를 비교적 생동하게 반영한 작품들이 있다. 시 「북쪽 국경에서 귀양살이를 하면서」, 시조 「추성진 호루 밖에…」 등에는 벼슬살이에 대한 미련과 현실 도피적인 감정이 뒤엉켜 있기는 하나 불합리한 현실에 대한 비판적 기분이 반영되어 있다. 그리고 유배살이 기간에 쓴 시조 「흉년의 탄식」과 「비 오는 날 들에 가

62 1권, 304~305면.
63 1권, 305면.

랴…」 등은 인민들이 보통 쓰는 우리 말을 시어로 하여 흉년 든 농촌 생활과 장마철의 농민 생활을 비교적 진실하게 노래하고 있다. 그러나 양반 시인으로서의 제약성으로 인해 윤선도는 이러한 작품을 많이 쓸 수 없었다.

윤선도의 시조 작품에서 기본을 이루는 것은 우리 나라의 아름다운 자연경치를 노래하면서 자연에 의탁하여 깨끗하고 의젓하게 살아가려는 지향을 반영한 작품들이다. 그가 유배살이 때 쓴 「산중신곡」에 들어 있는 연시조 「다섯벗의 노래」와 연시조 「어부사시사」 등이 그 대표적인 작품이다.[64]

유배 체험을 강조하면서 한문문학에 관심을 가진 점이 주목된다. 여기에서도 민중성과 애국주의가 강조되고 있음을 보게 되는데, 애국주의가 강조됨으로써 이것 역시 일국 차원의 단일 공간 모형을 지향하고 있다 해야 할 것이다. 이런 점은 다음과 같은 진술에도 그대로 드러나 있다. "이 작품(「어부사시사」-필자)은 조국 산천의 풍경을 노래하는 데 잘 다듬어진 우리 말을 잘 골라 씀으로써 시적 형상성을 높이고 있다."[65]

이러한 애국주의적 관점은 이 문학사 기술의 핵심축이 되고 있다. 탈극에 대한 진술에서 지방성이 있다는 점을 미약하게나마 지적하지만[66] 전반적으로 일국 차원의 공간 인식을 전제한 애국주의적 관점이 지배적이다. 『춘향전』에 대한 언급에서도 "등장 인물들의 성격적 특성을 드러낼 수 있는 초상 묘사, 자연 묘사, 환경 묘사"가 "민족적 색채"와 잘 결합되어 있다고 하여 일국적 인식을 드러내고 있다.[67] 잡가에 대한

64 1권, 317~318면.

65 1권, 319~320면.

66 "……15세기 이후 창조 전승되어 온 탈극 「산대극」은 이조 말기에는 민간극으로서 널리 보급되었다. 이조 말기의 대표적인 탈극 작품으로서는 「산대극」과 함께 「봉산탈춤」, 「오광대극」 등이 있다.
이 탈놀이들은 각이한 지방적 특성을 보여주고 있다."(1권, 345면)

언급에서는 그것이 어떻게 전민중적 갈래가 되는가를 설명한다.[68]

⑮는 정철의 문학을 기술하면서는 다양한 지리적 공간 체험에 주목하여 문학사를 동적으로 파악하고 있으나 다른 문학들에 대하여는 일국적 차원의 단일 공간 모형을 따르고 있다. 그 공간의 설명은 계층적 관점과 애국주의적 관점에서 구체화되고 있다.

⑰ 정홍교・박종원・류만, 『조선문학개관』에는 지방적 인식은 드러나 있지 않다. 전체적으로 일국 차원의 공간 인식을 보이고 있으며, 공간 설명은 계급적 관점에 의존하고 있다.

다음에 보는 가사문학과 시조문학에 대한 기술에서도 우리말 구사와 '조국산천'에 대한 관심을 애국주의의 표현으로 해석함으로써 일국 차원의 단일 공간 모형을 지향한다.

> 가사『관동별곡』은 량반선비들의 유흥적인 기분을 반영한 것을 비롯하여 일련의 제한성을 가지고있지만 조국산천의 아름다움을 우리 글로 격조높이 노래하고 생동한 시적화폭속에 애국의 열정과 민족적긍지를 훌륭히 제현한 것으로 하여 가사문학의 대표적작품의 하나로 널리 알려졌으며 국문시가발전에 커다란 영향을 미치였다.[69]

---

67 1권, 341면.

68 "17세기 이후 국문 시가의 창작에 서민 계층이 광범하게 참가함에 따라 잡가가 새로 나오기 시작하였다. 잡가라는 말은 본래 음악적인 측면, 다시 말하면 그 곡이 "잡스럽다"는 뜻에서 나온 것이다. 잡가는 18세기에 이르러 많이 창조되었으나, 처음 나오기 시작한 것은 17세기부터이다. 잡가의 발생 발전 과정은 가객, 사당패 등의 활동과 밀접하게 결부되어 있다.
가사가 양반 문인들 뿐만 아니라 서민 계층에 의하여 씌어지게 되고 그것이 가객, 사당패 등 전문적 예술인들에 의하여 노래 불려지면서 내용과 형식에서 새로운 잡가가 나오게 되었다. 그러므로 잡가는 가사의 변형 형태라고 말할 수 있다."(1권, 350면)

69 1권, 173면.

시(윤선도의 「어부사시사」—필자)는 썩어빠진 량반사대부들이 사대주의에 사로잡혀 우리 글을 천시하고 배척하던 때에 조선말의 풍부한 표현성을 살려 우리 나라 자연의 아름다운 경치를 생동하게 노래한 점에서 문학사적의의를 가진다.[70]

물론 여기에는 계급적 관점이 기초가 되어 있기는 하지만 애국주의가 더욱 강조되어 있다.

사설시조와 잡가에 대해서는 계급적 관점과 경제적 관점을 동시에 원용하여 설명한다.

사설시조와 잡가의 출현은 17세기 국어시가발전에서 나타난 새로운 경향이었다.

평시조가 사설시조로 변형되고 가사에서 잡가가 분화되는 과정은 서로 밀접히 련결되여있었다. 이것은 17세기 후반기에 들어와서 상품화폐관계가 더욱 발전하는데 따라 서리, 가객, 광대, 기생 등 도시에 사는 중류 또는 하층 사람들이 시조와 가사의 창작에 많이 진출한 사정과 관련되여 있었다. (…중략…)

사설시조는 18세기이후 자본주의적관계가 발전하고 중류 및 하층 도시주민들의 창작적진출이 강화되는데 따라 더욱 본격적으로 발전하게 되었다.

17세기 후반기에 들어와서는 또한 가사가 발전하는 과정에 잡가가 분화되어 나오기 시작하였다.

가사가 널리 보급되는 과정에 가사창작에 대한 서민계층의 관심이 커가고 그것이 작곡가, 사당패 등 직업적예술인들에 의하여 불리워지면서 도시주민들의 미학적요구를 반영한 잡가가 나오게 되였다.[71]

70 1권, 216면.

문학의 변화를 자본주의적 상품 관계와 관련해서 설명하고 있어 단순한 계급 개념만 가지고 설명하는 경우에 비해 공간이 훨씬 구체화되어 있다고 할 수 있다. 사회경제적 문학사에서는 당연하다 하겠지만 지금까지 본 바와 같이 그와 같은 설명이 잘 이루어지지 않고 있었던 터이다.

『춘향전』에 대하여는 구전설화와의 관련성과 이본의 다양함을 언급하고 있는데, 이 역시 일국적 차원에서 이루어진 것이다.[72] 구비문학에 대한 언급은 없다.

⑰은 지금까지 살펴본 사회경제적 문학사들과는 달리 부분적이기는 하지만 경제적 관점을 원용하여 문학을 설명하고 있는 점에서 주목된다. 이것은 사회경제적 문학사에서는 아주 당연하다 하겠으나 그 문학사들이 실은 제대로 실천하지 못한 점이다. 이 문학사를 통해서 거듭 확인할 수 있는 점은 계급적 관점을 기초로 하여 기술되는 북한의 문학사에서 애국주의적 관점까지 구사하는 것은 이제 정석화되었다는 사실이다.

우리는 지금까지 사회경제적 문학사에 지리적 공간 인식이 어떻게 나타나 있는가를 알아보았다. 이명선의 문학사로부터 시작된 이 유형의 문학사는 남북분단 이후 북한의 문학사 기술에서 주류를 이루게 된다. 이명선이 세계 보편사를 의식하면서 기술하는 데 비해 북한의 문학사들은 대체로 애국주의를 유독 강조하는 등 문학사의 특수성에 주목한다. 그러나 다 같이 문학의 지방성에 별로 관념하지 않은 일국 차원의 문학사라는 점에서는 거의 같다 하겠다. 일국 차원의 지리적

---

71 1권, 216~218면.

72 "『춘향전』은 구전설화에 토대하여 창작된 국문소설로서 중세기 우리 나라 고전소설의 사상예술적높이를 말하여주는 대표적인 작품이다. 이 작품은 18세기경에 소설로 정착되었으며 전해지는 과정에 수많은 이본들을 내었다."(1권, 245면)

공간을 구체화하는 데 있어서, 이명선 문학사는 계급적 관점만을 구사하는 데 비하여 북한의 문학사는 한걸음 더 나아가 애국주의적 관점을 그에 못지않게 구사한다. 그런데 대체의 사회경제적 문학사는 공간 인식에 있어서 대외적으로는 지리적 관점을 전제하고 대내적으로는 계급적 관점을 전제하여 공간 인식에 있어서 불균형을 이루고 있다. 이 점은 민족문학사의 경우와 같은 패턴을 지닌다고 앞에서 말한 바 있다.

4) 정신사적 문학사의 경우

⑨ 김윤식・김현, 『한국문학사(韓國文學史)』에는 우리가 조사하고자 하는 호남문학들 가운데 『춘향전』과 판소리만 언급되어 있다. 지방적 인식은 전혀 드러나 있지 않다.

> ……춘향전의 비완결성을 현실과의 관련으로 파악하고자 한다. 그것은 이몽룡, 성춘향, 방자, 향단, 월매, 변학도 등의 허구적 인물을 구체적 현실 속에서 끼워넣음을 뜻하고 이 현실과의 관련은 숙종때의 남원, 즉 조선 후기 사회의 구체성에 직결됨을 뜻한다.[73]

> ……그것(고대소설 및 설화의 개작—필자)은 넓은 뜻의 패러디화에 포함되는 것이며, 패러디화 과정 속의 감정적 공간이야말로 민중이 참여하는 부분이며, 이 감정의 창조적 공간이 생명 리듬의 고유한 존재 방식이었던 것이다. 그것이 바로 설화 내지 소설이 지닌 판소리 내용의 힘인 것이

---

73 57면.

고, 문학적인 측면인 셈이다.[74]

두 논의는 다 같이 문학 작품에 나타난 시대정신을 일국 차원에서 논의한 것이다. 『춘향전』과 판소리의 비완결성에 주목함으로써 민중적인 정신이 주류적 시대정신으로 부상하고 있는 점을 역동적으로 설명한 것이다. 이 문학사는 일국 차원의 공간을 정신으로 구체화하고 있다고 할 수 있는데, "감정의 창조적 공간이 생명 리듬의 고유한 존재 방식"이라는 표현에서 그 점이 잘 나타나 있다.

3. 지방적 공간 모형

1) 실증적 문학사의 경우

⑪ 김동욱(金東旭), 『국문학사(國文學史)』는 가사문학, 판소리, 그리고 소설을 기술한 부분에서 지방적 인식을 보여 주고 있다. 지금까지 살펴본 문학사들에 비해 상대적으로 지방적 인식을 많이 보여 주는 문학사라는 점에서 우리 문학사 기술의 역사상 의의가 크다. 가치판단에 앞서 문학의 실상을 자세히 들여다본 문명사적 특징을 보여 준 문학사이다.

가사문학은 임진란을 기준으로 하여 호남가단, 영남가단, 경기가단으로 나누어 살피는데 호남의 정철을 대가라 평가하고, 경기가단에서

---

74 63면.

는 호남의 정철과 비교할 만한 가인은 나오지 않았다 하고, 영남 쪽 가사는 전반적으로 도덕적인 냄새가 강하다고 평한다. 그리고 많은 작품을 남긴 박인로는 한문조의 생경한 것이어서, 정철의 가사에는 멀리 따를 수가 없다고 한다.[75]

호남가단에 대하여 언급한 부분을 보이면 다음과 같다.

> 호남가단으로서는 「상춘곡」의 정극인의 뒤를 이어, 송순(1493~1583)의 「면앙정가」를 들 수 있다. 그가 자기의 고향인 담양에 살면서 유유자적하며 정자를 짓고, 그 주위의 풍경을 읊었던 것이다. (…중략…) 그의 후배인 백광홍(1522~?)의 「관서별곡」, 이를 이은 정철(1536~1593)의 「성산별곡」, 「관동별곡」, 「사미인곡」, 「속미인곡」 등은 그 서술체가 다르고, 비유와 함축이 있고, 자연묘사와 風諫이 있기도 하여 문학적으로 뛰어난 것이다. 그 중에도 정철은 대가로, 위에 든 그의 4곡은 '垦(曲)中의 白雪'이라고 칭찬받고 있다. 이 곡은 단가와 함께 일찍부터 간행되었고, 사대부들에게도 重寶로 여겨졌다.[76]

이 문학사는 지방문학을 언급한 다음 그 문학이 일국 차원에서 어떤 위치에 있었던가를 논의함으로써 문학사의 지리 공간을 역동적으로 드러나게 한다. 그것은 특히 문학사의 변화 또는 재생산 과정에 대한 진술에서 나타난다. 가사문학은 국민문학으로서 폭을 넓히는 데까지는 미칠 수 없었으며, 가사는 임진란 당시까지 사대부의 거문고 취미와 함께 음영되다가 병자란 후에는 둘로 갈리게 되었다고 한다. 이 문학사에 따르면, 그 하나는 가사가 노래로써 짧아져서 기생의 교방과

75 142~146면.

76 142~143면.

민속으로 발전해 갔으며, 또 하나는 노래를 잃고 길어져서 수필로서 읽힌다. 이 중간에 〈속가(잡가)〉가 있어 이조 후기의 판소리 생산의 원동력이 되었다. 한편 수필화한 수천구의 가사는, 보통 〈장편가사(長篇歌詞)(辭)〉라 하여, 18세기 중엽의 영조시대 이후, 선비가 규방에 있는 부녀자를 위하여 밖에서 있었던 사건을 보고하는 것이기도 하였다.[77]

한편 판소리에 대한 언급에 있어서는 지방적 인식을 전라도에 한정하지 않고 지리적 공간을 보다 넓게 잡고 있는 것이 특이하다. "애초 백제의 판도 내에서 생성되어 전승발전된 것만은 확실하다. 이처럼 창시된 판소리는 민중이 문예에 굶주리고 있을 때에, 요원의 불길처럼 남도(본래의 백제 지방)에 퍼졌다."[78] 판소리에 대한 지리 공간 인식은 다음과 같은 대목에서 짐작해 볼 수 있다. "지금까지 한문학 때문에 막혀 있던 민중의 체취와 입김이, 여기에 개화하여 百花爭艶의 모습을 보여 주었다. 이로 해서 처음으로 한국의 국민문학, 즉, 위로는 왕공으로부터 아래로는 서민에 이르기까지 누구라도 이해할 수 있고, 누구라도 즐길 수 있는 문예가 생긴 것이다."[79] 한 지역의 문학을 일국 차원의 공간과 관련하여 인식하고 있는 것이다. 그런데 판소리를 비교문학적 관점에서 중세기에 세계적 유형으로 존재한 문예양식으로 파악한 점은 지리적 공간 인식을 대외적 차원으로까지 확대 인식하였다는 점에서 주목된다.[80]

---

77 146~147면.

78 188면.

79 189면.

80 "……판소리는 중세기에 세계적 유형으로 존재했던 문예양식이다. 원래 노래로 부르는 것을 듣고 감상하는 통속문예지마는, 이것이 정착되어 소설이 되는 것은 중국의 平話의 경우와 같은 것이다. 이러한 창의 문학이 각국에 나타난 것은, 우리 나라보다도 4,5세기 내지 7세기 앞선다. 그리하여 중세 유럽에서는 이 창의 문학이 각국 국민문학의 선구 형태로써 나타나 있었으나, 우리 나라에서는 이조 초기에도 광대소허지희(廣大笑謔之戲)라는 연예에 기생한 이 판소리 형태가 광해군 때(1620)에 한글 소설

소설에 대한 언급에 있어서는 일국적 관점과 지방적 관점이 동시에 구사되어 있기는 하지만 전자가 우세하다. "『춘향전』은 한국문학 가운데서 최고의 작품이라고 일컬어지고 있지만 그 작자는 불명이다. 단지 18세기 초에 '천민'이었던 어떤 배우 광대의 창작일 것만은 확실하다. 그리하여 그 뒤 3백년 동안 애호되었고, 오늘날에는 현대의 신화로 되어 있다."[81] 여타의 일반 소설에 대한 인식도 마찬가지다. "18세기 이후에 소설은 서민계급까지 침투해서 독자층에서 사본되고 혹은 상인들에 의하여 刊本되어 都鄙에 크게 유행하였다. (…중략…) 17세기 병자호란 뒤에는 상인들에 의하여 간행되는 방각본이 유행하기 시작하였다. 그러나 국문소설이 판각되기는 19세기 초엽에 들어서서부터이다. 이것은 소설이 일반 민중 사이에 독자의 저변을 넓히고 있었다는 사실을 말해 준다."[82] 이러한 소설들은 "서울, 안성, 전주 등 書肆에서 간행되어 50 여종 2백 여책의 소설이 판매되었다"[83]고 한다.

시조문학과 구비문학에 대한 언급은 일국 차원에서 이루어지고 있다.

시조문학에 대한 논의는 송순, 황진이, 정철 등 호남가단 작가들에 대한 평가나 그 변천 과정에 대한 설명에 있어서 전국적 상황만을 개괄하고 있다.[84] 구비문학의 경우도 한국 민담의 전국적 분포 상황에

『홍길동전』이 나타난 뒤, 그보다 1세기나 뒤져 숙종말 영조초에 장편 서사 판소리로 돌연변이로 출현하고 있는 것은 우리 나라 영세한 관료 봉건제도가 가져온 역행적 현상이라고 하지 않을 수 없다."(187~188면)

81 190면.

82 183면.

83 183면.

84 "단가의 발생은 14세기라 하지만, 문학적으로 生彩가 있는 작품을 내게 되는 것은 16세기에 그 피크를 이룬다. 중종시대의 송순, 황진이, 선조시대의 정철은 시조문학에 있어서 기념비적 존재다."(131면)
"단가는 이 윤선도를 정점으로 하여 그 생채를 잃고 정리기에 들어간다. 정리기에 들었다는 것은 만네리즘에 떨어졌음을 의미한다. 그 대신 평민가인들이 배출되어 많은 가집을 엮게 된다. 단가는 본래의 창조력은 사라지고 창곡에 떨어져, 그 저변을 넓힐

주목하여 그 특색만을 말하고 있다. 특색이란 동물 민담 가운데 인간과 신앙의 문제를 다룬 것이 많은 점과 본격 민담 가운데는 괴도퇴치, 효자 열녀의 효행열담, 운명의 기대 등의 문제를 다룬 것이 많다고 한 점에 있다.[85]

⑪은 상당 부분에 걸쳐 대내적 인식과 지방적 인식을 보이고 있고, 대외적으로는 비교문학적 인식을 보인 점에서 지리 공간 인식이 상당히 이루어져 있다 하겠다. 문화의 지리적 이동 관계에 대하여 주목하고 있는 것이다. 그러나 대외적으로 민족문학들의 상호관계나 대내적으로 지역 공간들의 상호작용에 대한 언급이 불철저하여 문학사의 구조가 아직은 튼튼하다고 할 수는 없을 듯하다.

⑯ 조동일, 『한국문학통사』에는 지역적 공간과 일국 차원의 공간이 어떻게 상호연관을 맺는가를 기술한 부분들이 있어 지역 공간 인식 모델의 한 단초를 보게 된다. 그것은 특히 시조, 판소리, 그리고 민요 가운데 「아리랑」을 기술한 부분이다.

그러면 먼저 시조에 대한 논의를 살펴보자.

> 호남가단을 처음으로 마련한 사람은 송순(宋純, 1493~1583)이다. 30년도 먼저 태어난 이현보나 10년쯤 나이가 적은 이황과 마찬가지로 송순은 벼슬에서 물러난 다음 고향으로 돌아가 자연에 묻혀 풍류를 일삼았는데, 몇

수 있었지만, 서정성의 생생함은 잃고 말았던 것이다. 이제까지 사대부와 기녀와의 문학이었던 단가는 숙종 때에 와서는 위항시인과 중인 등에 그 주도권이 옮겨졌다. 위항시인들이 「詩社」를 결성하여 시를 응수하는 것처럼, 단가도 「경정산」 가단과 같이 일종의 그룹이 생겨, 가창을 중심한 풍류놀이의 도구로 변해갔다. 「詞章」보다도 가곡으로서의 면이 중시되어 45자의 1곡을 가창하는데 3분 이상이나 걸리는 유장한 멜로디가 작사의 문학성의 신취향을 막는 결과를 가져왔다. 새로운 장르로서의 「사설시조」가 성립한 것도 이때이다."(135면)

85 207면.

가지 점에서 그 두 사람과는 다른 면모를 보여주었다. 돌아가는 데 대한 자기 합리화의 설명은 늘어놓지 않고 작품을 통해서 감회를 나타내는 것으로 만족했으며, 도리는 따지지 않은 채 풍류를 자랑했다. 가사를 짓고 시조도 즐기는 동안에 주위에 많은 문인들이 모여들어서, 자기 당대에 가단을 이루어 함께 읊조리는 동안에 직접 영향을 주었다. (…중략…)

이론을 따지거나 이유를 묻지 않고 풍류를 생활화하는 것은 그후에도 호남가단의 지속적인 풍조였다. 「오륜가」를 지은 것을 보면 훈민시조에도 관심을 가져 정철의 「훈민가」가 나타날 수 있는 기반을 마련했지만, 송순의 풍류정신은 자기 거동을 노래한 시조에서 생동하는 표현을 갖추고 있다. (…중략…)

이현보나 이황의 무거운 거동, 어둔한 문구와는 좋은 대조를 이루며 툭 터져 있어서, 호남가단에서 무엇을 장기로 삼게 될 것인가를 일찍 보여주었다. (…중략…)

영남가단은 이황 이후에 그 맥락은 이어져도 차차 움츠러드는 모습이었는데, 호남가단은 정철에 이르러서 절정을 보인 점이 좋은 대조가 된다. (…중략…)

정철의 시조는 무엇을 말하자는 것인지 주제가 선명한 편이지만, 설명이 아닌 표현으로 규범화된 수사를 배격하고 직접적인 경험을 생동하게 나타내서 충격을 준다. 그 점은 가사에서 장황한 사설을 늘어놓을 때보다 시조에서 더 잘 구현된다.[86]

지방이라는 하위 공간들에서 발생한 문학을 서로 관련시켜 설명함으로써 기술의 문양이 다채롭다 하겠다.

다음 판소리에 대한 기술을 보자.

---

86 2권, 330~335면.

판소리는 전라도 지방에서 서사무가를 개조한 데서 유래했다고 할 수 있다. 전라도의 세습무는 시어머니에서 며느리로 계승되고, 아들 또는 남편인 남자 쪽은 굿하는 것을 거들면서 악공 노릇을 했다 한다. 남자들은 그 정도의 구실로서는 먹고 살기 어렵고 보람도 없기 때문에, 각기 재주에 따라서 다른 길을 개척하는 관례가 있어서, 그 무리 가운데 땅재주를 하거나 줄을 타는 재인들이 나왔으며, 그런 것만으로는 부족하니 판소리도 하게 되었다. 능력이 있으면 판소리광대로 나서고, 성대가 나빠서 창을 하는 데 적합하지 않으면 고수(鼓手)가 되었다. 광대나 고수가 전라도가 아닌 다른 지방에서도 나타난 것은 판소리가 널리 인정을 받게 되면서부터이다.[87]

판소리와 비슷한 것을 이룩하고자 하는 움직임은 전라도가 아닌 다른 곳에서도 나타났다. 평안도 지방에서 유래한 「배뱅이굿」이 그 좋은 예이다. 「배뱅이굿」은 무당이 굿을 하면서 죽은 사람의 혼령을 불러내는 과정을 뒤집어 놓은 것이다. 말투나 가락은 굿에서 하는 것과 흡사하게 흉내를 내어 굿 구경하는 듯한 느낌이 들도록 해놓고, 가짜 무당이 속임수로 죽은 처녀의 부모를 우롱하는 내용이다. 형식과 내용이 어긋나기 때문에 웃음을 자아내는 효과가 더 커진다. 혼자서 창을 하며 장단도 치고, 장단 변화가 뚜렷하지 않으며, 사설도 조잡하다 할 수 있는데, 전라도지방에서 처음 나타난 판소리도 그랬던 것 같다. 그런데, 서도판소리라고 할 수 있는 「배뱅이굿」은 그 이상 발전하지 않았지만, 남도판소리는 광대와 고수가 기능을 나누고, 장단 구별을 뚜렷하게 하고, 소재를 확대하면서 사설을 가다듬어 마침내 전국을 휩쓸게 되었다.[88]

87 3권, 526면.
88 3권, 527면.

이것들은 판소리의 형성에 관한 기술이다. 전라도 지역과 다른 지역을 상호 대비시켜 기술함으로써 하위 공간들의 상호관계가 역동적으로 드러나도록 하고 있다.

판소리가 언제 형성되었던가는 분명하게 알기 어려우나, 18세기 초반인 숙종말, 영조 초 무렵이라고 보는 추정이 유력하다. 연대를 판가름하는 데 증거가 될 수 있는 것이 이른바 만화본(晩華本) 「춘향가」(春香歌)이다. 19세기에 충청도 천안 근처 목천 고을에 살았던 유진한(柳振漢)이라는 선비가 자기 문집인 만화집(晩華集)에 「가사춘향가이백구(歌詞春香歌二百句)」라는 것을 남겼는데, 지은 해는 영조 30년(1754)으로 판명되었다. 아마도 판소리를 듣고 그 내용을 간추려 한시로 나타냈으리라고 생각되므로 「춘향가」가 충청도 선비에게까지 알려지는 데는 몇 십년이 소요되었다고 보아, 「춘향가」의 성립 연대를 18세기 초로 잡을 수 있다. 그러나 「춘향가」가 처음 나타난 판소리인지, 열두 마당이나 되는 판소리 사설이 언제쯤 갖추어졌는지 확실하지 않다.[89]

판소리의 발전은 19세기 동안에 급격하게 이루어졌다. 충청도나 경기도 지방에서도 판소리광대가 나오고, 사대부 신분에 속하는 사람까지 거기 가담한 예가 있다. 명창이라고 알려진 광대는 대단한 인기를 누렸으며 궁중으로 불려들어가 평가를 받고 벼슬의 칭호를 받기까지 했다. 대원군은 판소리를 애호해, 판소리광대의 지위를 높혀주는 데 결정적인 구실을 했다. 이런 시기에 판소리광대는 피나는 수련을 했으며, 더늠이라 해서 자기 나름대로의 장기가 되는 특정 장면을 독특하게 발전시키는 데 힘썼다. 지체 높은 좌상객들의 관심과 관여에 따라서 판소리의 사설이 유식한 표현

---

89 3권, 527~528면.

을 갖추게 되는 것도 그 무렵의 일이다. 신재효(申在孝)가 나서서 판소리 광대를 후원하고 사설을 다듬은 것은 좌상객 관여의 가장 적극적인 예이다. 그래서 판소리는 출세를 하면서 미천한 근본을 망각하는 변질을 했다는 평을 듣기도 한다.[90]

이것들은 주로 판소리의 발전에 대한 기술인데 한 지방에서 생성된 예술이 어떻게 일국적 차원으로 확산 발전되었는가를 찬찬히 보여 준 좋은 예이다.

다음 「아리랑」을 살펴보자.

「진도아리랑」, 「정선아리랑」, 원산 「어랑타령」은 물론 전국적으로 널리 알려진 아리랑도 원래는 어느 한 고장에서 전승하고 일을 하면서 부르는 노래였다고 하겠다. 그런데 교통이 발달되고 내왕이 활발해지자 다른 지방으로 넘어가 고정된 기능을 상실했으며, 그 여파로 본바닥에서도 노래 자체로서만 즐기는 관례가 생겨났던 것으로 짐작된다. 이렇게 해서 지역과 지체의 구분을 넘어서서 공통된 정감을 나눌 수 있는 통로가 마련되고, 특히 아리랑은 온 민족의 노래로 부각되었는데, 결정적인 변화는 19세기 말이나 20세기 초에 일어났으리라.[91]

이것 역시 지방과 지방, 즉 하위 공간들의 상호관계를 기술함으로써 일국적 차원의 문학사가 내적으로 어떻게 구성되는가를 잘 보여준 예라 하겠다. 이와 같은 인식은 민속극을 농촌 탈춤과 도시 탈춤으로 구분하여 기술한 대목에서도 잘 드러나 있다.[92]

---

90 3권, 528~529면.

91 3권, 237면.

92 3권, 546면.

다음 가사문학에 대하여 살펴보기로 한다. 여기에는 지방문학에 대한 인식이 분명하지 않다.

송순(宋純, 1493~1583)의 「면앙정가(俛仰亭歌)」는 더욱 중요한 위치를 차지한다. 송순은 늦게까지 벼슬해 지위가 우참찬에 이르렀다가 만년에 치사하고 고향인 전라도 담양으로 돌아가 그 근처의 여러 문인과 교류하며 여생을 풍류로 즐겼다. 못 다 이룬 것 때문에 좌절감을 가질 필요가 없었고, 거추장스러운 고사를 빌려오지 않고서도 자기 생활이나 지닌 뜻을 설득력 있게 나타낼 수 있었다. 자랑스러운 고장에서 우뚝하게 서서, 구김살 없는 마음으로 바라보는 자연에서 저절로 얻는 흥취를 자랑한다고 했다. …… [93]

정철(鄭澈, 1536~1593)의 가사는 도학가사와 전혀 다른 위치를 차지한다. 정철은 이이와 같은 해에 태어나서 10년 가까이 더 살았다. 사림파가 집권세력으로 등장해서는 동인과 서인이 분열된 시기에 서인의 영수로서 제상의 지위에 올랐는데, 도학으로 이름을 얻지는 않았으며, 정치적인 활동에는 시비가 있으나, 시조와 가사에서 이룬 업적은 탁월하다. 원래 서울 사람이었으나 아버지를 따라가서 전라도를 고향으로 삼았으며 송순의 영향을 깊이 받고, 그곳 명사들과 교류하는 동시에 그동안 개척된 작품을 두루 계승하고 발전시켜 시조와 가사를 대단한 경지로 올려놓았다. 정철의 작품은 목판본으로 새겨 문집에다 실어놓았으므로 작자 시비가 있을 수 없고, 이본에 따른 차이는 약간 있으나 원래의 모습을 충실하게 지니고 있다. 정철에 이르러서 국문시가가 작품 수나, 표현기교나, 취급방식에서나 한시에 못지않은 위치를 차지할 수 있게 되었다.[94]

---

93 2권, 301면.
94 2권, 309면.

여기에서 전라도를 언급하고 송순, 정철을 언급하지만, 위의 기술이 지방문학에 대한 인식을 드러냈다고 보기는 어려울 듯하다. 사실이 그렇다는 정도다. 위의 기술들에 이어서 문학사는 송순과 정철의 작품들의 특징을 열거해 보이는 기술 방식을 취한다. 정철의 가사문학에 대해서는 대체로 다른 문학사에서 보듯 국문으로서의 표현 능력을 높이 평가한다.[95]

다음 판소리계 소설인 『춘향전』에 대한 논의 역시 지방적 인식은 분명하지 않다. 다음은 판소리계 소설에 대한 일반적인 기술 내용이다.

> …… 판소리계 소설은 판소리가 지닌 특징에 힘입어 그동안 소설에서 커다란 비중을 차지했던 초경험적이고 관념적인 설정을 대폭 축소시키는 대신 현실적인 경험을 생동하게 나타내는 방향으로 나아가면서 거기 따르는 논란을 작품에 따라서 또는 이본에 따라서 서로 다른 양상으로 심각하게 벌여 하나같이 문제작이다. 「조웅전」, 「유충렬전」 등의 귀족적 영웅소설이 지녔던 인기를 판소리계 소설이 차지하고 더 보탠 것으로 해서 소설사의 커다란 전환이 이루어졌다. 한편으로는 대장편으로 늘어난 가문소설이 중세적인 가치관의 지속을 꾀하고 있을 때에, 애정소설 또는 세태소설로서 가장 두드러진 성과를 가로맡은 판소리계 소설이 더욱 확대된 영향력을 행사했다는 것은 이행기의 진통이 막바지에 이르렀음을 말해준다.[96]

---

95 다음은 「사미인곡」을 언급한 부분 가운데 일절이다.
"……천상백옥경을 이별했다는 말은 기본 설정을 위해서 이미 있는 것을 다시 썼지만, 다른 대목은 유식한 고사라고는 하나도 없으며 한시 체험과는 거리가 멀고, 오히려 민요 같은 것을 매개로 해서 여인네들이 흔히 하는 푸념을 살리면서, 사랑과 이별의 미묘한 감정을 아주 잘 나타냈다. 작자의 위치를 개입시키면 임금을 사모하는 내용이지만 표현 자체는 일반 백성의 순박한 마음씨에 근거를 둔 노래일 따름이다. 한시에다 토를 단 것 같은 데서 시작해서 한문투로 엮지 않고서는 수식을 할 수 없던 사대부의 국문시가가 이런 경지에까지 이르렀다는 것은 놀라운 일이 아닐 수 없다.……"(2권, 312면)

96 3권, 539~540면.

여기에 나타난 공간 인식은 일국적 차원의 것이다. 이것은 앞서 판소리에 대해서 지방적 인식을 보여 주었기 때문에 굳이 설명을 붙이지 안았다고 볼 수도 있다.

문학사 ⑯에는 가능한 대로 지방문학의 실상을 소홀히 하지 않으려고 애쓴 흔적이 곳곳에 나타나 있다. 살펴본 호남문학들 말고도 서사무가; 민속극 등 구비문학에 대한 기술에서도 지역문학에 대한 지리공간 인식이 잘 반영되어 있다.[97] 그만큼 이 문학사는 문화사적이라고 할 수 있다. 한편 이 문학사는 문학사의 공간을 구체화하기 위하여 문학 갈래를 담당층과 대응해서 설명하기도 한다. 양반계층의 시조와 서민층의 민요와의 의식상의 내연 관계를 설명한다든지, 한시 · 시조 · 민요 등과 계층과의 대응관계를 살피기도 한다.[98] 이러한 문화사적 문학사는 자칫 가치판단을 사상한 문학사가 되기 쉽지만, 실상에 대한 성실한 묘사는 가치판단에 앞서 기본적으로 지녀야 할 인식이라는 점에서 유념해야 한다고 본다. 계급 또는 계층 · 민족 · 정신 · 애국 등을 판단의 기준으로 삼은 많은 문학사들은 문학사의 공간을 선택된 단일 기준들로만 설명하기 마련인데, 이런 기술 태도는 다양하고 역동적인 공간을 지극히 추상화시켜 문학사를 일국 차원의 단일 공간으로 만드는 경우가 많게 된다. 민족문학사의 공간은 아주 다양하고 구체적인 하위 공간의 상호관계에 의해서 조직되는 것이다. 사실 일반 민중들은 언제나 '민족'을 근대국가체제가 요구한 바대로 그렇게 결속이 잘된 단일하고도 전체적인 공간물로 인식하지는 않는다. 살고 있는 장이 중요한 것이다. 그러한 장의 필요에 따라 문학은 발생하는 것이다. 문학사는 그것을 설명해야 하는 것이다.

---

97 3권, 「8.14. 서사무가에서 판소리계 소설까지」, 「8.15. 민속극의 저력과 변용」 참조.
98 3권 「8.7. 민요, 민요시, 악부」 참조.

그런데 이 문학사는 지방문학에 많은 관심을 가지면서도 하나의 재현 양식이 어떤 지방에서 유력해지는 데 반해 타 장르는 부차적이 되거나 아예 없는 사실에 대해서는 언급이 없다. 물론 있는 것만을 대상으로 하기 때문일 것이다. 존재하는 것은 다른 것의 부재에 의해서도 설명될 때 다양한 의미가 획득된다고 본다. 이것은 즉 문학사의 공간을 설명하는 데 있어서 인문사회적 설명과 자연지리적 설명이 결합될 때 획득된다 하겠다.

2) 정신사적 문학사의 경우

⑩ 여증동(呂增東), 『한국문학사(韓國文學史)』·『한국문학역사(韓國文學歷史)』는 우리가 검토하고자 하는 호남문학만을 놓고 볼 때, 지방문학에 대한 인식을 분명히 보여 준다. 그런데 이 문학사는 그 인식을 다른 많은 문학사 기술들이 보여 주듯 판소리나 구비문학 등 서민문학에서 보여주는 것이 아니라는 점이 우선 특이하다. 양반문학이라 할 수 있는 가사문학과 시조문학에서 그런 인식이 주로 나타나 있다. 구비문학에 대하여는 거론조차 하지 않는다. 서민문학 가운데서 언급한 것은 판소리와 『춘향전』인데, 그것도 아주 짧게 언급할 뿐이다.

이 문학사에서 지역 또는 그 문학의 공간에 대한 설명 기준은 두 가지다. 하나는 당쟁이라는 정치적 이데올로기이며, 다른 하나는 '감성 / 이성'이라는 인간의 정신 현상이다. '감성 / 이성'에 대응하여 전자의 속성을 (자기)자랑풍·과장풍·고려풍·허풍치기 등등으로 설명하고, 후자를 (자기)성찰풍·유풍(儒風) 등등으로 설명한다. 이 문학사의 문학관은 도학적 문학론을 견지하기 때문에 후자를 높이 평가한다. 감성과 이성 가운데 전자를 두고 대체의 문학사들은 풍류의 토대라 하여 높이 평가한 점에 비하면 아무튼 이 문학사는 이채롭다. 그만큼 이 문학사는 가치판단의 성격이 강한 문학사라 할 수 있는 정신사적 문학사이다.

그러면 먼저 이 문학사가 정치 상황과 지방문학을 어떻게 파악하는 가를 통하여 이 문학사에 나타난 지리 공간에 대한 인식을 알아보자. 먼저 두 가지 예를 들어본다.

> 한국의 17세기는 대충 광해군(즉위년 1608)부터 숙종(46년 1720)에 이르는 기간인데, 나라를 경영할 만한 임금이 나오지 않아서 나라가 극에 이르는 불행이 온 기간입니다. 이 기간에 두드러진 것은 경기 충청도에 사는 사람들만이 나라일에 참여하고 나머지 사람들은 거의가 나라일에 뜻을 잃고 살았다는 점이다. 15세기에 조선이 건국되어 전국 인재들이 참여했다가 조금 뒤 서북인 등용이 막혔고 16세기 말에 이르러 조작인 듯한 정녀립 역적모반 사건으로 기축옥사를 일으켜서 전라도는 얼마 동안 발이 묶이게 되었고, 경상도는 기축옥사에 얽혀 원한이 쌓이게 되어 스스로 뜻을 끊어버리게 되었으니, 남은 것이라고는 경기 충청 사람으로 좁혀 들어간 것입니다. 나라일에 참여하는 사람들이 이렇게 제한되다시피 좁혀지다가 보니, 이제는 그들끼리 임금의 비위를 맞추기에 안간힘을 쓰게 된 것입니다.[99]

> 17세기는 문학의 모습도 지역별로 그 성향을 달리하기에 이르렀는데, 경상도 사족들은 배달말글을 소인글이라고 하면서 거들떠 보지도 않으면서 일층 도학공부에 몰두하는 한편, 배달말글을 안방으로 넣어서 아낙네들이 하도록 권장했읍니다. 그런가 하면 전라도 사족들은 남자들이 배달말글을

99 『한국문학역사(韓國文學歷史)』, 224면. 이하도 『한국문학역사(韓國文學歷史)』를 대상으로 한다.

소중하게 여기면서 가사짓기와 단가짓기에 재미를 붙였고, 경기 충청도 사람들은 안밖으로 똑같이 배달말글을 소중하게 여기면서 배달말 글짓기를 즐기는 쪽으로 들어섰읍니다. 이렇게 된 근본 이유는 16세기 말 정철로 말미암았던 것입니다.[100]

이와 같이 이 문학사는 정치와 문학을 지방적 차원에 연관하여 인식함으로써 일국 차원의 지리적 공간을 역동적으로 설명한다.[101]

다음 정철의 가사문학을 보기로 하는데, 그의 정치 행적에 대한 기술부터 살펴보자.[102]

---

100 225~226면. 하나의 예를 더 들어보자.

"……배달말 일기가 17세기 『계축일기』에서 비롯되어 『산성일기』, 그리고 『연행록』으로 이어지는데, 이 모두가 경기충청 사족권에서 이룩된 것입니다. 배달말로 일기를 엮는다는 것은 서북문화권이나 경상문화권에서는 상상도 할 수 없는 끔직스런 일이었읍니다. 전라문화권에서는 16세기부터 사족들이 배달말 노래(가사 단가) 짓기에는 성황을 이루었으나, 배달말로 일기를 엮는다는 쪽으로는 들어서지 못했고, 경상문화권에서는 16세기 후반 기축년(선조 22, 1589) 이후부터 사족들이 마치 모여서 약속이나 한듯이 배달말글을 업신여기면서 거들떠보지 않게 되었읍니다. 전하여 내려오는 말로는 「배달말글을 애써 지으면 소인이 된다」라든지, 「언문글은 통시글이라」든지, 「시(詩) 짓기에 힘을 쓰면, 소인이 되기 쉬우니, 군자가 될려면 도학공부에 골몰해야지」라는 말들이 대충 경상도 사족들의 교훈이었읍니다. 그런가 하면 그 사족들이 배달말글을 안방으로 집어 넣어서 아낙네의 글이 되도록 권장하였읍니다. 그리하여 경상도 배달문학은 안방가사(내방가사 : 규방가사)와 편지글(사돈지)로 성황을 이루었을 뿐입니다.……"(242면)

101 개별 작가를 언급할 때도 어느 지방 출신이라는 점을 밝힌다. 예를 들면, 담양 사람 정철, 해남 사람 윤선도, 경북 영천 사람 박인로 등등 하는 식이다.

102 송순의 문학에 대해서는 언급이 없고, 다만 196면 각주에 다음과 같은 짧은 부정적인 평가가 있을 뿐이다.

"송순이 면안정가(免仰亭歌)라는 노래를 지었음이 사실이라고 한다면, 그는 자기 자신의 노래를 지은 셈인데 자기자신의 호노래를 짓기로는 정극인(丁克仁) 다음으로 나타난 사람이 됩니다. 자기자신의 호노래를 짓는다는 그 자체가 고려풍인데, 자기자랑풍으로 살고 있는 면앙정이 자기성찰풍으로 살고 있는 퇴계를 좋아할 까닭이 없읍니다."

16세기 후반 선조시대에 가장 큰 사건은 기축(선조22.10) 옥사와 임진(선조25.4) 왜란입니다. 전주사람 문과출신 정녀립이 역적도모를 했다고 하나 녀립을 잡아다가 물어본 일 없이 녀립이 이미 자살했더라고 했으니, 녀립사건이야말로 얽으면 되는 일로 되어버렸읍니다. 애매모호한 여립사건에 뛰어들어서 전상의 맹호가 되어 칼을 휘두른 이가 또 담양 사람 정철이었는데, 일이 모호하다가 보니 걸면 넘어지는 판국이 되어 전국을 휩쓸듯이 많은 사람이 죽어서 나라안은 원한으로 가득차 있는 가운데 임진왜란이 일어났고, 한편 녀립으로 말미암아 전라도가 어렵게 되어 이후 발신이 안되는 불행한 결과를 가져왔고, 정철에 추부했던 전라도 사람들도 탄로가 나서 절단이 나버렸고, 경상도에는 원혼이 많아서 정철에 대한 원한으로 가득차게 되었읍니다. 정철이 배달말글을 잘 짓다보니 경상도 사족(士族)들은 배달말글마저 업신여기면서 거들떠보지 않는 결과가 되어 마침내 배달말글이 안방으로 들어가 아낙네의 가사글이 되었고, 전라도는 배달말글 사랑풍을 이어받아 사족들이 배달말글을 부지런히 갈고 다듬게 되었고, 그 밖에 있는 지역은 배달말글을 업신여기지 않고 소중하게 다루었던 셈입니다. 장안 사대부들과 놀아나던 황진이의 멋진 단가(시조)들도 경상도 사람들에게는 이국풍(異國風)으로 들렸던 것입니다.

배달말글 자체야말로 허물될 것이 없음에도 불구하고, 경상도 사족들이 배달글말마저 업신여겼던 것은 바람직스럽지 못한 일이었읍니다.[103]

진위야 어떻든 정치문화적 공간을 지역 간의 상호관계에 의해 설명함으로써 일국적 차원의 공간이 구조적이요 기능적이었음을 보여준다. 그런데 정철로 말미암아 경상도 선비들이 배달말을 싫어하게 되고, 내방가사가 발달을 보게 되었다는 점은 그 어떤 문학사에서도 찾

---

103 222~223면.

아볼 수 없는, 주관적 진술로 볼 수밖에 없다. 이와 같은 주관적 판단은 정철의 문학을 평가하면서도 그대로 드러나 있다.

> 공명정대하기로 세상사람들로부터 인정 받고 있는 김우옹이 선조 16년 9월에 선조임금께 여쭙기를 〈정철은 패거리 맺기를 즐기며 유생들을 움직여 선동질을 잘하기 때문에 그가 조정에 있으면, 나라가 시끄럽게 되어 해롭게 됩니다〉라고 했을 때 선조임금은 답하기를 〈정철은 나 임금을 위한 사나운 호랑이(殿上之猛虎)이니라〉라고 변호했읍니다. 김우옹은 고향(성주)으로 내려가고, 정철은 그로부터 2년 동안 조정에 있다가 선조 18년 9월에 실세하여 창평으로 내려가서 「사미인곡」을 짓게 되었으니, 선조임금께 보내는 편지글 노래를 짓지 않을 수 없었던 것입니다. 선조임금이 스스로 "전상지맹호(殿上之猛虎)라 했으니, 정철이 보내는 편지글 노래에서는 〈이 몸이 만들어질 때 선조임금을 뒤따라 만들어졌으니 한생 연분이며, 우리들의 사이는 하늘인들 모를 일이 있겠읍니까〉로 시작되는 노래를 짓지 않을 수가 없었던 것입니다. 선조임금이 정철을 〈전상의 맹호〉라고 변호했던 그 말씀에 정철이 감격스러워서 답하는 노래로 지은 것이 「사미인곡」이었읍니다.[104]

문학을 정치에 환원시켜 기술하고 있는데, 여기에도 지역적 인식이 반영되어 있다. 동인인 김우옹을 두둔하고 서인인 정철을 비난하는 투로 기술하는 것은 일차적으로 사가가 지닌 도학적 문학관에 토대를 둔 판단 때문으로 이해하여야 할 듯하다. 다음 문맥은 이와 같은 점을 확실히 하고 있다.

---

104 212~213면.

경철의 「사미인곡」이라는 노래에는 "눈물"이라는 말이 두 번이나 나오고 있읍니다. 그러나 누구이든 이 글을 읽고서 지은이의 눈물 쪽으로 접근되기는커녕 도리어 어깨가 으쓱거려지는 홍겨움을 맛보게 됩니다. 이것이 곧 장면전환이 빠른 소식 경철 계열이 지니고 있는 글의 약점입니다. 그는 이보다 7년 전인 45세때(정월) 강원도 관찰사가 되어 그 해 「관동별곡」이라는 배달말 노래를 지어본 일이 있읍니다. 이 「관동별곡」이야말로 소식의 「적벽부」에 아주 근사합니다. 이렇게 홍겨운 노래는 소식이나 경철이 성공할 수 있으나, 슬픔을 담을 노래는 실패할 수밖에 다른 길이 없읍니다. 왜냐하면 그들의 체질이 성찰풍이 아니기 때문에 슬픈노래를 지어보았자 읽는이가 홍으로 받아들이기 때문입니다. 경철로 말하면 〈고려풍〉을 지닌 사람인데, 그가 이인로 이규보와 같은 세상에서 함께 살았다고 하면, 그는 만족스런 삶을 지녔을지도 모릅니다. 그러나 15세기 이래로 조선조에 〈성찰풍〉이 일어나서, 떠벌리는 〈고려풍〉을 용납하지 않는 세상이 되었으니, 정철의 삶이 불편하지 않을 수 없게 된 것입니다.[105]

여기서 '성찰풍'이란 도학적 문학의 성격을 말하고, '고려풍'이란 흔히들 풍류문학의 성격을 말하는 것이다. 후자를 극찬해 마지않는 일반적 인식과는 달리 비판적인 것도 물론 도학적 문학관 때문이다. 이 문학관으로 보면 문학에서 우리말 구사와 문학적 형상화는 문제가 되지 않게 된다. 문학은 엄숙하여야 하고 교훈적이어야 한다. 그런 점에서 담양 고을 정철의 문학은 허풍글이란다.[106]

다음 윤선도의 시조에 대한 기술을 살펴보자.

---

105 214면.
106 215~216면.

……해남(海南) 사람 윤 선도(尹善道 1587~1671)는 한양에서 살고 있었는데, 그가 광해군 10년(1618)에 배달말 노래 두 편을 내어 놓은 것이고 보면, 당시 서울은 배달말노래가 생소하지 않은 가운데 불려졌던 것으로 보입니다. 그가 배달말노래 두 편을 처음 지었을 때가 그의 나이 32세 때였고 보면, 그가 서울에서 자랄 때 이승형으로부터 노래에 대한 영향을 입었을 나이가 됩니다. 윤 선도는 정치가가 아닌데도 15년 동안(6+1+8) 귀양살이를 했습니다. 그의 귀양살이는 참다 못해서 죽기를 결심하고 상소하다가 귀양가는 것인데, 언제나 자신과는 비교가 되지 않는 권신(權臣)들의 비행을 규탄하다가 만나는 귀양살이라는 점이 특수합니다.[107]

마찬가지로 문학을 정치와 관련하여 설명하면서 지리적 인식도 보이고 있다. 그런데 윤선도의 문학에 대한 평가는 긍정적이다. 물론 도학적 관점에서 보았을 때 자기성찰적이라는 이유 때문이다. "윤선도의 「회포노래」(「견회요」-필자)가 예술작품으로 올라선 까닭은 그가 성찰풍을 지녔기 때문입니다. 윤선도의 배달말노래(단가)는 16세기 이황의 직속계열로 이황의 성찰풍을 바로 이어받은 이가 윤선도였읍니다."[108] 그 증거로 「도산십이곡」 가운데 제9장과 「회포노래」 제1장에 나타난 자기성찰의 유사성을 든다. 다른 문학사에서는 전혀 찾아볼 수 없는 인식이다.

다음, 『춘향전』 등 소설에 대한 평가는 대단치 않다. 서민문학에 대하여 대단치 않게 생각하는 것이 이 문학사의 특색 가운데 하나이기도 하다. "『춘향전』과 『심청전』이 모두 일정한 작가가 없는 공동작으로 이룩된 것이기는 하나, 이들이 모두 배달문학이 사랑받아 왔던 전

107 228~229면.

108 231면.

라문화권에서 이룩된 공동작으로 믿어집니다. 『춘향전』은 희곡적 쾌감에 그 맛이 있으며, 『심청전』은 갸륵한 숭고미에 그 맛이 있습니다."[109] 먼저 나온 『한국문학사(韓國文學史)』에서는 "……『춘향전』이라는 소설이 생산된 고장이 풍류사회였다는 곳에 작품으로서의 치명적인 손실을 지니고 있다"[110]라고까지 한다. 이 문학사는 개별 작품에 대한 기술보다는 오히려 소설의 판본과 그 유통에 대하여 더 많은 관심을 기울인다. "……방각본 소설이라는 것이 19세기에 새로 창작된 작품이 아니고, 지난날에 필사본으로 돌아다니던 것을 판각하여 출판 판매했을 뿐입니다. 이것은 대량생산을 위한 복사였음을 잊어서는 안 됩니다. 그리고 서울 · 안성 · 전주에서만 이러한 소설책을 만들어 내는 영업(방각사업)이 이루어졌다는 것에 또한 주의가 요청됩니다."[111] 주의가 요청된다는 것은 한글문학을 중시했던 문화권에서 방각소설을 즐겨했던 반면에 당시 영남문화권에서는 도학풍의 한문학을 중시했다는 점을 환기시키는 것이다.

한편 판소리는 대원군과 관련하여 설명하고 있다. 이것 역시 문학을 정치적 측면에서 설명하고 있다.

> ……대원군은 박유전의 "새 타령"과 "심청가"를 좋아 했고, 박만순은 대원군의 부름을 받고 운현궁에서 일년 남짓 지냈으며, 그렇게 지내는 동안 무과 선달(先達)이라는 직함을 받았다고 합니다. 고종 6년(1869) 7월, 대원군의 부름을 받고 서울로 올라가서 경복궁 경회루 낙성 잔치에 참여한 녀자가수 진채선은 신재효의 제자로 대원군의 사랑을 받게 되어 영화를 누렸읍니다. 그 때 진채선의 나이 24세였고, 신재효의 나이는 57세였읍니다.

---

109 244~245면.
110 183면.
111 271면.

진채선이 대원군에게 신재효를 추천하여 마침내 신재효가 오위장이라는 직함을 받게 된 것입니다.[112]

신재효가 또 판소리 여섯 마당(춘향가 · 토별가 · 삼청가 · 박타령 · 적벽가 · 변강쇠노래)에 손을 대었는데, 그것은 종래 있어 왔던 노래들을 고친 것일 뿐, 그의 독창스런 창작은 아니었읍니다. 그가 가수로서 출발하여 그 뒤에는 노래를 짓는 사람이 되었으며, 한편으로는 종래에 있어왔던 노래들(어부사……판소리)을 고치기도 했으며, 노래를 가르치는 교사가 되기도 했읍니다. 대원군 시대가 신재효의 활동 시기였고 보면, 대원군이 신재효를 그렇게 만들었는지도 모릅니다.[113]

문학의 정치적 연관성보다는 오히려 예술 발전을 위한 패트론으로서의 대원군의 역할에 주목했어야 한다고 본다. 신재효의 문학 활동에 대해서 그렇게 높이 평가하지 않는 점 또한 특이하다. 이것은 위에서도 언급한 바와 같이 이 문학사가 서민문학을 별로 중시하지 않고 양반문학, 그것도 도학풍의 한문학을 중시하기 때문이다.

문학사 ⑩은 지방적 하위 공간들에서 실현된 문학을 정치적 이데올로기의 상호작용의 측면에서 설명함으로써 일국적 차원의 문학 공간을 역동적으로 기술하고 있다. 그런 점에서 이 문학사는 구조가 튼튼한 하나의 구성물이라고 일단 말할 수 있다. 구조가 튼튼하기 때문에 잘 읽히는 문학사가 된다.[114]

---

112 284~285면.

113 288면.

114 문학사는 읽히는 문학사가 되어야 한다고 다음과 같이 말한다.
"문학사가 다루게 되는 것은 문학 활동(작가 · 작품 · 독자)에서 출발하여, 그 문학 활동이 사회에 미쳤던 공과 죄를 따지면서 한가닥으로 흐르는 공의 맥을 찾아 나가는 일입니다. 이와 같은 목적을 충족시키기 위하여 역사서의 기술체제가 나오게 되는 것

그런데 이 문학사는 다음 몇 가지에서 치명적인 편향을 보이고 있다.

첫째 문학을 정치적 이데올로기의 반영물로만 인식할 뿐 문학성을 문제 삼지 않는다.

둘째 정치적 요인과 사회경제적 요인들과 같은 다른 요소들과의 상호관계는 무시해 버린다.

셋째 도학적 문학론으로 말미암아 한문문학만을 중시하게 되고 국문문학은 소홀히 하는 경향이 있다. 이것은 지배문학만을 중시하고 서민문학을 가볍게 보는 것으로 연결된다.

이와 같은 편향으로 말미암아 ⑩은 많은 것을 드러내기도 하였지만, 또 많은 것을 은폐하기도 하였다.

4. 맺음말 – 문학사의 지역 공간 인식에 대하여

문학사의 공간을 설명하는 데는 두 가지 방법이 있다. 하나는 민족·계급·정신 등의 개념을 사용하여 인문사회적으로 설명하는 방법이며, 다른 하나는 지역 개념을 사용하여 자연지리적으로 설명하는 방법이다. 이상적이라면 이 두 방법을 통합하여 설명하는 방법이어야 할 것이다. 이와 같은 인식을 전제하고서, 우리는 지금까지 기존 문학사들이 지리적 공간을 어떻게 설명하고 있는가를 호남문학을 중심으로 하여 살펴보았다. 요약하면 다음과 같다.

입니다. 역사서의 기술체제는 끊임없이 이어지는 한가닥의 줄글이 되어야 합니다. 한가닥으로 이어지지 못하는 글이면, 그것은 "참고서" "사전류"가 될 뿐, 〈역사서〉는 되지 못합니다."(「머리말」에서)

첫째, 우리 문학사는 대체로 지리 공간을 일국 차원의 단일 공간으로 전제하고 있다. 물론 문학사는 민족문학사이기 때문에 대외적으로는 지리적 인식이 전제되어 있다고 볼 수 있다. 그러나 그것은 어디까지나 선험적일 뿐 경험적 차원에서의 지리적 상호관계에 대한 설명이 희박하기 때문에 결과적으로 지리적 공간은 일국 차원의 단일 공간으로 나타나게 된다. 다시 말하면 기존 문학사들은 문학사의 공간을 다만 인문사회적으로만 설명하는 데 편향되어 있어 지리적 인식이 실현된 문학사는 아주 드물다. 이 점은 안확이 문학사를 기술한 이래 우리 문학사 기술의 한 관습으로 굳어져 있다. 이상적인 문학사라면, 공간 인식에 있어서 대외적으로나 대내적으로 지리적 인식과 인문사회적 인식이 통합적으로 이루어져야 한다.

둘째, 지역문학에 대한 관심은 실증적 문학사들에 상대적으로 많이 나타나 있다. 실증적 문학사들은 특히 구비문학을 각 지역별로 논의하는 가운데 지리적 인식을 드러낸다. 그러나 사실 증명의 차원에서 그것을 개별적으로 언급하고 있을 뿐, 지역문학들 간에 어떤 상호관계가 있었는가에 대한 구조적 설명은 없다. 한편 민족문학사나 사회경제적 문학사에는 지방 또는 지역의 문학에 대한 언급이 아주 희박한 편이다. 이 문학사들은 문학사의 공간을 인문사회적 측면에서 주로 설명할 뿐이다. 이런 점에서는 세 문학사가 다 같이 단일 공간 설명모형을 전제하고 있다고 할 수 있다.

셋째, 기존 문학사 가운데 문학사의 공간에 대한 지리적 인식이 나타나 있는 문학사가 몇 있어 주목된다. 김동욱・조동일・여증동의 문학사에 나타난다. 그런데 앞의 두 문학사는 서민문학을 논의하는 경우에 주로 나타나고, 여증동의 문학사는 양반문학을 언급하는 데서 나타난다. 그러나 다 같이 문학사의 공간에 대한 지리적 인식을 분명히 전제하고서 기술된 문학사라고 보기는 어렵다. 우리 문학이 대외적으로 어떤 관계에 있었으며, 대내적으로는 각 지역의 문학이 상호 어떤 관계에 있었던가에 대한 설명이 미진한 편이기 때문이다. 지리적 인식이 철저하였다고 한다면, 다 같이 지리적 차원에서 서민문학과 양반문학에 관심을 가졌을 것이며, 그 상호관계에까지도 관심을 가졌을 것이다. 그러나 이 문학사들은 대내적인 차원에서나마 지역문학들의 구조적 상호관계에 대한 인식을 부분적으로나마 보여 주었다는 점에서 높이 평가되어야 한다.

넷째, 문학사의 지리 공간에 대한 인식은 1970년대 중반 이후에 기술된 남한의 문학사들에 많이 나타난다. 이것은 연구사적 반성에서 나타난 것이라기보다는 지역문학에 대한 연구성과를 수렴한 결과로 보인다. 북한의 문학사에서도 비슷한 시기에 그런 인식이 반영되기 시작하는데, 그렇게 뚜렷하다고 보기는 어려울 듯하다. 일국사회주의적 관념이 지배적으로 작용하는 북한의 문학사에서 지역적 관점을 강조하는 데는 일정한 한계가 있을 것으로 판단한다.

문학사의 공간을 인식하는 데 있어서 인문사회적 인식도 중요하지만, 지리적 인식 또한 그에 못지않게 중요하다. 왜냐하면, 민족문화란 경험적으로 단일하게 존재하는 것이 아니라, 각 지역문화들의 상호관계에 의해서 추상된 문화이기 때문이다. 각 지역 공간에서 전개되는 문화는, 한 나라의 문화가 대외적 관계에 있어서 그러하듯, 역사적으로 다른 지역문화와 상호 영향을 주고받으면서 존재한다. 물론 그 양상은 역사적으로 다를 것이다. 수용이 우세한 시기가 있는가 하면 영향이 우세한 시기가 있을 것이다. 한 지역문학이 자체의 독립성을 유지하여 민족문학의 하위문학으로 성립한다면 적어도 일방적인 수용상태에 머문 지역문학은 진정한 의미에서 지역문학이라고 할 수 없다. 다시 말하면 한 지역문학이 성립하는 데 있어 중요한 사실은 한 지역문학이 다른 지역문학을 얼마만큼 또는 어떻게 수용하였느냐 하는 문제보다는 자체의 생산 능력을 어느 정도 지녔느냐 하는 점이다. 어떤 한 지역의 문학이 독자성, 즉 자체의 생산 능력을 지니고 있다고 한다면 그 자체의 구조를 지니고 있다고 말할 수 있다. 그 구조는 다른 지역문화와의 상호관계에 의해서 규정된다. 이것을 지리 공간적인 측면에서 보았을 때는 지역문화의 팽창과 수축으로 설명될 수 있다. 물론 팽창과 수축의 현상만을 강조한다면 문화사적 문학사가 될 것이다. 팽창과 수축의 원인을 설명하고자 할 때 지리적 설명과 인문사회적 설명은 결합할 수밖에 없다.

사정이 이러함에도 불구하고, 기존 문학사들이 문학사의 지리 공간에 대한 인식을 단일 공간으로 치부해 버리고 거의 문제 삼지 않음으로써 문학사를 정태적으로 만들고 있다. 단일 공간 인식, 즉 일국적 관점에 의한 문학사 기술은, 서두에서도 언급한 바와 같이, 사실 근대 민족국가의 이데올로기를 정당화하고자 하는 문학사 기술의 관습이다. 근대 민족국가의 통치 이데올로기는 국가통합을 기하고자 한 나머지 모든 현상을 통합의 관점에서 보게 하는 관습을 형성한다. 문학사의 실상은 민족국가 문학으로 처음부터 통합되었던 것이 아니라 통합의 과정에 있었던 것이다. 이 점을 분명히 하고자 한다면, 문학사의 지리 공간에 대한 인식은 필수적이라고 할 수 있다. 지리 공간 관념을 전제한다면, 문학사란 지리적 공간상에 나타난 문학의 특수성을 잃어가는 과정, 달리 말하면 민족국가 문학으로의 통합 과정을 기술하는 것이라고 말할 수 있다.

문학사의 공간에 대한 자연지리적 인식을 인문사회적 인식과 결합시킨다면, 문학사의 인식은 훨씬 더 구조적이고도 역동적이 될 것이다.(순천대학교 남도문화연구소, 『남도문화연구』 제6집, 1997)

제2장
순천 지역의 근대문학

1. 근대 지역문학 이해의 전제

우리 근대문학사 첫 장을 열어 보게 되면, 경인 지역 청년들(이인직, 염상섭, 박종화 등)이나 서도 청년들(이광수, 김동인, 전영택 등)만이 거명될 뿐, 전라도 지역 나아가서는 순천 지역의 젊은이들 이름 석 자는 서글프게도 없다. 이 점이라면 경상도 지역도 마찬가지다. 순천의 젊은이들이 근대문학사에서 당당하게 거명되기까지에는 근대 시작 이후 거의 반세기 이상을 기다려야 했다. 문학사에 관심이 있는 사람들이라면 저 60년대의 문학사적 충격을 가슴 서늘하게 기억할 것이다. 순천의 두 젊은이, 김승옥과 서정인이 한국중앙문단을 경악케 했던 사실 말이다. 김승옥의 출현에 이호철은 얼마나 충격적이었던지 "아, 근대문학 60년은 너를 위해 있어 왔구나"라고 할 정도였다.

반세기 동안 순천에는 근대적 성격의 문학은 없었다고 해야 한다.

왜 그렇게 되었을까. 순천이 문화 또는 문학의 전통이 없어서였을까. 천만의 말씀. 순천은 두루 아는 바와 같이 지식인문학으로서 송광사의 선시(禪詩)문학, 강남악부(江南樂賦)·한시·시조·가사 등의 양반문학, 그리고 민중문학으로서 판소리·소설·구비문학 등을 생산했던 문화권에 속한다. 말하자면 순천은 다른 문학을 수용하는 수준에 그친 것이 아니라, 그 나름의 문학을 생산하고 향유할 줄 알았던 곳이다. 더 강조해서 말한다면, 순천 일원에서 생산된 지방문학은 지방적 수준에 그친 것이 아니라 한반도 전 영역에 엄청난 영향을 주었다는 사실을 우리 문학사는 기억하고 있다.

그런데 왜 근대에 와서는 반세기 이상이나 침묵하고 있었을까. 어떤 면에서 이것은 문화적 지체이다. 우리는 근대 지방문화의 실상을 이해하고 전망을 갖기 위해서는 이 문화적 지체의 사연을 정확하게 파악하지 않으면 안 된다. 이때 우리가 지녀야 할 인식 가운데 하나는 문화 또는 문학 활동에는 생산과 수용의 두 측면이 있다는 점이다. 누가 언제 무슨 문예지를 통해 등단했고, 어떤 해에 무슨 작품을 썼느냐 하는 사실들을 찾는 것으로는 근대 지방문학의 속사정은 전혀 이해되지 않는다. 문학의 생산 측면만을 들여다보게 되면 한국의 근대 지방문학은 한미할 뿐이기 때문이다. 반세기 동안 순천에서 생산된 문학이 보잘 것이 없었다고 해서 그 기간에 순천 지방 사람들이 향수(享受)했던 문화 또는 문학까지 없었던 것은 아니다. 어떤 시대 어떤 인간에게도 문화가 없는 생활이란 상상할 수 없는 노릇이다. 그렇다면 순천에는 반세기 동안 문학 생산은 중단되었지만 수용 차원의 문화 또는 문학은 있었다는 말이 된다. 이제 우리들의 질문을 이렇게 바꾸도록 하자. "근대에 들어와서 왜 순천에서는 문학 생산이 중단되었고, 수용 또는 소비만이 있었을까?"라고.

그러면 반세기 동안 문학 활동의 두 날개 가운데 생산이라는 한 날개를 잃어버리고 수용(소비)만의 한 날개로 날아야만 했던 저 참담했던 시절을, 그리고 반세기만에 다시 두 날개를 활짝 펴고 다시 창공을 비상할 채비를 갖추게 된 사연을 일반적 수준에서 이해해 보기로 한다.

그러면 순천 지역의 근대문학사를 일제 강점기와 광복 이후 두 시기로 나누어 살펴보도록 한다. 이 글이 상당 부분, 앞으로 보게 되겠지만, 기술적이기보다는 설명적이 될 것이다. 그것은 지금까지 없는 것처럼, 또는 별로 대수롭지 않은 것처럼 지나쳐 버렸던 사실들을 들추어 해명해야 했기 때문임을 먼저 말해 두고자 한다. 덧붙이자면, 단순한 사실 나열에 그치지 않겠다는 뜻이다.

우리의 근대는 자본주의 체제를 관철시키려는 제국주의자들의 전략적 구도하에 진행된 나머지 엄청난 왜곡 현상을 빚는다. 영미 제국주의자들의 마름 노릇을 자청하고 나선 일본 제국주의자들은 영일동맹, 가쓰라 · 태프트 밀약, 포츠머스조약 등 일련의 밀약을 통해 한반도에 있어서 영미의 이익을 대변하는 한편, 자신의 이해를 철저히 관철시키고자 한다. 1910년 일본의 강압에 의해 '한국병합에 관한 조약'이 체결되었을 때, 영국과 미국이 이를 환영한 것도 일본이 그들의 이익을 충실히 대변해 주리라는 믿음 때문이었다.

제국주의자들은 자본을 팽창시키기 위하여 일차적으로 자국 내의 모든 제도를 전일적 체제로 개편한다. 이것은 국가 체제를 자본주의가 잘 작동할 수 있는 방식으로 개편한 것인데, 대체로 민족이 기본단위가 된다. 말하자면 자본은 자기 증식의 길을 근대 민족국가 체제의 구축에서 모색한다. 이때 민족 중심의 근대국가 체제란 자본주의의 외화된 형태 또는 형식이 된다. 이와 같은 일국적 차원의 제도 개편을 통해 부의 축적이 한계점에 도달하게 되면, 자본은 더 많은 이익을 찾아 해외시장을 개척하고자 한다. 이것이 자본의 생리이다. 따라서 제국주의자들이 해외시장을 개척할 경우 식민지 국가체제를 전복 장악하고자 하는 것이 최우선적 과제가 된다. 1910년에 체결된 조약 가운데 핵심적인 조문, 즉 "한국 황제는 한국 전부(全部)에 관한 일체의 통치권을 완전히 그리고 영구히 일본 천황에게 양여한다"라는 점은 이를 극명히 보여준다.

이때 제국주의자들이 식민지 정치체제를 억압적인 방식으로 구조화하리라는 것 또한 자명하다. 억압적 기구들 가운데 대표적인 것은 군대, 경찰, 법률 등인데, 이와 같은 정치체제를 떠받칠 수 있는 각종 하위체제들, 즉 행정제도, 법률제도, 우체국, 은행, 철도 등 각종 장치들이 신설 개편된다. 이 제도들은 자본주의 생산양식을 구성하는 또 다른 억압기구들인데, 이것들의 정당화를 떠맡는 이데올로기 기제가 대표적으로 학교, 종교라는 제도적 장치이다. 자본주의 생산양식은 이들 복합적인 이데올로기 장치들을 효과적으로 작동시킴으로써 자신의 생산조건을 끝없이 재생산한다. 이와 같은 자본주의적 생산양식이 작동하는 가운데서 제국주의 자본에 대항하는 식민지 민족자본이 괴멸되리라는 점은 불을 보듯 뻔한 노릇이다.

그런데 식민화를 통한 자본주의의 전세계적 전개는 결정적으로 세계 '공간'의 응축과 통합을 통해서 가능하게 되었다. 자본은 최적의 생산조건과 판매시장을 갖기 위하여 공간의 벽을 허물어 유럽 중심으로 공간을 응축시켜 단일화하는 것이다. 물론 이때 물적으로는 각종 교통·통신수단이 동원되며, 정신적으로는 자본주의적·종교적 이데올로기가 동원된다.

이런 점에서 일제가 일본 동경의 지시를 받는 통감부와 총독부를 '서울'에 두었다는 사실은 우리의 근대사에서 각별한 의미를 지니게 된다. 유럽 중심으로의 세계 공간 통합 현상이 식민지 땅에서도 그대로 재현되었기 때문이다. 일제는 조선왕조가 닦아 놓은 서울 중심의 기존 지배 채널을 그대로 사용하는 것이 사회적 비용면에서 우선 효과적이었을 것이다. 그런데 일제가 자본주의를 관철시키기 위하여 서울의 존재 양식을 완전히 바꾸어 버렸다는 데 문제의 심각성이 있다. 서울을 동경의 하위 공간으로 전락시키고, 나아가서는 우리나라 각 지역 공간들을 일본 동경과 연결하는 매개 고리 역할을 하도록 구조화한 것이다(이 점을 잘 형상화한 작품이 염상섭의 「만세전」이다). 이에 따라 한반도의 모든 지역 공간들이 서울 중심으로 재편됨은 물론이다. 서울 주재의 총독부를 중심으로 하여 지방행정 체제가 정비되고, 법원 및 경찰제도가 확립된다. 또한 서울을 중심으로 철도가 놓이고 도로가 뚫리고 전화가 가설되며, 서울에 본점을 둔 우체국, 은행 등 각종 제도들이 신경조직망처럼 전 지역에 설립 연결된다. 뿐만 아니라 제국주의 이데올로기를 전달하는 학교와 신사 등을 전국 각 지역에 세운다. 거듭 말하지만, 이것은 일제가 자본을 신속하게 이동할 수 있게 하기 위하여 공간을 응축시키고 단일화시키고자 한 기획임은 두말할 것도 없다. 이와 같이 제국주의 자본의 재생산 체제가 강고해짐에 따라 지금껏 지니고 있던 각 지방의 상대적 자율성은 극도로 약화되는 것은 필연이다.

조선조 봉건사회 또한 오랫동안 중앙집권적 정치를 강화해 온 것만은 사실이다. 어떤 면에서 보면 조선조 오백년은 중앙권력이 지방권력을 잠식해 가는 역사이기도 하다. 그러나 조선조가 붕괴되는 마지막까지 지방은 중앙정부와 타협하면서도 끝까지 정치, 경제, 문화, 학문의 제 측면에서 그 나름의 자율성을 지켜내고 있었던 터이다. 이 점은 지방의 유력층인 유향품관(留鄕品官)이 중앙집권적 권력을 대변하는 수령과 맺는 관계가 이중적이었다는 데서 분명히 짐작해 볼 수 있다. 유향품관은 면 단위에서 권농관, 군적감고 등의 역할로 수령의 행정 수행을 돕는 한편, 또 달리 수령과의 관계 이전에 강한 재지적(在地的) 성향을 지니면서 면 단위 이상, 군·현 단위에서 자치권을 얻고자 하였다. 또한 지방 사림들이 서원의 향권을 주도함으로써 수령의 일방적 관권 행사를 견제하기도 하였다.[1] 말하자면 조선조 봉건사회에서는 지방의 자율성이 상당히 지켜지고 있었던 셈이다.

우리는 앞에서 순천 지방이 그 나름의 문학 생산 전통을 지니고 있었다는 말을 했다. 이것은 하기 좋은 말로 이곳이 무슨 예향이어서가 아니라, 다름 아닌 그와 같은 지방적 자율성이 지켜지고 있는 상태에서 가능하였던 것이다. 그리고 우리는 왜 근대에 들어와 순천에는 근대문학의 생산이 그처럼 지체되었느냐는 질문도 했다. 대답은 이미 질문 속에 들어 있다. 일제 침략에 의하여 각 지역은 조선조에서와는 달리 제국주의로부터 그리고 서울 등 대도시로부터 이중적 수탈을 당해야 했으니 그 자율성이 온전이나 했겠는가. 자본주의 메커니즘에 의하여 각 지역의 자율성은 급격히 파괴되고, 세계 전체가 유럽을 중심으로 통합되고 동아시아가 일본을 중심으로 통합되듯, 한반도는 서울 중심의 단일 공간으로 통합될 수밖에 없었다. 이것은 즉 각 지방이 정치, 경제, 문화, 학문 등 모든 부면에 걸쳐 자체의 생산 능력을 상실해간 것을 의미한다. 주체적 토대가 없이는 항심(恒心)도 항산(恒産)도 없게 되는 법이다. 이것이 근대에 들어와 각 지역에서 그리고 순천 지역에서 문화와 문학 생산이 중단된 근본적인 이유이다.

1 이태진, 「향청과 향약」, 『한국사연구입문』, 한국사연구회 편, 지식산업사, 1985.

2. 일제 강점기의 문학–구술문화와 문자문화의 갈등 시대

일제 침략에 의해 지방의 문화 또는 문학이 자체의 생산을 중단할 수밖에 없었던 것은 제도적 측면에서 심각한 변화가 일어났기 때문이기도 했다. 앞에서 말한 서울 중심의 공간 통합 또는 지역사회의 자율성 상실이라는 점이 근대에 있어서 지역문화의 생산이 중단되게 된 외적 요인이라면, 제도로서의 문화가 근대에 들어와 변화를 겪게 되었다는 사실은 문화 자체의 내적 요인이라 할 수 있다.

일제는 자기들 식으로 우리 민족을 형상하고자, 정치·경제·문화·학문 활동 등 모든 부면을 '근대'라는 새로운 제도로 주형(鑄型)한다. 우리들 삶의 틀 자체를 바꾸어 버리고자 한 것이다. 물론 이것은 일제의 독점자본이 잘 작동할 수 있는 방식으로 우리의 삶의 형태를 개편하고자 한 의도에서이다. 이런 전략은 이집트·인도를 식민화한 영국이나, 아프리카를 제압한 프랑스 등의 제국주의자들로부터 배운 짓이다. 새로운 제도란 세계를 새롭게 인식하도록 하는 새로운 틀이다. 우리 속담에 제 눈에 안경이란 말이 있다. 새로운 인식의 틀은 다름 아닌 이 안경이다. 새로운 안경을 써야만이 세계를 새롭게 인식할 수 있다는 점은 우리 역사도 이미 절감하고 있었다. 그래서 근대화운동으로서 갑신정변과 동학농민운동을 전개하지 않았겠는가. 그러나 문제의 심각성은 그 새로운 안경을 제작한 자들의 의도가 제국의 자본을 팽창시키기 위한 의도에서 만들어진 데 있다. 모든 새로운 제도는 자발적으로 추동되었을 때 생활화되고 풍속화 되는 법이다. 제국주의에 의해 강박된 새로운 제도는 우리에게 도수가 맞지 않는 안경이나 진배없었다. 그래서 그 시대의 모든 딜레마는 제국의 새로운 안경을 착용할 수도, 그렇다고 우리의 전통적인 안경을 고수할 수도 없다는 데 있었다.

일제 강점기에 문화 또는 문학에서 일어난 제도적 변화 가운데 가장 중요한 것을 들면, 첫째 문화의 생산과 소비가 분리되었다는 점, 둘째 구술문화와 문자문화가 급격하게 맞부딪쳐 심각한 갈등 현상을 빚게 되었다는 점, 셋째 제도로서의 새로운 문학의 생산과 전달을 매개하는 언론, 잡지, 학교 등 문학 기구와 체제가 새로이 구축되었다는 점 등이다. 여기서는 첫째의 변화에 초점을 맞추어 일제 강점기에 전개된 순천 지역의 문학을 살펴보기로 하겠다. 나머지 두 가지 변화는 생산과 소비의 분리 현상을 논의하는 가운데 양식상의 변화와 헤게모니의 작동이라는 측면에서 자연스럽게 언급될 것이다.

문화 또는 문학도 하나의 제도요 관습이다. 그러므로 시대마다 문학의 생산 관습과 소비 관습이 다 다르다. 다소 저항감을 불러일으키는 '생산'과 '소비'라는 용어 자체도 근대 자본주의 사회의 용어 관습이다. 문학을 고매한 정신활동쯤으로 생각하고자 하는 사람들에게는 '창작'과 '감상' 또는 '수용'이라고 표현해야 마음 편할 것이다.

조선조 문인들이 문학 수업을 하는 데는 뚜렷한 하나의 목적이 있어서였다. 그 당시 양반 계층이 사회적으로 입신하기 위해서는 문사철(文史哲)을 통하여 기본 소양을 쌓아야 했다. 자연 그들은 많은 시문을 짓게 된다. 후생들은 스승이 남겨 놓은 글들을 문집으로 만들어 펴내는 일을 스승에 대한 도리로 알았다. 설령 활자본으로 펴낸다 하더라도 부수는 그렇게 많을 필요가 없다. 선생을 기리는 후학들이 보는 것만으로 족했으니 말이다. 선생이 매문(賣文)하기 위하여 글을 짓지 않았듯이, 후학들 또한 선생의 문집을 판다는 것은 상상할 수 없었다. 이것이 그 시대 그들의 관습이었으니까. 매문 행위를 심히 부끄럽게 생각하는 관습은 일제의 자본주의가 들어오면서 서서히 무너지기 시작한다. "원고료를 주는 사람이나 받는 사람이나 다 적면(赤面)으로 수수(授受)"하였다고 박영희는 1920년대를 회고한다. 얼굴을 붉히기는 하였지만 매매문의 싹이 서서히 움트고 있었던 것이다. 민중의 경우도 전통적으로 문화나 문학을 사고팔지 않았다는 점에서는 같은 관습을 지니고 있었다고 할 수 있다. 일반 민중들은 자신들이 하는 노동의 일부로 문화 또는 문학을 창작하여 자신들이 향수하였던 것이다. 모내기노래, 길쌈노래 등은 민중들이 노동 가운데서 생산하고 자신들이 소비한 문화들이다. 심지어 서사무가 또한 종교적 목적에서 만들었고, 전설이나 민담 등도 자신들을 둘러싼 알 수 없는 세계를 자기들 나름으로 해석하기 위하여 만들었지, 오늘날과 같은 문화산업의 차원에서 만든 것은 아니었다. 이처럼 전통적인 문화관습은 그 내용이 계층적으로 서로 다르기는 하였지만 스스로 필요에 의해 생산하였기 때문에 문화의 생산과 소비가 분리될 수 없었다. 따라서 그 시절 각 지방 골골에 사는 사람들은 자기들 방식대로 자기 문화를 만들고 향수하고 있었다. 말하자면 문화 활동에 직접 참여하고 있었던 것이다.

그러면 문화의 생산과 소비의 분리 현상이 언제 일어나게 되었을까.

우리의 경우 상업자본주의가 나타나게 된 봉건 해체기에 그런 현상이 서서히 일어나고 있었다. 전주 지방에서 시작된 방각본 이야기책의 유행, 서울 지역에서 이야기를 해주고 밥 먹고 산 전기수의 출현, 그리고 남도지방에서 판소리를 부르던 광대들의 출현 등에서 그와 같은 현상을 짐작해 볼 수 있다. 그러나 그것은 생산과 소비가 분리되는 현상의 단초는 될망정 그것이 완전히 실현된 것으로 보기는 어렵다. 그 문화들의 내용은 전통적인 민중 구비문학을 토대로 한 것들이라는 점에서 민중 참여가 전적으로 배제된 문화는 아니기 때문이다. 이 문화들은 대체로 전달자로서의 전기수나 광대들이 수용자로서의 일반 민중들과 맞대면하고 이루어진 것들이다. 그러므로 전달자들은 청중들의 반응에 전적으로 민감해야 했다. 이것은 다음에 논의하게 될 구술문화 전통 속에서 이루어진 것인데, 청중들의 반응 여하에 따라 전달 내용과 표현은 현장에서 상당히 달라지게 된다. 공연 중에 청중들이 추임을 넣는 일이나 격전하는 일들은 우리가 오늘날 상상하는 이상으로 민중들이 문화 상황에 직접적으로 참여했다는 것을 의미한다. 그러나 그 시기에 문화의 생산과 소비, 그리고 노동과 놀이가 서서히 분리되고 있었던 것은 사실이다. 그러나 아직도 문화의 생산과 소비의 분리나 노동과 놀이의 분리는 지배적인 현상은 아니었다. 그래서 일하지 않고 문화 소비를 조장하는 듯한 그런 사람들을 그 시대에는 아직도 천시하고 있었던 것이다.

문화의 생산과 소비의 분리 현상은 일제의 산업자본주의 침략에 의해서 극적으로 나타나게 된다. 그러한 일이 노골적으로 드러나게 된 것은 일제가 언론출판법을 제정하여 문화 생산의 헤게모니를 완벽하게 장악해 버린 데 있다. 물론 이것은 자본주의 이데올로기를 전달하고 관철하려는 목적에서 이루어진 것이다. 당시에는 오늘날 전개되는 이른바 다국적 자본주의가 보여주듯 문화의 경제적 논리에 따라 비교적 은밀하고 자연스럽게 전개된 것이 아니라, 침략적 의도에서 발생한 것이니 정치적이었다. 언론출판법은 그 악명 높은 출판검열법으로서 식민지 시대 내내 우리 민족을 가위눌리게 했던 억압기구이다. 일제가 이 땅에서 문화 또는 문학에 지배권을 장악하고자 하는 것은 궁극적으로 자신들의 자본주의적 이해를 관철하기 위함은 물론이다. 그들은 경찰력이나 검열법 등을 통한 직접적인 통제와 '새롭고 근대적인 것'이라는 교묘한 이데올로기 조작 등을 통하여, 앞에서 언급한 바 있는 새로운 문화 관습 또는 제도를 강요한다. 그런데 그 당시 생산 차원의 문화 활동은 문화 생산의 헤게모니를 장악한 서울에서 벌어지고 있었던 터이다. 앞에서 우리는, 일제가 지방적 자율성을 파괴하여 지리적 공간을 서울로 단일화하였다고 말한 바 있다.

그러면 그때 순천에서는 무슨 일이 벌어지고 있었던가.

당시 순천에서는 일제에 의해 서울로 철도가 뚫리고 인근 벌교를 통한 대외무역이 전개되는 등 강제된 근대적 형태의 생산양식이 형성되어 가고는 있었지만, 풍속적 차원의 일상문화는 그렇게 쉽게 바뀌지는 않았다. 사회적 이데올로기로서의 문화란 경제적 토대에 영향을 받는 것은 사실이지만 그것은 그 나름의 관습을 지닌 정신활동, 즉 일상문화이기 때문에 변화의 속도는 완만했다. 더구나 순천이라는 지역 공간은 서울 공간으로부터 한참 비켜서 있는 곳이기도 했으니 변화는 다른 지역에 비해 더욱 완만했으리라. 따라서 중세의 신분 질서에 따른 문화와 서울 중심으로 발생한 새로운 문화가 혼재 융합되는 문화 활동이 향수 차원에서 전개되고 있었다고 할 수 있다. 양반문학, 서민문학, 신분을 초월한 공동문학, 그리고 새로운 문학 등이 풍속으로서의 일상문화를 구성하고 있었던 것이다. 근대 초기에는 전자, 즉 중세의 신분 질서에 따른 문화가 후자, 즉 새로운 문화보다 우세했겠지만, 시간의 흐름에 따라 양상은 많이도 달라지게 된다.

한시, 가사문학, 시조문학 등 이른바 양반문학은 일제가 침략해 들어왔다손치더라도 양반 지식인들 사이에서 일정 기간 동안 향수된다. 향수의 주된 장소는 전통적인 교육장인 서당, 향교, 서원 등이다. 1894년 과거제도가 폐지되고 1911년 조선 총독부령에 의해 향교나 서원이 군수의 감독하에 들어가자 두 기관은 다 같이 교육을 담당하는 기능을 상실해 버리고 문묘를 향사하는 기능만을 담당하는 곳으로 전락하고 만다. 이것은 물론 일제가 절대적으로 중요한 이데올로기 교육 기구를 자신들이 장악하고자 한 의도에서 나온 것이다. 그렇더라도 풍속화된 일상문화로서의 문학 활동까지를 전적으로 지배할 수는 없는 노릇이다. 그들은 유년시절부터 듣고 학습하여 익힌 한시, 시조, 가사 등을 음영하거나 시조창을 즐기기도 하고 동호인들끼리 시사를 결성하기도 한다. 이 지역 출신으로 의흥 군수를 지낸 김학모(金學模)의 시집 『묵초시고(墨樵詩稿)』(상, 하)가 1931년경에 출간되었다는 사실은 식민지 시대 순천에서 한문학이 명맥을 유지한 한 실례가 된다. 그런데 향교가 교육 기능을 상실함으로써 한문을 통한 것이기는 하지만 문학교육이 심각한 타격을 받았음은 두말할 필요가 없겠다. 또 하나 한문교양을 쌓아 벼슬길에 나서는 것이 양반 사대부의 삶의 양식이었는데, 그것이 하루아침에 무너졌으니 한문문학 생산은 급격히 쇠퇴하고 만다. 그런데 여기서 한 가지 짚어두어야 할 점은 양반들의 한문문학 수용 방식이다. 그것은 문자문화가 주종을 이루는 오늘날과 같이 눈으로 보는 방식이 아니라 낭독에 의존했다는 점이다. 서당에서 글 읽는 모습을 연상할 수 있는 세대라면 이 점 쉽게 이해될 것이다. 양반들이 낭독하고 음영하여 문학을 감상했다는 점에서는 다음에 보게 될 일반 서민들의 구술에 의한 수용 방식과 일치한다고 할 수 있다.

한편 일반 서민들은 민요, 민담, 전설, 서사무가, 판소리, 소설 등을 구전 형식으로 일상문화 차원에서 향유하고 있었다. 여기서 짚고 넘어가야 할 점이 하나 있다. 근대 초기 일반 민중들의 미의식에 관한 것이다. 이후에 다시 언급하겠지만, 1920년대에 근대문학을 감상할 수 있는 미의식을 지닌 사람은 근대문학 교육을 받은 지식인들로 기껏해야 천 명에서 이천 명 정도였다고 한다. 바꾸어 말하면, 일반 민중들 대다수는 아직 구술성에 기반을 둔 구비문학을 향수하고 있었다는 이야기이다. 당시 민중들에게 있어서 구비문학은 생래적인 일상적 차원의 문화이기 때문에 그것은 생명 리듬으로 작용하고 있었던 것이다. 이 점에 있어서는 문자문학을 익힌 사람들에게도 마찬가지였다. 그래서 이들 지식인은 두 개의 문학 가운데서 크게 갈등하였다.

그러면 일제 강점기 순천 지역 일반 민중들의 문학 활동을 노래 문학과 이야기 문학으로 나누어 살펴보자.

일제시대에 조사된 순천 지역의 「논매기」 노래는 4음보 4·4조 가락에 조상 숭배와 효라는 중세적 정서를 담고 있다. 이것은 구비문학의 특징 가운데 하나인 적층성이 작용한 예라 하겠다.

길고 긴 / 장천밭에 / 목화따는 / 저처녀야 / 어느 듯 / 베를나여 / 관복도복 / 지여보세 / 콩도심고 / 팥도심어 / 백곡성숙 / 한연후에 / 이것저것 / 거두어서 / 사당추신 / 한연후에 / 부모봉양 / 하옵시다[2]

그런데 이 시기 민요는 역사적 격동기의 변화를 수용하기도 한다. 당시에 순천 · 광양 지역에서 채록된 「새큰애기」는 율조에 심한 변화를 일으킬 뿐만 아니라 내용상으로도 시대상을 반영하고 있다.

오동나무 열매는 / 오조리 졸졸 / 새큰애기 젖통은 / 몽실몽실 / 엿보다 더단것은 / 진고개 사탕 / 초보다 더신것은 / 새큰애기 궁둥이 / 눈빠질놈 코빠질놈 / 다 일본 가고 / 보기싫은 봉투만 / 날마다 온다 / 임보고 싶으면 / 전화로 하라 / 간장에 썩은눈물 / 임의 화상을 / 그려 볼까매 / 손구락에 피를내여 / 사사히 편지할까 / 우리나 낭군은 / 쇠사슬 차고 / 형무소 마당에서 / 세월을 보낸다[3]

율조가 7 · 5조로 바뀌었는데, 같은 4음보라 해도 전통적인 민요에 비해 한 음보에 더 많은 가락을 포괄해야 했으니 음악성 또는 구술성이 약화될 수밖에 없어 민요로서 불안하기까지 하다. 이 민요는 내용상 새 큰애기, 일본 간 임, 형무소 간 낭군 등의 소재를 중심으로 하여 세 부분으로 나누어진다. 겉으로는 임 그리는 노래이지만 사실을 사실

2 『조선민요집성』(『순천 · 승주향토지』, 순천승주향토지편찬위원회, 순천문화원, 1975), 214~215면에서 재인용.

3 위의 책, 215면.

대로 제시하여 일제에 대한 비난을 은연중 내비치고 있다. 그러나 전체적으로 유기적 연관성이 해체되어 있는데, 이 점은 개방성으로 이해되어야 할 것이다. 또 이와 같은 개방성으로 말미암아 가락이 7·5조로 바뀌었다고 이해되어 할 것이다. 이것은 당시 전통 양식에서 발달한 잡가가 완결된 구조를 거부하고 항상 뒷부분을 열어두는 것과 같다. 뒤를 열어 둠으로써 무한히 새로운 세태 풍정을 첨가할 수 있게 되는데, 그것도 가락이 통제하는 한에서 가능하다.

이와는 달리 민속놀이와 결부된 소리들은 근대에 이르러서도 전통적인 형식을 상당히 견지하고 있다. 민속문화와의 결합성이 강한 결과라 판단된다. 1980년대 중반에 최덕원 교수에 의해 「줄다리기」, 「달집 태우기」, 「디딜방아 액막이」, 「오장 상여」, 「강강술래」 등 민속놀이에서 부르는 소리와 「삼설양굿」의 서사무가가 조사 연구된다.[4] 이런 민속놀이는 노동 과정과 긴밀하게 연관된, 농민들이 필요에 의해 직접 생산한 종합예술이다. 산업화가 상당히 진척되었음에도 불구하고 80년대에 이런 문화가 일부에서나마 남아 있었던 점을 감안한다면, 전인구의 거의 8,90% 이상이 농업에 종사하고 있던 일제시대에 민속문화는 일상문화로서 그 풍속성이 매우 강했을 것은 의심할 수 없다. 당시에 서울 지역 공간에서는 지식인들에 의해 새로운 문화가 생산되고 있었다 하더라도, 그에 상관없이 지역 일반 민중들은 그들만의 문화를 즐기고 있었던 셈이다. 그러나 민속문화와 결합된 민속문학은 본디 농업을 토대로 하여 형성된 것이기 때문에 상공업을 기초로 한 80년대와 같은 산업화 시대에는 급격히 쇠퇴할 수밖에 없다. 산업화는 문자문화와 전자문화를 강화한 나머지 구술문화인 민속문화가 설 땅을 심히 좁혀 버린다. 그리고 산업화는 다양한 공간을 단일 공간으

---

4 최덕원, 「순천 지역의 민속 조사 연구」, 『남도문화연구』 1, 순천대 남도문화연구소, 1985.

로 통합시키기 때문에, 이 공간을 재현하는 데 있어서 한정된 지역 공간을 토대로 한 민속문화 양식은 매우 부적합한 것이 되고 만다.

다음 이야기 문학에 대하여 살펴보자. 순천 지방의 설화 역시 1980년대 중반에 한 차례 조사된 바 있다.[5] 조사는 설화를 기억하고 있는 사람이 구술한 것을 조사자가 문자로 기록하는 방식으로 이루어진다. 「담이 큰 포수」, 「제수 찾아 먹으러 온 혼백」, 「소금장수와 그 딸」 등 31편이다. 대체로 이야기는 세계에 대한 인간의 우위를 표현하는 민담류이다. 세계의 우위, 즉 세계에 대한 공포를 표현한 전설로는 「각시바구와 애기귀신」, 「용쏘백이와 안 떨어지는 바위」, 「남산 살 바위」 등이다. 민담의 주제는 인과응보를 나타내고 있으며, 그 전개 방식은 순차적인 전통 양식을 그대로 따르고 있다. 그 가운데 「담이 큰 포수」에서 소도구로 '총'이, 그리고 「제수 찾아 먹으러 온 혼백」에서 '택시'가 사용되는데, 이것은 재현자의 시대성이 개입된 것이지 전통적인 이야기의 내용과 골격 자체가 바뀐 것은 아니다. 몇몇 소도구만을 바꾸는 방식으로 설화는 조사한 연대까지 일상문화 차원에서 전승된 것으로 이해된다. 설화양식이 다양한 서사체험을 재현하기에 부적절하다는 것은 이미 중세 시절에 드러난다. 다만 근대에 있어서도 놀이 차원에서 거듭 반복되고 있을 뿐이다. 그 전승은 아마도 농경문화를 체험한 사람들이 살아 있는 한에서만 가능할 것이다. 그들만이 설화를 필요에 의하여 기억하고 구술할 수 있는 사람들이기 때문이다.

이야기 문학 가운데 소설은 전설이나 민담 다음으로 나타난 이야기 형식이다. 중세에 민중들이 서사체험을 하는 길은 두 가지 길이 있다. 귀로 듣는 방식과 눈으로 보는 방식이 그것이다. 민중들은 대체로 민담, 전설 등 설화와 함께 소설을 입으로 말하고 귀로 듣는 방식에 의

5 최덕원 외, 「순천 지방의 설화」, 『남도문화연구』 1, 순천대 남도문화연구소, 1985.

하여 교환하고 전승하였다. 그러는 가운데 18세기에 붓글씨로 쓴 필사본이 등장하고, 이어서 19세기에는 나무판에 글자를 파서 찍어 펴낸 방각본 소설이 전주, 안성, 서울 등지에서 나오게 된다. 눈으로도 이야기를 경험하는 방식을 갖게 된 것이다. 20세기 초엽 일제시대에는 연활자에 의한 활자본 소설이 나오게 된다. 이 활자본이 나옴으로써 고소설은 발생기보다 오히려 더 많이 읽힌다. 1950년대까지 딱지본 혹은 육전소설이 전국 오일장에서 팔리기도 하여, 이야기 문학이 상업화되어 가고 있었다. 그런데 방각본이나 활자본 소설은 19세기나 20세기의 내용을 담은 것이 아니라, 필사본으로 돌아다니던 것을 펴낸 것이다. 방각본이나 필사본은 대량 복제에 의한 출판이다. 그 만큼 수요가 있었다는 이야기인데, 이를 통해 당시의 일반 민중들의 미의식을 짐작해 볼 수 있다.

여기서 중요한 것 가운데 하나는 방각본이나 활자본이 나오게 됨으로써 구술문화가 문자문화로 바뀌어가고 있었다는 점이다. 그러나 작품 자체는 순차적인 서사성과 기억을 위한 율문성 등에 크게 의존하고 있어 구술문화의 전통을 온존시키고 있다. 그러면 실제로 당시 일반 민중들이 방각본이나 활자본 소설을 얼마나 읽었을까. 문맹률이 거의 7,80%에 육박하던 시기였다면 가히 짐작해 볼 만하다. 당시 지식인들이 '브나로드' 운동을 하면서 제일 힘쓴 것이 야학을 열어 한글을 보급하는 일이었다. 따라서 문자문화 시대로 돌입한 이때까지도 일반 민중들 대다수는 이야기 문학을 귀로 듣는 방식을 통해 체험하고 있었던 것이다. 박종화의 증언에 따르면 근대 초에도 서울 대가집 마님들에게 소설을 줄줄이 낭독해 주면서 생계를 꾸려간 낭독가가 있었다고 한다. 시골에서는 동네 사랑에서 글 아는 사람으로 하여금 이야기책을 낭독하도록 하였다고 한다. 이것은 이야기책이 당대의 현실을 재현한 것은 아니지만, 구술을 통한 놀이 차원에서 현실적으로 향수되고 있었다는 사실을 말해 준다.

근대란 어지럽기 짝이 없는 산문 시대이다. 이미 근대는 구술문화 전통을 온존시킨 옛이야기 방식으로는 재현할 수 없는 상황이 된 것이다. 그리고 근대는 문자문화 시대이다. 시대는 새로운 문자문화에 토대를 둔 이야기 방식을 요구하고 있었던 것이다. 그래서 소수의 지식인들은 시대를 재현하는 새로운 이야기 방식을 찾느라 고투하였다. 그러나 대부분의 당시 일반 민중들의 미의식은 구술문화 전통에 익숙해 있었다. 일반 민중들이 문자문화를 향수하는 데는 향수의 토대인 문자 교육을 기다려야 했다. 그래서 당시 지식인들은 시대를 재현할 수 있는 새로운 이야기 방식을 찾는 한편으로 계몽운동을 통하여 일반 민중들의 교육에도 힘썼던 것이다.

다음 근대 순천 지역의 판소리를 살펴보자.

판소리가 그 발생기는 물론 20세기에도 여전히 활발하게 향수된 점 역시 일반 민중들의 구술문화에 토대를 둔 미의식과 관련하여 이해해야 한다. 18세기 후반 서민층에서 출발했던 판소리는 19세기 말에는 양반들은 물론 왕실까지 참여하는 국민문화로 성장하게 된다. 『판소리 소사(小史)』(박황)에는 145명의 명창이 소개되어 있는데, 그 반수 이상이 20세기에 태어난 사람들이다. 이로 보면 판소리는 일제 강점기인 근대 전반기에 오히려 더 활발하게 향수되었던 것이 명백하다. 판소리가 발달을 보게 된 데는 몇 가지 기본적인 요인이 있었다고 판단한다. 예술성과 창악인이 판소리 자체의 요인이라면, 기생조합・국악원 제도나 후원자 등은 외적 요인이라 하겠다.

판소리의 예술적 특징은 무엇보다 서사적 노래라는 데 있다. 판소리는 '가(歌)'와 '사(詞)'가 결합된 여타의 서정적 노래들과는 다르다. 그것은 구전설화를 토대로 하여 발전한 것으로서 '가(歌)'와 '이야기'가 결합된 서사적 노래이다. 그만큼 판소리는 주관적 체험과 객관적 체험을 동시에 표현할 수 있는 갈래인 것이다. 구술문화에 의존했던 대부분의 민중들에게 판소리는 세계에 대한 서사체험을 표현하는 대표적 장르였으니, 구술문화 전통이 아직 튼튼한 시기에 번성하고 인기가 있었던 것은 아주 당연하다. 그러나 판소리는 새로운 시대에 대한 체험을 스스로 포괄하지 못하고 다만 고법을 무너뜨리면서 '통하성(通上聲)'(송만갑)과 같은 새로운 성조를 창시하거나 가야금 병창・창극 등 외형적 형식만을 바꾸는 것으로 활로를 찾았기 때문에 문자문화가 본격화하는 시기에는 위기에 몰리게 된다. 문자문화는 '가(歌)'와 '사(詞)'를, 그리고 '가(歌)'와 '이야기'를 분리시켜 버린다.

근대에 순천의 판소리를 발전시킨 사람으로는 오끗준(19세기 말, 순천), 박초월(1913, 주암), 성창렬(1915, 순천), 오바독(1901, 순천), 박향산(1922, 순천), 선동옥(1936) 등이다. 순천 지역의 판소리는 오끗준 때부터 동편제에 속해 있었다고 한다. 판소리는 처음에는 독창이었으나 고종조에 이르러 몇 가지 다른 형태의 창이 파생되었는데, 그 가운데 가야금 병창과 창극이 크게 발전한다. 이 고장 출신으로 가야금 병창을 발전시킨 사람으로는 오수관(1875, 낙안), 오태석(1895~1953), 오성삼 등 삼대와 박향산이다.

일제가 1910년에 정치 체제를 정비하면서 조선조 관기(官妓)의 교육기관이던 장악원을 폐쇄하자, 기생들은 서울, 평양, 대전, 대구, 부산, 전주, 목포 등 전국 각지에서 기생조합을 만든다. 이 조합에서는 각종 예기와 민요는 물론 명창들을 소리 선생으로 초치하여 판소리를 가르쳤다. 기생조합은 1920년대에 일본식으로 권번(卷番)이라 개명되는데, 순천에 권번이 생긴 것은 1930년 전후이다.[6] 1933년 정광수(1909, 나주)

---

6 문순태, 「순천 지방의 판소리 형성고」, 『남도문화연구』 1, 순천대 남도문화연구소, 1985, 89면.

가 순천 권번 소리 선생으로 부임하여 2년 동안 소리를 지도한다. 다음 박봉술(1922, 구례)은 순천에 체류하면서 이 지역의 판소리를 크게 발전시키는데, 1953년에는 순천 국악원 소리 선생으로 부임하여 후계자를 양성한다.

19세기말 판소리가 크게 발전한 것은 대원군의 후원에 힘입은 바 크다. 대원군은 소리꾼 박유전, 박만순, 진채선 등을 운현궁으로 불러다 소리를 즐기기까지 하였다고 하니 그 애호 정도를 가히 짐작할 만하다. 박만순에게는 선달 벼슬을, 진채선의 스승 신재효에게는 오위장 벼슬을 내리기도 한다. 대단한 패트론이었다. 그후 근대 판소리를 발전시키는 데 크게 후원한 이는 순천 출신 김종익이다. 1933년에 송만갑이 이동백, 김창용, 정정렬 등과 함께 서울 관훈동에 〈조선성악연구회〉를 열 때, 김종익은 재정적 후원을 한다. 1935년에 연구회가 익선동으로 확장하여 옮기는 데도 크게 도움을 준다. 연구회는 또 김종익의 도움으로 한성준, 오태석, 임방울, 박녹주, 김소희 등 젊은 사람들을 중심으로 하여 〈창극좌〉를 조직하여 『춘향전』을 공연하기도 한다. 이런 인연으로 송만갑은 순천 지역의 판소리 발전에 직・간접으로 많은 영향을 주게 된다.

지금까지 우리는 대체로 수용의 측면에서 순천 지역의 근대문학을 살펴보았다. 당시에 특징적인 것은 순천은 물론 각 지역에 사는 사람들은 대체로 구술성에 의존하는 수용 방식으로 전통적인 문학을 향수하고 있었다는 점이다. 말하자면 그들은 전통적인 미의식 수준에서 그들 나름의 문화를 향수하고 있었던 것이다. 이 구술문화에 대한 일반 민중들의 체험은 다음에 문자문학을 지향하는 그들의 자식들에게 원체험으로서 작용하게 된다는 점에서 중요한 의의를 지닌다. 유년기가 구술문화의 수용 시기라는 점은 오늘날도 변함이 없다.

그러면 문화 생산의 헤게모니를 상실한 상태에서 전통문학은 새로운 상황에 어떻게 대응하였을까. 이것은 전통적인 민중문화가 지닌 근대적 생산력을 살펴보는 일이 된다. 일제에 의해 강제된 20세기는 전통적인 구술문화로 재현하기에는 벅찬 새로운 상황임에는 틀림이 없다. 그럼에도 격변하는 상황에 적응하기 위하여 전통적인 문학들은 나름의 변화를 시도한다. 우리는 앞에서 이런 사실을 여러 장르를 살피면서 부분적으로 언급했다. 민요가 4·4조에서 7·5조로 바뀐 점, 필사본 소설이 방각본을 거쳐 근대의 활자본으로 발전하는 점, 그리고 판소리가 독창에서 거문고 병창, 창극 등으로 변화를 꾀한 점 등이 그것이다. 이외에도 개화가사는 전통적인 문학 가운데 변화를 꾀한 대표적인 갈래가 될 것이다. 순천을 위시한 남도지역에서 변화를 꾀한 갈래 가운데 잡가를 빼놓을 수 없다.

잡가는 '가'와 '사'가 분리되어 '가'를 우위로 삼는, 즉 전적으로 귀로 즐기는 문화로 편향된 대중문화이다. 말하자면 잡가는 '가'와 '사'가 분리된 경계점을 적시해 주는 대표적인 갈래인 것이다. 잡가는 지역별로 남도민요, 경기민요, 서도민요 등이 있어 각 지역의 음악성을 근대에서도 잘 보여 준 노래이다. 대체로 잡가는 가사, 판소리, 사설시조, 민요 등 여러 양식을 흡수하여 자신의 독특한 세계 안에서 버무려낸 양식인데, 이 가운데 남도민요는 특히 판소리와 전통적인 민요가 근대적으로 세련된 것이다. 남도민요 「육자배기」 한 대목을 보자.

> 저 건너 갈미봉 비무더 드러온다 우장을 허리에 두르고 김매러 어서가세 새벽서리 찬바람에 울고가는 져기러기야 너가는 길이로구나 내한말을 드러다가 한양셩중 드러가셔 그리던 벗님의게 젼하야 주렴 …… 여바라 동모들아 이내 말을 들어를보아라 츈향이가 즁형을 당해 거의 쥭게 되얏고나 …… 츈초난 년년록이요 왕손은 귀불귀라 초로갓흔 우리 인생 아니놀고 무엇하리 거드러거려 노라보세

이 민요는 4음보 규칙성을 토대로 한 전통적 율격이 파괴되어 있다. 시대에 적응하기 위한 개방성으로 이해되어야 할 것이다. 그런데 사설 내용은 일반적인 상사의 정을 노래하다가 『춘향전』의 한 대목을 노래한 다음 마지막으로 인생무상을 읊조린다. 이처럼 구조적 완결성이 없는 것 또한 개방성으로 이해될 수 있겠다. 이것은 '사'와 결별해 버린, 그래서 내용의 규정성을 스스로 거부해 버린 당시 노래의 양식상의 한 특징이다. 잡가가 새로운 시대를 맞아 정형적 규칙성을 파괴하여 개방적이 된 것은 시대성의 반영으로 볼 수 있다. 그러나 '사'에 대해서 무관심해 버리고 '가'에만 매달림으로써 노래 자체가 맹목적인 힘이 되어 결국에는 자신의 정체성을 잃어버리게 된다. 잡가는 후일 뽕짝에 자리를 내 주게 되는 운명에 처하고 만다. 이것은 명백히 '사'를 경홀히 한 결과이다.

그런데 '사'를 통한 현실 인식은 소수 지식인들이 전유하게 된다. 구술문화의 미의식을 지닌 일반 청중들은 '가'가 없이는 메시지를 받아들이는데 익숙하지 못하다. 지식인들의 '사', 즉 근대시는 아주 낯선 양식이어서 설령 글을 읽을 수 있었다손치더라도 수용이 어려울 수밖에 없었다. 일반 민중들에게는 눈으로 읽는 시보다는 귀로 듣는 노래가 더 친숙한 것이다. 그래서 그들은 내용이야 어떻든 끝없이 노래를 따라 잡가로, 뽕짝으로 이동하게 된 것이다. 문제는, 그러는 가운데, 위에 든 「육자배기」의 마지막에 나타난 바와 같은 인생무상적 비애감에 근대 민족정서가 감염되어 병들어 갔다는 점이다. 애상적이고 허무적인 정서에 있어서 뽕짝이 잡가보다 더하면 더했지 덜하지는 않다. 당시에 애상적이고 퇴폐적인 잡가나 뽕짝은 새로운 전달매체인 유성기에 실려 전국적으로 대량 유통되고, 또 각종 극단들의 순회공연을 통해 전국 방방곡곡에 메아리쳐 갔던 것이다. 이와 같은 부정적 정서 형성은 일제가 노리는 바로서 계획적인 것이었다. 항일투쟁가와 같은 일련의 저항적인 노래는 탄압하는 한편으로 잡가와 뽕짝 같은 노래들이 전국토를 오염시키도록 정치적, 상업적 제도로써 보장하였던 것이다. 일제는 오락으로 대중들을 순치하고자 했던 것이다. 일제 강점기에 민중들은 서서히 자신의 문화 생산 능력을 상실해 버리고, 스스로 소비 위주의 근대적 대중으로 변모해 갔다. 그래서 당시 계몽 이성을 지닌 소수 지식인들은 밖으로는 일제와 싸워야 했으며, 안으로는 통속화되어 가는 일반 대중과 싸워야 하는 이중적인 짐을 짊어져야 했다.

그러면 순천 지역에서는, 서울을 중심으로 하여 새로이 나타난 근대문학 활동에 대하여 어떻게 대응하였을까.

앞에서 말한 바와 같이 일제에 의하여 왜곡된 우리의 근대는 문학에 있어서 일본에 의해 중개된 유럽의 문학 양식에 대하여 관심을 갖지 않을 수 없게 된다. 새로운 문학 양식은 일상문화로서 풍속화되지 않았다는 점에서 제도로서의 문학 수준에 머물러 있을 뿐이었다. 따라서 이 새로운 문학 양식은 전통적인 미의식을 지닌 일반 민중들에게는 낯설 수밖에 없었다. 그리고 새로운 문학 양식은 문자에 의해 소개되어, 앞으로 문화의 판도가 눈으로 읽는 문자문화 시대를 여는 단초가 되게 한다. 문자문화로 말미암아 글을 아는 지식인들이 문화 생산을 주도하게 되는 한편, 구술문화 전통에 익숙해 있던 일반 민중들은 자연 문화 생산으로부터 소외되게 된다. 게다가 새로운 문학 양식이 서울 중심으로 전개된 나머지 각 지역에 사는 일반 민중들은 새로운 문화 생산으로부터 더욱 멀어지게 된다. 일제에 의해 일국 차원의 지역 공간이 서울로 통합이 되었기 때문에 서울은 새로운 문화를 수용하는 창구 역할을 할 뿐만 아니라, 이를 토대로 하여 새로운 문화 생산의 주도적 역할을 하는 중심 공간이 되는 것 또한 자연스럽다. 글머리에서 경인 지역 청년들(이인직, 최찬식 등)이나 서도 청년들(이광수,

김동인 등)이 근대문화를 주도하였다고 하였는데, 이것은 바로 그런 이유 때문이다. 따라서 문자문화 시대에 새로운 문화 또는 문학을 경험해 보겠다고 서울로 유학 가는 일은 아주 당연하다 하겠다.

『순천·승주 향토지』에 따르면 일제시대 순천에서 서울로 유학을 가서 근대문학을 맨 처음 체험한 이로 임학수(林學洙, 1912, 금곡동)를 들고 있다. 그가 서울로 유학을 간 것은 일제 강점 20여 년이 지난 30년대의 일이다. 그는 경성제대 영문과 출신으로 시인이며 번역문학가이다. 시집으로 『석류』(1937), 『팔도풍물시집』(1938, 재판 1948), 『후조(候鳥)』(1939), 『전선시집』(1939), 『필부(匹夫)의 노래』(1948) 등이 있으며, 편저로는 『시집(조선문학전집⑩)』이 있다. 해방 전후 어려운 시기에 다섯 권 정도의 시집을 내었으니 시작 활동이 활발했던 것으로 보인다.

임학수가 발표한 해방 이전 시의 정조는 대체로 감상적이고 낭만주의적 경향의 시가 주류를 이룬다. 『석류』는 사랑을 노래한 시편들이 많은데, 「견우」라는 서사시 한 편이 실려 있어 주목된다. 사랑을 노래한 시 가운데 「님의 가라치심」 한 편을 보자.

> 나는 그대에게 멀리 山기슭 / 진달래 열지어 피는 골에 / 한간 초옥을 얽자 하였나이다 / 낮이면 밭을 갈고 / 밤되면 책펴자 하였나이다 / 그대는 말없이 나를 바라며 / 조심스레 고개를 흔드렀나이다 / 사랑이여 내소원이 무리한 것일까요? // 나는 그대에게 멀리 바닷가 / 푸른 물결 스치는 바위우에 / 모다 잊고 초옥을 얽자 하였나이다 / 낮이면 자개를 파고 / 밤되면 별헤자 하였나이다 / 그대는 말없이 나를 바라며 / 조심스레 다문입술을 가라쳤나이다 / 사랑이여 내소원이 무리한 것일까요? // 나는 오래토록 생각다 못하야 / 아득히 소나무 사이로 / 무심코 서쪽 산마루를 나려다보았나이다 / 오, 거기 지려는 저녁해 아래 / 두어줄 실낱같은 연기가 뻗디렸으며 / 처량한 노래한마디의 흘러오는 거리…… / 그대는 고요히 眞珠를 반

짝이며 / 삽풋 고개를 끄덕이려 하였나이다[7]

이 시에 나타난 주관적 정서의 과잉은 당시의 문학적 한 관례를 따르고 있는 듯이 보인다. 그러나 그 정서가 치기를 보이고 있는 것은 '초옥', '책', '진주' 등 소도구들이 상호 구성력을 발휘하지 못함으로써 형상화에 실패하고 있기 때문이다. 이 시에서, 우리의 주제와 관련하여 생각해 볼 때, 눈여겨보아야 할 점은 그와 같은 표현의 미숙성이 어디에서 연유했느냐 하는 점이다. 이것은 애정 표현을 전통적인 우리 방식으로 한 것이 아니라, 서구적 문학 관습, 즉 담론 관습에 따르고 있는 데서 비롯된다. 서투르게 번안한 워즈워드 시를 연상시킨다. 근대 지식인들이 서구를 의식하면서 근대 문학제도를 확립해 갔던 한 본보기이다.

30년대 후반은 민족주의 진영에서 국학 연구를 통하여 민족의 활로를 모색하던 시기이다. 그래서 그들은 민족문화에 대한 연구와 국토 예찬의 글들을 많이 쓰게 되는데, 『팔도풍물시집』은 그런 시대적 분위기를 반영한 시집이다. 『후조(候鳥)』 또한 그러한데, 여기에는 국토를 예찬하는 기행일기를 많이 싣고 있다. 풍물이라 해야 북한산, 숭례문, 경회루, 석굴암, 낙화암, 쌍룡총 등 대체로 유명한 고적들을 소재로 삼은 것이고, 시적 정서는 회고적 낭만주의를 기조로 하고 있다. 다음 『전선시집』은 김동인·박영희 등과 함께 중국 주둔 일본군[황군] 위문사로 다녀와 쓴 시편들을 묶은 것이다. 일제의 강박에 의해서였겠지만, 그의 개인사에서 씻을 수 없는 오점을 남긴 것이다.

다음 『필부(匹夫)의 노래』는 해방공간에 출간된 시집으로 I, II부로 구성되어 있다. I부는 자기반성을 시도하는 시편들이 묶여 있다. 자신

7 『한국현대시사자료집성』 39, 태학사, 1982, 74~75면.

을 보잘 것 없는 필부로 비유하여 제목을 그렇게 잡았는지도 모른다. 「자화상」이라는 시 한 편을 보자.

너의 웃음은 / 긴 절벽 위 / 수반에 / 소리 없이 흩어지는 / 백합 송이 / 너의 머리는 / 저 먼 高山 / 한낮의 푸른 정적이 / 쌓이고 쌓여 방울듣는 그늘 // 폭풍과 / 대양과 / 흐린 날씨와…… / 이제는 귓가에 없고 / 눈은 수리갠 듯 / 대공을 달리다가 / 다시 원을 그리고 / 창황히 돌아와 / 잿빛 안개에 덮이나니 // 아, 정열의 종언 / 높이 하늘 가에 / 소소아 도사리고 앉는 이 고독 / 너의 이마에 오직 / 아침 저녁 / 안개가 와 걸리고 / 또 걷히도다[8]

회한 속에서 조용히 자기를 성찰하는 모습을 그리고 있는 것으로 보이는데, 아직도 주관적 · 낭만적인 분위기가 완전히 가시지는 않았다. 구술문화와 비교해 보았을 때, 이 시에서 중요한 점은 문자를 익힌 지식인들이 이처럼 자기만의 내면 공간을 훨씬 더 깊이 파들어 갈 수 있다는 점이다. 그것은 문자가 있어 가능하게 된다. 그것은 또 문자문화 그 자체의 속성을 이루는 것으로서 낭독을 거부한다.

II부는 주관적 세계를 떨치고 나와 시적 자아가 세계와의 굳건한 연대를 표현한 시들로 묶여 있다. 그 가운데 「즐거운 설날」 한 편을 보자.

오늘이 섯달 그믐 / 잠간 햇빛 난 오후를 틈타서 / 가난한 안악네들이 거리에 넘친다 / 두부 세모에 동태 한마리 / 숙주나물 한봉지에 기름 한홉 / 더러는 움파와 달걀과 / 김이 담긴 광주리도 보인다 / 얼었던 길은 녹기 시작하고 / 늙은이들의 주름살도 각별히 번거롭다 / 앞집 뒷집에 떡치는 소리 / 밤들자 골목에는 / 복조리 달라는 아해들의 목소리 // 서울 한 모퉁이 오막

---

8 위의 책, 437~440면.

사리 / 희미한 등불 아래는 어머니와 세 아희 / 어머니는 녹두를 갈고 / 열한 살 난 맏딸은 두부를 저민다 / 아랫목에는 젖먹이가 잠들고 / 함 위에는 헝겊 대여 긴 분홍 저고리들 / 딸의 눈은 빛나고 어머니 얼굴은 어둡다 /아버지는 아직 돌아오지 않었다 / 날이여 달이여 시간이여 / 그들의 소망이란 실은 작은 것이다 // 찌그르 대문이 열리고 아버지가 돌아온다 / 간단한 문답과 썽그런 저녁상 / 아버지의 얼굴은 잠간 흥분한다 / 아버지는 건넌방에 걸린 족자를 들고 나가고 / 어머니는 한벌 남은 진솔옷을 / 아희들 몰래 보재기에 싼다 / 조금 후에 족자는 두어되의 쌀로 / 진솔옷은 두어단의 장작으로 바뀌리라 / 그리하여 그들은 아버지와 어머니와 / 아희들의 나이가 또 한살 느는 / 즐거운 설날을 맞이한다 / 젖먹이는 아랫목에서 딩굴고 / 둘째 아이는 녹두부치기를 허발하고 / 맏딸은 마당에서 널을 뛴다 /쌀 배급이 없어서 떡은 못했다 // 남편과 아내는 / 그전에는 설날이 이렇지 않었다고 생각한다 / 남편은 빠짐 없이 출근했고 / 아내는 규모 있게 집안을 다스렸다 / 그러나 느는건 借金뿐이요 / 그러나 주는건 세간뿐이다 / 달을 걸르기 일수인 남편의 보수는 / 쌀로 바꾸면 소두 너말 / 고기를 산다면 겨우 여덜 근이다 / 오늘의 시세가 그러하다 / 내일의 시세는 또 어떻게나 될런지? / 『에익』 망할 / 일하고도 먹을수 없는건 무슨 일이람?』 / 갑자기 주먹으로 방바닥을 쳤다 / 버선 깃던 아내가 깜짝 놀란다 / 『그런 소리 함부로 했다간 큰일 나지 않우?』[9]

주관적인 감정의 표백은 거의 배제되어 있다. 고단한 삶을 사는 서민들의 애환을 서경과 이야기로 제시하고 있다. 임학수는 해방 후 30대 후반에 이르러서야 주관적인 자기만의 세계에서 벗어나 독자들이 참여할 수 있는 시적 공간을 확보할 수 있을 만큼 시적으로 성숙한다.

---

9 위의 책, 512~519면.

다음 번역집으로는 『현대영시선』(1939), 『일리아드(상, 하)』(호메로스, 1940), 『이도애화(二都哀話)』(찰스 디킨스, 1941), 『세계단편선집(1)』(이호근 공역, 1946), 『19세기 초기 영시집』(1948), 『슬픈 기병(騎兵)』(토마스 하디, 1948), 『초생달』(타골, 1948), 『*Earilier XIX Century Poets*』(1948), 『블레익 시초』(1948) 등이 있다. 이 시기는 이하윤, 김광섭 등 해외문학파와 최재서, 양주동 등이 특히 영문학을 번역 소개하는 데 힘쓰던 시기이다. 김병철은 "이 시기[1940년대-필자]에 가장 공이 많은 역자는 임학수였음을 지적하지 않을 수 없다"[10]고 평가한다. 그러나 번역물 또한 일제의 검열을 통과해야 했으니, 반제국주의적 작품들은 번역할 수가 없었다. 해방 이후까지도 그때 형성된 번역 관습은 그대로 이어져 이른바 '세계문학전집'으로 굳어지게 된다. 그는 경성제대 조수, 성신여학교 교원, 개성호수돈여고 교원(1937) 등을 역임하다가 해방 후에는 『민성』 편집장을 지내며, 이화여대 등 대학에 출강하기도 하였다. 육이오 이후 소식이 끊기다.

당연한 이야기이겠지만, 임학수의 일련의 문학 활동은 서울 유학의 결과이다. 당시로서 순천에서 서울로 유학 간다는 것은 각별한 의미를 지닌다. 염상섭이나 김동인 등 그의 선배 문인들이 새로운 문화 제도를 습득하기 위하여 동경에 유학 가는 일과 맞먹는다. 그의 새로운 문학 활동은 근대문학적인 지적 분위기가 일정 정도 형성된 서울이라는 통합된 공간에서만 가능한 작업인 것이다. 그런데 그는 많은 기행시는 썼어도 그의 고향을 문제로 한 시는 거의 남기지 않았다는 점이 예사롭지가 않다. 이 점은 그의 문학이 이데올로기 차원에서는 전반적으로 민족주의적 경향을 보였다고 평가할 수 있지만, 생산 차원에서는 근대주의를 지향했던 것과 무관하지 않은 것으로 보인다. 이것

---

10 김병철, 『한국번역문학사연구』, 을유문화사, 1975, 823면.

은 새로운 시대의 지식인들이 당면한 공통의 딜레마였다. 당시의 모더니스트 일반은 '일제'는 싫어하지만 '근대'는 받아들여야 한다는 것이었다. 또 하나의 딜레마는 그들의 문화 활동이 그들을 낳고 키운 고향 공간을 설명하고 이해하는 데 잘 맞아떨어지지 않는 데 있기도 했다. 그도 그럴 것이 방법으로서의 모더니즘은 박래품이었으니까.

그러면 임학수류의 근대 지식인 중심 문학이 실제로 당시에 얼마나 일반 민중들에게 수용되었을까. 현재로서 이런 방면에 대한 연구는 거의 되어 있지 않다. 그러나 조용한 방에서 혼자 생각하며 읽어야 하는 문자문학은 당시로서 소수의 지식인 독자를 제외하면 거의 독자가 없었다. 20년대의 일이지만, 근대의 문자문학을 감상할 수 있는 독자는 기껏해야 천명에서 이천 명 정도였다고 한다.[11] 당시 전인구에 대비하면 극소수이다. 물론 이 사람들은 근대교육을 받아 근대문학에 대한 미의식이 일정 정도 형성되어 있는 20대 전후 배재학당이나 이화학당 출신의 독자들이다. 이에 비해 일반 민중들은, 반복해서 하는 말이지만, 귀로 들을 수 있는 구술문화를 향유하고 있었던 것이다. 그와 같은 근대문학 활동이 임학수의 고향 순천이라는 지역 공간에서도 향수되고 가능하게 되기까지에는 역사는 역시 많이 흘러야 했다. 제도로서의 근대문학에 적응할 수 있는 미적 감수성을 형성하는 데는 공적이든 사적이든 오랜 교육이 필요한 일이 아니겠는가.

이와 관련하여 기존 문학사들에서 발견되는 심각한 문제점 하나를 짚어 두자. 문학사들의 큰 잘못은 지식인 또는 생산자 중심의 문학사라는 점이다. 문학사들은 소수의 지식인이 생산한 문학만을 중점적으로 기술함으로써, 그 당시 모든 민중들이 새로운 근대문학을 향수했던 것으로 착각하게 하는 잘못을 저지르고 있다. 질적 수준이야 어떻

11 홍정선, 「근대시 형성과정에 있어서의 독자층의 역할 연구」, 서울대 박사논문, 1991.

든 민중 또는 대중 다수가 향유했던 일상문화에 관하여 무관심한 것은, 문학사가들이 지역이나 향수층의 공간에 대한 인식 부족에서 기인한다. 일상문화, 그것은 밥, 성, 놀이와 마찬가지로 생명 리듬을 담지하는 것이다. 근대의 문학사란 민족문학사이다. 따라서 문학사는 풍속 차원의 일상문화와 지식인 중심의 문화가 상호 어떤 관계에 있었던가를 설명하고 기술할 때만이 진정한 민족문학사가 된다. 문학사의 법칙은 걸작이나 새로운 것만을 들여다봄으로써 발견되는 것이 아니다. 경쟁했던 다른 무수한 문화 현상들과 연관관계 속에서 바라볼 때 문학사는 구조적이 된다.

다음 순천 지역에서 지식인 중심의 새로운 근대문학 활동으로, 두드러진 것은 아니지만, 연극 활동이 전개되었다는 점을 기억해 두어야겠다. 이 지역에서 근대적 성격의 연극 활동은 일본 유학생을 중심으로 〈백양사(白羊社)〉라는 연극 단체가 결성되었다고 한다. 이 단체는 순천에 상주하면서 여수, 보성, 고흥 등 인근 지역에 순회공연을 나서기도 하였다. 그러나 그 연극단체의 주체가 누구이며, 연극 활동 목적과 내용 그리고 서구적 성격의 공연예술에 대한 일반 수용자들의 반응이 어떠했는지는 자료의 인멸로 짐작하기 어려운 상태에 있다. 소수 지식인들에 의해 전개된 당시의 지방 연극 활동은, 1930년대 지식인들이 근대의식 또는 민족의식을 대중들에게 가장 빠르고 직접적으로 전달할 수 있는 한 방편으로 연극 활동을 벌이게 된 점과 전혀 무관하지는 않았을 것으로 보인다.

우리는 지금까지 근대문화가 서울 중심으로 어떻게 통합되게 되었는가 하는 앞 논의를 이어받아 문화의 생산과 소비의 분리 문제를 이야기해 보았다. 문화의 생산과 소비가 분리된 것은 근대 이후의 산물로 세계사적 보편성을 지닌 것이기는 하다. 그러나 우리의 경우 그것은 누차 언급한 바와 같이 제국주의의 침략으로 갑작스럽게 그것도 제국주의 이데올로기에 의해 왜곡되어 많은 부작용을 낳게 된다. 근대 문자문화의 생산 주도권은 소수의 지식인들, 그것도 20대 전후의 앳된 지식인들에 의해 장악되고, 대부분의 일반 민중들은 구술문화 전통 속에서 문화예술을 향수하는 수준에 있었다. 말하자면 이 시기는 구술문화와 문자문화가 심하게 갈등하던 시기이다. 따라서 이 시기에 문화를 근대화하는 데 가장 중요시했어야 할 문제는 구술문화를 어떻게 문자문화로 자연스럽게 이행시키느냐 하는 점이었다고 말할 수 있다. 근대화란 근대에 맞는 의식을 재구성하는 것을 의미하는데, 그것은 새로운 매체에 의해서 가능하게 된다. 문자는 구술문화 시대에 이미 발명된 것이지만 다만 부차적인 상태에 있었고, 모든 사람들이 주인이라는 근대에 도달해서야 주된 매체가 된다. 그래서 근대에 들어 계몽주의자들은 '배워야 산다'고 했던 것이다.

그러면 일제 강점기에 순천 지역에서 교육제도를 통한 문학교육이 어떻게 이루어졌는가를 살펴보자.

우리는 앞에서 일제가 전통적인 교육기관인 향교나 서원으로부터 교육 기능을 탈취해 갔던 사실을 언급한 바 있다. 일제가 우리의 교육을 장악한 것은, 이미 언급한 바와 같이, 제국주의적 이데올로기를 전파하기 위함이었다. 일제는 대한제국 시기에 설립된 공립학교나 각종 사회 단체・사회 유지들에 의해 설립된 사립학교를 1905년에 사립학교령을 공포하여 공립화하거나 폐교시켜 버린다. 문화 또는 문학 교육은 생래적인 문화 환경에서 이루어지면서 학교교육의 어문학 교과를 통해서 공식화되게 된다. 일제는 순천 지역에 30년대 중반까지 1면 1공립보통학교 설립을 완료한다. 중등과정에 해당하는 학교로는 1920년대 고등과를 둔 매산학교와 매산여학교인데 사립이며, 공립학교는 30년대 중반 이후에 3개교가 설립된다. 셋 다 김종익 선생의 후원으로 설립되는데, 실업학교로서 1935년에 순천공립농업학교가, 인

문계 학교로서 1938년에 순천공립중학교가, 그리고 1940년에 순천공립고등여학교가 설립된다. 당시 보통학교나 중학교에서는 일본어를 '국어'라 하여 주된 교과로 가르치고 우리말글은 '조선어'(매산중에서는 조한문(朝漢文))라 하여 부차적인 교과로 교육을 한다. 김혁곤 교수에 따르면, 중학교에서 일본어는 5년 동안에 주당 시수가 평균 6시간이었고, 조선어는 평균 1.4시간에 불과하였다. 더구나 우리 역사는 가르치지도 않고, 일본사를 '국사'라 교육하고, 일본사 중심의 세계사인 '역사'를 교육하였던 것이다. 중학교에서는 모든 교과서가 일본어로 되어 있는 실정이었다.

이런 상태에서 우리말글에 의한 올바른 문학교육이 이루어질 수 없는 것은 자명하다. 김동인은 1920년대를 회고하는 가운데, 구상은 일본말로 하고 쓰는 것은 조선말로 하자니 어려움도 많았다고 한다. 1930년대 유치환도, 우리말 소양이 아주 빈약했기 때문에 초기 시에 그처럼 사투리나 한문투가 많았다고 한다. 말하자면 이들은 일본어를 통해 근대 문학제도를 공부하고 그것을 우리말로 표현해야 했으니 세계인식에 커다란 혼란이 있을 수밖에 없었다. 오늘날 보게 되는 우리 근대문학은 그런 이상한 풍토에서 형성된 것이다. 또한 당시 예능 방면의 교과로는 '도화', '창가'(중학교에서는 '음악') 등이 있었다. '도화' 교과는 전통적인 민화의 인식 범주를 서구적인 원근법의 인식 범주로 전환시켰으며, '창가' 교과는 우리의 전통적인 5음 체계의 인식 범주를 7음계의 인식 범주로 전환시켜 갔던 것이다. 인식 범주가 달라지면 세계는 달리 인식되게 마련인데, 그런 과정을 통해 알게 모르게 의식화된 새로운 세대들은 그들 부모들의 전통적인 구술문화와 갈등하지 않을 수 없게 된다.

이외에도 근대 각 지역 문화를 형성시키는 데는 공적・사적 수준에서 이루어진 독서활동, 문예반 활동, 백일장, 연극 활동, 서울 등 대도시 주재 각종 문화단체들의 지방순회 공연 활동 등도 한 몫을 하였을 것이다. 그것도 일제의 검열제도를 의식하면서. 여기에서 근대문화를 형성하는 데 크게 기여한 단체로 기독교의 역할은 기억되어야 할 것이다. 종교적 목적에서 이루어진 찬송가나 연극 활동은 비록 서구적인 문화 제도를 토대로 한 것이지만, 무엇보다 그 연행에 있어서 일제시대에 그래도 우리말로 이루어졌다는 점이다. 하나 더 짚고 넘어갈 점은, 지금은 인멸하여 그 족적을 헤아리기조차 어렵게 되었지만, 젊은 지식인들의 농촌 계몽운동 등 재야의 운동 차원에서 문화교육이 이루어졌다는 점이다. 그야말로 신산한 세월 속에서 반체제적 문화교육이 그나마 전개되고 있었다고 보아야 한다.

지금까지 우리는 일제 강점기의 순천 지역 문학의 양상에 대하여 살펴보았다. 이 시기 문학에 나타난 특징인 점은 다음 세 가지로 정리될 수 있다.

첫째, 일제 침략으로 말미암아 문학의 생산과 소비가 급격하게 분리되었다.

둘째, 같은 이유로 구술문화에서 문자문화로의 전환이 매우 부자연스럽게 이루어졌다.

셋째, 문학 생산의 헤게모니를 지식인들이 전유하게 되고, 일반 민중들은 소비만을 하는 피동적인 존재로 전락하고 만다.

이것들은 같은 현상을 서로 다른 측면에서 언급한 것뿐이다. 문학의 생산과 소비와의 관계, 구술문화와 문자문화와의 관계, 문학 담당층과 수용자 간의 관계 등에 공통적으로 나타난 현상은 한마디로 괴리현상이다. 여기에 하나 더 첨가한다면, 서울 공간과 각 지역 공간의 괴리현상이다. 이 괴리현상들은 특히 식민지 시대를 산 지식인들을 무시로 괴롭힌 점이다. 근대 문학제도를 익힌 지식인들이 가졌던 수많은 갈등 가운데 핵심적인 것은, 알고 보면 이 문제, 즉 가정에서의 전통적인 문화와 제도로서의 근대문화를 어떻게 화해시킬 것인가에 있다. 원체험으로서의 생래적인 어머니의 입말은 소리 없이, 그러나 질기게도 제도로서의 근대문학에 회의를 던지게 하는 것이었다. 식민지 시대를 당하여 자신을 낳아 길러준 고향 사람들은 한없이 뽕짝 문화와 같은 노예문화로 빠져들어 가고, 자신은 배우면 배울수록 모더니스트가 되는 데서 오는 갈등이야말로 당시 지식인들에게 가장 고통스러운 점이었다. 그래서 그들 가운데는 배웠으되 딜레탕트로 그 세월을 보낸 사람도 많았고, 다른 한편 저 낮은 민중들의 세계로 뛰어든 지식인들도 있었다. 그러나 어느 쪽이든 풍속화된 일상적 차원의 민중들의 구술문화에서 근대적 문자문화로 전환할 때 일어날 수 있는 여러 가지 문제점에 대한 인식은 의외로 적었던 것 같다. 구술문화의 세계인식 범주와 문자문화의 인식 범주는 크게 다른 것이다. 인식 범주의 전환으로 얻은 것은 무엇이었으며 잃은 점은 무엇이었는가를 진지하게 성찰해 보았어야 했다.

일제 강점으로 파생된 문학제도 상의 각종 문제점들은 광복을 맞은 다음 시기에도 해결해야 할 과제로 그대로 이어진다.

3. 광복 이후의 문학-문자문화의 시대

문화는 변화하는 시대에 적응하기 위하여 여러 가지 재현 양식을 내놓는다. 이 양상은, 생물학적 비유를 사용한다면, 마치 서로가 문화의 지배권을 행사하기 위하여 끊임없이 경쟁하는 것처럼 보인다. 문화를 흔히 지배적인 문화, 부상적인 문화, 잔여적인 문화 등으로 구분한다. 광복 이후에는 문화 양상에 커다란 변화가 생긴다. 근대 시작 이후 50여 년이 흐르는 가운데, 근대 초기까지 그래도 지배문화로 행세했던 양반 주도의 한문문학은 이제 거의 잔여적인 문학 형태가 되고 만다. 한편 구술문학은 문자문화를 요구하는 시대를 맞이하여 또한 그 지배권을 상실해가고 있었다. 광복 이후 학교교육에 의한 우리말 교육이 강화됨으로써 한때 부상적이었던 문자문화로서의 한글문학이 지배적인 문화가 되는 것이 시대적 추세였다.

그런데 한글이 학교라는 제도를 통하여 정식으로 교육되기 시작한 것은 광복 이후이다. 이것은 매우 중요한 사건이다. 왜냐하면 모국어로 사고하고, 모국어로 표현하는 그야말로 확고한 주체성을 정립할 수 있는 계기가 되었기 때문이다. 앞서 김동인이 했던 것처럼, 구상은 일본말로 하고 쓰는 것은 조선말로 하지 않아도 되었다. 이제 새로운 한글세대는 일제 강점기처럼 일본어가 국어가 됨으로써 생래적인 국어와 공식적인 국어 사이에 겪어야 했던 갈등은 하지 않아도 되었으며, 학교교육을 통해서 문자문학을 감상할 수 있는 미의식을 갖추게 된 독자층이 전시대에 비할 수 없을 만큼 급증하게 된다. 그러나 광복 이후에도 여전히 일반 민중들 사이에서는 구술문화의 전통이 강했기 때문에, 지식인 중심의 문자문학을 민중들의 구술문화와 연관시키는 문제는 여전히 커다란 과제로 주어지게 된다.

순천 지역에서 근대문학 활동을 했던 문인들 가운데 임학수(1912), 김해석(1918), 허의령(1931), 정조(1931) 등을 제외하고는 대부분이 40년대 이후의 출생자로 이른바 한글세대들이다. 순천에 근대문학이 실질적으로 시작된 것은 이들 40년대 이후 출생자들에 의해 가능하게 된다. 전대의 문인들은 근대다운 문학제도를 확립하는 데 고투한 사람들이다. 한글세대들은 50년대 유년 시절에 모국어를 통해 선배들이 이룩한 근대 문학제도를 체험하고 습작한다. 이들은 게다가 불행하게도 알 수 없는 전쟁 체험까지 하게 되면서 근대의 새로운 문학제도인 이른바 등단제도를 통해 글들을 쓰기 시작한다. 그러니까 순천 지역 문학이 반세기만에 다시 두 날개를 활짝 펴고 다시 창공을 비상할 채비를 갖추게 된 것이다. 그러나 이때에도 서울로 단일화된 문화공간은 하나의 고정적인 틀로 작용했기 때문에, 이들은 서울 문화공간에서 형성된 문학제도를 의식하면서 글을 써야만 했다. 일제 침략으로 상실했던 지역 공간에서의 자율적인 문화 생산 능력은 광복이 되었다고 해서 금방 회복되는 것이 아니었다. 그래서 이들 대부분 역시 서울 유학 체험을 하게 된다. 대한민국에서 글 쓴다는 소리를 들으려고 한다면, 서울 공간을 한바탕 시끄럽게 휘저어야 했던 이유가 여기에 있다.

순천 지역 출신으로 60년대 문단에 대단한 충격을 준 이들로, 앞에서도 언급한 바와 같이, 문학사는 특히 김승옥과 서정인을 기억하고 있다. 이들 두 작가를 중심으로 하여 광복 이후의 순천 지역의 문학을 살펴보고, 다른 작가들에 대한 역사적 평가는 후일을 기약하고 약력만을 간략히 소개하기로 한다. 끝으로 현재의 순천 지역 문학의 활동과 전망에 대해서도 살펴보기로 하자.

1) **김승옥(金承鈺)** : 1941년 일본 대판에서 출생, 45년 이후 순천과 여수에서 성장. 순천고, 서울대 불문과 졸. 1962년 『한국일보』 신춘문예에 단편 「생명연습」으로 등단. 김현·최하림·강호무·서정인·김치수·염무웅·곽광수 등과 함께 동인지 『산문시대』 창간. 「서울, 1964년 겨울」로 65년 동인문학상 수상. 「서울의 달빛 0장」으로 이상문학상 수상. 주요 작품으로 「건(乾)」, 「환상수첩」, 「누이를 이해하기 위하여」, 「역사(力士)」, 「무진기행」, 「차나 한 잔」, 「서울, 1964년 겨울」, 「다산성」, 「염소는 힘이 세다」, 「60년대식」 등이 있다. 잡지사 기자, 만화가, 영화 각색 및 감독 등으로 활약하기도 하였다.

김승옥 문학이 평가받은 것은 서사적인 측면보다는 표현 차원에 나타난 감수성의 측면이다. 그는 50년대의 작가들이 보여주었던 거대 서사보다는 아무 것도 아닌 사소한 것을 주관화함으로써 허구적 조성 능력이 탁월한 작가라는 평가를 받는다. 그렇다면 그 안에 담긴 정서는 무엇인가.

> 그 해 가을도 깊었을 때, 나는 마침내 하향해 버리기로 결심했다. 더 견디어내기 어려운 서울이었다. 남쪽으로, 고향이 있는 남해안으로 가면 새로운 생존방법이 있을지도 모른다는 기대로써였다. // 서울에서 나는 너무나 욕된 생활 속을 좌충우돌하고 있었다. 그리고 슬프게 미쳐 버렸다고나 할까, 환상과 현실과의 거리조차 잊어 버려서 아무것도 구별해 낼 수가 없게 되었고 사람을 미워하는 법을 배우고 말았다. 아아, 그들을 죽이든지 그렇지 않으면 내가 떠나든지 해야 했다. (「환상수첩」)[12]

그의 고향에 아직도 남아 있을 법한 구술성은 전혀 없고 오직 눈으로 읽고 감상해야 하는 문자문학이다. 여기에서 분명한 것은 서울과 시골 고향과의 대립 구성인데, 그 가운데를 관통하는 것은 일상적 삶과 본래적인 삶의 의미를 물으며 갈등하고 방황하는 정신의 과정이다. 작품의 등장인물은 시골에서 나서 자랐으며, 중학을 마치고 서울의 대학에 들어갔다. 그리고 그는 한결같이 다시 고향에 돌아와 바닷가 개펄이나 염전이 다한 자리에서 자살하고 만다. 이와 같은 서울과 시골 고향과의 대립 구도는 「누이를 이해하기 위하여」, 「무진기행」 등에서도 반복된다. 주인공들은 어느 쪽도 선택하지 못하고 제3의 방법을 택한다. 희망에 부풀었던 젊은이들이 삶에 좌초하여 자살해야만 했던 것은 그들이 서울에서 이른바 서구 모더니즘 문화를 체험하는

12 「김승옥」, 『한국문학대계』 45, 동아출판사, 1995, 39면.

데서 비롯된다. 종로 2가 〈르네상스〉에서 클래식 음악을 들으며 커피를 마셔야 했고, 헤겔 · 보들레르 · 사르트르 · 까뮈 등을 들먹이는 당시 서울의 지적 풍토에 적응하기 위하여서는 고향의 몸짓을 버리고 새로운 연기를 배워야만 했다. 고향에서의 몸짓과 서울 공간이 요구하는 연기 사이에서 갈등하다 주인공들은 제3의 방법을 택한다. 김윤식에 따르면, 60년대를 지배한 문학적 감수성의 정체는 대학 문과를 에워싼 19세기 서구 문학의 감수성이었으며, 그것은 책 속에만 있는 부재의 것이다. 그 책 속의 환상을 살기 위해 연기력을 연마한 사람들은 누나와 어머니를 시골에 두고 온 청년들이다. "별도 보이지 않는 밤에, 고향의 논두렁이 그리워서 중랑교 쪽 어느 논두렁에 가서 서다. 개구리들이, 거꾸러져라 거꾸러져라 거꾸러져라 거꾸러져라, 고 외쳐대다."(「누이를……」) 서구를 향한 서울 문화로 아무리 치닫는다 해도 생래적으로 체험한 구술문화의 세계, 고향을 잊을 수가 없는 것이다. 누나와 어머니 그리고 개구리가 있는 세계란 다름 아닌 구술문화의 세계이다. 이렇게 본다면, 김승옥 문학은 그때까지도 지방 공간을 떠받치고 있던 구술문화와 서울을 지배하고 있던 문자문화와의 갈등을 약여하게 표현한 셈이 된다.

야심찬 그들의 동인지 『산문시대』란 다름 아닌 문자문화 시대를 의미한다. 근대란 문자행위를 통해 산문정신, 즉 비판정신을 토대로 하여 새로이 만들어 가야 하는 세계인 것이다. 그런데 문자문화의 시대에 구술문화의 세계를 동경한다는 것은 일종의 퇴행이다. 김승옥 문학의 주인공들은 이후에도 여전히 「무진기행」에서처럼 자욱한 안개 속에서 중심도 방향도 찾지 못하고 부유할 뿐 현실에 뿌리내리지 못한다. 문제는 문자, 즉 책이 누구의 것이어야 하느냐 하는 점에 대해서 그는 진지하게 고민하지 않았다. 근대에 들어서 서울이 서구 지향적이 되고, 또 각 지역 공간이 서울로 통합되고 이에 따라 각 지역의 정체성이 상실되게 된 사연을 이해했어야 했다. 이것은 감수성 차원을 뛰어넘는 일이다. 서사 차원의 사고가 필요했다. 서울에서 만난 일련의 서구 모더니스트들은 실은 제3세계에 대해서 아무 말도 하지 않았다는 점에서 제국주의 지식인들일 뿐이다. 그것을 알아차리고 거대서사를 말하기에는 소설의 인물들이 너무 젊고 예민하였다.

이 점을 작가가 유년시절에 받은 정신적 외상으로 해석해 볼 수도 있을 것이다. 유년시절에 체험한 여순사건과 전쟁이 내면적인 검열로 작용하여, '안개'를 통하지 않고 직서적으로 서사를 말하는 데 항상 주눅 들게 하였는지도 모른다. "내가 졸업한 무진의 중학교의 상급반 학생들이 무명지에 붕대를 감고 '이 몸이 죽어서 나라가 선다면……'을 부르며 읍광장에 서 있는 트럭들로 행진해 가서 그 트럭에 올라타고 일선으로 떠날 때도 나는 골방 속에 쭈그리고 앉아서 그들의 행진이 집 앞을 지나가는 소리를 듣고만 있어야 했다."(「무진기행」) 그래서 그는 자신만의 환상의 세계로 감수성의 여행을 떠나는 인물들을 만들어 냈을 것이다. 김승옥은 처절하고 장엄했던 광주민주화운동을 보고 80년 이후 절필하기로 작심하였다고 고백한다. 그 거대한 산문세계 앞에서 안개에 뒤덮인 그의 감수성은 허물어지고 있었던 것이다.

끝으로 하나 짚어 두어야 할 점은, 김승옥으로부터 감수성의 미학을 사숙한 많은 후배 작가들이 그것을 상품화한 데 비해 본인 자신은 결코 그러지는 않았다는 사실이다.

2) 서정인(徐廷仁, 본명 정택) : 1936년 순천 출생. 순천고·서울대 영문과·동대학원 졸. 하버드대 객원연구원, 순천농업전문대 교수, 전북대 영문과 교수 역임. 1962년 단편 「후송」으로 『사상계』 신인문학상 수상하여 등단. 1976년 중편 「가위」 및 작품집 『강』으로 한국문학작가상 수상. 주요 작품으로 「후송」, 「강」, 「나주댁」, 「원무」, 「금산사 가는 길」, 「여인숙」, 「가위」, 「달궁」, 「붕어」 등이 있다.

서정인 문학을 일목요연하게 정리해 내기는 여간 어렵지 않다. 우선 30여 년 동안 다양한 일상적 이야기를 다루어 왔기 때문이다. 그럼에도 세계관만은 상대주의적 관점을 일관되게 견지한다. 상대주의는 흔히 중심을 상실하여 다원주의로 나아가거나 주관적으로 흐르기 쉽다. 그러나 서정인 문학은 반성적 성찰에 의해 그러한 위험으로부터 벗어난다. 반성적 인식은 독특한 문체를 낳는다. 김윤식은, 서정인의 소설의 바탕글은 화자가 청자에게 말을 거는 식의 대화체로 본다. 그런데 그 대화체는 말꼬리 잇기와 뒤집기를 통해 고정화되고 상식화된 말에 다른 의미를 부여하는 투를 잘도 구사한 채만식의 반어체 문장과도 일맥상통한다 하겠다. 그러나 채만식이 절대적 관점에서 반어체를 구사했기 때문에 풍자적이지만, 서정인 문학은 상대적 관점에 서기 때문에 비애서린 해학에 더 가까운 분위기를 지닌다.

교장의 비분강개에 감동하는 사람은 아무도 없다. 아무도 얼굴 표정을 바꾸지 않는다. 그들은 교장이 가령 청소년 축구대회가 국민 체위에 미치는 영향에 대해서 얘기했더라도 역시 같은 표정들을 했을 것이다. 교감은 교장의 연설이 자기의 영향력에 끼칠 득실을 따져보면서 탁상용 달력의 지난날치 이면에다가 이따금씩 비망록을 적어 넣는 척했고, 서울사대를 나온 영어 선생은 창문으로 들어오는 광선에다가 안경알을 하얗게 번득이면서 논리의 일방통행이 갖는 횡포성에 관해서 생각했고, J대학을 나온 국어 선생은 혹시 거기서 어떤 시적 영감이 나오지 않을까 해서 책상 위에 묻은 잉크 얼룩을 열심히 바라보았다. 눈을 깜박이는 사람, 코를 후비는 사람, 천장을 쳐다보면서 바지 호주머니에 들어 있어야 할 십 원짜리 행방을 찾는 사람, 모두가 직원회의 때마다의 습관 그대로였다. 교장은 그것이 원망스럽다. 그가 파놓은 감정의 웅덩이에 아무도 빠져주지 않는다. 빠지기는커녕 오히려 파놓은 사람 자신이 그 속으로 빠져들어 가는 것을 재미있게 지켜보고 있다. 항상 말하는 바이지만, 정서적 정의감의 고갈이다. 그러나 교장은 더 말하지 않고 거기서 그치기로 한다. 조금 짧았지만 그대신 내용이 중후했으므로, 그가 한 이야기는 그날치 애국의 하루 몫으로 충분하다고 생각된 때문이다. 그는 얼굴이 상기되어 밖으로 나간다. 그의 연설에 가장 감동된 사람은 바로 교장 자신이다. 그는 오랜만의 시원스런 배설로 가슴이 후련하다. (「나주댁」)[13]

말과 실제와의 괴리, 그로 말미암은 실제의 왜곡을 비판한 것이다. 거기서 더는 나가지 않는 것이 서정인 문학을 상대주의로 보게 한다. 일상적 삶이란 그런 거 아니냐는 투다. 서정인 문학은 김승옥과 마찬가지로 거대 서사에는 관심이 없고, 그저 그런 일상적 삶의 기미를 입말을 통해 아주 재치 있게 표현한다. 입말을 통한 독특한 문체 구사는 「붕어」에서 한 절정을 보인다. 오늘날 눈으로만 감상하는 문자문학은 지나치게 교육 받은 지식인들 위주의 '글쓰기'로 맹목화된 나머지 기표와 기의의 붕괴라는 위기까지 자초하고 있는 실정이다. 문자문학의 위기를 극복하기 위해서는 구술문화가 수만 년에 걸쳐 개발한 서사와 입말을 어떤 식으로든 수용하는 길밖에 없다. 그 한 길을 보여 준 점에서 서정인 문학은 크게 평가되리라고 본다. 그러나 그의 상대주의적 입장이 서사성을 크게 약화시키고 있는 점은 문제로 남는다.

입말을 통한 재치 있는 말놀이를 보여준 서정인은 김승옥과는 다른 방식으로 구술문화 전통을 간직했던 유년의 고향을 내내 기억하고 있다.

3) 다른 작가들 : 다른 작가들에 대한 역사적 평가는, 앞서 말한 바대로 후일을 기다리기로 하고 간단한 소개에 그치기로 한다. 『순천·승주 향토지』, 「순천문단사」[14] 등을 참조한다.

---

13 「서정인」, 『한국문학대계』 46, 동아출판사, 1995, 151~152면.

① **김해석**(金海錫) : 1919년 순천 송광 출생. 혜화전문 졸. 주요 작품으로 수필 「피와 화수계(花樹契)와」, 「세 사수난(瀉受難)」, 「메모여묵(余墨)」, 「우리를 슬프게 하는 것들」, 「하산기(夏產記)」, 「청국장」 등이 있으며, 수필집으로 『아바』, 『콘크리트와 물고기』 등이 있다. 중등학교 교장 역임.

② **허의령**(許儀寧) : 1931년 순천 출생. 순천고 졸. 1961년 「사월에 알아진 베고니아꽃」, 「무궁화」, 「바다의 연가」, 「낙수물」 등으로 『사상계』 신인상 수상. 주요 작품으로 「뻐꾹새」, 「곡우절」, 「메아리」, 「이사강」, 「순(筍)」, 「칼콩이 선 화원」, 「선인장」, 「실제(失題)」, 「고시소묘(古詩素描)」, 「해바라기」, 「개팔자상팔자」, 「광복동(光復童)」, 「해마다 사월이 오면」, 「내 적은 뜰을 들고 날 때마다」, 「손목 시계」 등이 있다. 농업과 지역 사회 개발에 진력.

③ **정조**(鄭조, 본명 鄭永洙) : 1931년 고흥 출생. 함남영흥농 졸. 1959년 단막극 「도깨비」가 『조선일보』에 당선되어 등단. 주요 작품으로 「도깨비」, 「귀부인의 출타」, 「농부 파흠」, 「회의」, 「마지막 기수」(장막극) 등이 있다. 희곡집으로 『마지막 기수』(1965)가 있으며, 시집으로 『말 여덟 마리를 모는 마부의 꿈』이 있음.

④ **임보**(林步, 본명 姜洪基) : 1940년 순천시 인제동 출생. 주암중 · 광주고 · 서울대 국문과 졸. 1962년 『현대문학』에 시 「자화상」, 「나의 독재」, 「거만한 상속자」로 추천 등단. 『영도(零度)』 · 『육시문학(六時文學)』 동인. 주요 작품으로 「자화상」, 「연작시 당신에게 I-V」 등이 있으며, 시집에 『임보의 시들 59 · 74』가 있다. 한국문인협회 회원.

⑤ **김규화**(金圭和) : 1941년 승주군 낙안면 출생. 조대부고 · 동국대 국문과 졸. 1966년 『현대문학』에 시 「죽음의 서장」, 「무위(無爲)」, 「무심(無心)」으로 추천 등단. 주요 작품으로 「소심증」, 「아낙네」, 「새신」 등이 있다. 『여류시』 동인. 『시문학』사 주간. 한국문인협회 회원. 한국현대시인

---

14 송준용, 「순천문단사」, 『순천문학』 30, 1993.

협회 회원.

⑥ **서정춘(徐廷春)** : 1941년 순천 출생. 순천매산고 졸, 조선대 중퇴. 1968년 『신아일보』에 시 「잠자리 날다」가 당선되어 등단. 주요 작품으로 「잠자리 날다」, 「달팽이」 등이 있다. 동아출판공사 등 출판사 근무.

⑦ **강호무(姜好武)** : 1941년 순천 출생. 순천고·국학대학 국문과 졸. 1962년 동인지 『산문시대』에 「번지식물(番地植物)」 발표로 등단. 주요 작품으로 「동판화 화면」, 「신」, 「금조제(金鳥祭)」 등이 있음. 출판사 근무.

⑧ **오순택(吳順택)** : 1942년 순천 출생. 순천농림고 졸, 대학 중퇴. 1966년 『시문학』에 「손」, 「음악」이 추천, 『현대시학』에 「두 개의 아침엽서」, 「잊혀진 노래」가 추천되어 등단. 주요 작품으로 「그 겨울 이후」, 「채근집」, 「자유」, 「호두까기 미학」, 「어촌에 가서」, 「파도의 노래」 등이 있음. 한국문인협회 회원. 한국시인협회 회원. 『멋』 등 잡지사 근무.

⑨ **박종구(朴鍾九)** : 1943년 순천 출생. 순천성경고·대한예수교장로총회 신학대학 졸. 제7회 학원문학상 소설 입상. 1974년 『경향신문』에 동화 「은행잎 편지」가 당선되어 등단. 저서로 『하늘나라 편지』, 『성경퀴즈 사전』, 『무디선생의 생애』, 『예수 천당』, 『동화의 이론과 실제』 등이 있음. 크리스찬 인쇄공사, 크리스찬 헤럴드, 성문 인쇄공사, 신망애사 등에 근무.

이외에도 순천 지역 출신으로 시에 문도채·허영만(목포대 교수), 수필에 윤형두(범우사 사장) 등이 현재 활발한 활동을 벌이고 있다.

이상에서 언급한 10여 명의 작가들은 순천 지역 출신이지만 대체로는 주로 서울을 중심으로 활동하거나 그 문화를 의식하면서 문학 활동을 한 사람들이다. 순천 지역에서 서울 중심의 문학 활동에서 벗어나려는 적극적인 움직임은 1980년대에 나타나게 된다. 각 지역에 있는 지식인들이 지역 문화에 관심을 갖고 자체의 문화를 형성해 보고자 한 노력은, 도청 소재지에서는 60년대를 전후하여 나타나게 되고 중소도시에서는 80년대를 전후하여 나타나게 된 것이 일반적인 추세이다.

4) 순천 지역 문학의 활동과 전망 문학이 문화로서 활동하기 위하여는 그 토대가 형성되어 있어야 하는데, 토대 가운데 일차적으로 중요한 것은 작품을 읽어 줄 독자층이다. 근대문학을 읽고 감상할 수 있는 독자들의 심미의식은 사적 차원에서 이루어지는 독서 체험과 제도적 차원에서 이루어지는 문학교육을 통해서 형성된다. 학교나 사회단체에 의해서 이루어지는 문학교육은 범박하게 말해서 건전한 감성을 형성시키기 위해 이루어지는 것이지만, 그 교육을 통해 문학을 수용하는 사회적 층을 두텁게 한다는 데 또 다른 의의가 있는 것이다. 현재 순천에는 초등학교에서부터 대학에 이르는 각종 학교가 있어, 근대의 문자문학에 대한 교육이 이루어지고 있다. 이러한 문학교육을 통하여 작가적 소양을 기르는 사람도 더러 있을 것이다. 여기서는 순천 지역에서 현재 이루어지고 있는 문학교육의 양상과 그 내용에 대한 언급은 약하기로 한다.

다음 순천 지역에서 전개되었던 문학 동호인들의 활동에 대하여 살펴보자.

광복 이후 순천에서 문학 동인 활동이 시작된 것은 60년대 초엽이다. 1961년에 오순택, 박종구, 서정춘 등이 〈새물결 문학동인회〉를 결성하여, 순천시 후원으로 남내동 소재 연다방에서 〈새물결 동인회 제1회 시화전〉을 개최한다. 그 후로 『가로수』, 『검은 흙』, 『구도』 등의 동인지가 나오게 되는데, 그 가운데 『검은 흙』은 허의령 시인 지도로 7호까지 발간한다.

순천 지역에서 본격적인 동인 활동은 전문 문인들에 의해 주도된 『순천문학』의 출현에서 찾아야 할 것이다. 1983년 정조, 허의령, 송준용, 설재록 등이 순천 지역 문학 발전을 위하여 문학단체 결성을 논의한다. 이들은 이듬해 〈순천문학동우회〉(회장 정한기, 총무 문두근)를 결성하여 3월에 『순천문학』 제1집을 발간한다. 1995년 봄 현재 36호째를 발간하고 있다. 이 문학지가 지금까지 세상에 내보낸 작품 편수를 갈래 별로 대강 들어보면, 시(시조 포함) 1,155편, 수필 233편, 콩트 24편, 소설 27편, 희곡 12편, 시나리오 1편, 평론 41편, 논단 8편 등 1,500여 편에 이른다. 이 정도면 『순천문학』이 그간 10여 년 동안에 순천 지역 문학 발전에 어느만큼 기여했는지 가히 짐작할 만하다.

동인으로 참여한 회원 문인들을 들면 다음과 같다. 거쳐 간 회원으로는 문연웅, 윤단영, 전병순, 허의령, 정한기, 문순태, 오웅진, 이숙자, 도리천, 서재민, 임정아 등이다. 현회원으로는 정조, 최덕원, 강필수, 문두근, 양동식, 송준용, 전종주, 송연근, 설재록, 김길수, 김수자, 김선희, 한희원, 장윤호, 황철호 등 15명이다.

이들 회원 가운데 송연근, 설재록, 김길수 등은 순천 지역 연극과 극문학 발전에 크게 힘쓰고 있기도 하다. 극문학과 관련하여 순천 지역 연극 활동상을 간단히 살펴보자.

광복 이후 50년대에서 70년대에 이르기까지 순천 지역의 연극 활동은 순천중·순천여중·순천고·순천사범·순천농전 등의 연극반을 통한 학생극 수준에서 명맥을 유지하는 형편이었다. 이 지역에서 사회 연극단체가 결성된 것은 1980년 12월이다. 임경주, 송연근, 설재록, 조남훈 등 주로 순천시내 중등학교 교사를 중심으로 하여 〈YMCA 거울극회〉(대표 임경주)를 창단하여, 기념 공연 작품으로 「만선」(천승세 작, 송연근 연출)을 무대에 올린다. 1981년 〈한국연극협회 순천지부〉가 설립되고, 1982년 〈극단 거울〉(대표 설재록)로 개칭하여 전문 극단으로 변신한다. 현재 이 단체는 송연근과 설재록을 주축으로 하여 조남훈, 이정숙, 권성규, 강호순, 최성귀 등에 의해 운영되고 있다. 한편 1990년 12월에는 〈순천시립극단〉(상임 연출 조남훈)이 창단되어, 「둥둥 낙랑둥」(최인훈 작, 조남훈 연출)을 무대에 올려 창단을 기념한다. 이 가운데 〈극단 거울〉은 매해 평균 2회의 공연을 가져, 1994년 현재까지 45회의 공연을 하게 된다. 그런데 그간 공연된 작품들 가운데는 정조, 송연근, 설재록 등 순천 지역의 극작가들 작품도 거의 10여 작품이나 되어, 이 지역의 극문학 발전에 크게 기여하였다.

이들 재지적(在地的) 성격을 지닌 문인들은, 순천 출신이지만 서울 등 외지로 나가 활동하는 문인들과는 성격이 판이하게 다르다. 우선 사회경제적 토대나 수용자의 미의식 기초가 열악한 순천 지역의 문학 환경을 개선해야 하고, 또 중앙문단으로부터 나름의 문학적 독자성을 확보해 내야 한다는 점에서 그렇다. 두 문제를 해결하는 데는 우선 많은 시간과 노력이 필요하리라고 본다. 이제 순천 지역의 문학 활동을 문학동호인 차원에서 문화운동 차원으로 고양시켜야 하지 않을까 한다.

아직도 근대문학 시작에서부터 제기된 문제들, 즉 문학의 생산과 소비 간의 분리 현상이나 구술문화와 문자문화의 괴리 현상 등이 극복되었다고 말할 수는 없다. 문학 생산을 주도하게 된 지식인들은 지식인 중심의 문자문학만을 추구하게 됨으로써 일반 대중들로부터 외면당하고 있는 실정이다. 더구나 자본과 과학이 결합하여 이룩해낸 문화산업으로 말미암아 문학은 다른 문화들과 심각하게 경쟁하지 않으면 안되는 상황에 놓여 있기도 하다. 오늘의 문인들은 자본주의의 문화산업, 사이비 지식인 문학, 그리고 일반 대중들의 퇴폐적 감수성 등 세 개의 적과 싸워야 한다. 여기다 각 지역 문인들은 서울로부터 나름의 독자성을 확보해 내야 하는 짐까지 덤으로 안고 있다. 더구나 60년대에 시작되어 거의 30여 년간 진행된 공업 중심의 산업화로 말미암아 농업 중심의 지역 공동체가 급격히 파괴되어, 서울로의 공간 통합은 일제 강점기에 비해 더욱 가속화된 실정이다. 한국에서도 자본주의가 철저하게 관철된 것이다. 이런 상황에서 지역적 독자성과 자율성을 지켜내는 일이란 여간 어려운 일이 아닐 것이다. 그러나 어떻게든 확보하지 않으면 안 된다. 독자성은 강한 실험 정신으로 독자적인 문학성을 이룩해 내는 작업을 말함은 물론이다. 여기서 실험 정신이란 새삼스럽게 무슨 모더니즘과 관련된 정신을 언급한 것은 아니다. 현상 추수적이고 서울 추수적인 문학과는 다른 어떤 문학을 실현해 보이겠다는 투철한 의식을 말하는 것이다.

이제 순천 지역에서도 새로운 도약의 기초는 마련되어 있다고 말할 수 있다. 문화운동으로의 새로운 도약은 한 세기 전에 잃어버렸던 이 지역 문학의 자체 생산력을 확보하는 한 계기가 될 것이다.(순천대 어학연구소, 『어학연구』 제8집, 1997)

〈보론〉
순천향교(順天鄕校)와 순천 지역의 중세문학

1. 머리말

양반 자제들을 대상으로 하여 문사철(文史哲)을 통합적으로 교육했던 중세의 교육제도를 염두에 둔다면, 문학교육만을 따로 떼어내어 중세의 문학을 논의한다는 것은 다소 무리가 있을 것으로 본다. 그러나 고려시대부터 한말까지 사장(詞章) 전통을 굳건히 지켜온 과거제도에 대비해야 했던 중세 향교(鄕校)의 교육이 문학교육에 각별한 관심을 가졌으리라는 점은 쉽게 짐작할 수 있다. 특히 조선시대 사대부 계층은 학문과 인격을 겸비한 보편적인 교양인, 즉 군자를 이상적인 인간상으로 생각했기 때문에 수기치인(修己治人)을 목표로 독서를 통한 한문 교양을 익혀야만 했다. 물론 이때 사대부들에게 문학은 문학 그 자체로 독자적 가치를 가지는 것이 아니라, 도의 실현 수단으로 인식했던 것이다. 따라서 당시에 제도론적 문학관이 지배적일 수밖에 없었다. 이런 점들을 염두에 두고서 중세에 시행된 문학교육의 일단을 살펴보는 일은 중세문학의 생산과 유통 구조를 짐작해 보는 데 도움이 되리라 생각한다.

순천은 비록 지방에 위치해 있지만, 고려시대 12목 가운데 하나로 일찍이 관학(官學)이 설립되어 제도교육이 실행된 고장이다. 문학에 국한해서 말한다면, 이곳 순천에서는 양반 문인들의 개인 문집 출간 수준을 넘어서, 지방에서는 보기 드물게 지리지(地理誌)와 악부문학집(樂府文學集)을 이른 시기에 출간한다. 『승평지(昇平誌)』와 『강남악부(江南樂府)』가 바로 그것인데, 이는 일찍이 순천 송광사에서 선시문학(禪詩文學)의 남상(濫觴)을 보여주었던 전통[1]과 결코 무관하지 않다고 본다. 이로 본다면 중세 시기 순천 지방은 자체적으로 상당한 수준의 문학 생산력을 지니고 있었다고 해도 과언은 아닐 것이다.

이 글은 중세 시기 순천 지역이 과연 얼마만한 문학 생산력을 지니고 있었는가를 살펴보고자 한다. 여기서는 당대에 문묘제향은 물론 관학교육 전반을 주도했던 순천향교의 역할과 17세기에 출간된 이 지역의 지리지 『승평지』, 그리고 이 지역의 사시집(史詩集) 『강남악부』에 실린 작가 작품들을 검토하는 것이어서 당시 이 지역의 양반문학에 한정된다.

---

1 김갑기, 「불교문학」, 순천시사편찬위원회, 『순천시사, 문화・예술편』, 순천시, 1997, 197~222면 참조.

2. 향교(鄕校)와 중세 문학교육

1) 교육기관으로서의 향교

순천향교는, 이수광이 편찬한 『승평지』(1618)[2]에 보면 「학교(學校)」라는 한 편목[3]에 들어 있다. 말하자면 당시에 향교는 젊은 학생들을 가르치는 교육기관의 하나였던 것이다. 향교와 함께 「학교(學校)」 편목에 실려 있는 이 고장 교육기관으로는 옥천서원, 지봉서원, 양사제, 회유소 등이 있다. 그런데 1923년 일제시기에 편찬된 『승평속지』 2(二)에는 향교가 소유한 전답과 위치 등을 설명함에 있어서 향교는 학교와 구분되고 있다. 실은 이미 일제는 1911년 8월 〈제1차 조선교육령〉을 발표하여 향교로부터 교육 기능을 강탈해갔던 것이다. 『승평지』에 따르면 순천에서 이른바 근대교육은 보통학교, 심상학교, 그리고 매산학교 등을 통해서 이루어진 것으로 되어 있다.[4] 따라서 향교가 교육 기능을 상실함으로써 한문문학을 중심으로 하여 이루어진 중세의 문학교육은 이때 공식적으로 종말을 고하였다고 할 수 있다.

그러면 중세시기 대표적인 교육기관으로서 향교의 구성이 어떠했는지를 그 설립 과정과 기구・교관・교생 등을 통하여 개략적으로 살

---

2 전통적인 형식의 『승평지』가 마지막으로 나온 해는 1923년이다. 이를, 1988년 순천대학교 남도문화연구소에서 자료총서 제1집으로 영인 출간하였다. 이 글은 이 영인본을 저본으로 삼았다. 그간 『승평지』는 속간 형태로 네 번이나 출간되었는데, 그 경위에 대하여는 영인본 머리에 조원래 교수가 자세하게 해제하였다. 이에 따르면 1923년판 『승평지』의 체제는 '승평지 상', '승평속지 二', '승평속지 三', '승평속지 四' 등으로 짜여져 있다.
『승평지』에 대한 구체적인 논의는 다음 장에서 이루어진다.

3 『승평지 상』 9B.

4 『승평속지 二』 13A.

펴보기로 한다.[5]

고려시대에 과거를 통하여 관료를 선발하는 제도가 시행되자 과거를 준비하는 교육기관이 필요하게 되었다. 고려는 12목을 비롯하여 각 군현에까지 관학을 설치하여 교관을 파견하고, 학전(學田) 확보 등 재정적 지원을 하여 지방 학생들을 교육하도록 한다. 순천에 지방 교육을 담당하는 관학이 들어선 해는 987년(고려 성종 6)이다. 성종이 전국 12목에 경학박사와 의학박사 각 1인을 파견하여 지방 세력가들의 자제들을 교육하도록 한 것이다. 성종대에 설치된 12목은 광주·양주·충주·청주·공주·진주·상주·전주·승주[순천]·나주·황주·해주 등이다. 이로 보면 순천에 관학이 들어선 것은 다른 지역에 비하여 매우 이른 시기임을 알 수 있다.

조선시대에 들어와 향교는 급속히 정비되고 발전되었다. 조선 초기에 '1읍 1교'의 원칙에 따라 수령이 파견된 군현에는 반드시 관학인 향교를 설치하였다. 새로운 왕조의 통치 이념인 유교를 보급하고, 유교적 소양을 지닌 관리를 양성하기 위하여 관학을 강화한 것이다.[6] 각 지방 수령은 흥학(興學) 임무를 수행하기 위하여 향교 설립에 앞장섰고, 교관들은 향교 설립 및 교육과 운영에 크게 기여하였다. 또한 지방 양반들은 자기 고을의 발전과 안정을 위하여 적극 협조하였다.

향교는 본디 서울에 있는 성균관을 축소한 것으로 공자를 비롯한 선현에 대한 제례와 지방의 양반 자제들을 교육하는 두 가지 기능을 가진다. 따라서 향교에는 제사를 지내기 위한 문묘와 교육을 위한 강당이 기본 구조로 갖추어져야 한다. 그런데 고려시대에는 문묘와 강당이 한 건물에 있는 묘학동궁(廟學同宮) 구조로 되어 있었다. 조선시

5 윤희면, 「지방의 관학교육과 순천향교」, 순천시사편찬위원회, 『순천시사, 문화·예술편』, 순천시, 1997, 3~12면 참조.

6 각 지방에 관학을 설치한 것은 물론 중앙집권체제를 강화하기 위한 것이었다.

대에 들어와 공자를 모시는 대성전(大聖殿)이 독립되고 아울러 선현을 봉안하는 동무·서무가 건립되어 제례를 위한 문묘체제가 확립되었다. 순천향교(順天鄕校)는 1407년에 건립되었는데, 현재의 위치에 자리를 잡은 것은 1801년(순조 1)이었다. 순천향교의 건물 구조는 대성전·동무·서무의 문묘와 명륜당·동재·서재의 학교, 그리고, 부속 건물로 교직사(校直舍)를 두어 제례와 교육의 기능을 담당하는 데 부족함이 없도록 하였다.

고려시대에 묘학동궁의 향교에서 공자를 주향하는 문묘를 독립시킨 것은 교육적 기능에 부수되었던 제례적 기능을 크게 강화한 것으로 볼 수 있다. 조선시대에 있어서 문묘에 대한 제례는 2월, 8월 상정일에 거행하는 석전제와 매달 초하루와 보름에 거행하는 삭망분향제(朔望焚香祭)가 있었다. 그외 나머지 날은 대부분 교육에 바쳐졌다고 보아야 할 것이다.

다음으로 향교에서 교육을 담당한 교관과 교육을 받은 교생들에 대해서 살펴보기로 하자.[7] 향교의 교육을 담당하는 교관은 고려시대나 조선시대 다 같이 중앙에서 파견되었다. 고려시대에는 군현별로 수령이 교관을 임명하였고, 조선시대에도 이런 제도를 그대로 답습하였다. 그런데 교관에게는 어느 시대에나 봉록이 시원치 않았다. 혜택이란 군역과 호역을 면제해 주는 정도였다. 이로 말미암아 조선 후기에는 학식 있는 사람들이 교관직 부임을 기피한 나머지 향교교육이 침체하게 된다. 17세기 이후 순천에도 향교 교관이 파견되지 않게 되자, 이 고을 양반들은 도유사·장의·색장 등의 교임(校任)을 두고 자치적으로 향교를 운영한다.[8]

---

7 향교의 교관과 교생에 관하여서도 윤희면의 앞의 글(15~18면)을 많이 참조함.

8 1618년 순천부사 이수광(李睟光)은 "교수는 1인으로 정유란 뒤부터는 두지 않았다." 고 『승평지』에 기록하고 있다. 한편 순천향교에 오늘날까지 전해오는 『향교집강안

향교의 교생들 대부분은 바로 고을 양반들의 자제들이었다. 그들이 향교에 입학하여[9] 공부하는 목적은 단적으로 말해서 과거시험을 치러 관료가 되는 것이었다. 이와는 달리 평민 자제들의 경우에는 유교 교육을 통해 체제에 순응하는 백성을 만들겠다는 의도에서 교육이 이루어졌다. 그런데 성균관 유생은 물론 사학의 학생, 향교의 교생 등 모든 관학의 학생들에게는 군역 면제의 특권이 주어졌다. 학교가 나라에 필요한 인재를 길러내는 곳이라는 인식 때문이었다. 교생들에게는 수시로 학업의 수행 여부를 확인하기 위해 고강(考講)을 시행하였다. 여기에서 낙강을 하게 되면 교생 자격을 박탈하고 군역을 지도록 하였다.[10]

이상에서 본 바와 같이 향교는 유교 정신을 생활에 육화시키고자 정기적으로 문묘제례를 올리는 한편으로 유교 정신을 확대 재생산하기 위하여 교육을 관학으로 제도화하여 실시하였다. 그러면 이제 그와 같은 교육체제 속에서 어떤 문학교육이 어떻게 이루어졌는가를 살펴보기로 한다.

(鄕校執綱案)』에는 순천향교의 역대 교임을 기록해 두고 있다.
16세기에 이르러 이미 향교를 대신하여 서원이 지방 교육의 중심으로 등장한다. 관학의 부진이 사학의 발달을 촉진시킨 것이다. 새로운 교육기관으로 등장한 서원이 확산될수록 향교 교육은 더욱 쇠퇴하게 된다.

9 향교에 입학할 수 있는 교생은 지방의 양반 자제로서 그 나이는 17세 이상이 되어야 했고, 40세를 벗어나서는 안 되었다.

10 한편 성적이 우수한 교생에게는 과거에 특혜가 있었다고 한다. 매년 6월에 실시되는 도회에서 성적이 우수한 양반 교생 3~5명은 생원・진사시의 회시에 곧장 나갈 수 있는 특전이 주어졌다. 또 일강・월과의 우등자는 호역을 감면해 주기도 하였다.(윤희면, 앞의 글, 20면 참조)

2) 향교의 문학교육

향교의 교육목적은, 위에서 본 바와 같이 유교를 통치 이념으로 하는 중앙집권적 양반관료체제를 유지하기 위하여 관료들을 양성하고 유교 윤리를 널리 보급하여 백성들을 교화시키는 데 있었다. 교육과정은 이러한 목적에 맞추어 전개되었고, 교과내용은 과거시험에 필요한 경학(經學)과 사장학(詞章學)이 중심이 되었다. 고려시대의 과거는 사장이 중시되어 명경과보다 세술과가 우위를 차지하였으나, 조선시대의 과거는 경술(經術)과 사장의 겸비를 요구하였기에 폭넓은 공부가 필요하였다. 아울러 주민 교화를 위하여 도덕규범과 관계있는 윤리서도 중요시하였다.

고려시대의 과거시험은 제술업과 명경업, 그리고 잡업으로 나뉘어져 있었다. 제술업은 시부송책(詩賦頌策) 등과 같은 문학류를 시험 보는 것이었고, 명경업은 유교의 경전을 시험 보는 것이었다. 모두 문신을 선발하는 시험이었으나 특히 제술업이 중시되었다. 따라서 고려시대 문학교육에서는 특히 사장학이 중시되었다고 할 수 있다.

한편 조선시대 향교의 교과는 시기에 따라 다소 차이는 있었으나 대체로 『소학』·사서오경·『성리대전』·『근사록』 등의 경서와 『주자가례』·『의례』 등의 의례서, 『삼강행실도』·『이륜행실도』 등의 윤리서, 『통감』·『강목』·『사략』 등의 사서, 『문선(文選)』·『고문진보(古文眞寶)』 등의 문학서이다. 그런데 조선 초기부터 향교 교육의 기본 교재가 된 것은 『소학』이었다.[11] 『소학』 다음으로 향교에서 중요시한 교과는

---

11 당시 교육에 있어서 『소학』의 중요성은 다음과 같았다.
"『소학』은 삼강오륜을 위시하여 예절, 선행 등 구체적인 내용을 담고 있어 유교적 이상 실현에 적합한 교과서로 인식되었고, 따라서 양반들의 유학 입문서로 뿐만 아니라, 일반백성들의 생활윤리 교본으로 널리 활용되었다. 그래서 取才에 있어서도 『소

『효경』과 사서오경이다. 국가에서는 이러한 저작들을 간행하여 반포하기도 하였고, 각 도의 감사들이 판각・인쇄하여 향교에 나누어 주기도 하였다. 아울러 성리학의 심화에 따라 우리나라 유현들의 문집과 저서들도 반포하였다.

이상을 통해서 알 수 있는 바와 같이, 중세시기 양반 자제들을 대상으로 한 문학교육은 관 주도하에 역사, 철학, 그리고 윤리 등과 함께 통합적으로 이루어졌다. 그러면 당시에 문학교육의 정전(正典)으로 삼았던 『문선』과 『고문진보』가 어떤 책인가를 간단히 살펴보자.

『문선』[12]은 육조 시대 양무제(梁武帝)의 태자 소통(蕭統)(昭明, 501~531)이 춘추(春秋) 말기부터 육조 양(梁)까지 130여 작가의 시부(詩賦)와 문장(文章)을 모아 엮은 책이다. 편차(編次)는 문체별로 부(賦)・시(詩)・소(騷)・조(詔)・책(策)・표(表)・서(序)・논(論)・제문(祭文) 등 39종으로 나누고 있다. 이 가운데 시(詩)는 443수이고, 나머지는 모두 다 합하여 317편인데, 그중 부(賦)가 가장 많다. 말하자면 『문선』은 시부(詩賦) 중심의 문학서라고 할 수 있다. 일찍이 한유(韓愈)와 두보(杜甫) 등은 『문선』을 아주 존중하였다고 한다. 당나라 때에는 사부(詞賦)로써 관리들을 선발・등용하게 되자 문선학(文選學)이 크게 성행하게 되고, 마침내는 6경(六經)에 견주어지기도 하였다.

한편 『고문진보』[13]는 중국의 전국시대부터 송대까지의 시문을 송나라 황견(黃堅)이 엮은 것으로 전・후집 각 10권씩이다. 전집에는 한(漢)에서 송까지의 시(詩)가 수록되어 있고, 후집에는 전국 말에서 송까지의 문(文)이 수록되어 있다. 전집은 처음에 권학문 8편을 싣고, 다음으로 오언

학』을 시험 보도록 하였는데, 생원복시・무과전시・성균관 입학・考講 등에는 『소학』을 시험과목에 필수적으로 포함시키도록 하였다."(위의 글, 21~22면)

12 서울대 동아문화연구소 편, 『국어국문학사전』, 신구문화사, 1981, 227면.

13 위의 책, 86면 참조.

고풍・칠언고풍・장단구(長短句)・가(歌)・행(行)・음(吟)・인(引)・곡(曲) 등의 여러 체로 나누어 편차(編次)하였다. 그리고 후집은 사(辭)・부(賦)・설(說)・해(解)・서(序)・기(記)・잠(箴)・명(銘)・문(文)・송(頌)・전(傳)・비(碑)・변(辨)・표(表)・원(原)・논(論)・서(書) 등 17류로 나누어 편차하였다. 이 책이 중국에서는 원・명 간에 많이 읽혔는데, 우리나라에서도 증보 간행되어 줄곧 문인들의 시문 수련을 위한 기본 교재로 사용되었다.

이외에도 중세 보편문학으로서 중국문학은, 아는 바와 같이 우리나라에서 많이 읽혔다. 특히 『당음(唐音)』이나 『당시합해(唐詩合解)』는 집집마다 필수의 책으로 필독해야만 했다. 더욱이 과거 공부에 열중하는 한여름에는 졸음을 쫓기 위해 으레 소리 높여 읽었다.[14] 이 시기 교육 방법은 고전 암기와 낭송이 주가 되었던 것으로 전해지고 있다.

이상에서 본 바와 같이 『문선』과 『고문진보』는 다 같이 시부(詩賦) 중심의 문학서들이다. 우리나라 양반 자제들은 시부 문장의 규범을 보인 그와 같은 대표적인 정전들을 통하여 문장 수련을 쌓아 과거시험에 응시하였던 것이다. 그런데 시험은 과체시(科體詩)를 짓는 것이 주가 되고 때로 고전을 암송하는 방법을 택하기도 하였다. 과체시 훈련을 쌓아 과거에 급제한 양반 자제들은 관료가 되어 훌륭한 문장들로 정사를 보게 되는데, 바로 이들의 문장은 전아한 것이 특징이 되어 관각문학을 형성하게 된다.

그러면 먼저 과거시험에 대비하기 위하여 향교의 문학교육에서 중점적으로 교육했던 과체시에 대하여 살펴보도록 하자.[15]

우리나라 과거는 신라의 독서삼품과에서 시작되었지만 본격적인

---

14 이병주, 『한국한시의 이해』, 민음사, 1987, 20면 참조.

15 조종업, 「과거제와 한문학」, 『한국문학연구입문』, 조동일 외 편, 지식산업사, 1982, 187~193면 참조.

과거는 고려 광종 때로부터 실시되어 한말까지 지속되었다. 조선시대의 과거는 문과와 무과 그리고 잡과 등 세 과로 크게 나뉜다. 이 가운데 무과와 잡과는 각기 전문 분야를 시험하는 것이었다. 이에 비해 문과는 치뤄야 할 과목이 아주 많았다. 문과 시험에 취급된 내용은 시(詩)·부(賦)·표(表)·책(策)·의(疑)·의(義) 등 한문학이다. 시(詩)·부(賦)는 물론 문학적인 내용과 형식을 갖춘 것들이다. 그런데 표(表)·책(策)의 내용은 정치와 관련된 시무책이며 표현은 사륙문(四六文)이었으며, 의(疑)·의(義)의 내용은 유학 경전인 사서와 오경의 경의(經義)를 논술하는 것으로 표현은 고문체였다. 다시 말하면 시(詩)·부(賦)는 운문이요, 의(疑)·의(義)가 순산문이라면, 표(表)·책(策)은 운문과 산문의 중간 형태라고 할 수 있는 사륙변려문(四六騈驪文)으로 씌어졌던 것이다.

그런데 과거시험에 있어서 문과는 대과(大科)와 소과(小科)로 나뉘고, 소과 안에 또 생원(生員)과 진사(進士)의 두 길을 두었다. 소과 가운데 경학에 능통한 사람은 생원이 되고, 시(詩)·부(賦)·사륙문(四六文) 등을 잘하는 사람은 진사가 된다. 대과일 경우는 생원이 치르는 명경과 의(疑)·의(義), 진사가 치르는 시(詩)·부(賦)와 관각문(館閣文)이라고 할 수 있는 표(表)·책(策) 등을 모두 통과해야 급제하게 된다.

그런데 위에서 본 바와 같이 시(詩)·부(賦)·표(表)·책(策)·의(疑)·의(義) 등 여섯 가지는 크게 보아 문학과 관련되지 않은 것이 없다고 할 수 있다. 그러나 의(疑)·의(義)는 본시 경의를 밝히는 것이다. 의(疑)·의(義)는 명경이라 하기도 하고, 강경(講經)이라 하여 경의를 글로 논술하지 아니하고 다만 기송(記誦)이라 하여 입으로 외워서 구술하는 데 그치는 수도 있었다. 이 때문에 의(疑)·의(義)는 일반적으로 문학으로 보기보다는 경학(經學)으로 본다.

양반 자제들 가운데는 이와 같은 시(詩)·부(賦)의 문학적인 사장학(詞章學)과 의(疑)·의(義)의 학술적인 경학을 향교나 서원을 통하여 수

년 동안 교육 받은 후 과거시험에서 모범적인 과체시를 지어냄으로써 관문을 통과했을 것이다. 관계에 진출한 양반 관료들은 전아하고 유장한 문장을 구사하여, 앞에서 말한 관각문학이라는 것을 이룩하게 된다. 따라서 다음에 보게 될 관각문학류는 향교나 서원에서 필수적으로 교육되었다고 할 수 있다. 관각문학에 대하여 살펴보자.[16]

관각은 홍문관이나 예문관 등 조정의 사명(詞命)을 제찬(制撰)하는 기관이다. 중국은 당송시대로부터 일류 문사를 등용하여 문한(文翰)의 임무를 맡기고, 제왕의 측근에서 문학과 정치 양면에 걸쳐 역할을 담당하게 하였다. 여기에 뽑힌 진신(搢紳)들은 일대의 명예를 모으게 되었다. 조선에서도 이러한 문임(文任)을 대단히 중시하여 양관(兩館)에 문한을 맡는 것을 벼슬 중 가장 큰 영광으로 여겼다. 이 관각에 종사하는 이들의 문학을 관각문학이라 하는데, 이들의 문학은 전아한 수사와 유장한 절조, 통창(通暢)한 서술을 그 특징으로 하는 것이었다. 나아가서 이러한 문체를 관각문체라 하여 위와 같은 특징을 나타낸 경향의 문학을 가리키는 보편적인 용어로 쓰이게 되었다. 이는 화려한 궁중과 벌열층(閥閱層)의 생활을 배경으로 한 귀족문학인데 당송고문을 중시하는 정통문학이며 이른바 순정문학을 지칭한다.

권근 · 서거정 등을 이어받아 조선 중기에 와서 관각문학은 일대 장관을 이루었는데, 월상계택(月象谿澤)으로 일컬어지는 사대가가 저명하다. 이 시기에 이르러 고문은 난숙기에 들어섰으며, 이후 봉건사회의 해체과정에서 관각문학은 빛을 잃어갔다. 특히 연암 박지원의 문학은 이에 정면으로 충돌하였다. 관각문학은 소설 문학의 발달로 문학사적인 의의를 상실해가는 한편 반동적인 성격을 더욱 강화하였다. 그런데 이 관각문학은 중앙 관료를 많이 배출했던 근기지방에서 활발

---

16 서울대 동아문화연구소 편, 앞의 책, 98면 참조.

하였다.[17]

이상에서 본 바와 같이 우리나라의 한문학은 과거제도에 의해 크게 발달할 수 있었다. 그러나, 후기에는 지나치게 미사여구에만 치중한 나머지 과문(科文)은 마침내 우리 한문학을 부화(浮華)한 것으로 떨어뜨렸을 뿐만 아니라, 6운 · 10운 · 18운 등 특수한 시 형식을 강조하여 문학 발전에 커다란 해독을 끼쳤다는 비판을 받게 된다.

우리는 지금까지 중세의 문학교육을 실시했던 향교 교육제도에 관하여 살펴보았다.

향교는 연중 혹은 매월 정기적으로 문묘제향을 올리는 한편 자라나는 양반 자제들에게 유교 정신을 제도적으로 교육시켜 일상에서 실천토록 함으로써 관학 교육기관으로서의 소임을 다하였다. 그 교육내용은 『소학』이나 『중용』 등 윤리서를 공부하는 것이었지만, 문장을 통한 교육이어서 결국 중세의 관학교육은 문학교육이 중심이 되었던 것이다. 문학교육은 『문선』 『고문진보』 등에 실린 문장을 규범적으로 받아들여 교육시켰다. 그래서 향교의 교육을 철저히 받은 양반 자제들은 시(詩)와 부(賦)를 능숙하게 구사하여 처사적인 문학은 물론 과체시를 비롯한 전아한 관각문학에도 능하여 관료로도 진출하게 되었던 것이다.

그러면 다음 장에서는 이와 같은 중세시기 문학교육을 배경으로 하

---

17 중세시기 사대부들은 정치권력과 문화교양을 장악하고 있었지만, 모든 사대부들이 관료문학인 이른바 관각문학을 지향한 것은 아니다. 그들은 관료적 문학 못지않게 처사적 문학을 중시하였다. 중앙의 관료인 동시에 지방의 지주이기도 한 이들에게는 국정에 참여하는 관인으로서의 생활과 지주 · 전호(佃戶)의 생산관계를 기반으로 한 전원에서 한유자적하는 처사로서의 생활이 있었다. 한 면에서 경국치민의 이상을 나타낸 경세문학이나 궁정문학 · 관변문학 · 관료문학 등의 「관각문학-관료적 문학」이 형성되었고, 다른 한 면에서 일세(逸世)의 정취를 추구하고 한적한 인생을 자락(自樂)하는 「강호문학-처사적 문학」이 형성된 것이다.(임형택, 「조선 전기 문인유형과 방외인 문학」, 『한국문학연구입문』, 지식산업사, 1982, 244면 참조)

여 이곳 순천에서 간행된 『승평지』와 『강남악부』의 문학사적 의의를 살펴보도록 한다.

3. 『승평지(昇平誌)』와 『강남악부(江南樂府)』의 문학사적 의의

1) 『승평지(昇平誌)』의 문학 관련 편목

『승평지』에서 문학과 관련된 편목을 살펴보기에 앞서 그 편찬 경위와 체제 등을 먼저 살펴보기로 한다.[18]

『승평지』는 앞에서도 언급한 바와 같이, 순천부사 이수광(李睟光)이 1618년(광해군 10)에 편찬한 순천읍지다. 이수광이 순천읍지를 편찬한 정신은 근본적으로 실학사상이라고 할 수 있다. 그는 일찍 문과에 급제하여 청요직을 두루 역임하는 한편 30세 이전에 성절사의 서장관이 되어 북경을 다녀온 이후 중국을 두 번 더 다녀온다. 이를 통하여 그는 국제적 안목과 균형 잡힌 민족정신을 갖추게 되고, 『지봉유설』 등 일련의 저서를 관류하는 실학사상을 구축하게 된다.

이수광은 1616년(광해군 8) 순천부사로 부임하여 먼저 정유재란의 병화[19]가 아직 가시지 않은 관내의 민정을 샅샅이 살핀다. 그는 임진

18 조원래, 「승평지 해제」, 『승평지』, 순천대 남도문화연구소, 1988.

19 임진왜란시 순천 관내에는 전라좌수영이 있었고, 정유재란시에는 왜군의 주력부대인 소서행 장군이 주둔하고 있어 양 전란을 겪는 동안 순천 지역의 인적·물적 피해는 이루 다 말할 수 없는 지경이었다.

·정유 양 전란을 겪으면서 훼손된 지방 유적들을 대대적으로 복구한다. 그가 부사로 재임하는 동안(1616.9~1619.3) 이룩한 많은 업적 가운데 순천읍지 『승평지』의 편찬은 매우 큰 업적으로 평가된다.

『승평지』는 순천에 관한 기본적인 사적들을 『동국여지승람』에서 채록한 다음, 현장을 답사하여 조사한 약간의 사실들과 이수광 자신이 쓴 「제영(題詠)」 등을 묶은 것이다. 이 지리지는 후대에 출간된 순천읍지에 비하면 그 내용이 소략한 편이기는 하지만, 정구의 『함주지(咸州誌)』나 권기(權紀)의 『영가지(永嘉誌)』(1616) 등과 함께 중세에 이루어진 지방지(地方誌)라는 점에서 역사적 의의가 매우 크다. 당시 읍지들은 기본적인 체제에 있어서 『신증동국여지승람』의 체제를 따르고 있는데, 『승평지』 또한 마찬가지다. 이와 관련하여 『승평지』에서 특기할 만한 점은 우선 『승람』에 비해 그 편목이 대폭 확대된 점을 들 수 있다. 『동국여지승람』에서는 순천도호부에 관련된 편목이 23개[20]인 데 비해 『승평지』의 경우에는 31개 항이 추가되어 상·하 두 권에 걸쳐 54개나 된다.[21] 이 지방지는 순천의 역사와 문화에 관한 백과사전적 기록[22]으로서 당시로서는 다른 여느 지방에서 그 예를 쉽게 찾아보기 어렵다. 그 많은 편목을 두어 한 지방의 문물과 역사적 사실들을

20 건치연혁·진관·관원·군명·성씨·풍속·형승·산천·토산·성곽·관방·봉수·궁실·누정·학교·역원·불우·사묘·고적·명환·인물·열녀·제영 등23개 항.

21 건치·관원·진관·읍호·성씨·풍속·형승·산천·토산·성곽·관방·봉수·관사·누정·학교·역원·사찰·사묘·고적·명환·인물·열녀·제영 등의 편목 외에 정도·파영·화목·약재·속현·부곡·호구·유액·무반·군정·전결·조세·진상·공물·창고·관전·제언·목장·어전·염막·장시·선척·요역·공장·관속·향임·장면·서판·우거·사실·잡저 등 31개 항이 추가됨으로써 54개 항이 수록되어 있다.

22 그뿐만 아니라 『승평지』는 순천 지역과 관련된 역사적 사실들도 상당수 싣고 있다. 예를 들면 무오사화 때 순천에 유배되어 현지에서 사사되었거나 병사했던 김굉필과 조위의 행적에 대한 기록과 의승 옥형과 이순신 사이에 얽힌 임진왜란 관계 기록 등은 사료적 가치가 아주 중요한 것들이다.(조원래, 「이수광과 승평지」, 순천시사편찬위원회, 『순천시사, 문화·예술편』, 순천시, 1997, 273면)

기록한 것은 이수광의 실학사상과 함께 실증정신이 밑받침이 된 것이라고 보아도 좋을 것이다.

한편 이수광 이후 순천부사로 부임한 후임자들은 읍지의 중요성을 인식하고 속지(續誌)를 일정한 간격을 두고 지속적으로 간행한다. 순천읍지는 그간 네 번에 걸쳐 출간된다. 위에 밝힌 바와 같이 1618년 간행된 이수광의 『승평지』를 필두로 하여, 부사 홍중징(洪重徵)이 1729년(영조 5)에 『신증승평지(新增昇平誌)』를, 부사 김윤식(金允植)이 1881년에 『순천속지(順天續誌)』를, 그리고 순천향교 유림들이 1923년에 『승평지』를 각각 간행한다.

그런데 네 번의 읍지 발간에 있어서 순천향교가 두 차례에 걸쳐 큰 역할을 담당했다는 점은 특기할 만하다. 첫 번째는 1881년 『순천속지』의 발간이다. 이것은 양사제(養士齊)－순천향교 유림들이 다수 참여한 교육기관－에서 발간한 것인데, 이때부터 그간 관이 주도했던 읍지 편찬 업무를 향중(鄕中)이 관장하게 된 것이다. 두 번째는 일제하인 1923년 순천의 향중 유림들이 편찬한 것으로서 종전의 구지(舊誌)를 일책으로 재정리함과 동시에 『순천속지』 이후의 개변 사항 및 제영(題詠)·잡저(雜著)를 모아 3책으로 편찬한다. 이런 사실은 순천향교가 제향과 교육 등 본연의 임무 외에 지방 문화의 보전에도 큰 관심을 가졌다는 사실을 나타내준다 하겠다.

속지 간행에 있어서 또 하나 특기할 만한 점은 읍지의 기술 형태가 부가적 설명 형태를 취하고 있다는 점이다. 속지들은 바로 전에 출간된 읍지 내용에다 새로이 발생한 역사적 사실들을 '신증(新增)'란을 두어 실음으로써 말 그대로 속지가 되도록 하고 있다. 이와 같은 기술 형태는 역사적 사실의 인식에 있어서 사실들을 개별적으로만 다루고 있다는 사실을 나타내준다. 이는 술이부작(述而不作)의 전통을 반영하는 태도로 역사 기록에 있어 주관적 해석을 극도로 자제하고 있는 것이다.

이상으로 『승평지』의 편찬 경위와 체제의 구성 등에 대하여 살펴보았다. 다음으로 문학 관련 편목을 통하여 작가와 작품, 그리고 작품 경향 등을 살펴보자.

① **작가와 작품** : 문학과 직접 관련된다고 판단되는 편목은 「문학(文學)」과 「제영(題詠)」 등 두 항목이다. 「문학」 편목에서는 순천 지역의 작가들을 간략하게 소개하고 있는데, 그들이 지은 작품들은 기록하지 않고 있다. 『승평지 상』 권에 소개된 작가들은 박시영 등 17인이며[23], 『승평속지』 3(三)에는 허양 등 88인이다. 한편 『승평지』 상의 「음사(蔭仕)」 편목과 『승평속지』의 「유일(遺逸)」 편목은 이른바 승평사은(昇平四隱)으로 추앙받은 배숙, 정소, 허염, 정사익 등을 소개하고 있고, 『승평지 상』의 「향신(鄕紳)」 편목과 『승평속지』의 「유일(遺逸)」 편목은 승평팔문장이라는 최만갑, 정시관, 양명웅, 박시영, 황일구, 정우형, 정하, 그리고 허빈 등 이 고장의 문인들을 소개하고 있다. 그리고 「우거(寓居)」 편목은 외지의 귀향 문인들, 즉 조위, 노수신, 권응창 등을 역시 간략히 소개하고 있어, 이 편목들 또한 문학과 관련된 편목으로 보아도 무방할 듯하다.[24]

다음으로 「제영」 편목을 살펴보자.

『승평지』는 54개의 편목 가운데 52개 항목을 상권에 싣고, 하권에 제영・잡저 2개 항을 싣고 있다. 하권은 제영시가 대부분을 차지하고 있는데, 이로 미루어보아 이수광뿐만 아니라 당시 편찬자들이 제영(題

---

23 『승평지 상』 38A・B.

24 「우거(寓居)」 편목에는 도학자 김굉필도 소개되어 있다.(『승평지 상』 33B)
그리고 승평사은의 시문학과 우거인의 문학, 그리고 승평팔문장의 문학에 대해서는 류연석 교수의 「시문학의 발달과 문학작품」(순천시사편찬위원회, 『순천시사, 문화・예술편』, 순천시, 1997)에서 자세하게 다루고 있다.

詠)을 아주 중요시하였다는 사실을 알 수 있다. '제영(題詠)'이란 말 그대로 제목을 붙여 시를 읊는다는 뜻으로 일반적으로 그 시가를 지칭한다. 그런데 『승평지』에 실린 제영 시가는 순전히 순천 관내에 있는 문물들만을 노래의 대상으로 삼고 있다. 예를 들면 환선정, 연자루, 임청대, 오림정, 경현당, 향림사, 선화루, 반구정, 팔마비, 송광사 등인데, 몇몇은 오늘날에도 관내에 남아 지방문화재로 지정되어 있기도 하다. 그러나 『승평지』의 시편들은 순천을 심방한 유력인사들이 순천의 경물들을 노래한 것들을 수록한 것이어서 작가의 경우 순천 출신만으로 한정되어 있지는 않다. 류연석 교수의 조사에 따르면,[25] 『승평지』에 실린 제영 시가의 편수와 작자의 수는 다음과 같다.

> 『승평지』에는 이수광이 지은 시로 「환선정」 등 41수가 실려 있다. 또한 이색의 「송광사」 외 여러 작가들의 시 21수가 실려 있는데, 작자들은 충지, 김극기, 서거정, 박상, 송인수, 김인후, 송수경, 노수신, 유영순, 유순익, 이경정, 양극선, 박경신, 이덕형, 양경우, 이안눌, 홍천경, 유목인 등이다. 다음으로 『중간승평지』에 수록된 작가로는 성임, 석선단, 김종직, 정지우, 강대진, 이현, 이원진, 정량필, 김지남, 임선백, 임담, 승수연, 김창흡 등 13명인데, 작품 17수가 수록되어 있다. 또 『신증승평지』에 수록된 작가들로는 정지우, 홍중징, 유명현, 한기유, 한재렴, 이종병, 김완식, 김윤식, 김유증, 오용묵 등 10명이며, 작품으로는 37수가 실려 있다. 그리고 『승평속지』에는 김정태를 비롯한 256명의 작품 346수가 수록되어 있다. 따라서 증보판을 합한 4권의 읍지에는 시인 299명이 쓴 제영시 463수가 수록되어 있는 셈이다.

---

25 류연석, 위의 글, 239면.

시의 형태들은, 아래에 제시된 몇 편을 통하여 알 수 있는 바와 같이 절구와 율시가 다기하게 구사되고 있다.

② **작품 경향** : 『승평지』에 실린 많은 시편들의 경향을 일률로 말할 수는 없다. 그러나 '제영시'의 특성에 비추어 이른바 누정문학(樓亭文學)이라 할 수 있는 것과 '즉사(卽事)'적 경향의 시로 크게 둘로 나누어 볼 수 있다. 여기서 누정문학이란 일반적으로 시인 묵객들이 여러 누각과 정자에서 풍류를 즐기면서 지은 풍류적 시가를 말한다. 한편 즉사적 경향의 시란 말 그대로 사물에 즉해서 사실적으로 읊은 시편들을 말한다.

『승평지』에 수록된 작품들은 경물에 대한 제영적 성격으로 하여 일반적으로 경물의 아름다움을 찬탄하는 경향을 보인, 누정문학이라 할 만한 작품들이 200여 수나 된다.[26] 나머지 작품들은 대체로 즉사적 경향의 시들이다.

『승평지』의 시들 가운데 가장 많이 노래된 경물은 환선정(喚仙亭)이다. 한 조사에 따르면 무려 79편이나 된다.[27] 환선정은 순천 동천변에 소재한 누정으로서 당시 많은 풍류객들과 시인묵객들이 선유락을 즐기며 많은 시를 남겼던 곳이다. 『승평지』를 처음 편찬한 이수광 또한 환선정의 아름다움에 깊이 매료된 나머지 환선정을 노래한 시를 다섯 수나 남긴다. 다음은 그가 지은 「환선정 10영」[28] 가운데 매화 향기 그

---

26 정제문·강명희, 「순천의 찬시가」, 『남도문화연구』 1, 순천대 남도문화연구소, 1985, 296면.

27 환선정(喚仙亭)은 1543년(중종 38)에 승평부사 심통원이 송광사의 임경당과 함께 창건한 것으로서 당시 순천성 동쪽편, 현재 동순천 쪽으로 빠지는 전(前) 전매서 건너편 개천 동편에 있었다. 1962년 대수해 때 훼손되어 없어지고, 그 편액만 죽도봉 밑 사정에 보관되어 있다.(위의 글, 296면)

28 「환선정 10영」에서 노래된 경물은 다음과 같은 소제목을 통해서 알 수 있다.
「죽도신월(竹島新月)」, 「송촌반조(松村返照)」, 「매교암향(梅橋暗香)」, 「율포농록(栗圃

읏함을 읊은 「매교암향(梅橋暗香)」이라는 시다.

月暗小溪西　달빛은 서쪽 시냇가에서 어슴한데,
尋梅橋上去　매화를 찾아 다리 위를 걸어가네.
惟聞雪裏香　눈 속 어디선가 향기만 그윽할 뿐,
不見花開處　꽃이 핀 곳을 찾을 수 없네그려.

눈 내리는 겨울 어스름에 매화 향기 그윽함을 감각적으로 표현한 시다. 여기서 이수광은 자연 경물에 지나치게 심취한 나머지 환선(喚仙)하여 이른바 우화이등선한다거나 물아일체의 지경에 이르지는 않은 듯하다. 다른 일련의 시들을 보아도 그는 사물들과 적당한 거리를 유지한 것으로 보인다.

사가정 서거정이 지은 다음 제영시 「연자루(燕子樓)」[29]와 비교해 보자.

鵲兒嶺外一鶯樹　鵲兒嶺 밖 一鶯樹요,
燕子樓前八馬碑　연자루 앞 팔마비라.
白髮孫郎人莫笑　백발 孫郎[30]을랑 웃지들 마소,
牧之曾賦子枝詩　杜牧之는 일찌기 子枝詩를 지었다네.

樓外年年燕子飛　樓 밖에는 해마다 제비가 나는데,
樓中好好已成非　樓 가운데 기생 好好[31] 보이지를 않네.

濃綠)」, 「연대석봉(烟臺夕烽)」, 「산사신종(山寺晨鐘)」, 「동천어화(東川漁火)」, 「서곽취연(西郭炊烟)」, 「남교취우(南郊驟雨)」, 「북령청설(北嶺晴雪)」.

29 연자루를 제영한 시 또한 74편으로 아주 많다.

30 승평부사 손억(孫億, 1214~1259).

31 손억과 사랑을 맺은 기생의 이름.

風流人物今安在　풍류 즐기던 사람 지금 어디를 가고,
一曲琵琶伴落暉　한 가락 비파소리만이 석양을 벗삼고 있네.

소재 자체가 드러내듯 다분히 풍류적인 시다. 손랑의 고사, 즉 용사적 수법을 쓴 것도 이수광의 시풍과는 구별된다고 하겠다.

한편 누정문학에 해당되지 않은 작품들, 즉 즉사적 경향의 시들의 경우에는 작가의 주관적인 소회가 더욱 자제되고 사실적인 경향이 두드러진다. 다음은 이수광이 읊은 「동헌객사」의 전반부다.

昇州境最靈　승주 땅 아주 신령스럽고,
地勢俯重溟　지세는 굽어보기 좋아 아늑하다.
浦日沉雲黑　포구는 해가 구름에 잠겨 흐리고,
村烟帶雨腥　마을 휘도는 연기 비를 머금어 비릿하다.
戈船藏淺港　병선은 포구 가까이 묶여 있고,
戍鼓臥長亭　戍鼓는 기다란 정자에 누워 있다.
海上今無事　바다에서는 오늘도 아무 일 없었고,
城門夜不扃　성문은 밤인데도 빗장을 걸지 않았네.

사실적으로 사물을 묘사하면서도 그 속에 고을의 평안함을 마음속 깊이 기원하는 목민관의 심정이 잔잔하게 배어 있다. 다음 이어지는 시 또한 후박한 고을의 인심을 사실적으로 노래한다.

官衙大都護　관아로는 대도호가 있는데,
邑號小江南　고을을 소강남이라 일컫는다.
野店多依竹　시내 상점들은 대나무들을 둘렀고,
村家半種柑　시골 마을들은 귤나무를 많이 심었다.

民風元自朴　이 고을 사람들의 풍습은 본디 순박하고,
海味久猶甘　바다 정취는 오래일수록 오히려 달구나.
獨有思君意　홀로 남아 그대의 정성을 생각코,
中宵耿不堪[32]　한밤중이어도 눈만 멀뚱 잠 못 이룬다.

부사의 청렴한 마음 씀씀이를 짐작할 만한 시다. 후한 대접을 받고 오히려 부담스러워 하는 것이다.

점필재 김종직이 지은 「객사(客舍)」와 비교해 보자.

看盡山茶與石榴　山茶와 石榴를 다 보고 나니,
村村門巷可淹留　마을마다 거리마다 머무를 만하구나.
玉泉依舊橫如淺　옥천은 예전처럼 실같이 비꼈는데,
不見當時燕子樓　예보던 연자루는 보이지 않네.

海濱千騎正驂擔　海濱에 千騎 정히 참담한데,
百濟風煙畧已諳　百濟의 風煙 대략은 기억하겠구나.
雀鼠倦來坎枕睡　雀鼠가 천천히 와서 목침에 기대니,[33]
不知身在小江南　소강남에 있는 줄을 모르겠네.

이 시는 이수광의 시와는 달리, 객관 현실을 사실적으로 노래했다기보다는 주관적인 느낌을 토로한 시다. 다시 말하면 현실을 주관화하고 있는 것이다.

이상으로 『승평지』에 실린 제영시 서너 편을 누정문학과 즉사적 경

32 『승평지』에는 시행 가운데 '宵'(밤 소)가 '霄'(하늘 소)로 되어 있음.
33 졸리는 모습.

향의 시로 나누어 그 성격의 일단을 살펴보았다. 전자가 풍류적이고 후자가 사실적이라고 하였지만, 제영시인 한에서 어느 경우나 고을의 문물에 대하여 예찬하는 근본적인 취지는 잃지 않고 있다.

우리가 여기서 한 가지 기억해야 할 점은 『승평지』가 거듭 속간되면서도 그 제영시들이 이수광의 시작 태도에서 크게 벗어나지 않았으리라는 점이다. 그것은 후임 편찬자들이 최초 편찬자의 뜻을 이어받았으리라는 점 말고도, 조선 후기의 대문장가인 이수광[34]의 영향이 매우 컸으리라는 점 때문이다. 여기서 잠시 이수광의 문학관 일단을 간단히 살펴보도록 하자.

이수광은 문학이란 기본적으로 '제도지기·관도지기'임을 인정한다. 그렇다고 그는 문학이 공리성만을 추구하는 효용론적 입장을 견지해서는 안 된다고 보았다. 문학의 본질은 현상의 진수를 표현하는 것에 있다고 보았다.[35] 그래서 그는 고사를 자주 인용하는 송시풍을 멀리하였다. 송시풍은 주자학의 제도적 문학관을 철저히 준수한 나머지 자구마다 의리(意理)를 명백히 드러내야 했다. 그래서 전고수사(典故修辭), 즉 용사(用事)를 구사하여 시편 일자일구가 경어나 경구가 되도록 했다.[36] 이러한 송시풍이 지나칠 때는 모방에 빠져 참다운 개성적 문학이 나올 수 없는 것이다. 이수광은 시란 도학에 부수되는 여기가 아니기 때문에 성당시와 같이 인간 본연의 성정과 온유돈후한 정서를 소박하고 건실한 시어로 나타내야 한다고 생각한다.[37] 시작이

---

34 남만성의 「지봉유설 해제」에 따르면, 이수광은 박람강기하여 풍부한 지식을 지니고 있었고, 문장에 뛰어나 임진왜란 당시 선조를 호종하는 가운데 외교문서를 비롯하여 조정의 모든 문장은 그가 거의 다 작성하였다고 한다.

35 최웅, 「조선 중기의 시학」, 전형대·정요일·최웅·정대림, 『한국고전시학사』, 홍성사, 1981, 261면 참조.

36 위의 책, 275면 참조.

37 윤광봉, 「이수광론」, 동악어문학회 편, 『조선한시작가론』, 이회문화사, 1993, 361면.

모방으로 흐르게 되면 전인의 시구를 따다가 쓰는 데만 급급하여 시흥(詩興)을 유발하는 사물이나 정(情)·경(景)을 올바르게 투시할 수 없고, 그로 인하여 신선감과 생동감을 불러일으키는 사실적 표현이나 수사는 기대할 수 없는 것이다.[38]

이와 같이 개성적 표현과 사실적 표현을 중시하게 된 이수광의 사상적 배경은 말할 것도 없이 실학정신이다. 이수광의 '무실(務實)' 기운에 기초한 실학사상은 구체적으로는 실용 추구의 정신, 실질 추구의 정신, 실증정신, 그리고 민본정신 등으로 표현된다고 한다.[39]

이수광의 문학관은 사회 현실의 모순 시정에 주력한 강력한 현실주의적 정신인 그의 실학정신에 따라 개개 현상의 진수를 찾고자 하는 노력 아래 문학의 본연성을 찾아보자는 입장에서 이룩된 것이다.[40] 이와 같은 실학정신은 『승평지』의 편찬 동기가 되었고, 이 책의 편술 방법이 되었다. 또한 이 책의 모든 시문 표현의 근본정신이 되었으며, 그 정신은 속지들의 간행에 있어서도 맥맥히 흐르고 있었다고 보아야 할 것이다. 후일 이 고장 유림들은 이수광의 실학정신을 이어받고, 그의 재임 기간의 치적을 기리기 위하여 '지봉서원'을 지어 그를 배향한다.

이수광이 이 고장에 끼친 문학사적 의의는 무엇보다 당시에 이 지역 문사들을 지배하고 있던, 용사적이고 의례적인, 고색창연하기까지 한 송시풍에서 벗어나 자유분방하게 주관을 표출하고 현실에 즉해서 사물을 보도록 하는 사실적 시풍으로 나아가도록 한 데 있었다고 할 수 있다. 『승평지』가 문학사적으로 의의가 있다면 바로 이 현실주의적이고 주관주의적인 정신에 있는 것이다.

---

38 최웅, 앞의 글, 285면 참조.

39 위의 글, 247~255면 참조.

40 위의 글, 262면 참조.

2) 『강남악부(江南樂府)』와 악부문학(樂府文學)

'강남'이란 순천[승주]의 별칭이다.[41] 그러므로 『강남악부』란 순천의 악부를 뜻한다.

본래 악부란 중국 한대에 음악을 관장하던 관부의 명칭인데, 나중에는 악부 관서에서 취급하는 악장을 뜻하는 말로 쓰이기도 하고, 음악을 수반한 문학 양식을 악부로 부르기도 하였다. 그 후 음악적 요소가 탈락한 악장, 가사 등의 문학 작품을 일컫거나 노래를 모은 책의 의미로 전의되어 사용되기에 이른다.

우리나라의 경우 고려시대 이제현의 『익재난고』 제4권에서는 '소악부(小樂府)'라 하여 우리의 가요를 7절 한시로 번역하여 사용하였다. 조선시대에 와서는 근세에 신위가 『해동소악부』라 하여 우리의 단가를 한시로 번역하였고(『경수당전고』), 근세 초기에는 김종직의 『동도악부(東都樂府)』, 심광세의 『해동악부』, 이복휴의 『해동악부』, 이유원의 『해동악부』, 신광수의 『관서악부』, 윤달선의 『광한루악부』 등 여러 가지 악부가 등장한다. 그런데 우리나라에서 심광세의 『해동악부』에서 악부문학은 큰 전환을 이룬다. 앞의 김종직은 『동도악부』를 통해 민간설화의 문학화를 시도한 데 반해 심광세는 『해동악부』[42]를 통해 영사시(詠史詩)의 체제를 세운 것이다. 조선 후기에는 심광세의 『해동악부』의 영향으로 수많은 악부시집이 등장하면서 사서(史書)로서의 역할을 하기에 이른다. 이로 인해 악부를 사시집(史詩集)으로 인식한

---

41 정임중은 『강남악부』의 발에서 "산천이 뛰어나게 아름답고 인물과 풍속이 번화한 까닭에 이름하여 소강남이라고 하였다."고 했으며, 민병승 또한 『강남악부』의 서에서 (순천을) "강남이라 한 것은 순천 고을의 산천이 아름답고 풍속이 번화하여서 소강남이라 불리어왔기 때문이다"라고 하였다.

42 홍문관 응교 심광세가 1617년(광해군 9) 명나라 이동양의 『서애악부(西涯樂府)』를 본받아 저술한 사시집(史詩集)이다.

예가 많았으며, 조선 후기에 나온 우리나라 악부들은 역사, 풍속, 민요 등에서 그 소재를 취하는 경향들을 보였다.[43]

조현범(趙顯範) 역시 심광세의 『해동악부』의 영향을 받아 『강남악부』를 저술하였다.[44] 다만 전자가 국가사를 대상으로 한 것이라면, 후자는 순천의 지방사를 대상으로 하였다는 점에 차이가 있다. 『강남악부』는 고려시대부터 조선 후기에 이르기까지 순천 지역의 역사적 사실들을 시로 읊어 정리한 다음, 관련 인물들의 행적과 구체적인 사실들을 낱낱이 부주(附註)하고 있다.[45]

조현범(1716~1790)은, 『승평지』에 소개된 바로는 본관이 옥천으로 주암면 오산리 출신이다.[46] 그는 대대로 호학(好學)하는 가풍을 지닌 집안에서 학문을 연찬하여 일찍이 사마시에 급제하는 등 누차 향시에 뽑혔고, 중앙 문사들과 폭넓게 교유하며 학문적 역량을 키워나갔다. 그가 『강남악부』를 편찬한 것은 1784년(정조 8) 그의 나이 69세 때의 일이다. 그는 『강남악부』의 서문에서 이 책을 쓰려고 10여 년을 준비하였다고 한다. 이 기간에 그는, 순천 지역의 문화와 역사를 기록한 『승평지』와 같은 문헌들을 섭렵하는 한편[47] 틈틈이 순천 지역의 인물, 기사, 풍속, 지리 등 갖가지 사적을 수집하여 마침내 『강남악부』를 완성하기에 이른다. 조현범은 『강남악부』 서에서 "작은 고을의 아름다운 말이

---

43 서울대 동아문화연구소 편, 앞의 책, 391면 참조.

44 『강남악부』는 1991년 순천대 남도문화연구소에서 번역 간행되었다. 이 글은 이것을 저본으로 삼는다.
이하 『강남악부』에 대한 논의는 이 번역본에 함께 실린 조원래 교수의 「강남악부 해제」를 많이 참조하였음을 밝혀둔다.

45 민병승은 이미 그 서에서 "책의 이름은 악부지만 사실상 고을의 역사서요, 풍속지요, 유사고이다"라고 하였다.

46 그의 자는 성회(聖晦)요, 호는 장졸(藏拙) 또는 삼효재(三效齋)다.

47 조현범은 『강남악부』의 첫 번째 시 「강남롱」 부주 맨 처음을 이렇게 시작하고 있다. "『승평지』에 이런 기록이 있다."

나 착한 행동을 한 사람들이 잊혀지고 전해지지 않을 것을 두려워한 까닭에 감히 찬술하였다"라고 그 저작 동기를 밝히고 있다.[48]

『강남악부』는 편목상 153편의 악부시로 이루어져 있다. 이 가운데는 편목만 기재된 「사창속(社倉粟)」과 시는 없이 부주만 실려 있는 「팔문장」이 포함되어 있다. 따라서 이 책은 시 151편과 그에 관한 구체적인 사적들을 풀이하여 붙인 주 152개 항목으로 구성되어 있다고 할 수 있다.

수록 내용을 시대별로 보면, 고려시대의 것이 12개 항에 그친 반면 조선시대의 것이 140개 항(세조조 3, 성종조 2, 연산조 3, 중종조 2, 인종조 1, 명종조 11, 선조조 12, 인조조 20, 현종조 8, 숙종조 21, 영조조 57[49])으로 대부분을 차지하고 있다. 숙종 때부터 정조 때까지의 내용이 전체의 절반을 넘는 78개 항에 이르고 있어 『강남악부』는 조선 후기 순천 지역의 사시집(史詩集)이라 할 만하다.[50]

조원래 교수는 『강남악부』에 실린 152개 항의 전체 내용을 크게 소재[인물(人物)과 지물(地物)]와 주제[학행, 효제, 열행, 충절 등]로 양분하여 분

---

48 조현범은 자기 가문 선조들의 충효 행적을 들고 또 가문을 칭송하는 데도 많은 부분을 할애하고 있다. 정임중은 『승평지』의 발문에서 "조군이 이미 여러 책에서 그 조상의 의와 절개를 모아 백세(百世)에 밝혀 드러내고자 하였으니, 조군이 이 책을 엮은 것이 또한 어찌 우연이겠는가?"라고 함으로써 저자가 은밀하게 품은 저작 동기를 이미 짚어내고 있는 터다.
조현범은 자기 집안 선조의 사적을 『창녕성씨보』, 『풍양조씨보』, 『해동충의록』 등의 책을 통하여 널리 수집하고 그 구체적인 사실들을 밝혀 그것을 후세에 높이 선양하고자 하였다. 『강남악부』에는 소개된 인물들 가운데 옥천 조문의 인사가 25명에 이른다. 다른 집안 인물에 비하여 압도적으로 다수를 차지한다.(조원래, 앞의 글, 228면 참조)

49 영조조의 57개 항 가운데는 정조 때에 관계된 내용이 다수 포함되어 있다.

50 『강남악부』는 조선 후기 순천 지역의 인물, 기사, 풍속, 지리 등 갖가지 사적을 수집하여 저술한 사시집이어서 오늘날 문화사적 의의가 매우 크다는 평가를 받고 있다. 조원래 교수는 『강남악부』는 지방사의 자료만으로 그치지 않고, 조선 후기의 사회사 자료를 많이 싣고 있어 연구에 소중한 가치를 지닌 저작이라고 평가한다.(조원래, 앞의 글, 233면)

석한 다음, 그 가운데 사료적 가치가 큰 것과 설화적 성격이 강한 것들을 뽑아 아래와 같이 수치로 나타내고 있다.[51]

다음의 표[52]는 다음 세 가지 사실을 적시하고 있다.

주제별 / 소재별		학행	효제	열행	충절	명환(名宦) 양리(良吏)	청류 의행	무용(武勇)	영귀	기행	풍류	유래	풍속 지리	기이(奇異)	감계(鑑戒)	문장
인물		25	33	15	16	10	13	5	1	2	3	4	11	4	2	6
지물(地物)				2			1					8	2	1	1	
사료적 가치가 큰 것		10	3	2	5	6	1	2	1			4	3			
설화	신화류											2				
	전설류		3	1								2		2	1	
	민담류													1		

첫째, 『강남악부』의 소재는 인물이 중심이 되고 있으며, 그 주제는 조선의 통치 이념인 유교 정신이 대종을 이룬다.

둘째, 그 책은 사료적 가치가 큰 자료를 다수 싣고 있는 사시집(史詩集)이다.

셋째, 그 책은 한문문학뿐만 아니라 구비전승된 설화문학을 다수 채록하고 있다.

이처럼 『강남악부』가 다양한 내용을 담을 수 있게 된 데는 무엇보다 그것이 표현수단으로 다음과 같은 특징을 지닌 악부체를 구사했기 때문에 가능했던 것이다. 악부체는 본디 가(歌)·행(行)·인(引)·음

51 위의 글, 229면.

52 이어서 연구자는 표에 제시된 주제들에 따라 해당하는 항목들을 배열한다.(위의 글, 230~231면)

(吟) 등을 포함하는 형식으로 7언고시다. 간결한 5언보다는 7언이 유창하고 변화가 잦아 악부체와 부합되는 것이다. 그런데 7언고시는 노래하는 악부체가 아니라 혼자서 읊조리는 시가다. 소악부의 7언절구가 가창에 걸맞는 점과는 다르다. 7언고시는 비교적 장편인 데다가 간혹 5언을 섞거나 또는 잡언을 섞어 서술에 있어서도 무척 자유롭다. 더욱이 장편인 까닭에 서정보다는 서사에 적합하고, 또한 구수에 제한이 없으므로 작자의 뜻에 따라 마음대로 꾸밀 수 있다는 점이 특이하다. 그래서 여간한 필력이 아니고는 감당하기 어려운 시체이다.[53]

그러면 『강남악부』의 내용 및 체제와 형식의 특징들을 살펴보기로 하자.

내용적인 특징은, 위의 표를 통해서도 짐작해 볼 수 있듯이 윤리적·역사적·사회문화적·풍속적 차원 등 몇 가지 측면에서 논의할 수 있다. 여기서는 그 가운데 문학사적 의의에 한해서 다음 세 가지 점을 중점적으로 검토해 보기로 한다. 즉 악부문학으로서의 『강남악부』의 내용 및 체제와 형식, 승평팔문장, 그리고 구비설화문학 등이다. 그러면 먼저 그 내용부터 살펴본다.

① **『강남악부』의 내용** : 『강남악부』의 내용은 크게 예찬과 비판 두 경향으로 나누어 볼 수 있다. 예찬은 주로 사람에 대한 것인 반면, 비판은 사회에 대한 것이다. 어느 경우나 감계(鑑戒)와 권선징악에 목적을 두고 있는 점에서 그 의도하는 바가 같다고 할 수 있다. 그런데 악부시는 본질적으로 시적 대상에 대하여 예찬하고 상찬하는 것을 기본으로 삼기 때문에 『강남악부』 또한 흠모하고, 경모하고, 애석해 하는 내용들로 가득 차 있다.

먼저 예찬하는 경향의 시를 살펴보자. 다음은 『강남악부』 맨 처음

---

53 이병주, 앞의 책, 26면 참조.

에 실린 「강남롱(江南弄)」이라는 시다.

빼어난 경치의 호수와 바다 사이
한 커다란 고을이 있으니,
예로부터 아름다운 강남이라 했다네.
화려한 누각(樓閣)에는
신선의 말소리와 제비의 지저귐이 있고,
주막이 줄줄이 문을 열어,
싱싱한 물고기와 붉은 게가 어우러지니,
해물의 맛이 달기도 하구나.
물이 서에서 동으로 흐르는 곳,
무릇 집은 몇 채인가?
대나무 울타리가 즐비한데,
복숭아꽃 어지럽게 떨어지고 수양버들 늘어졌네.
앵무주(鸚鵡州) 주변 십여 리에 아른아른 비 내리고,
푸른 하늘 멀리 점점이 있는 섬은,
반쯤 보이는 삼산(三山) 같구나.
그대는 보지 못했는가,
매계(梅溪) 노인 한 번 가서 돌아오지 않지만,
그때 읊은 풍월이 오늘밤 얘깃거리인 것을.

아름다운 순천의 풍광을 대상으로 하여 읊은 시다. 이 외에도 조현범은 「인제산」, 「망해대」, 「여기암」, 「혈천탄」, 「도암탄」 등에서 자부심에 가득 차 고향 산천을 노래한다.

그러면 이와는 달리 인물을 상찬한 시 한 편을 보자. 스승으로서 훌륭한 '학행'의 본을 보인 한백유의 이야기 「명사행(明師行)」이다.

창려(昌黎) 이후 또 스승 있으니,
이 땅에도 문(文)이 일어나 쇠하지 않는구나.
법도를 가르치고 근본 위에서 힘써 구하나니,
달·이슬·바람·구름 따위나 읊는 시문은 무슨 소용 있겠는가.
당시 선비 기상 빛나고도 빛났다네.
그대 못 보았나,
명륜당(明倫堂) 밖에 세워진 홍학비(興學碑)를.

선비의 본분은 풍류를 즐기는 데 있는 것이 아니라 도학자로서 실천궁행하여 사표를 보이는 데 있다는 점을 강조한 노래다. 이외에도 '학행'의 본을 보인 인물들에 관한 시들은 많다.[54] 학행뿐만 아니라 효제·열행·충절·명환 등과 관련하여 상찬하게 된 근본 동기는 물론 유교 질서의 확립과 유지에 있었던 것이다. 위의 표에 나타난 바와 같이, 인물을 소개하고 상찬한 작품을 무려 138수나 싣고 있는 까닭이 여기에 있는 것이다.

조원래 교수는 대상에 오른 인물들을 성별, 신분별, 씨족별로 분류하기도 한다.[55] 이에 따르면 양반 출신 인물에 관한 것이 태반인 가운

54 순천에 귀양 왔다가 죽음에 이르러 부모에게 물려받은 신체발부를 더럽힐 수 없다면서 수염을 입에 물고 죽음에 임한 김굉필의 이야기 「선생수(先生鬚)」를 비롯하여, 전염병에 걸려 죽은 친구를 몸소 염습하여 장례를 치러준 조태망의 이야기 「향로공(鄕老公)」, 장자강의 이야기 「교수관(敎授官)」, 정소의 이야기 「종산포(種蒜圃)」, 정태구의 이야기 「존성묘(尊聖廟)」, 임진상의 이야기 「염사당(廉士堂)」, 허미의 이야기 「선사행(善士行)」 등도 '학행'의 본을 보인 인물들의 이야기이다.

55 연구자는 인물을 성별, 신분별, 씨족별로 분류한 결과를 다음과 같이 보이고 있다.
성별로는 남자 119개, 여자 19개 항으로 나타나 있다.
신분별로 보면 양반층 126, 중인층(서리) 2, 서민층 5, 천민층 5개 항으로 나누어진다.
씨족별로는 옥천 조씨 25, 경주 정씨 12, 양천 허씨 7, 목천 장씨 6, 제주 양씨 3, 양성 이씨 3, 연일 정씨 2, 고령 신씨 2, 기타 등으로 각각 나타나 있다.
씨족별 통계는 조선시대 순천 지역 저성의 경향이 잘 드러나 있는데, 본디 이 지역의

데 천민층에 대한 것도 5개 항이나 있다. 다음은 '열행'에 관한 것으로 광대 문학걸의 아내가 남편을 일찍 여의고 수절한 이야기를 소재로 지은 시 「앵무모(鸚鵡母)」이다.

> 앵무모는 참으로 절개 있는 부인이네.
> 광대에게 시집와 오래지 않아,
> 겨우 앵무 하나 낳았는데 남편이 죽었네.
> 십 년 외로운 등불에 어렵게 수절하며 지내니,
> 며느리가 혼자 사는 것을 시부모가 불쌍히 여기셨네.
> 연약한 풀이 진흙 속에서 살 수 없다고 날마다 말씀하셨으나,
> 삼생(三生)의 의가 중하니 어찌 다시 시집가리요?
> 제신(齊臣)을 잇고자 하여 스스로 목을 맨 뒤로는,
> 곧은 마음이 능히 시부모를 감동시켰네.
> 끝내 다른 마음을 먹지 않고 흰머리가 되었으니,
> 사람이 절개를 오롯이 지키는 데에는 귀천(貴賤)이 없다네.
> 그대는 보지 못하였는가,
> 광대의 아내, 앵무 엄마를.

비록 '열행'을 칭송하려는 목적에서 지은 시이지만, 천민에게까지 관심을 기울였던 조현범의 인간애와 시대의식을 짐작해 볼 만하다.

이상 상찬의 시편들과는 달리 『강남악부』에는 부패한 사회를 비판하는 시 몇 편이 실려 있다. 다음은 「작귤행(作橘行)」이라는 시로서 공납이 과중해서 귤나무를 베어버린 사건을 노래한 것이다.

토성이었던 순천 박씨와 순천 김씨 등이 거의 보이지 않는 까닭은, 아마 조선 초기 이전에 중앙이나 그 밖의 다른 지역으로 대부분 이주해갔기 때문이 아닌가 하고 추측한다.(조원래, 앞의 글, 229면)

뜰 앞에 아무도 귤나무를 심지 않는구나.
귤나무가 많으면 귤도 많고,
귤이 많으면 색출도 많으니,
색출이 많아지면 귤은 어디서 나나.
귤이 있으면 고통스럽고,
귤이 없으면 편안하다네.
귤나무를 베고도 조금도 아까워하지 않으니,
공물을 바치고도 사랑받지 못했다오.
그대는 보지 못했는가,
연산(連山)의 젖구멍이 다시 솟아나는 것을.
위에서 밝히 다스리면 아래 백성이 기뻐한다오.

이와 비슷한 사례를 노래한 것으로는 「율촌요」가 있다.[56]

이상으로 시의 내용들을 상찬과 비판의 측면에서 살펴보았다. 악부시 성격상 상찬의 시편들이 태반을 차지하고 있지만, 때로 사회비판적인 이야기도 싣고 있어 조현범의 사회의식의 일단을 짐작해 볼 수 있기도 하다.

그러면 다음으로 『강남악부』의 체제와 표현 형식을 살펴보기로 하자.

② **『강남악부』의 체제와 표현 형식** : 『강남악부』는 그 체제면에서 전체적으로 편목을 나열하는 방식, 즉 열서식 방식을 취하고 있다는 점에서 특징적이다. 각 항목은 먼저 대상에 대하여 주(註) 형식을 취하여 이야기 방식으로 짧게 소개한 다음 시를 제시한다. 이는 일반적으로

56 당시 사회의 혼란상을 엿볼 수 있는 시로 「포적행(捕賊行)」이라는 것이 있다. 이 시는 장성한이란 인물이 도적떼가 득실거렸던 주암면과 쌍암면 일대에서 토적한 일을 노래한 것이다.

알려진 객관적 사실을 이야기 방식으로 제시한 다음, 그 사실을 조현범 자신의 주관적 정서로 표현하는 방식을 취하고 있다고 해석해야 한다. 따라서 『강남악부』에 실린 산문은 단순한 부주가 아니라 어엿한 이야기다. 다시 말하면 『강남악부』는 이야기와 시로 구성되어 있는 것이다.

그러면 『강남악부』의 이야기와 시 가운데 먼저 이야기 방식에 대하여 살펴보자. 다음은 「쇄지문(碎指問)」이라는 항목이다. 예로 삼아 『강남악부』 한 항목의 짜임이 어떻게 되어 있는가를 우선 보자.

> 이생(李生)[이름은 잊었다]은 주암(住岩)에 살았는데, [삼 형제가 한 동리에 살았다] 아버지가 관가에 죄를 지었다. 이생이 울면서 죄를 대신하게 해달라고 빌었지만, 관가에서는 들어주지 않았다. 그 아버지에게 태형(笞刑)이 가해지자 이생(生)이 자기 아버지가 매 맞는 것을 보고, 한 대 맞을 때마다 자기 손가락 하나를 부러뜨려 피를 흘렸다. 관가에서 이유를 물었다. 두 대째 매를 맞으면 두 번째 손가락을 부수어 피를 흘렸다. 관가에서 이유를 물었다.
> "너는 어찌하여서 아버지가 매를 맞을 때마다 손가락을 부수어 피를 내느냐?"
> "아버지가 매 맞는 것을 보고 가만히 있을 수가 없어 손가락을 부수어 고통을 나누었습니다."
> 관가에서는 묵묵히 이를 생각해본 다음 매를 그치게 하고 내보내 주었다.
>
> 네게 손가락이 있으니, 손가락을 부러뜨리면 안되네.
> 손가락을 부러뜨리면 안되거늘 너는 어찌 부러뜨리는가.
> 부러뜨려 피가 솟구치니 내가 놀라 보았네,
> 네가 손가락 들고 우는 것을.
>
> 세상에 자식 아닌 이가 그 누구겠습니까.
> 지금 제가 아비 죄를 대신하려 하건만 아니 됩니다.
> 아비가 매를 맞으니 저는 죽고 싶지만,
> 제게 있는 신체발부(身體髮膚)는 부모님이 주신 겁니다.
> 장차 열 손가락을 다 부수어 고통을 나누고자 하건만,
> 아버님은 맞을 때 홀로 고통을 이겨내지 못하십니다.
> 제가 차마 보지 못하여 고통이 골수에 파고드니,
> 고통이 골수에 파고드는데 손가락이 무어 아깝겠습니까.
> 한 대 두 대 맞으실 때마다 손가락을 부수리니,
> 손가락이 다 부수어져도 저는 후회하지 않습니다.
> 그대는 보지 못했나,
> 소녀 제앵(緹縈)*이 노비가 되고자 했던 일을.
>
> * 제앵(緹縈) : 한(漢)나라 문제(文帝) 때 순우의(淳于意)의 딸. 아버지의 죄를 대신하여 자신이 관비(官婢)가 되고자 하였다.

위의 예가 보여주는 바와 같이, 『강남악부』의 매 항목은 이야기와 시로 짜여져 있다.

우리는 앞에서 『강남악부』의 내용이 인물을 상찬하거나 부도덕한 사회를 비판하는 어떤 경우라도 권선징악을 통하여 감계를 주고자 한 의도가 깔려 있었다는 점을 지적한 바 있다. 그 감계에 논리가 아닌 문학적인 이야기와 노래의 방식이, 그것도 위에 나타나 바와 같이 동시에 구사되고 있다는 사실은 상당히 중요한 의미를 지닌다고 본다. 김우창 교수는 이야기(혹은 사례)와 체험의 관계에 대하여 다음과 같이 말한다.

> …… 이야기는 상상을 통해서라도 어떤 것을 체험적으로 깨닫는 데에 도움을 줄 것으로 생각된다. 도덕만이 아니라 어떤 일에 있어서도 사람이 스스로를 교육하는 데에 가장 자연스러운 방법은 사례를 통한 배움이다. 한문의 전통에 있어서 역사나 철학 또는 문학은 사례를 통한 교육을 그 핵심으로 한다. 구체적인 것은 대체로 추상적인 것보다는 쉽게 알아볼 수 있는 것이다. 이야기에 나오는 구체적인 것이란 하나의 상황이다. 상황은 일정한 입장에 서 있는 사람과의 관련에서 펼쳐 보이는 세계의 특정한 양상이다. 실존주의자들은 사람은 언제나 상황 속에 있는 존재라고 말한다. 그러한 점에서 어떤 상황에 있고 그에 대한 반응을 결단해야 하는 인간의 이야기는 지적인 훈련이 있는 사람이든 아니든 사람이 저절로 습득하는 세계와 자기에 대한 이해 형식을 빌어오는 것이다. 이것이 사람이 사는 곳이면 어디나 이야기가 있는 이유일 것이다. 이야기의 보편성에 미루어, 고사가 도덕적 가르침에서 중요한 역할을 하는 것은 자연스럽다.[57]

---

57 김우창, 「다원시대의 문학읽기와 교육」, 한국문학교육학회 제17회 학술대회 『세계화 논리와 문학교육』, 한국문학교육학회, 1999, 4~5면.

여기서 한문의 전통에 있어서 사례 혹은 고사를 통한 교육의 중요성을 지적한 점을 눈여겨 볼 만하다. 우리는 앞 장에서 중세시기 교과과정에서 가장 중요시했던 교과가 『소학』이었다는 점을 지적한 바 있는데, 그 책 또한 많은 사례를 들어 설명하고 있다.

김 교수는 이어서 도덕적 가르침에 동원된 우화(혹은 이야기, 고사)가 단순히 가외의 방편만은 아니라고 한다.[58] 그 이유는 이렇다. 고사의 이해가 완전해지는 것은 그것의 우의를 밝힘으로써 가능한 것인데, 이는 체험을 지적인 명제로 다시 포착하는 일인 것이다. 그러나 이야기가 주는 교훈이 지적인 명제로 옮겨진다 하더라도 구체적인 이야기가 말해주는 애틋한 사정이 조금은 여운으로 남는다고 할 수 있다. 그런 의미에서 구체적인 사례의 교훈은 지적인 명제로 완전히 번역되지 않는다. 도덕은 추상적으로 말할 수 있는 의무의 수행만이 아니라 일정한 감성적 태도의 규범화에도 관계되기 때문이다.

이처럼 『강남악부』가 구체적인 이야기를 들어 교육하고자 한 방식은 뒤에 드는, 또 하나의 특징이라고 할 수 있는 용사(用事)의 구사 방식과 전적으로 통한다고 할 수 있다.

그러면 『강남악부』에서 이야기에 이어 나오는 시는 또 어떻게 이해하여야 할까?

두 가지 기능을 한다고 보아야 할 것이다. 우선 말할 수 있는 것은 조현범 자신의 개인적 수양이다. 하나의 구체적인 이야기에 감동하여 시를 읊는 행위는 결과적으로 자신의 영혼을 순화하여 자기를 넘어서게 된다는 것을 의미한다. 이런 시는 주관적 정서의 표출 수준을 넘어 다른 사람들에게도 감계로 작용한다고 볼 수 있다. 따라서 이야기와 시로 짜여진 악부문학은 그 의도하는 바를 이중적으로 강화하고 있다

58 위의 글, 5면.

고 할 수 있다.

다음 『강남악부』의 표현 형식을 살펴보자.

표현 형식으로 특징적인 점은 무엇보다 전고수사(典故修辭), 즉 용사(用事)를 아주 많이 구사하고 있다는 점이다. 용사란 "경서나 사서 또는 제가의 시문이 가지는 특징적인 관념이나 사적을 이삼의 어휘에 집약시켜서 원관념을 보조하는 관념소생(觀念蘇生)이나 관념배화(觀念倍化)에 원용하는 수사법이다."[59] 『강남악부』에 실린 시와 그에 따른 주가 수많은 용사(用事)를 차용하고 있어 이해하는 데 상당한 수준의 고전적 상식을 요한다 하겠다.

우선 47번째로 실린 「홍학교」의 시편을 보자.

태수가 오셔서 학문을 귀히 하시니,
사람을 가르치매 윤리가 있고, 마을에는 학교가 생겼네.
문옹(文翁)이 조주(潮州)를 교화하니,
위에서는 아름다운 행위가 있고 아래서는 따른다네.
성인의 도(道)를 옹위하여 집집마다 깨우치니,
많은 책을 모으고 사람마다 배우네.
그대는 배우지 못했는가,
홍학비(興學碑)가 반궁(泮宮) 밖에 높이 솟아 있는 것을.
또한 황후(黃候)가 계시니,
능히 후생(後生)들로 하여금 미몽(迷夢)에서 깨어나게 하겠네.

첫 번째 행의 '태수'야 「홍학비」의 앞머리에 제시된 주가 부사 김종

59 최신호, 「초기시화에 나타난 용사이론의 양상」, 『고전문학연구』 1, 한국고전문학회, 1987, 117면.

일을 노래한다고 하면서 간단하나마 그 이력을 소개하고는 있다. 그렇다면 세 번째 행의 '문옹'은 누구이며, 또 여덟 번째 행의 '반궁'은 무엇인가? 이런 것들을 모르고서야 시의 그 깊은 내용을 어찌 이해할 수 있겠는가? '문옹'에 대해서 번역본의 각주는 이렇게 풀이하고 있다. "문옹(文翁)-한(漢)나라 사람. 어려서부터 학문을 좋아하였고 『춘추(春秋)』에 정통하였다. 경제(景帝) 때에 촉군(蜀郡)에 부임하여 교화(教化)를 숭상하고 학교를 일으켰다. 무제(武帝) 때는 온 나라에 학교를 세웠다." 그리고 '반궁'에 대해서는 "주대(周代)에 제후들이 도읍에 설치한 대학. 동서의 문 이남(以南)은 물로 둘려 있음. 여기서는 성균관을 일컬음."이라고 한다. 이처럼 해설된 바와 같은 내용을 모르고서는 시의 겉만 이해하는 꼴이 되고 말 것이다.

용사는 '문이재도'라는 주자학의 제도적 문학관 아래서 시작상 아주 중요한 기법이 되었다. 누가 용사를 많이 구사할 줄 아느냐에 따라 그 시적 능력이 가늠되기도 하였다. 이로 말미암아 조선시대 내내 용사를 많이 구사하는 송시(宋詩)가 크게 유행하게 된다. 종당에는 유명한 시구는 물론 시까지 모방하는 것이 인정되기에 이르렀다.[60] 심지어 과거시험에서 숫제 모자이크처럼 명시구의 뜯어 붙이기가 오히려 관주를 받았다고 한다.[61] 『강남악부』에서도 용사가 수없이 많이 구사되고 있는 것은 일차적으로 악부시 자체의 시 형식 때문이기도 하겠지만, 저자 조현범이 송시풍에 아주 경도되어 있었다는 점을 무시하지는 못할 것이다.

---

60 최웅, 앞의 글, 276면 참조.

61 이병주, 앞의 책, 21면 참조.
"과거시는 시험 문제가 『논어』에서 나오면 『논어』의 문자로, 『맹자』에서 나오면 반드시 『맹자』의 문자로 풀어야 하며, 이백의 시에서 나왔다면 이백의 이어로, 두보의 시가에서 나왔다면 두시구로 맞춰 글귀를 지어야 했다."

③ **승평팔문장** : 『강남악부』에서 팔문장을 소개하고 있는 항목은 「팔문장」(60)[62], 「보검편」(61), 「보허사」(62), 「함흥연」(63), 「요대몽」(64), 「구곡인」(65) 등 여섯 항이다. 여기에 소개된 여덟 문장가란, 앞 장 『승평지』에 관한 논의에서 본 바와 같이, 최만갑, 박시영, 양명웅, 황일구, 정시관, 정우형, 정하, 허빈 등이다.

그런데 팔문장과 관련된 항목 가운데는 조현범의 찬시가 있는가 하면, 팔문장이 직접 지은 시를 소개한 항목도 있다. 또 두 형태가 동시에 등장하는 항목도 있다. 첫 번째는 최만갑의 이야기 「보검편」과 정시관의 이야기 「구곡인」 두 편이며, 두 번째는 박시영이 지은 「보허사」 한 편이다. 마지막 것은 양명웅이 지은 율시 「백빈추성」과 황일구가 지은 「요대몽」 두 편이다. 한편 나머지 세 사람에 대하여는 이름만 들었을 뿐 이야기도 시도 없다.

그러면 세 가지 형태의 항목들에 해당하는 시를 각각 한 편씩만 살펴보기로 한다.

다음은 조현범이 찬시한 시편으로 최만갑의 이야기 「보검편」이다.

최만갑은 본관이 전주요, 자가 공식이고 호는 우곡이다. 뒤에 이름을 식으로 바꿨다. 우곡은 지조와 격조가 높은 거유들과 겨루어 팔도의 도장원이 되었으나 갑자기 파방이 된다. 우곡은 눈물을 머금고 한강을 넘어와 야인으로 일생을 마치게 된다. 도장원에 급제한 시의 제목은 「벽상증검」으로 그 이름이 왕성에 가득하였다고 한다. 그에 대한 조현범의 찬시는 이렇다.

공에게 보배로운 칼이 있어 오래도록 갈았나니,
세 척의 서릿발 같은 칼날은 그 빛이 정결하네.

62 항목이 실린 순서이다. 이하 마찬가지.

뱀을 자르고 옥을 다듬고도 남았지만,
사마문(司馬門) 앞에서 시험도 못해 봤네.
그 칼을 잡으면 금궐(金闕)[63]을 지킬 수 있으련만,
자수(紫綬)를 두르지 못했으니 스스로 가련하다.
누가 장차 보검편(寶劍篇)을 가을 무덤에서 노래 부르랴.
원한의 기운은 북두칠성에 부딪칠 듯하다네.

최만갑의 뛰어난 문장력을 날카로운 '칼'에 빗대어 우의적으로 표현하였는데, 그 문재를 심히 애석해 하는 내용이다.

다음은 박시영이 쓴 「보허사」다.

박시영(1630~1692)은 본관이 상주요, 자가 군수, 호는 연화정이다. 임란 때 의병을 일으켜 금산에서 싸우다가 순직한 대봉의 현손으로 현재 조례동 신월마을에 그 후손들이 살고 있다. 일찍이 역천 송 선생 문하에서 수학하였으며 특히 시문에 뛰어나 신선의 재주를 지녔다고 한다. 숙종 때 벼슬이 선무랑사복사정주부를 지냈다.

가엾구나 강남아씨,
「보허사」를 잘도 부르네.
누가 악부를 전하게 했나?
강남에는 재주 있는 선비가 많다오.
이 노래가 다른 사람에게서 나오니,
이것을 듣고 미인의 눈썹[64]에 수심이 어리네.
예로부터 미인은 운명이 기구한 이가 많으니

---

63 궁궐.
64 미인의 눈썹(翠蛾).

휘장 아래 백발 되어 헛되이 읊조리네.
서방(西方)의 미인은 소리가 없으니,
아름다운 약속은 황혼에 어긋나네.
그대는 보지 못하였나,
고래 탄 신선이 「한단곡(邯鄲曲)」에 흥을 싣는 것을.
오랜 세월 지내며 아름다운 비단을 상하게 하네.

처사의 처지에서 인생이 무상함을 읊조린 노래다.

마지막으로 팔문장 가운데 한 사람이 직접 쓴 시와 조현범이 찬시한 시가 동시에 수록된 항목 하나를 보자. 다음은 황일구의 이야기 「요대몽(瑤臺夢)」이다.

처사 황일구는 자와 본관이 모두 미상이다. 『강남악부』에 따르면 해룡면 해촌에 살았으며, 품성은 얽매이는 데가 없이 자유로웠고 문장은 속세의 기운을 벗어났다. 늘 진애 밖에 노닐고자 했으며 일찍이 방장산을 유람하다가 화개동에 이르러 「요대몽」을 지었다.

"바람은 높은 소나무를 스쳐가고 달은 산에 숨었는데,
맑은 창에 그림자 비추이니 구름이 지나는구나.
한밤중에 문득 요대(瑤臺)의 꿈을 깨자,
은하수 북쪽에 닭 울음소리 들리니 바로 인간세상이로구나."

황처사는 세상에 사는 신선이고,
화개동은 옥황상제 계신 하늘이네.
소나무 스치는 바람, 밝은 달은 은은한데,
구름 그림자 비치는 한가로운 물은 잔잔하네.
장자(莊者)의 호접몽(胡蝶夢)[65]은 황홀하고,

신선이 사는 곳[66]에 난학(鸞鶴)[67]이 날개를 연이어 펴네.
자리에 앉은 신선은 마고(麻姑)선녀 같은데,
베갯머리의 닭 울음소리는 누가 전한 것인가.
설령 요대(瑤臺)가 진실로 이 세상의 꿈이라도,
누가 고계년(韰鷄年)[68]의 슬픔을 감당하리요.

어느 시나 주관적 정서가 충만하지만, 조현범의 찬시가가 오히려 선풍이 더욱 깃들어 보인다.

승평팔문장이 직접 지은 시편들은 이른바 처사문학의 일단을 엿보게 하는 것들로 한유자적하는 은일처사들의 심회가 잘 드러나 있다. 한편 팔문장들에 관한 조현범의 시에는 해당 시인들이 그 문장의 뛰어남에도 불구하고 세상이 알아주지 않거나 지음(知音)을 만나지 못해 초야에 묻혀 버리게 된 점을 애석해 하는 마음이 잘 드러나 있다. 어느 경우나 상찬하거나 비판하는 마음이 문면에 직접 드러나 있지 않다는 점이 다른 일반 항목의 내용과는 다른 점이다. 그리고 팔문장에 관한 항목의 체제는 다른 항목들의 그것과 크게 다르지는 않다. 그러나 그 표현 형식들은, 위에서 본 바와 같이 세 가지 형태를 취하고 있어, 그 특징을 일괄해서 말하기는 어렵다고 본다. 다른 일반 항목들에 비해 이야기가 소략하여, 시에 이야기가 종속된 듯한 느낌을 준다는 점이 다른 점이라고 할 수 있을 듯하다. 여전히 많은 용사를 구사하고 있는 점은 같다.

---

65 장자(莊子)가 꿈에서 나비가 되어 피아(彼我)의 분별을 잊고 즐겁게 놀았다는 고사.

66 낭포(閬圃). 신선이 산다는 곳.

67 난새와 학.

68 인조(仁祖) 23년 을유년(乙酉年)에 왕이 소현세자(昭顯世子)를 죽인 일이 있음. 그러나 이 일을 가리키는지는 정확하지 않음.

④ **설화문학** : 『강남악부』에서 설화문학으로 분류된 것은 11편이다. 그 가운데 전설에 해당하는 「용왕댁(龍王宅)」의 이야기 한 편을 보자.

주암면 용지방(龍池坊)의 숲이 우거진 어느 계곡에 한 처녀와 노파가 달밤을 타 목욕을 갔다. 목욕을 끝내고 돌아오려 하니 처녀의 홑치마가 온데간데없이 사라지고 말았다. 어쩔 수 없이 그대로 돌아온 그날 밤, 처녀가 거처하는 집 문밖에 마차 소리가 들리는가 싶더니 홀연히 잘생긴 한 장부가 나타났다. 그는 처녀의 완강한 반항에도 불구하고 그녀를 범하였는데, 그 후로도 밤마다 그와 같은 일이 계속되었다. 처녀가 아무리 자물쇠를 단단히 채워놓아도 그가 나타나게 되면 방문이 저절로 열리는 것이었다. 그런데 그 처녀를 빼놓고서는 어느 누구의 눈에도 그 장부의 모습과 행적은 보이질 않았다. 이로 하여 처녀는 영영 시집을 가지 못한 채 두 아들을 낳았는데, 아이들이 태어나면 곧장 그 사내가 아이들을 싸서 어디론가 가버리곤 하였지만 그가 간 곳을 알지 못했다. 결국 처녀는 그대로 늙어 죽었단다.

다음은 「용왕댁」을 노래한 시다.

평범한 이의 집에 아리따운 낭자가 태어났으니,
위에는 저고리, 아래는 치마를 입었네.
나면서부터 문밖 길은 아예 모르고,
깊은 규방에서 방울 차고 놀았네.
용지의 물이 맑아 달이 비단처럼 비치는데,
밤에 이웃 노파와 목욕을 하러 갔네.
사람도 아니고 귀신도 아닌 이가 비단 속옷을 몰래 훔쳐 가더니,
덮혔던 구름이 걷히고 봄밤은 길기도 하였네.
창 앞에 수레 소리 나즈막히 들려오니,
가련해라, 촛불은 꺼지고 어둠 속에 빛이 없구나.

백년 묵은 요물이 나의 몸을 더럽혔건만,
세간에선 어찌 진짜 용왕이 있겠느냐고 하네요.

어느 시기의 현실적인 이야기가 전설이라는 전달 방식으로 정착되었을 것이다. 전설이란 어느 면에서는 구체적인 시간을 탈각시킴으로써 해당 사연을 일반화시키고 추상화하는 힘을 지닌다. 『강남악부』에는 설화문학으로 분류된 열한 작품 외에도 그 서술 방식이 설화적 형태를 띤 것이 적지 않기 때문에 보기에 따서는 그 수가 더 많다고 할 수 있다.

우리는 지금까지 『강남악부』의 내용과 체제 및 표현 형식 그리고 거기에 소개된 승평팔문장의 시문과 설화문학 등 네 가지를 통해서 그 문학사적 의의를 살펴보았다. 그 의의는 무엇보다 다양한 사물을 자유자재로 노래할 수 있는 악부체로 되어 있다는 데 있다.

4. 맺음말

지금까지 중세시기 순천 지역이 과연 얼마만한 문학 생산력을 지니고 있었는가를 알아보고자 했다. 이를 위해 우선 문묘제향은 물론 관학교육 전반을 관장했던 향교의 역할과 17세기에 출간된 이 지역의 지리지 『승평지』, 그리고 이 지역의 사시집(史詩集) 『강남악부』에 실린 작가의 작품들을 검토하였다.

향교는 연중 정기적으로 문묘제향을 올리는 한편 양반 자제들에게 유교 교육을 제도적으로 시켜 유교를 생활화하게 함으로써 교육기관으로서 소임을 다하였다. 그 교육 내용은 『소학』이나 『중용』 등 윤리서를 공부하는 것이었지만, 문장을 통한 교육이어서 결국 중세의 관학교육은 문학교육이 중심이 되었던 것이다. 문학교육의 전범은 『문선』, 『고문진보』 등에 실린 문장들이었다. 향교의 교육을 철저히 받은 양반 자제들은 시(詩)와 부(賦)를 능숙하게 구사하여 처사적인 문학은 물론 과체시를 비롯한 전아한 관각문학에도 능하게 되어 관료로도 진출하게 되었던 것이다. 한편 순천향교는 관학 교육기관으로서 많은 유교 윤리서와 문학서를 발간 배포하는 가운데, 『승평지』의 속지 간행에도 두어 차례 깊이 관여하였다. 또한 많은 향중 유림들은 향교를 중심으로 하여 이 지역 교육과 문화 발전에 정성을 기울인다. 이 가운데는 조현범 같은 이가 있어 탁발한 문장력으로 『강남악부』를 지어냄으로써 이 지역 문화의 우수성을 내외에 과시하기도 하였다.

『승평지』에 실린 문학작품들의 문학사적 의의를 몇 가지로 정리하면 다음과 같다.

① 부사 이수광이 편찬한 『승평지』에서 문학과 직접적으로 관련된 편목은 「문학(文學)」과 「제영(題詠)」 등 두 항목이다. 한편 『승평지』 상의 「음사(蔭仕)」 편목과 『승평속지』의 「유일(遺逸)」 편목은 이른바 승평사은(昇平四隱)으로 추앙받은 배숙, 정소, 허엽, 정사익 등을 소개하고 있고, 『승평지』 상의 「향신(鄕紳)」 편목과 『승평속지』의 「유일(遺逸)」 편목은 승평팔문장이라는 최만갑, 정시관, 양명웅, 박시영, 황일구, 정우형, 정하, 그리고 허빈 등 이 고장의 문인들을 소개하고 있다. 그리고 「우거(寓居)」 편목은 외지의 귀향 문인들, 즉 조위, 노수신, 권응창 등을 역시 간략히 소개하고 있어, 이 편목들 또한 문학과 관련된 편목으로 보아도 무방할 듯하다. 그런데 증보판을 합한 4권의 『승평지』에는 시인 299명이 쓴 제영시 463수가 수록되어 있다.

② 『승평지』는 이수광 이후 후임 부사들에 의해 일정한 간격을 두고 속지들로 간행되는데, 속지들은 바로 전에 출간된 읍지 내용에다

새로이 발생한 역사적 사실들을 '신증(新增)'란을 두어 부가하여 실음으로써 말 그대로 속지가 되도록 하고 있다. 이와 같은 기술 형태는 역사적 사실의 인식에 있어서 사실들을 개별적으로만 인식하고 있다는 점을 나타내주는 한편, 역사 기록에 있어 술이부작(述而不作)의 태도를 견지함으로써 주관적 해석을 극도로 자제하고 있는 점을 엿보게 한다.

③ 『승평지』에 실린 한시는 제영시로서 그 형식들은 절구와 율시 등이 다기하게 구사되고 있다. 시 경향은 대체로 그것이 제영시인 한에서 어느 경우나 고을의 문물에 대하여 예찬하는 근본적인 취지는 잃지 않고 있다. 그러나 그 시들을 풍류적인 누정문학과 사실적인 즉사적 경향의 시로 크게 나누어 볼 수 있다.

④ 우리는 여기서 『승평지』가 거듭 속간되면서도 여기에 실린 많은 시들이 이수광의 시작 태도에서 크게 벗어나지 않았으리라는 점에 주목하였다. 그것은 후임 편찬자들이 최초 편찬자의 뜻을 이어받았으리라는 점 말고도, 조선 후기에 대문장가였던 이수광의 영향이 매우 컸으리라는 점 때문이다.

이수광은 문학이란 기본적으로 '재도지기 · 관도지기'임을 인정하기는 하나, 문학의 본질은 어디까지나 현상의 진수를 표현하는 것에 있다고 보았다. 그래서 그는 고사를 자주 인용하고자 용사(用事)에 골몰하는 송시풍을 멀리하였다. 시작이 모방으로 흐르게 되면 전인의 시구를 따다가 쓰는 데만 급급하여 시흥(詩興)을 유발하는 사물이나 정(情) · 경(景)을 올바르게 투시할 수 없고, 그로 인하여 신선감과 생동감을 불러일으키는 사실적 표현이나 수사는 기대할 수 없게 된다고 본 것이다. 이와 같이 개성적 표현과 사실적 표현을 중시하게 된 이수광의 사상적 배경은 말할 것도 없이 실학정신이다.

따라서 이수광이 이 고장에 끼친 문학사적 의의는 무엇보다 당시에 이 지역 문사들을 지배하고 있던, 용사적이고 의례적인, 고색창연하기까지 한 송시풍에서 벗어나 자유분방하게 주관을 표출하고 현실에 즉해서 사물을 보도록 하는 사실적 시풍으로 나아가도록 한 데 있었다고 할 수 있다. 『승평지』가 문학사적으로 의의가 있다면, 바로 이 현실주의적이고 주관주의적 정신에 기초하고 있는 점이다. 후일 이 고장 유림들은 이수광의 실학정신과 문학정신을 이어받고, 그의 재임시 치적을 기려 '지봉서원'을 짓고 배향하였다.

다음 『강남악부』의 문학사적 의의를 몇 가지로 정리하면 아래와 같다.

① 『강남악부』는 조선 후기 순천 지역의 악부시집이다. 『강남악부』는 이 고장의 다수 인물을 소재로 삼아 궁극적으로는 조선의 통치 이념인 유교 정신을 형상화하고자 하는 가운데, 사료적 가치가 큰 자료와 한문문학뿐만 아니라 구비전승된 설화문학을 다수 채록하고 있다.

이 글에서는 『강남악부』의 문학사적 의의를 밝혀보기 위해 다음 세 가지 점을 중점적으로 검토해 보았다. 즉 악부문학으로서의 『강남악부』의 내용 및 체제와 형식, 승평팔문장, 그리고 구비설화문학 등이다.

② 『강남악부』의 내용은 크게 예찬과 비판 두 경향으로 나누어 볼 수 있다. 예찬은 주로 사람에 대한 것인 반면, 비판은 사회에 대한 것이다. 그런데 악부시는 본질적으로 시적 대상에 대하여 예찬하고 상찬하는 것을 기본으로 삼기 때문에 『강남악부』 또한 흠모하고, 경모하고, 애석해 하는 내용들로 가득 차 있다. 한편 공납이 과중해서 귤나무를 베어 버린 사건을 노래한 「작귤행(作橘行)」은 사회비판의 대표작이라 할 만하다.

③ 『강남악부』는 그 체제면에서 전체적으로 편목을 나열하는 방식, 즉 열서식 방식을 취하고 있다. 그리고 각 항목은 먼저 대상에 대하여 '부주(附註)'라 하여 줄거리를 이야기 방식으로 짧게 소개한 다음 시를 읊는다. 『강남악부』는 이야기와 시로 구성되어 있다고 볼 수 있다. 『강

남악부』에서 상찬과 비판, 그리고 권선징악과 감계를 논리가 아닌 문학적인 이야기와 노래의 방식을 취하고 있다는 사실은 중요한 의미를 지닌다. 이야기는 상상을 통해서라도 어떤 것을 체험적으로 깨닫는 데 도움을 준다. 한문의 전통에 있어서 역사나 철학 또는 문학은 사례를 통한 교육을 그 핵심으로 한다. 이야기의 보편성에 미루어, 고사가 도덕적 가르침에서 중요한 역할을 하는 것은 아주 자연스러운 것이다. 그런데 이때 이야기는 방편적이기만 한 것은 아니다. 도덕은 추상적으로 말할 수 있는 의무의 수행만이 아니라 일정한 감성적 태도의 규범화에도 관계되기 때문이다. 『강남악부』가 구체적인 이야기를 들어 교육하고자 한 방식은 뒤에 드는, 또 하나의 특징이라고 할 수 있는 용사(用事)의 구사 방식과 전적으로 통한다고 할 수 있다. 한편 『강남악부』에서 이야기에 이어 나오는 시는 두 가지 기능을 한다고 보아야 할 것이다. 우선 말할 수 있는 것은 조현범 자신의 개인적 수양이다. 한편 이런 시는 주관적 정서의 표출 수준을 넘어 다른 사람들에게도 감계로 작용하는 것이다.

④ 다음 『강남악부』의 표현 형식으로 특징적인 점은 무엇보다 전고수사(典故修辭), 즉 용사(用事)를 아주 많이 구사하고 있다는 점이다. 『강남악부』에 실린 시가 수많은 용사(用事)를 차용하고 있어 상당한 수준의 고전적 상식이 없이는 제대로 이해할 수 없을 지경이다. 『강남악부』에서 용사가 수없이 많이 구사되고 있는 것은 일차적으로 악부시 자체의 시 형식 때문이기도 하겠지만, 저자 조현범이 송시풍에 아주 경도되어 있었다는 점을 무시하지는 못할 것이다.

⑤ 『강남악부』에서 승평팔문장과 관련된 항목 가운데는 조현범의 찬시가 있는가 하면, 팔문장이 직접 지은 시를 소개한 항목도 있으며, 또 두 형태가 동시에 등장하는 항목도 있다. 팔문장이 직접 지은 시편들은 이른바 처사문학의 일단을 엿보게 하는 것들로 한유자적하는 은

일처사들의 심회가 잘 드러나 있다. 한편 팔문장들에 관한 조현범의 시에는 해당 시인들이 그 문장의 뛰어남에도 불구하고 세상이 알아주지 않아 초야에 묻혀 버리게 된 것을 애석해 하는 마음이 잘 드러나 있다. 팔문장에 관한 항목이 다른 항목들에 비해 이야기가 소략하여, 시에 이야기가 종속된 듯한 느낌을 준다. 여전히 많은 용사를 구사하고 있는 점은 같다.

⑥ 마지막으로 『강남악부』에서 설화문학으로 분류된 것은 11편이다. 이 책에는 설화문학으로 분류된 작품 외에도 그 서술 방식이 설화적 형태를 띈 것이 적지 않기 때문에 보기에 따라서는 그 수가 더 많다고 할 수 있다. 어느 시기의 현실적인 이야기가 전설이나 민담이라는 전달 방식으로 정착되었을 것이다. 전설 또는 민담이란 어느 면에서는 구체적인 시간을 탈각시킴으로써 해당 사연을 일반화시켜 버린다.(순천대 어학연구소, 『어학연구』제11집, 2000)

제3장

여수 지역의 근대문학[1]

1.

일국적 차원의 근대문학사 논의에서와 마찬가지로 근대 지방문학을 논의하는 데 있어서도 근대문학의 기점 문제와 성격 문제가 중점적으로 다루어져야 한다. 먼저 근대문학의 기점 문제를 생각해 보기로 하자.

근대 지방문학의 시작을 해방 이후로 보는 견해가 보편화되어 있다. 여수 지방의 근대문학에 대한 논의 또한 마찬가지다. 손광은은 1940년대 후반 문화 방면에 대한 『여수일보』의 관심과 1950년대의 정소파의 문학 활동을 통해 여수 근대문학의 출발을 논의한다.[2] 한걸음

---

1 원제는 「여수의 근대민족문학」이다.

2 손광은, 「현대시문학변천사」, 전남문학백년사업추진위원회, 『전남문학변천사』, 도서출판한림, 1997, 151~152면.

더 나아가 "유독 여수만은 1960년대 이후를 제외하고는 쓸쓸한 문학 불모지였다"[3]는 또 다른 논자의 언급도 있는데, 이것은 그 극단적인 예가 된다 하겠다.

문화 또는 문학 환경은 생산과 소비(혹은 수용)의 두 축에 의해 이루어진다. 지방의 근대문학을 해방 이후로 보는 견해는 그 가운데 문학의 생산 측면만을 선택적으로 강조하여 인식한 결과이다. 그간 학계에서는 문학의 생산, 특히 생산의 주체인 작가에 초점을 맞추어 논의하는 관점이 대세를 이루어 왔고 그만큼 관행화되었다. 이 관점을 토대로 이루어진 근대문학은 '한글 매체로' '근대에 만들어진' '시민적 작품'이어야 한다. 이러한 전제에서 출발하다 보면, 근대에 들어와 생산성 혹은 자율성을 급격히 상실해 버린 지방에서의 근대문학 활동은 거의 공백 상태로 인식되기 마련이다. 그런데 그 시기 각 지역 수준에서 문학 활동이나 문화 활동이 실제로 전무했다고 보아야 하는가? 실상은 전혀 그렇지 않다. 삶이 지속되는 한 어느 한 순간도 문화 활동이 정체될 수는 없는 법이다. 근대 전반기에 있어서 지방 문화나 문학의 활동은 생산의 측면이 일시적으로나마 지체되고 상대적으로 수용의 측면이 우세한 시기였다고 파악해야 그 실상을 온당하게 설명할 수 있다.

문화는 일반적으로 지배적인 문화, 부상적인 문화, 그리고 잔여적인 문화 등 세 형태의 문화들이 얽혀 입체적으로 전개된다고 하는데,[4] 이는 문화를 생산과 수용의 두 측면에서 고려한 입장이다. 민족과 시민이 주인이 된 근대 전반기에 지배적인 문학이라면 의당 민족문학이며 한글문학이다. 한글문학도 구비문학 수준에서 인쇄문자문학으로

---

3 여수여천향토지편찬위원회, 『여천향토지』, 1982, 783면.

4 레이먼드 윌리암스, 이일환 역, 『이념과 문학』, 문학과지성사, 1982, 152면.

의 교체가 진행되는 이행기이다. 이때 한글문자문학은 부상적인 성격을 띠고 있었다 해야 할 것이다. 이런 상황에서 전통적인 양반 한문문학은 어떤 처지에 있었을까? 근대에 들어와 출사(出仕)의 길이 막혀 버린 양반들이 생산한 한문문학은 담당 계층의 기대와는 달리 서서히 잔여적인 문화 형태의 길을 걷게 된다. 이때 부상적인 형태의 문학은 근대의식을 형상화하고자 새로운 형태로 창작되는 문학일 터인데, 근대문학사 초기에서 보듯 여러 시험적인 장르들이 경쟁한다. 이런 상황에서 문화의 수용은 전통적인 것과 새로운 것이 경쟁하여 다양한 양상을 보였으리라는 점을 어렵지 않게 짐작할 수 있다. 그런데 새로운 근대문학 장르를 감상하기에는 미에 대한 근대적 취향이 형성되어야 하기 때문에 근대문학 초기에는 근대문학보다는 전통문학이 다수 향유될 수밖에 없었다. 한 연구에 의하면 1920년대의 베스트셀러는 연활자로 인쇄된 『춘향전』이라고 한다.[5] 이때 연활자라는 출판 형태는 근대적 양식이지만 내용에 해당되는 작품은 중세 봉건적인 것이다. 대부분의 문학사들은 이 점을 간과해 버리고 새롭게 부상하는 것만이 문화의 전체인 양 논의하고 있는데, 이는 앞에서 언급한 바와 같이 문학사를 생산의 측면에만 주목한 결과로 나타난 현상이다. 근대가 되었다고 해서 하루아침에 근대적 미의식이 형성될 수 없는 법이다. 따라서 문학사가 사실감을 확보하기 위해서는 생산과 수용 양 측면을 고려해야 한다. 이렇게 본다면, 여수 지방의 근대문학 출발기를 굳이 해방 이후로만 한정할 이유는 없다고 본다. 식민지 시기 여수 지방에서도 전통문화가 우세한 분위기에서 나름대로 문화 활동을 전개했던 것으로 파악해야 한다. 이 점 또한 이 글에서 앞으로 검토될 사안이다.

5 천정환, 『근대의 책읽기』, 푸른역사, 2003, 37~42면 참조.

다음으로 근대 지방문학의 성격을 알아보기로 하자.

조동일은 근대문학의 기본 성격을 사회의 근대화와 의식의 근대화라는 양 측면에 초점을 맞추어 검토한다. 그에 따르면 그 선후 양상과 혼효 양상에 따라 세계문학은 여러 다양한 양상을 보이는데, 그 가운데 한국은 사회의 근대화보다 의식의 근대화를 먼저 추진한 것으로 파악한다.

> 주권을 잃고 반식민지 또는 식민지가 된 곳에서는 문학의 근대화를 먼저 추진했다. 중세에서 근대로의 이행기의 성장을 이룩하고 있다가 유럽문명권의 침략을 받은 이집트, 중국, 인도, 한국, 월남, 인도네시아 등지에서는 근대의식 각성이 바로 일어나 1919년 전후의 20세기 초에 민족해방 투쟁 노선의 근대문학을 이룩하고, 사회의 근대화는 혁명이나 독립을 이룩한 20세기 중반 이후로 미루어야 했다.[6]

우리에게 있어서 의식의 근대화는 민족해방 투쟁, 즉 반제국주의 의식은 물론 반봉건 의식을 동시에 실천했을 때 달성될 성질의 것이었다. 문화 창조자로서의 우리 근대 지식인들은 서구 계몽주의자들이 지니지 않은 반제국주의 의식을 전제해야 하는 지난한 과제를 떠안지 않으면 안 되었다. 근대 지식인으로서 반봉건 의식과 반제국주의 의식을 지니고 문화 활동에 실천해야 한다는 점은 지방 문인이라고 해서 다를 바는 없었을 것이다. 이러한 상황을 조동일은 다음과 같이 설명한다.

> 한국은 멀리 있는 유럽문명권의 어느 나라가 아닌 동아시아문명권의 이

---

6 조동일, 『한국문학통사』 5(4판), 지식산업사, 2005, 12면.

웃 나라 일본의 식민지가 되었다.

우리는 그 때문에 식민지 통치를 함께 겪은 아시아와 아프리카의 다른 어느 민족보다 더욱 불행하게 되었다. 첫째, 서양의 근대문학을 일본을 통해 간접적으로 받아들여야 하는 탓에 이해가 깊을 수 없었다. 둘째, 일본은 식미지 통치를 합리화하는 정신적 우위를 확보하지 못하고 파시즘으로 기울어지는 무단통치를 강행해, 언론과 사상의 자유를 전면 부인하는 폭압을 일삼았다.[7]

한편 근대문학의 성격은 사회 변동에 따른 문학 장르의 변화에도 그대로 반영된다. 이 점은 근대문학의 기점 문제를 다룰 때도 언급된 사항인데, 중세에서 근대로의 이행기까지 큰 세력을 가졌던 교술문학을 현저하게 몰락시켜, 교술시는 버리고 시는 오로지 서정시라 하고, 교술산문은 문학의 범위 밖으로 밀어내거나 세력을 크게 약화시키고 소설이 산문을 지배하게 된 문학이 근대의 문학이다.[8] 이러한 변화를 가져온 데는 물론 사회역사적 변동뿐만 아니라 세계관의 변화에서 기인한 것이다.

그런데 근대 지방문학은 일국적 차원의 민족문학과 맺는 관계에 따라 그 성격이 좌우되는 측면이 있다. 한국 근대문학의 논리가 지방문학에 관철되는 강도와 속도는 근대 국가주의 논리 때문에 이전 시기보다 더욱 강하다고 인식해야 한다. 그렇기는 하지만 각 지방문학은 그 논리를 일방적으로 수용하기만 한 것은 아니다. 지방문학은 전통문학에 대해서와 마찬가지로 중앙문학과 여전히 한편으로는 길항하면서 자신의 특수성을 형성하는 것으로 인식해야 한다.

---

7 조동일, 위의 책, 13면.

8 조동일, 위의 책, 10면 참조.

우리는 지금까지 근대 지방문학을 논의하는 데 있어서도 일국적 차원의 근대문학사 논의에서와 마찬가지로 근대문학의 기점 문제와 근대문학의 성격 문제를 핵심적으로 다루어야 한다고 했다. 기점 문제와 관련하여 지방문학의 경우 문화 생산의 측면은 물론 문화 수용의 측면까지 고려해야만 그 실상을 제대로 파악할 수 있다는 점을 강조하였다. 한편 성격 문제와 관련하여서는 일국적 차원의 민족문학과 마찬가지로 지방의 근대문학 또한 그것이 근대문학인 한 반봉건의식과 반제국주의의식을 함께 지닐 수밖에 없다고 하였다.

그러나 해외 망명지에서의 문화 활동을 제외하고서는 국내에서 발표된 작품들 가운데는 표 나게 항일정신을 구현한 작품을 찾아보기 힘들다는 점이 우선 지적되어야 한다. 식민지 시기에 시행된 엄혹한 검열을 어떻게 통과할 수 있었겠는가.[9] 그 시기 반식민지적이거나 반제국주의적 포즈는 수법상 풍자나 아이러니를 구사하거나 시제상 상상적 과거를 차용하는 우회 전략을 구사하는 것으로 나타나는 수준이다. 우리는 지금 그 우회의 목소리를 통해 그 시대정신을 가늠할 수밖에 없다. 그 우회 전략을 해석하는 방법은 징후적 읽기가 된다.

앞으로 우리가 여수 지방의 근대문학을 통해 항일의 양상을 들여다보는 것 또한 일종의 징후적 읽기가 된다. 검토 영역은 앞서 문제화했던 대로 구비문학, 한문문학, 그리고 한글문학 등 당시에 실제로 향수되고 있던 문학 장르들을 망라한 것인데, 각 영역에 해당하는 몇 작품을 들어 검토해 보기로 한다.

---

9 한만수, 「일제시대 문학검열 연구를 위하여」, 『배달말』 27, 배달말학회, 2000.

2.

먼저 구비문학을 살펴보자. 구비문학이 근대문학 전반기에도 일반 대중에게 상당한 정도로 향유되고 있었다는 점부터 확인해 보자.

1923년도 11월 18일자 『동아일보』 '독자문단'이라는 란에는 일반 독자들이 투고한 작품들이 실려 있어, 당시 독자들의 문학 수용 양상을 알아보기에 알맞은 자료가 되고 있다. 산문으로 감상문이라 하여 「만주에 숨긴 청춘의 애화」, 「아버님 영(靈) 앞에」 등 두 편이 실려 있고, 운문으로 신시(新詩)라 하여 「회상곡」, 「농촌청년의 절규」, 「농가의 아침」 등 세 편이 실려 있다. 여기에 '지방동요란(地方童謠欄)'을 두어 9편이나 되는 잡가나 민요 등을 싣고 있다.[10] 이로 미루어보아 근대문학 초기에는 전통적인 작품들이 신문학 작품들과 더불어 상당한 정도로 향유되고 있었음을 알 수 있다. 이 '지방동요란'에 「여수 지방[에]유행하는 동요」(박형래) 한 편이 실려 있어 우리의 눈길을 사로잡는다. 내용은 시집살이의 어려움을 귀양살이에 빗대어 노래한 것인데, 이 민요에서 일제 식민지의 구체적 실상을 엿보기는 어렵다.[11]

한편 1923년 11월 25일자 『동아일보』 '지방동요란'에도 곽은덕이 투고한 「여수 지방 처녀들이 부르는 동요」라는 민요 한 편이 다른 지역 민요 두 편과 함께 실려 있다. 그 가사를 소개하면 다음과 같다.

하날에다 베틀놋코　구름잡아 잉어걸고

---

10 민요나 잡가를 당시에 '동요'라고 한 것은 아직 국문학 장르 개념이 정식화되지 않은 상태에서 쓰인 것으로 보인다.

11 노래는 이렇게 시작한다.
경상도라 배약덕이/ 전라도라 귀양와서// 귀양풀이 하실짝에/ 의복치례 볼작시면//

어엿뿌다 지양짓새　신끈에다 목을매고
한사족사 하는구나　모졸기때 물주는양
짝이없는 외기럭이　나락곡식 우에뿌린다시
짝짱구 북바듸에　찰각찰각 짠이란깨
난데없는 손이와서　우리동무 낙거간다

아전의관숙 집덩뒤에　석류한쌍 심었더니
수잽이가 물을주어　使令한雙 가지벌려
아전한쌍 입피피여　기생한쌍 꼿치피여
통인한쌍 봉지되여　원님아들 원선이가
맛조타고 다따묵고　빗조타고 다따묵네

첫 연이 사실적인 데 비해 두 번째 연은 중의적이다. 일차적으로 베 짜기 전 과정을 개화(開花) 과정에 비유하여 베 짜기를 예술 행위로 표현한 것이 일차적 의미라면, 베 짠다는 일반 민중들의 고단한 노동을 통하여 상층에서 탈취하는 반노동적 행위를 비판하는 것은 이차적인 의미라 하겠다. 그런데 이러한 민요는 구체적인 역사적 실상이 드러나지 않아 우의적 수준에서 식민지 상황과 연결지어볼 수밖에 없다. 검열이 시행되고 있던 시기에 그런 정도의 표현에 기탁하여 원인 모를 일상의 고단함을 드러냈으리라.

다음은 근대에 채록된 잡가 한 편을 소개한다. 해방 이후까지 구전되어 채록된 노래인데, 근대 식민지 상황과 연관된 문물을 작품 소재로 삼아 이루어진 작품이어서 식민지 실상을 다소나마 짐작해볼 수 있을 듯하다.

너물 바구리 엽에 끼고 매봉산으로 올라가니

꽃 피고 잎 핀 내고향이 아름삼삼 보이는구나
돈도 싫고 옷도 싫고 처녀때 생각이 절로 난다.

넘으나 서방님은 순사칼을 찼는디
우리집 저 문댕이는 정지칼을 찼네
에야 디이야 나해해해야 에야 디어루 사난이로구나

넘으나 서방님은 쌍안경을 썼는디
우리집 저 문댕이는 쌍다라치 났네
에야 디이야 나해해해야 에야 디어루 사난이로구나

넘으나 서방님은 연지분을 볼랐는디
우리집 저 문댕이는 밀가리를 볼랐네
에야 디이야 나해해해야 에야 디어루 사난이로구나

우다시배 친구는 못사울 친구
새복바람 용두소리에 정떨어진다
에야 디이야 나해해해야 에야 디어루 사난이로구나

바람아 강풍아 석달 열흘만 불어라
우리나 서방님이 명태잡이를 갔네
에야 디이야 나해해해야 에야 디어루 사난이로구나[12]

'순사칼', '쌍안경', '연지분' 등은 근대적 제도의 산물들이다. 작품 화

12 (여천) 남면지 발간추진위원회, 『여천군 남면지』, 1994, 232~233면.

자(서정적 자아)는 그러한 근대적 산물들을 소유하지 못하고 아직껏 구태의연한 물건들만 만지작거리는 '우리집 문댕이'가 한심스럽기 짝이 없단다. 그렇지만 실상은, 근대화 물결에 멍들어가는 주변 현실을 자학적으로 표현한 것이어서 근대를 폭력적으로 기획하는 일제에 대한 도저한 불만을 읽어낼 수 있을 듯하다. 이는 첫 연에서 "돈도 싫고 옷도 싫고" 오직 근대화에 물들지 않은 "처녀" 시절이 못내 그립다는 데서 충분히 짐작해 볼 수 있다. 그러나 적극적인 항일의식이 드러나 있다고 보기는 어렵다고 하겠다.[13]

3.

다음은 한문학을 살펴보자.

근대문학 전반기에 한문학 역시 활발하게 창작되고 있었음은 물론 널리 향수되고 있었음을 많은 자료들이 말해 주고 있다. 그 가운데 식민지 시기 전남 동부 지역의 한문학 동향을 소상히 전해 주는 자료가 있어 참고할 만하다. 1938년 12월 1일자 『조선일보』에 최익한(崔益翰)

---

13 조동일은 검열이 우심했던 식민지 시기의 민요에 대하여 다음처럼 상당한 기대를 한다. "국내에서라도 검열을 벗어난 문학 활동을 비밀리에 전개하면 항일문학을 온전히 가꿀 수 있었겠으나, 그런 의미의 지하문학이 어느 정도 가능했던지 의문이다. 여러 형태의 지하운동 단체가 있어 줄기차게 활동해 온 것은 사실이다. 그러나 문학 창작물을 은밀히 보급하는 활동은 하지 않았다. 문학이 항일운동의 긴요한 방법이라고 생각하지 않았다. 검열의 대상이 아닌 민요나 설화는 지하문학일 수 있는 조건을 원래부터 갖추고 있어 적극적인 항일문학을 은밀하게 만들어 퍼뜨리는 데 이용되었으나, 그렇게 하는 조직적인 움직임이 있었던 것은 아니다."(조동일, 앞의 책, 30면)

이 발표한 「한시향(漢詩鄕)인 구례(口禮)」라는 글이 그것이다.[14] 여기에는 고종 연간으로부터 1930년대 말엽까지 활약한 시인 이십여 명을 소개하고 있는데, 천사(川社) 왕석보(王錫輔) 문하에서 공부한 문사들이다.[15] 한말 황매천(黃梅泉)을 배출했던 전남 동부 지역의 한문학 활동을 짐작하기에 충분하다 하겠다. 앞에서도 언급한 바와 같이, 다수의 문학사는 그 왕성했던 한문학이 근대에 들어서 일시에 중단되었던 것처럼 다루지를 않는다. 한문학이 봉건적이라면 새로운 시대에 어떻게 처신하였는지 그 양상을 보여 주어야만 문학사가 사실감을 갖지 않겠는가. 이 점 앞에서 거듭 강조한 바이다.

식민지 시기에 여수 지역에서 한문학을 활발히 전개했던 이는 수헌(睡軒) 양치유(梁致裕, 1854~1929)이다. 수헌은 여천군 삼일면 적량리(지금의 여수시 적량동) 출신으로 멀리 장성 지역의 노사(蘆沙) 기정진(奇正鎭) 문하에서 공부한 사람이다. 그는 '남도8노(南道八老)'[16] 가운데 한

14 구례향토문화연구회・구례문화원 편, 『일제 강점기 조선일보・동아일보 구례기사』(I), 2004, 127~131면 참조.

15 「한시향(漢詩鄕)인 구례(口禮)」 일부를 소개하면 다음과 같다.
"고종(高宗) 연간(年間)에 본향(本鄕)의 시풍(詩風)이 대진(大振)하여 황현(黃玄), 왕소천(王小泉), 이해학(기)(李海鶴-沂)을 필두(筆頭)로 하여 제제다효(濟濟多斅)한 시인(詩人) 거장(巨匠)이 족출(簇出)하였으니, 간취(澗翠) 정현교(鄭顯敎), 이산(二山) 유제석(柳濟陽), 연사(蓮史) 김택주(金澤柱), 운초(雲樵) 왕수환(王粹煥), 미파(美坡) 오창기(吳昌基), 용재(慵齋) 이언우(李彦雨), 묘원(卯園) 허규(許奎), 오봉(五鳳) 김택진(金澤珍) 제씨(諸氏)는 이미 고인(故人)이 되었고 현존(現存)하는 운사중(韻士中)은 사계(斯界)의 중진(重鎭)으로는 유당(酉堂) 윤종균(尹鍾均)이 명작(名作) 대가(大家)로 유명(有名)하여 소작(所作)이 무려(無慮) 만여수(萬餘首), 석전(石田) 황원(黃瑗-매천의 아우), 백촌(白村) 이병호(李炳浩), 옥천(玉泉) 왕경환(王京煥), 동곡(東谷) 정난수(丁蘭秀), 지촌(芝村) 권봉수(權鳳洙), 하전(荷田) 김성권(金性權), 남산(藍山) 왕재소(王在沼), 창산(滄山) 김상국(金祥國), 난사(蘭史) 황위현(黃渭顯-매천의 둘째 아들) 등 제씨(諸氏)는 각기(各其) 일가(一家)의 풍류(風流)를 파지(把持)하고 있다."(『조선일보』, 1938.12.1)

16 '남도8노'는 김남은(金南隱), 양만석(梁晩石), 이천사(李川査), 정죽암(丁竹庵), 민소천(閔小川), 김초파(金樵坡), 정보만(丁保晩), 그리고 양수헌(梁睡軒) 등을 가리킨다.

사람이었으니, 구례 왕석보 문하에서 수학한 동부 지역 문사들과 많은 교류가 있었던 것으로 보인다. 경술국치를 당한 이후 수헌은 소천(小川) 민영보(閔泳輔)와 뜻을 합하여 태극교(太極敎)를 창설하여 유도(儒道)를 진작시키는 한편 일신재(日新齋)라는 강학소를 설립하여 후학들을 양성한다. 이를 두고 박금규는 수헌이 교육을 통하여 애국정신을 고취하고자 하였고, 후일의 대업을 이루기 위한 힘을 기르고자 하였다고 평한다.[17]

수헌의 시는 현재 315수가 전한다. 박금규는 이 시들을 일신재의 강학의 낙도, 지기상화(知己相和)에의 진락(眞樂), 자연한적(自然閑寂)의 변용, 시절 세태 변이의 감상 등으로 나누어 고찰한 바 있다. 여기서는 식민지 상황에 대한 시인의 의식의 일단을 엿볼 수 있는 시 세 편을 살펴보자. 「춘한(春寒)」, 「청송(青松)」, 「유거술회(幽居述懷)」 등이 그것이다.

春寒 봄 추위

逢春宿癢澁吟詩　　봄 들자 잔병치레 시 읊기도 깔까로운데,
何事陽生此地遲　　어쩌다 이곳에는 봄기운이 더디던고?
節序丁寧氷解日　　절서는 정녕 얼음 풀릴 날이건마는,
乾坤怳若雪來時　　하늘땅 꽁꽁 얼어 눈발 금방 떨어질 듯

梅腮欲笑還無色　　매화꽃 방실 터지련만 아직도 까마득하고,
柳眼將萌莫有期　　버들가지 눈트기도 하마 기약이 없네.

17 박금규, 「수헌선생의 시세계」, 수헌 양치유 저, 박금규・양은용 역, 『매화꽃 핀 좌수영』, 원광대 출판국, 2002, 435면. 수헌의 식민지 상황에 대한 의식을 살펴보는 데 이 논문을 많이 참조하였음을 밝힌다.

兀兀書上雙袖合　　책상 앞에 팔짱끼고 혼자 단정히 앉아서,
山笻海棹故停之　　산과 바다 봄놀이에 조바심하네.

봄에 겨울을, 얼음에 꽃을 대조시켜 어려운 상황을 날카롭게 드러내 보인다. 봄이 오고, 꽃이 필 날을 간절히 기다린다. '춘한(春寒)'을 두고 "일제의 혹독한 통치 아래 하늘도 땅도 온누리가 꽁꽁 얼어붙고 사람의 마음까지도 얼어붙어 봄이 와도 봄 같지 않다"고 보기도 한다.[18]

青松 푸른 솔

凌冬無日不靑春　　겨울에도 늘 푸른 봄빛을 띠고,
千載多逢愛昔人　　오랜 세월 만인의 사랑을 받았네.
寒後情操登魯贊　　추워서 절개를 안다는 공자님 칭찬도 받았고,
雨中着爵際秦巡　　빗속에 몸을 피한 진시황의 벼슬도 얻었지.
孤心如待盤桓士　　외론 마음 언제나 도연명을 기다렸고,
特立何關造化神　　우뚝 솟은 곧은 절갠 조물준들 관계하랴?
故近書樓生色倍　　서재 앞에 다가와선 갑절 청청 빛을 내니,
蒼髥幾夜八詩脣　　이 마음 서로 알아 밤마다 시를 읊네.

김정희의 「세한도」를 연상시키기에 충분한 작품이다. 곧은 소나무에 매운 겨울을 대조시켜 선비의 절조를 나타낸 수법은 오랜 전통을 지닌다. 거기다 이 시는 공자, 진시황, 도연명 등 유교적 전통을 상징하는 인물들을 대거 끌어옴으로써 그 절조를 더욱 고색창연하게 만들고 있다. 그 의식이 그만큼 초역사적이고 신비적이기까지 하여 구체

18 위의 글, 466면.

적인 일제라는 역사적 상황에 대하여 얼마나 실천력을 지녔을는지는 의심스럽다.

幽居述懷 은둔의 회포

太極斯文體道根　　태극의 이 학문이 도의 근원을 본받아서,
滿腔和氣四時存　　언제나 가슴속에 화평한 기운 가득 차네.
深居幽谷忘漁事　　깊은 골 숨어살며 낚싯대에 세상 잊고,
恒讀奇文破睡痕　　언제나 좋은 글 보면 졸음 문득 달아나네.
海月多情穿戶入　　달빛은 은근히 문틈으로 들어오고,
溪陽無力受風掀　　물빛은 어른어른 바람에 흔들리네.
哀事豪竹何須取　　거문고 퉁소소리 굳이 찾지 않아도,
靜聽松琴俯曲軒　　밤마다 송금소리 고요히 혼자 듣네.

수헌의 역사 변화에 관한 생각을 엿볼 수 있는 시이다. 박금규는 시인의 변화를 순환론이라 해석한다. "動極靜, 靜極動의 이치, 음양의 교태 속에 무궁무진 이 생성변화의 원리, 저 一天에 교교히 비치는 바다의 달을 보면, 차면 이지러지고 이지러졌다가 다시 찬다. 松琴 소리, 松籟 소리를 고요히 들으면서 자연의 이법에 순응하는 이 시인의 覺道의 경지이다."[19] 따라서 "한때 泰運이라 뽐낼 일도 아니요, 한때 否運이라 하여 슬퍼할 일도 아니"란다.[20] 일제는 작위적이고 인위적인 방식으로 역사를 재구성하고 있었던 데 비해, 수헌은 전통적인 자연적인 질서관으로 일관하고 있었던 것이다.

---

19 위의 글, 455면.
20 위의 글, 454~455면.

수헌은 여수를 끔직이나 사랑한 선비요 시인이다. 그의 여수 사랑의 정서는 그의 시 「매성팔경(梅城八景)」에 잘 드러나 있다. '매성'은 여수의 별칭이다. 이른바 팔경시(八景詩)는 각 고을에서 경치가 가장 좋은 여덟 곳의 풍광과 운치를 시로 또는 노래로 읊은 것이다. 원래 팔경시는 중국의 '소상팔경(瀟湘八景)'에서 시작된 것으로 후일 시인 묵객들이나 가객들이 솜씨를 겨루는 장르가 되었던 것이다. 수헌이 노래한 팔경 한 수에 「경도어화(鯨島漁火)」가 있다. 그 전반부에서 "경도 물가에 해 지자 고기잡이 등불이 켜져서 / 깜박깜박 흐르는 불빛 그립구나 // 양 언덕의 복사꽃은 봄 물에 비치고 / 온 하늘 별빛 달빛이 비쳐 찬란하구나"[21]라고 환상적인 여수 앞바다 경도의 야경을 노래하기도 한다. 수헌은 식민지상황에 적극적으로 대처하지는 못했지만 아름다운 서정으로 시대의 아픔을 이겨 나간 선비요 지식인이었다.

4.

끝으로 새로운 형식의 한글문학을 살펴보기로 한다.

다음 「암야(暗野)」와 「C군(C君)에게」라는 현대시를 쓴 사람은 여수 출신 김우평(金佑枰, 1897~1967)이다. 그는 일본과 미국에 유학을 다녀온 사람이다. 일본 유학시에 두 편의 시를 일본 유학생 잡지인 『학지광(學之光)』에 발표한다.[22] 먼저 「암야(暗野)」를 살펴보자.

---

21 위의 글, 477면. 원문은 다음과 같다.
鯀州日落起魚燈/ 明滅流輝晝未能// 兩岸桃花春水靜/ 一天星月亂雲層//

22 신영길, 『신영길이 밝히는 역사현장』, 지선당, 2004, 470~486면 참조.

暗野

一. 潛潛하고 寂寂한 半夜의 空中

暗黑의 變天地다

夜半의 蛙聲

曲調 맛추어

처마 끗 落水소래

잠(睡)만 誘引

아…… 꿈깊은 萬象의

空寂한 이 밤

二. 下界의 巫陽도

한잠 자고

浮世의 漏水 大氣의 이슬

없으련만은

밝은달 밝은 마음

가리워서

내속설움

大氣의 설움

비만 줄줄

三. 사랑이 다닥다닥한

이 자료에 따르면, 김우평의 학력과 경력은 다음과 같다.
서울 중앙고보 · 일본 제2고등학교 · 미국오하이오 주립대학교 경제학과 · 미국 컬럼비아대학교대학원(국제금융학 석사) 졸업.
『동아일보』 기자(1927) 및 조사부장 · 경제부장 · 정치부장, 신생 만주국 정부 대장성 이재국장서리 겸 이재과장(1933), 극동연합군총사령부(SCAPIN) 한국경제자문관 및 주한미군정청 중앙경제위원회 사무총장(1946), 제3차 유엔총회 한국대표(1947), 민주당 창당 준비위원 및 민주당 재정경제위원장(1955), 제5대 민의원의원(1960), 부흥부 장관(1960) 등을 역임.

父母님 離別
絶俗하고
佛前에 合掌
消極的 涅槃界로
向上하는 僧侶
南無阿彌陀佛
觀世音菩薩
불업기도 하다

「1919.6.16 夜 僧房에서」(『학지광』 제20호, 1920)

전체적으로 감상적이고 애상적인 색조를 띄고 있는 시편이다. 시적 자아가 알 수 없는 고적감에 시달리고 있는 것처럼 보인다. 그는 구체적 인식을 획득하지 못하고 있지만 그것은 존재론적 고독감과 사회적 불안감이 뒤엉켜 있다고 보아야 할 것이다. 1919년 삼일운동 실패 이후 당시 젊은 작가들은 퇴폐적 낭만적 시들을 많이 쓰기도 했다. 투철한 역사사회적 인식을 보이지 않는 애상적인 수준의 작품들은 일제가 용인하던 시기이다. 작품에서 시적 자아가 불전에 합장하는 승려의 태도가 '소극적'이라고 했지만, 그 자아 역시 현실에 대한 인식은 아직은 미숙하고 비과학적이기까지 하다.

다음으로 「C군에게」를 살펴보자.

C君에게

1. 동모야 벗아
둔근 蒼空 그밑에
無始의永遠 無終의永遠

그사이로 生의 烽火가
굴으고굴너 네몸내몸에
이름으로 萬物을빛외이라고
2. 동모야 벗아
멀고먼 天路永劫의
星辰의啓示를 가삼에 품고
두팔둑에 高貴한使命을
그날그시까지가
마감이요 始作일다
3. 어느 事情으로 (3)은 削除하옵내다
4. 동모야 벗아
보이지만는 힘의意識은
네와나의 崇拜의마음
서로이 確信 祈禱일다
自由에주린 네와나
期待에애타는 우리 兄弟
5. 동모야 벗아
叡智있는 親舊야
'命日'를 把握할 힘과 信念은
'今日'에 있다
'今日'은 昨日의 發生
明日은 今日의 發生인 故로
6. 아…… 동모야 벗아
그러면 前進하자
묫은 形式을 벗어나
뛰는 筋肉 끌는피 忍耐로

愛의 努力과 信念의 大地에

어린 벗 춤추며 노래할 거기로

7. 아……아……동모야 벗아

清澄한 하늘 白雲에 탈 맘으로

그리고 萬象를

네 품속에 안으려는 마음으로

그러면 동모야 벗아

C君에게

安心하라 君의 모든

사랑하는 사람은

한갈가티

努力한다

아…… 아 君이여

깃버할지어라

「추야(秋夜) 상소산하(上蘇山下)에서」

(『학지광』 제21호, 1921)

새로운 역사 창조의 사명감을 가지고 힘차게 전진하자는 내용을 일련의 밝고 힘찬 용어들을 구사하여 격정적으로 표현하고 있다. 그 정서는 점층, 반복, 돈호 등의 수사법을 통해 표현됨으로써 배가 된다. 앞에서 살펴본 시가 비관적이라면 이 시는 낙관적이다. 승방과 같은 골방에서 주관적 의식만을 토로하는 것이 아니라 미래에 대하여 생각하는 바를 동무에게 호소함으로써 연대의 싹을 내보이는 듯도 싶다. 그러나 그럼에도 불구하고 그것이 맹목적인 구호로 들리는 것은 아직은 현실에 대한 구체적인 인식이 나타나 보이지 않기 때문이다. 그런데 보기에 따라서는 내용의 일부가 문제가 되어 검열로 삭제된 듯한 부분(3연)이 있어 주목을 끈다. 근대 식민지 시기에 검열은 특히 젊은 세대들의 역사사회의식의 성장은 물론 표현에 대하여 끊임없이 감시의 눈초리를 거두지 않았던 것이다.

5.

우리는 지금까지 몇 편의 작품을 통하여 여수의 근대문학에 나타난 반제국주의 혹은 항일의식을 살펴보았다. 그 작업은 징후적 읽기 방법을 통해서 이루어질 수밖에 없었다. 그 사연은, 이미 밝힌 바와 같이, 해외 망명지에서의 문화 활동을 제외하고서는 국내에서 발표된 작품들 가운데는 표 나게 항일정신을 구현한 작품을 찾아보기 힘들다는 점 때문이었다. 주지하다시피 그것은 식민지 시기에 자행된 엄혹한 검열을 통과할 수 없었기 때문이다.

살펴본 작품들은 구비문학, 한문문학, 그리고 한글문학에 해당되는 것들이었다. 통상 근대문학사들이 관심을 두지 않은 잔여적인 문학 형태, 즉 구비문학이나 한문문학까지 살펴본 것은, 문학의 수용의 측면까지 고려해 보아야 당대 문화 활동의 실상을 제대로 파악할 수 있다는 뜻에서였다. 우리는 구비문학을 통하여 이름 없는 민중의 애 터지는 현실에 대한 한탄과 순결한 삶에 대한 애절한 갈구를 보았다. 한편 한문학을 통하여서는 뒤틀린 역사 현실에 대한 한 선비의 통탄과 푸르디푸른 절조를 보기도 했다. 그리고 마지막으로는 신시를 통해서 새 역사와 맞서 힘차게 걸어 나가는 한 젊은 사람의 기개를 느껴 보기도 했다.

끝으로 한 가지 아쉬운 점은 근대의 주도적 장르인 소설 작품을 검토하지 못한 점이다. 사례로 들 만한 작품을 발견하지 못했기 때문이다.(여수항일운동사편찬위원회 편,『여수항일운동사』, 2006; 순천대 남도문화연구소,『남도문화연구』 제11집, 2005)

제4장
이청준 문학과 남도문학

……아침마다 정결스런 노인의 싸리비질 자국이 마당가에 참빗살처럼 남아 있던 그런 집이었다. 돌보지도 않은 접시꽃과 봉숭아가 해마다 장독 뒤에서 탐스런 여름을 꾸미던 집이었다.

—이청준의 「새가 운들」에서

1. 머리말

'이청준 문학과 남도문학'에 관한 논의는 우선 한국문학사의 맥락에서 고려되어야 한다고 본다. 자명한 사실이지만, 이청준 문학과 남도문학은 둘 다 한국문학사 가운데서 일어난 역사적 현상이기 때문이다. 이 일은 한국문학사에서 이청준 문학이 놓인 공간적 위치를 가늠해 보는 작업인바, 그 중요성은 의외의 곳에서 확인된다. 일국적(一國的) 관점의 문학사 기술의 문제와 관련된다. 앞으로 논의되겠지만, 우리 문학사는 전통시기에 상대적 자율성을 지녔던 지역문학들은 물론 근대 들어 지역문학들의 중앙문학으로의 통합과정을 거의 묘사하지 않고 있다. 있었을 만한 지역문학들 간의 상호관계나 지역문학과 중앙문학 간의 갈등이나 모순을 배제한 채, 처음부터 일국적으로 통합되어 있었던 것처럼 기술한다. 그와 같은 기존 한국문학사는 잘못되었다기보다는 시대의 요청에 따라 근대 지식인들의 이데올로기에 의해 기획된 구성물임은 물론이다. 문제는 이와 같은 기술이 한 세기 가깝게 공식적 담론이 되다시피 했는데, 이 담론이 실상과 사뭇 어긋나 있다는 점을 새삼 인식해 둘 필요가 있다. 그런 인식으로는, 예를 들어 이 글이 관심을 두고 있는 이청준의 문학에 끝없이 맴도는 어머니의 구슬픈 구음(口吟)을 설명할 길이 없다. 그 구음은 구비전승물에 토대를 둔 남도지역의 문학이 저 '한' 많은 식민지 시절과 전란기를 한으로 삭이면서 시대를 실현하고 있었다는 사실을 보여주는 사례가 아니겠는가. 이청준의 (판)소리 관련 연작소설 『남도 사람』은 유년시절 어머니를 통해 체험했던 구비문화를 나름의 안목에서 근대문학으로 용해한 것임이 명백하다. 문학사가들은, 문학사가 이 점을 스스로 설명하도록 해야 한다.

다음 작업은 이청준 문학 자체에 드러난 근대성을 살펴보는 일이다. 근대성 문제는 그 자체로도 관심거리이지만, 남도 혹은 남도문학과의 관련성을 드러내기 위해서는 짚어야 할 중심 과제라고 본다. 논자들은 이청준 문학은 현대 도시의 문제와 시골 고향의 문제를 다루다 보니 흔히들 주제가 다양하다고 한다. 그 다양한 주제들은, 크게 보아, 근대 인간들의 존재의 문제로 수렴된다고 생각한다. 이청준 문학은 근대의 문제, 그리고 도시의 문제를 떠나온 고향 혹은 잃어버린 집과 관련하여 숙고한다. 어느 정도냐 하면, 고향과 집은 존재가 깃들어야 할 곳, 참다운 말이 깃들어 있는 곳으로 인식한다.[1] 그에 대한 숙고의 정도는 말년으로 갈수록 깊어진다. 이청준 소설에 등장하는 인물들은 도시에서 근대의 산책자가 되지 못한다. 그렇다고 고향에 집을 마련하여 정주하지도 못하고, 끝내는 유랑하는 나그네가 된다. 누군가는 근대인을 '집을 잃어버린 사람들(homeless minds)'이라고 한다.[2] 이청준 문학은 총체적으로 잃어버린 집을 찾아 나선 문학이라 해도 지나친 말은 아닐 것이다.

마지막으로는 지금까지의 논의를 토대로 하여 이청준 문학과 남도문학, 그리고 한국문학사의 상호 연관성을 정리함으로써 결론에 대신하고자 한다.

이 글은 한국문학사에서 이청준 문학이 놓인 위치를 알아보는 데 있어서나, 이청준 문학의 근대성을 알아보는 데 있어서 어느 정도 공간 개념을 활용하고자 한다. 전자의 경우, 민족국가문학사로서의 한국문학사가 상상의 공동체인 국가(國家, nation)라는 거대한 집짓기에 복무하기 위하여 출현하였다는 점을 상기한다면 가당한 전제라 할 것이다. 후자의 경우는 근대에 있어서 지역공간들이 도시공간으로 대대적으로 통합되어간 현상[3]을 설명하기 위한 발견적 개념이 될 수 있다고 판단한다. 그리고 그것은 논의 전체에 일관성과 체계성을 부여해 주는 이점도 있다고 본다.

이 글에서 사용하고자 하는 공간 개념은 현상학적이다. 현상학적 공간론에서 공간은 기하학적 내지 물리학적 어떤 척도나 좌표계가 아니

---

1 이청준, 「복수와 용서의 변증법」, 『말없음표의 속말들』, 나남, 1986, 140면 참조. 이청준은 "말은 존재의 집이라는 말은 거꾸로 존재가 언어의 집이라는 말도 된다."고 말한다.

2 피터 버거 외 2인, 이종수 옮김, 『고향을 잃은 사람들』, 한벗, 1981.

3 데이비드 하비, 구동회 · 박영민 옮김, 『포스트 모더니티의 조건』, 한울, 1994, 331~373면 참조.

라, 그 안에 존재하는 사람들이 구체적으로 체험하는 공간(空間, space)이다.[4] 이를테면, 이청준은 국가라는 거대한 공간은 싫어하고, 장흥이라는 고향 공간이나 시골주막이라는 작은 공간은 선호한다는, 공간에 대한 인간의 심리적 체험을 문제시한다. 공간에 대한 심리체험을 에드워드 렐프(Edward Relph)는 장소감(sense of place)이라 한다. 그에 따르면, 장소감이란 장소-인간의 관계에서 인간이 장소를 어떻게 자각하고 경험하고 의미화하는가를 말하는 것으로서 인간에 초점을 둔 개념이다.[5] 따라서 이 글에서 집, 혹은 공간에 대하여 이청준이 느낀 장소감의 분석은 그의 고향의식을 알아보는 작업의 일환이 된다.

이청준의 '집'에 대한 의식의 고찰은 발생론적 설명에 의존하고자 한다. 연구대상은 『눈길』(열림원 판)에 실린 일련의 소설과 두 연작소설, 즉 『언어사회학서설』과 『남도 사람』이 주로 활용되고, 증언 자료로는 『말없음표의 속말들』과 『가위 밑 그림의 음화와 양화』가 주로 활용된다.[6] 이청준은 문학의 상상력과 창조성을 꾸준히 강조했지만, 의외로 자기 체험, 그 가운데서도 유년의 원체험을 다양하게 변주하여 많은 작품을 썼다. 그리고 스스로 그런 사실을 밝힌 증언 자료를 많이 남겨 놓기도 했다. 여기서는 증언 자료를 토대로 하여 작품을 해석하고자 하는 것으로 가치판단보다는 경험 현상을 추적하는 작업을 중점적으로 하고자 한다.

---

4 이진경, 『근대적 주거공간의 탄생』, 소명출판, 2001, 36면.

5 에드워드 렐프, 김덕현 · 김현주 · 심승희 역, 『장소와 장소상실』, 논형, 2005, 309면 「역자 해제」 참조.

6 여기서 사용하는 자료들 가운데 『말없음표의 속말들』(나남, 1986)을 제외한 나머지 자료는 열림원판이다. 작품집 『눈길』에는 「눈길」을 비롯하여 고향소설이라 할 수 있는 일련의 소설들이 실려 있다. 『언어사회학서설』은 열림원 판 『자서전들 쓰십시다』(2000)에 수록되어 있고, 『남도 사람』은 열림원 판 『서편제』(1998)에 수록되어 있다. 『가위밑 그림의 음화와 양화』는 연작소설이라는 이름으로 1999년에 출간되었는데, 그 가운데는 수필적 성격이 강한 자전적 소설이 몇 편 실려 있다.

2. 한국문학사와 남도문학

1) 일국적 문학사 기술과 지역문학

우리 문학사는 안확이 1922년 『조선문학사』를 상재함으로써 처음 모습을 드러낸다.[7] 안확은 문학사를 한 국민의 심적 현상의 변천, 발달을 추구하는 것[8]이라고 이해한다. 이 경우 문학사란 정신사로서 국민문학사 혹은 민족문학사가 된다. 그런데 안확의 문학사 기술 행위는 구한말 애국계몽운동에 투신했던 지식인의 실천행위에서 비롯된 것인바, 문학사가 다른 것이 아닌 민족문학사라는 이해는 당위 수준에서 이루어진 것이다. 문학사에 대한 이러한 이해는 식민지 시기는 물론 해방 이후까지도 강력한 담론으로 자리 잡게 된다. 민족문학사적 담론은 많은 생산력을 지녔음에도 불구하고, 실은 여러 가지 문제점을 안고 있었다. 주된 논란거리를 든다면, 다음 두 가지로 요약된다. 하나는 한국문학의 범주 문제와 관련되며, 다른 하나는 일국 차원의 문학사 기술 문제와 관련된다.

첫 번째 문제는 오늘날 한국문학사의 범주를 폭넓게 설정함으로써 일단 정리된 것처럼 보인다. 그간 한국문학의 범위에 한문학과 구비문학을 어떻게 다룰 것인가 하는 데 이르러 논의가 분분하였다. 한때 아(我)와 비아(非我)의 관점에서 한문학을 안티테제로 상정한다거나, 매체의 관점에서 구비문학을 배제한다거나 하는 극단적인 관점은 이제 자신 있게 극복한 듯하다.[9] 그러나 여기에도 아직 해결을 보지 못

7 우리 문학사는 다른 모습일 수도 있다는 뜻이다. 이때 문학사는 실재로서의 문학사가 아니라 방법으로서의 문학사가 된다.

8 안확, 『조선문학사』, 한일서점, 1922, 2면.

한 중요한 문제가 남아 있다. 한국문학의 범위를 실상에 가깝게 폭넓게 이해하고 있다 할지라도, 그것은 아직은 사실 이해의 수준에 머물러 있을 뿐이다. 그렇다는 것은 서로 다른 범주의 문학들을 장을 달리하여 제시하는 것으로 기술을 대신하고 있기 때문이다.[10] 문학 발전의 변증법적 관계까지 이해가 진척되지 않으면 안 된다. 그렇지 않다면 채만식의 문학이나 이청준의 문학에 스며든 판소리의 숨결을 설명할 수가 없게 된다. 문학 발전의 변증법적 관계를 설명하는 데 있어서 반드시 빠뜨리지 말아야 할 점은 전통문학과 새로운 근대문학의 상호관계에 대한 인식이다. 태반의 기존 문학사들은 구비문학이나 한문학이 갑오경장을 기점으로 하여 하루아침에 생산을 중단해 버린 것처럼, 애오라지 근대의 국문문학만을 기술 대상으로 삼는다. 변혁기에 모든 부면에서 전통문화와 신문화가 길항관계에 있었으리라는 것은 명백하다. 한때 지배적이었던 문학이 어떻게 쇠퇴하여 가고, 새로운 문학이 부상하게 되었는가를 실상에 걸맞게 설명해 주어야 한다.

다음 두 번째 문제, 일국적 차원의 문학사 문제를 생각해 보기로 하자. 민족국가 문학이란, 당연한 말이지만, 국가라는 단일한 공간 안에 단일하게 존재하는 문학이 아니다. 그것은 각 지역문화들의 상호관계에 의해서 추상된 문화이다. 그런데 일국적 문학사에서 지역문학이 문제가 되는 것은 그것이 자체의 독립성을 유지할 경우이다. 지역문학의 독립성이란 그것이 그만한 문화 생산력을 지녔을 경우이다. 그러면 전통시기 남도문학의 독자성 혹은 자율성은 어느 정도였을까. 필자는 전통시기 남도문학이 제 나름의 정체성과 독자성을 상당히 유지하고 있었다는 사실을 다음과 같이 거칠게 말한 바 있다.

---

9 김흥규, 『한국문학의 이해』, 민음사, 2003, 15~28면 참조.

10 문학사의 각 장들이 대부분 장르별로 칸막이된 채 나열되어 있다.

> 전통시기에 남도지방은 제 나름의 정체성과 독자성을 상당히 유지하고 있었다는 점이다. 이 점이라면 당시 각 지역 또한 마찬가지였다. 그것은 각 지역이 중앙으로부터 아주 상거(相距)하여 경제가 지역을 중심으로 이루어졌기 때문이다. 오늘날과는 달리 일이백 년 전만 해도 지방에서 서울은 아주 먼 길이었다. 어느 정도였을까? 창평 별뫼[성산(星山)]에 살던 송강 정철 선생이 한양을 가려면 근 열흘이나 걸렸다고 한다. 방자가 춘향이의 옥중서신을 지니고 이몽룡을 찾아나서며, "천리길 한양성을 며칠 걸어 올라가랴"라고 탄식탄식을 한다. 남원에서 출발했지만, 말을 타지 않은 방자는, 중도에 돌아서지만 않았다면, 아주 더 걸렸을 것이다. 그 시절 전라도 양반들이 식영정(息影亭)에서 시문과 가사를 즐기고, 서민들이 논밭에서 남도민요 육자배기 가락을 불러 젖히는 한편, 양반·서민들이 합작으로 소리를 만들어 판을 함께 즐긴 것 모두 다 지역적으로 독자성과 자율성을 일정 정도 지니고 있었기에 가능했던 일이다.[11]

그렇다면 전통시기의 남도문학의 양상을 기존 문학사들을 어떻게 묘사하고 있을까? 필자는 「우리 문학사의 지역문학 인식-호남 지역문학을 중심으로」[12]라는 논의를 통하여 기존 문학사들의 지역문학에 대한 관심의 정도를 살펴본 바 있다. 연구는 18종의 문학사를 대상으로 한 것인데,[13] 여기에는 북한의 문학사도 포함되어 있다. 연구 결과,

---

11 임성운, 「남도문학의 지방문학적 성격」, 『남도문화연구』 10, 순천대 남도문화연구소, 2004, 92면.

12 임성운, 「우리 문학사의 지역문학 인식-호남 지역문학을 중심으로」, 『남도문화연구』 6, 순천대 남도문화연구소, 1997.

13 논의된 문학사는 다음과 같다.
(1) 안확(安廓), 『조선문학사(朝鮮文學史)』(1992), (2) 권상로(權相老), 『조선문학사(朝鮮文學史)』(1947), (3) 이명선(李明善), 『조선문학사(朝鮮文學史)』(1948), (4) 김사엽(金思燁), 『조선문학사(朝鮮文學史)』(1948)·『한국문학사(韓國文學史)』(1954), (5) 조윤제(趙潤濟), 『국문학사(國文學史)』(1949)·『한국문학사(韓國文學史)』(1963), (6) 이병

지역적 시각을 가지고 지역문학을 기술한 문학사는 그렇게 많지 않았다. 대부분 지역적 시각보다는 일국 차원의 문학사 기술을 보여준 것이다. 특히 조윤제의 민족문학사나 이명선의 사회경제적 문학사에는 지역문학에 대한 언급이 아주 희박하다. 이것은 일국적 차원에서, 즉 국가를 단일 공간으로 전제한 결과로 보인다. 특히 일국사회주의적 관념이 지배적으로 작용하는 북한의 문학사에서는 지역적 시각을 읽어내기 어려웠다.[14]

그런 가운데서도 김동욱의 『국문학사』, 조동일의 『한국문학통사』, 그리고 여증동의 『한국문학역사』 정도가 지역문학적 인식을 상대적으로 많이 보여주고 있다. 지역문학에 대한 인식은 서민문학을 언급하는 데서 주로 나타난다. 본 논의와 관련하여 판소리에 대하여 어떻

기(李秉岐) · 백철(白鐵), 『국문학전사(國文學全史)』(1957), (7) 문학연구실, 『조선문학통사』(1959) 2, (8) 김순영(金俊榮), 『한국고전문학사(韓國古典文學史)』(1971), (9) 김윤식 · 김현, 『한국문학사(韓國文學史)』(1973), (10) 려증동(呂增東), 『한국문학사(韓國文學史)』(1973) · 『한국문학역사(韓國文學歷史)』(1974), (11) 김동욱(金東旭), 『국문학사(國文學史)』(1976), (12) 김석하(金錫夏), 『한국문학사(韓國文學史)』(1975), (13) 장덕순(張德順), 『한국문학사(韓國文學史)』(1975), (14) 사회과학원문학연구소, 박종원 · 류만 · 최탁호 · 김하명 · 김영필, 『조선문학사』(1977~1981) 5, (15) 김일성종합대학, 『조선문학사』(1982) 2, (16) 조동일, 『한국문학통사』(1982~1988) 5, 제2판(1989), (17) 정홍교 · 박종원 · 류만, 『조선문학개관』(1986) 2, (18) 김수업, 『배달문학의 갈래와 흐름』(1992).

14 다음에 보는 가사문학과 시조문학에 대한 기술에서도 우리말 구사와 '조국산천'에 대한 관심을 애국주의의 표현으로 해석함으로써 일국 차원의 단일 공간 모형을 지향한다.
"가사 「관동별곡」은 량반선비들의 유흥적인 기분을 반영한 것을 비롯하여 일련의 제한성을 가지고 있지만 조국산천의 아름다움을 우리 글로 격조높이 노래하고 생동한 시적화폭속에 애국의 열정과 민족적 긍지를 훌륭히 재현한 것으로 하여 가사문학의 대표적 작품의 하나로 널리 알려졌으며 국문시가 발전에 커다란 영향을 미치였다." (정홍교 · 박종원, 『조선문학개관』 1권, 인동, 1988, 173면)
"시(윤선도의 「어부사시사」 — 필자)는 썩어빠진 량반사대부들이 사대주의에 사로잡혀 우리 글을 천시하고 배척하던 때에 조선말의 풍부한 표현성을 살려 우리나라 자연의 아름다운 경치를 생동하게 노래한 점에서 문학사적 의의를 가진다."(위의 책, 216면)
물론 여기에는 계급적 관점이 기초가 되어 있기는 하지만 애국주의가 더욱 강조되어 있다.

게 기술하고 있는지 간단히 살펴보기로 한다.[15]

김동욱은 가사문학, 판소리, 그리고 소설을 기술한 부분에서 지역문학에 대한 관심을 적극 나타내는데, 판소리에 대한 언급은 이렇다.

> 애초 백제의 판도 내에서 생성되어 전승발전된 것만은 확실하다. 이처럼 창시된 판소리는 민중이 문예에 굶주리고 있을 때에, 요원의 불길처럼 남도(본래의 백제 지방)에 퍼졌다. (……) 지금까지 한문학 때문에 막혀 있던 민중의 체취와 입김이, 여기에 개화하여 백화쟁염(百花爭艶)의 모습을 보여 주었다. 이로 해서 처음으로 한국의 국민문학, 즉, 위로는 왕공으로부터 아래로는 서민에 이르기까지 누구라도 이해할 수 있고, 누구라도 즐길 수 있는 문예가 생긴 것이다.[16]

한 지역의 문학을 일국 차원의 공간과 관련하여 인식하고 있다. 그런데 김동욱의 문학사는 판소리를 비교문학적 관점에서 중세기에 세계적 유형으로 존재한 문예 양식으로 파악하였다. 이는 지리적 공간 인식을 대외적 차원으로까지 확대하였다는 점에서 주목된다 하겠다.[17]

한편 조동일은 시조, 판소리, 그리고 「아리랑」을 기술한 부분들에서 지역문학에 대한 관심을 보이는데, 판소리에 대하여는 다음과 같

---

15 이하는 위의 논문 287~303면 참조.

16 김동욱, 『국문학사』, 일신사, 1986, 188~189면.

17 "……판소리는 중세기에 세계적 유형으로 존재했던 문예양식이다. 원래 노래로 부르는 것을 듣고 감상하는 통속문예지마는, 이것이 정착되어 소설이 되는 것은 중국의 平話의 경우와 같은 것이다. 이러한 창의 문학이 각국에 나타난 것은, 우리 나라보다도 4,5세기 내지 7세기 앞선다. 그리하여 중세 유럽에서는 이 창의 문학이 각국 국민문학의 선구 형태로써 나타나 있었으나, 우리나라에서는 이조 초기에도 광대소허지희(廣大笑謔之戲)라는 연예에 기생한 이 판소리 형태가 광해군 때(1620)에 한글 소설 『홍길동전』이 나타난 뒤, 그보다 1세기나 뒤져 숙종 말 영조 초에 장편 서사 판소리로 돌연변이로 출현하고 있는 것은 우리 나라 영세한 관료 봉건제도가 가져온 역행적 현상이라고 하지 않을 수 없다."(위의 책, 187~188면)

이 기술하고 있다.

판소리는 전라도 지방에서 서사무가를 개조한 데서 유래했다고 할 수 있다. 전라도의 세습무는 시어머니에서 며느리로 계승되고, 아들 또는 남편인 남자 쪽은 굿하는 것을 거들면서 악공 노릇을 했다. 남자들은 그 정도의 구실로서는 먹고 살기 어렵고 보람도 없기 때문에, 각기 재주에 따라서 다른 길을 개척하는 관례가 있어서, 그 무리 가운데 땅재주를 하거나 줄을 타는 재인들이 나왔으며, 그런 것만으로는 부족하니 판소리도 하게 되었다. 능력이 있으면 판소리광대로 나서고, 성대가 나빠서 창을 하는데 적합하지 않으면 고수(鼓手)가 되었다. 광대나 고수가 전라도가 아닌 다른 지방에서도 나타난 것은 판소리가 널리 인정을 받게 되면서부터이다. (……)

판소리와 비슷한 것을 이룩하고자 하는 움직임은 전라도가 아닌 다른 곳에서도 나타났다. 평안도 지방에서 유래한 「배뱅이굿」이 그 좋은 예이다. 「배뱅이굿」은 무당이 굿을 하면서 죽은 사람의 혼령을 불러내는 과정을 뒤집어 놓은 것이다. 말투나 가락을 굿에서 하는 것과 흡사하게 흉내를 내어 굿 구경하는 듯한 느낌이 들도록 해 놓고, 가짜 무당이 속임수로 죽은 처녀의 부모를 우롱하는 내용이다. 형식과 내용이 어긋나기 때문에서 웃음을 자아내는 효과가 커진다. 혼자서 창을 하며 장단도 치고, 장단 변화가 뚜렷하지 않으며, 사설도 조잡하다 할 수 있는데, 전라도 지방에서 처음 나타난 판소리도 그랬던 것 같다. 그런데, 서도판소리라고 할 수 있는 「배뱅이굿」은 그 이상 발전하지 않았지만, 남도판소리는 광대와 고수가 기능을 나누고, 장단 구별을 뚜렷하게 하고, 소재를 확대하면서 사설을 가다듬어 마침내 전국을 휩쓸게 되었다.[18]

---

18 조동일, 『한국문학통사』 3, 지식산업사, 2005, 526~527면.

이것은 판소리의 형성과 발전에 관한 기술이다. 전라도 지역과 다른 지역을 상호 대비시켜 기술함으로써 하위 공간들의 상호관계가 역동적으로 드러나도록 하고 있다.

한편 여증동의 문학사는 도학적 문학, 즉 한문문학을 중시하고 민요, 판소리 등 일반 서민문학에 대하여는 관심이 소홀한 편이다. 지역적 시각은 민요나 판소리에 대한 기술에서보다는 문학 매체를 언급하는 데서 드러내 보이고 있다.[19]

지금까지 살펴본 우리문학사의 지역문학에 대한 인식은, 나타난 경우라도 부분적으로만 작동하고 있다는 데서 일국적 문학사 담론의 경계를 넘어서기가 그렇게 쉽지 않았다는 것을 알 수 있다. 문학사 공간에 대한 지역적 인식이 철저하였다고 한다면, 다 같이 지역적 차원에서 양반문학과 서민문학이 상호 어떤 관계에 있었던가, 나아가 지역문학들 간의 관계는 어떠했던가를 설명함으로써 일국 차원의 문학사 기술을 귀납했어야 한다고 본다.

기존 문학사들에 나타나는 문제는 이제 분명하다 하겠다. 반복되지만, 그것은 기존 문학사들이 문학사의 공간에 대한 인식을 단일 공간

19 "……배달말 일기가 17세기 『계축일기』에서 비롯되어 『산성일기』, 그리고 『연행록』으로 이어지는데, 이 모두가 경기충청 사족권에서 이룩된 것입니다. 배달말로 일기를 엮는다는 것은 서북문화권이나 경상문화권에서는 상상도 할 수 없는 끔직스런 일이었읍니다. 전라문화권에서는 16세기부터 사족들이 배달말 노래(가사 단가) 짓기에는 성황을 이루었으나, 배달말로 일기를 엮는다는 쪽으로는 들어서지 못했고, 경상문화권에서는 16세기 후반 기축년(선조 22, 1589) 이후부터 사족들이 마치 모여서 약속이나 한듯이 배달말글을 업신여기면서 거들떠 보지 않게 되었읍니다. 전하여 내려오는 말로는 「배달말글을 애써 지으면 소인이 된다」라든지, 「언문글은 통시글이라」든지, 「시(詩) 짓기에 힘을 쓰면, 소인이 되기 쉬우니, 군자가 될려면 도학공부에 골몰해야지」라는 말들이 대충 경상도 사족들의 교훈이었읍니다. 그런가 하면 그 사족들이 배달말글을 안방으로 집어 넣어서 아낙네의 글이 되도록 권장하였읍니다. 그리하여 경상도 배달문학은 안방가사(내방가사 : 규방가사)와 편지글(사돈지)로 성황을 이루었을 뿐입니다."(여증동, 『한국문학역사』, 형설출판사, 1983, 242면)

으로 치부해 버리고, 지역문학들을 거의 문제 삼지 않음으로써 문학사를 정태적으로 만들고 있는 점이다. 단일 공간 인식, 즉 일국적 관점에 의한 문학사 기술은, 앞에서도 언급한 바와 같이, 사실 근대 민족국가의 이데올로기를 정당화하고자 한 문학사 기술의 관습이다. 근대 민족국가의 이데올로기는 국가 통합의 목적론적 대서사에 의해 모든 현상의 차이성을 무시한 채 통합의 관점에서 보게 하는 관습을 형성한다. 문학사의 실상은 민족국가 문학으로 처음부터 선험적 수준에서 통합되어 있었던 것이 아니라 통합의 과정에 있었던 것이다. 이 점을 분명히 하고자 한다면, 문학사의 지역문학에 대한 인식은 필수적이다. 이제 근대의 민족문학사는 대외적으로 민족국가 문학의 독자성을 제시하는 한편으로, 안으로는 지역문학들이 근대 상황에서 민족국가 문학으로 통합되어 가는 과정을 묘사해야 한다. 일국 차원의 문학사 기술의 문제점은 근대 시기의 문학사의 기술에서 더욱 고착된다.[20]

2) 근대의 남도문학

흔히 이청준 문학을 세대론(4・19세대 혹은 한글세대)의 입장에서 1950년대 문학과 역사적으로 차별화하는가 하면, 문학적 경향에 따라 모더니즘 문학으로 이해하기도 한다.[21] 어느 경우나 일국적 차원에서,

---

20 남북분단 이후 일국적 문학사 기술 태도는 이승만에 의해 주창되고, 안호상에 의해 강화된 일민주의(一民主義) 이데올로기에 의해 더욱 심화된다.(신기욱, 이진준 옮김, 『한국 민족주의의 계보와 정치』, 창비, 2009, 163~166면 참조) 일민주의는 "동일성과 단일성을 지나치게 강조함으로써 개인들과 사회집단들 사이의 차이와 다양성"(위의 책, 166면)을 무시하였다.

21 한 예로 김영찬의 연구를 들 수 있다. 그는 최인훈의 문학과 이청준의 문학을 모더니즘 문학의 시각에서 비교 연구하였다.(김영찬, 『근대의 불안과 모더니즘』, 소명출판, 2006)

그것도 서울 중심의 현재적 시각에서 인식한 것이다. 여기에는 이청준 문학의 결정 요인으로 작용하고 있는 과거라는 시간과 지역 공간에 대한 인식이 결여되어 있다. 이청준 문학을 조금만 들여다보면 이청준과 그의 문학은 고향 장흥과 서울이라는 도시 공간을 한없이 배회하고 있었음을 금방 알아차릴 수 있다. 이청준 문학은 과거(혹은 전통)와 현재, 고향과 서울, 그리고 중심부와 주변부 등과 관련된 요인들과 그 길항관계에 의해 중층 결정된 것이다. 이것이 이청준 문학을 이해하는 데 있어서 지역적 시각이 필요한 이유이다.

그렇다면 근대 남도문학에 있어서 이청준의 위상을 어떻게 자리매김할 수 있을까.

필자는 앞에서 본, 「남도문학의 지방문학적 성격」이라는 논의에서 근대의 남도문학과 관련하여 다음 두 가지 점을 지적한 바 있다. 남도의 근대문학의 출현과 전라도의 문화지형 변화에 관한 것이다.[22] 먼저 두 문제를 간단히 논의한 다음 이들과 관련하여 이청준의 위상을 가늠해 보기로 한다.

남도의 근대 문화와 문학은 다른 지역에 비하여 다소 늦게 시작되었다. 남도는 두루 알려진 바와 같이, 고려조 지눌(知訥)을 효시로 한 송광사 선사들의 선시(禪詩), 조선조 양반사대부들의 한문문학・시조・가사문학, 그리고 민중문학으로서 판소리・소설・구비문학 등을 생산하였던 유서 깊은 문화권이다. 남도는 다른 문학을 수용하는 수

---

22 이하의 본문은 그 내용을 줄여 거의 그대로 옮긴 것이다.(임성운, 「남도문학의 지방문학적 성격」, 앞의 책, 96~100면)
그 글에서는 두 가지 점 외에도 다음 네 가지를 더 들어 남도문학을 설명했다.
첫째, 남도의 모든 역사와 문화는 기본적으로 '쌀'과 그것을 길러낸 '땅'과 관련된다.
둘째, 전통시기에 남도지방은 제 나름의 정체성과 독자성을 상당히 유지하고 있었다.
셋째, 과거에는 문화를 전달하고 축적하는 데 있어서 구술(口述)에 많이 의존했다.
넷째, 근대에 들어와 문화 생산의 주체와 소비의 주체가 분리되었다.

준에 그친 것이 아니라, 그 나름의 문학을 생산하여 다른 지역과 당당히 어깨를 겨루었다는 사실을 우리 문학사는 기억하고 있다. 그런데 우리 근대문학사 첫 장을 열어보면, 경인 지역 청년들(이인직, 염상섭, 박종화 등)이나 서도 청년들(이광수, 김동인, 전영택 등)만이 거론될 뿐, 남도 지역의 젊은이들 이름 석 자는 눈에 띄지 않는다. 이 점이라면 경상도 지역도 마찬가지다. 남도의 젊은이들이 근대문학사에서 당당하게 거명되기까지에는 근대 시작 이후 거의 반세기 이상을 기다려야 했다. 문학사에 관심이 많은 사람들이라면 저 60년대의 문학사적 충격을 가슴 서늘하게 기억할 것이다. 남도의 두 젊은이, 김승옥과 김현이 한국 중앙문단을 경악케 했던 사실 말이다. 연이어 출현한 70년대 김지하의 민중문화운동, 80년대 5·18문학, 이청준의 『당신들의 천국』, 조정래의 『태백산맥』 등의 문학사적 충격은 또 어떠했던가?

남도의 문학이 근대에 들어서서 왜 반세기 이상이나 침묵할 수밖에 없었을까. 물론, 앞질러 말한다면, 지방적 자율성과 생산력을 상실해 버렸기 때문이다. 주체적 토대가 없이는 항심(恒心)도 항산(恒產)도 없게 되는 법이다.

일제시기 각 지방의 자율성 훼손은 일국적 차원과 범세계적 차원에서 동시에 자행되었다. 지방은 대외적으로는 일제로부터, 그리고 대내적으로는 서울을 비롯한 중앙 대도시로부터 이중적 수탈을 당해야 했으니 그 자율성이 온전이나 했겠는가. 자본주의 작동 방식에 의하여 세계 전체가 유럽을 중심으로 통합되고 동아시아가 일본을 중심으로 통합되듯, 한반도는 서울 중심의 단일 공간으로 통합되어 간 것이다. 식민지시대를 거치면서 각 지방은 정치·경제·문화·학문 등 모든 부문에 걸쳐 자체의 자율성과 생산력을 결정적으로 박탈당할 운명에 처하게 되었다.

근대가 시작되면서 한국인들에게 가장 가슴 아픈 사실은 무엇보다 근대적 삶을 주체적으로 기획할 수 없었다는 점이다. 그런데 전통을 고수하려는 의식과 새로운 서구문화로부터의 소외 현상은 당시로서 서울보다 지방이 훨씬 강했다. 지방에서는 상기도 전통적인 학문과 예술을 지향하는 경향이 우세하였다. 신문화 초기 지방에서 이광수의 『무정』이나 주요한의 「불놀이」를 얼마나 읽고 감상하였겠는가? 새로운 문화를 감상하고 새로운 작품을 생산하기 위해서는 그에 맞는 미적 감수성이 형성되어 있어야 하는 법이다. 당시까지만 해도 한국인들의 미적 감수성은 3분박이나 『춘향전』과 같은 전류(傳類)의 서사성에 있었지 않았겠는가. 새로운 문화에 대한 인식틀이나 감수성은 교육을 통해서 형성된다. 그 감수성은 생명 리듬이기 때문에 그것이 형성되기에는 많은 시간을 요하게 된다. 1920년대의 베스트셀러는 무엇이었을까? 『춘향전』이었다.[23] 기존 문학사에는 그런 말이 없다.

남도지역에 이른바 근대문학의 출현이 더딘 이유는, 말할 것도 없이 새로운 감수성을 수련시킬 근대 제도의 확립이 더딘 데 있었다. 이 지역 신문화운동의 1세대라 할 수 있는 김우진, 김영랑, 박용철, 김진섭, 조운, 임학수, 박화성, 조종현 등은 뒤늦게나마 새로운 문화를 이해하기 위하여 서울이나 동경으로 유학을 다녀온 인사들이다. 그들은 자신들의 작품 자체만으로도 예술적 평가를 받을 만하지만, 그들의 지방문화사적 가치는 해방 이후 진정한 한글세대를 위하여 이 지역에 새로운 근대문화의 기틀을 마련한 데 있다고 할 수 있다.

다음으로 전라도의 문화 지형 변화에 대하여 살펴보자. 근대에 들어서서 전라도의 문화지형이 좌우도(左右道) 형태에서 남북도(南北道) 형태로 바뀌게 되었다. 1896년에 있었던 근대식 행정 개편의 결과로 그리된 것이다. 『춘향전』에서 암행어사 이몽룡은 서리, 중방, 역졸 등에게 전라도를 좌우도로 나누어 순행을 분부한다. 노사신(盧思愼)의 『동

23 천정환, 『근대의 책읽기』, 푸른역사, 2003, 39면.

국여지승람』에 보면, 오늘날 전북 지방인 전주·익산·김제·정읍·태인 등이 오늘날 전남 지방인 나주·광산[광주]·장성·강진·해남 등과 함께 전라우도에 속하는 것으로 되어 있다. 한편 전라좌도에는 오늘날 전북 지방인 남원·순창·임실·운봉·장수 등과 오늘날 전남 지방인 순천·보성·광양·구례·화순 등이 있는 것으로 되어 있다. 물론 이와 같은 좌우도 관념은 우리나라 땅의 형세와 물의 흐름에 따라 형성된 것으로 지극히 자연스럽다 하겠다. 옛부터 문화와 역사는 이 자연지리적 형세에 따라 형성되고 전개되었다. 판소리의 경우, 서편제는 우도를 따라 향수된 것이고, 동편제는 좌도를 따라 향수된 것이다. 이에 따르면, 오늘날 전남 동부 지역 사람들은 같은 남도인 광주 지역 사람들의 소리 감각보다는 북도인 남원 지역 사람들의 소리 감각에 오히려 친숙하다 하겠다.

그런데 근대에 들어와 비록 정치행정의 개편에 따라 근대의 문화 지형이 남북도 지형으로 바뀌었다 하더라도, 남도 안에서는 근대에 형성된 문화가 작으나마 여전히 지역 간의 차이를 보여주고 있다. 남도의 문화와 문학은 대체로 영산강, 섬진강, 그리고 탐진강 등 세 권역을 중심으로 발달하고 전개되었다. 영산강은 평야지대를 가로지르고, 섬진강은 지리산을 비롯한 높은 산악지대를 끼고 도는 한편, 탐진강은 남도의 육지에서 발원하여 곧바로 바다로 흘러든다. 남도의 언어 지도는 대체로 이 세 권역에 따라 작성되는데,[24] 이는 언어에도 지역적 특성이 반영되고 있음을 말해준다 하겠다. 어느 시대나 문화와 예술이 형성되는 데 있어서 자연지리적 조건은 사회역사적 조건 못지않게 중요한 것이다.

문학사에서 주로 언급되는 남도 작가들을 출신 지역별로 나누어 표로 보이면 다음과 같다.

---

24 이기갑, 『전라남도의 언어지리』, 국어학회, 탑출판사, 1988, 11~18면 참조.

시기 \ 권역	영산강(상류)	영산강(하류)	탐진강	섬진강
조선조 전기	박상, 송순, 김인후, 김성원, 기대승, 고경명, 정철	최부, 임형수, 박순, 최경창, 이발, 임제.	임억령, 백광홍, 백광훈.	(지눌), 최산두, 이수광, 조위.
조선조 후기	권필, 기정진.	강항	윤선도, 정약용, 위백규, 이세보, 정응민	송만갑, 왕석보. 황현, 나철.
근대 전반	박용철04, 임방울04, 정소파12, 김현승13.	김우진1897, 조운1898, 김진섭03, 박화성04.	김영랑03	조종현06, 임학수11.
근대 후반	전병순29, 문병란35, 문순태41, 이성부42.	승지행20, 차범석24, 오유권28, 이명한32, 천승세39, 송영40, 김지하41, 김현42, 이상문46.	송기숙35, 이청준39, 한승원39, 서종택44, 문정희47, 송기원47, 황충상49, 황지우52, 임철우54, 이승우60.	정조31, 최미나32, 서정인36, 송수권40, 김승옥41, 조정래43, 오인문42, 허형만45, 정채봉46, 이균영51.

* 숫자는 출생연도(19○○)

위에 거명된 문인들은 전통시대의 양반 문인들과 근대 지식인 문인들만 들어 놓은 것이다. 말하자면 문자문학을 지향했던 문인들만을 대상으로 한 것이다. 따라서 판소리를 불렀던 광대나 설화나 민요를 창조했던 무수한 구비전승자들은 누락되어 있다. 한편 근대시기에 쇠퇴해 가던 전통문학자들, 한문문인들 역시 아주 빠져 있다. 그런데 근대가 지속적으로 전개되던 시기에도 전통문학은 꾸준히 생산되고 향수되고 있었다. 어느 정도였을까. 한 사례를 보자.

1938년 12월 1일자 『조선일보』에 최익한(崔益翰)이 발표한 「한시향(漢詩鄕)인 구례(口禮)」라는 글[25] 은 고종 연간으로부터 1930년대 말엽까지 활약한 시인 이십여 명을 소개하고 있다. 모두 다 천사(川社) 왕석보(王錫輔) 문하에서 공부한 문사들이다.[26] 한말 황매천(黃梅泉)을 배

---

25 구례향토문화연구회・구례문화원 편, 『일제 강점기 조선일보・동아일보 구례기사』(I), 2004, 127~131면.

26 「한시향(漢詩鄕)인 구례(口禮)」 일부를 소개하면 다음과 같다.
"고종(高宗) 연간(年間)에 본향(本鄕)의 시풍(詩風)이 대진(大振)하여 황현(黃玄), 왕소천(王小泉), 이해학(기)(李海鶴-沂)을 필두(筆頭)로 하여 제제다효(濟濟多斅)한 시인(詩人) 거장(巨匠)이 족출(簇出)하였으니, 간취(澗翠) 정현교(鄭顯敎), 이산(二山) 유제

출했던 전남 동부 지역의 한문학 활동을 짐작하기에 충분하다 하겠다. 다수의 문학사는 그 왕성했던 한문학이 근대에 들어서 일시에 중단되었던 것처럼 거의 다루지를 않는다.[27] 한문학이 봉건적이라면 새로운 시대에 어떻게 처신하였는지 그 양상을 보여주어야만 문학사가 실상에 걸맞지 않겠는가. 이런 현상은 판소리나 민요 등 서민문학에 대하여서도 마찬가지다.

우리는 지금까지 남도의 근대문학의 출현 문제와 전라도의 문화 지형 변화의 문제를 살펴보았다. 이와 관련하여 이청준의 남도문학상의 위치를 말하면 이렇다.

1983년에 한 출판사[28]가 『제3세대 한국문학』이라 하여 전24권의 문학 전집을 발간하였는데, 이청준 문학은 그 전집의 맨 첫째 권으로 묶여 나왔다. 한국문학사라는 큰 틀에서 보아 제3세대라 하였겠지만, 정작 근대문학의 출발이 더딘 남도문학권에서 보면 2세대 정도로 보아야 할 것이다. 그럼에도 앞에서도 언급한 바와 같이, 이청준을 위시한 이 지역 젊은 문인들이 1960년대의 한국 중앙문단을 경악하게 하였다는 사실은 무엇을 말한다고 할 것인가. 우선 근대문학의 출발이 늦게

석(柳濟陽), 연사(蓮史) 김택주(金澤柱), 운초(雲樵) 왕수환(王粹煥), 미파(美坡) 오창기(吳昌基), 용재(慵齋) 이언우(李彦雨), 묘원(卯園) 허규(許奎), 오봉(五鳳) 김택진(金澤珍) 제씨(諸氏)는 이미 고인(故人)이 되었고 현존(現存)하는 운사중(韻士中)은 사계(斯界)의 중진(重鎭)으로는 유당(酉堂) 윤종균(尹鍾均)이 명작(名作) 대가(大家)로 유명(有名)하여 소작(所作)이 무려(無慮) 만여수(萬餘首), 석전(石田) 황원(黃瑗-매천의 아우), 백촌(白村) 이병호(李炳浩), 옥천(玉泉) 왕경환(王京煥), 동곡(東谷) 정난수(丁蘭秀), 지촌(芝村) 권봉수(權鳳洙), 하전(荷田) 김성권(金性權), 남산(藍山) 왕재소(王在沼), 창산(滄山) 김상국(金祥國), 난사(蘭史) 황위현(黃渭顯-매천의 둘째 아들) 등 제씨(諸氏)는 각기(各其) 일가(一家)의 풍류(風流)를 파지(把持)하고 있다."(최익한, 「한시향(漢詩鄉)인 구례(口禮)」, 『조선일보』, 1938.12.1)

27 앞에서 본 조동일의 문학사와 여증동의 문학사에서 다루어지는 정도이다. 그러나 다른 문학과의 관련 양상에 대한 언급은 없다.

28 출판사란 '주식회사 삼성출판사'이다.

시작되었음에도 불구하고 남도문학이 용출하듯 비약적으로 상승했다는 점을 보여준다 하겠다. 다음으로 새로운 시대에는 지역 문인들이 문인으로 행세코자 한다면, 전시대와는 달리 재지문인(在地文人)이기보다는 일국적 차원에서 중앙 문인으로 활약해야 한다는 점을 나타내 주기도 한다 하겠다. 이것은 슬프게도 지역 문화공간의 중앙 문화공간으로의 통합을 의미하기도 한다. 이청준은 그 통합의 과정에 있었던 작가이다. 그래서 이청준은 도시 공간과 집으로 상징되는 고향 공간에서 그리도 헤매었다고 본다.

이청준의 출생지는 전라도 가운데서도 장흥이다. 이청준 문학을 연구하는 데 있어서 우리는, 이청준 문학이 남도지역 문화공간 내에 형성된 탐진강 문화권과 서편제 문화권의 배경 하에 형성되었다는 점을 상기할 필요가 있다. 이청준은 문학 모델 가운데 가장 강력한 사람이 자신의 어머니라고 수없이 고백한다. 그의 어머니에게 끼친 전통문화 자락과 숨결은 길고도 넓었다는 것을 작품이나 증언 자료를 통해서 많이 확인해볼 수 있다. '한' 많은 어머니의 구음을 듣고 자란 이청준은 판소리나 민요 등 남도의 전통문화를 자기 시대의 근대문화로 승화시켰다고 본다. 우찬제가 "한의 역설적 에너지를 성찰하여 역동적인 한 살이를 통해 한 우주의 창조적 지평을 도모한 것은 오로지 이청준만의 몫이다. 적어도 이청준은 오래도록 어둡고 칙칙했던 검은 한의 그늘진 그림자를 거두어 내고, 그 자리에 새로운 생명력을 부여한 작가이다."[29]라고 한 것도 바로 그런 인식을 보여준 것이라고 생각한다.

우리는 지금까지 남도의 근대문학의 출현 문제와 전라도의 문화 지형 변화의 문제와 관련하여 이청준 문학이 남도지역문학사에서 점하는 위상을 간략히 살펴보았다. 그 뜻은 기존 문학사들이 일국 차원에

29 우찬제, 「한(恨)의 역설－이청준의 「남도 사람」 연작 읽기」, 『서편제』, 열림원, 2008, 222면.

매몰된 나머지 지역문학의 변화나 지역문학과 중앙문학과의 관계를 얼마나 소홀히 하였는가를 확인해보고자 한 데 있었다.

3. 이청준 문학의 공간

1) 이청준 문학의 지리 공간

이청준은 한반도 최남단 장흥에서 어린 시절 공부하다가 상급 공부를 위하여 1950년대 중반에 광주로 유학을 간다. 그리고 종당에는 서울까지 유학을 가 이른바 근대문화의 세례를 받는다. 이처럼 이청준이 지나온 삶의 공간이 '장흥-광주-서울'에 걸쳐 있었으니, 당시대 사람으로서는 누구 못지않게 넓었다고 할 수 있으며, 어떻게 보면 행운을 입었다고도 할 수 있으리라.

이청준은 1954년 4월에 광주에 갔다고 했다. 그 당시 장흥과 광주의 거리는 하루가 걸리는 심란한 거리였던 모양이다. "나는 아직도 살아 바글거리는 게자루를 짊어지고 왼종일 3백 리 버스길에 시달리며 내 숙식을 의탁할 광주의 외사촌 누님네를 찾아갔다."[30] 장광 거리는 오늘날은 한 시간이면 족할 거리이다. 그러면 위백규(魏伯珪, 1727~1798) 선생이 살던 두어 세기 전에는 얼마나 걸렸을까. 당시 교통 수단으로는 두어 역을 거쳐야 했을 터이니 이삼 일은 걸렸을 것이다. 그런데 18세기 후반 장흥 학동들이 공부하기 위해 광주까지 유학을 갔느냐 하

30 이청준, 『가위 밑 그림의 음화와 양화』, 열림원, 2008, 139면.

면 그것은 아니다. 거리상의 이유가 아니라, 당시에는 여러 부면에 걸쳐 장흥 나름의 독자성과 자율성을 확보한 가운데 교육 문제도 자체 해결하고 있었던 것이다. 그런데 근대가 시작되면서 지역의 자율성은 급격히 훼손된다. 자본 논리에 따라 지역 간의 흡수와 통합이 진행된 것이다. 그런 역사 진행의 결과로 근대에 들어와 장흥 시골뜨기[본인의 표현] 이청준이 광주를 거쳐 서울까지 진출하게 된 것이리라. 전통시기에 광주에서 서울 가는 길은 앞에서 본 바와 같이 근 열흘이나 걸리는 거리였다. 오늘날에는 서너 시간이면 족할 만큼 광주와 서울의 공간은 응축되었다.

이청준은 자신의 이 삶의 공간, 즉 '고향 장흥—광주—서울'을 문학적으로 대상화한다. 다음에 주로 살펴볼 두 연작, 즉 『언어사회학서설』, 『남도 사람』 가운데 전자는 서울 도회지 공간을 배경으로 하고, 후자는 고향 남도를 배경으로 한다. 다음 글은 이청준의 문학 공간이 왜 고향(남도)과 도회지(서울)에 걸쳐 있을 수밖에 없는지를 잘 보여준다. 위의 인용이 끝난 다음부터의 내용인데, 다소 길게 인용해 본다.

> 그러나 막상 그 집에까지 도착하고 보니 게자루는 이미 아무 소용도 없는 꼴이 되어 있었다. 게자루 따위가 변변한 선물거리가 될 수도 없는 터에, 덜컹대는 찻길에 종일을 시달리다 보니, 자루 속의 게들은 이미 부스러지고 깨어져 고약스레 상한 냄새를 풍기고 있었다. 나는 그 게자루가 그토록 초라하고 부끄러울 수가 없었다. 그것이 내 남루한 몰골이나 처지를 대신하고 있기라도 하듯이 그 외사촌네 사람들 앞의 자신이 그토록 누추하고 무참하게 느껴질 수가 없었다. 하여 그 누님이 코를 막고 당장 그 상한 게자루를 쓰레기통에다 내다버렸을 때, 나는 마치 그 쓰레기통 속으로 자신이 통째로 내던져 버려진 듯 비참한 심사가 되고 있었다.
>
> 하긴 그렇다. 그것은 바로 그날까지의 나 자신의 내던져짐이었음에 다

름아니었을 터였다. 내가 고향에서 도회의 친척집에 가져올 수 있는 것이 오직 그뿐이었듯, 그 게자루에는 다만 상해 못 쓰게 된 게들만이 아니라, 남루하고 초라한 대로 내가 그때까지 고향에서 심고 가꾸어온 나름대로의 꿈과 지혜와 사랑, 심지어는 누추하기 그지없는 가난과 좌절, 원망과 눈물까지를 포함한 내 어린 시절의 모든 것이 담겨 있었던 어린 시절의 삶 전체가 무용하게 내던져 버려진 것 한가지였다. 그리고 그것은 어찌 보면 지극히 당연한 노릇이기도 하였다. 나는 이제 그 남루한 시골살이의 껍질을 벗어던지고 보다 더 깔끔하고 강건하고 영민한 도회인의 삶을 배워 익혀나가야 했기 때문이었다. 고향 마을에서들은 누구나 그것을 동경하고 부러워했듯이, 바야흐로 내겐 그런 삶의 길이 앞에 한 때문이었다. 맵시 곱고 정갈스런 누님이 아니었더라도, 나는 상한 냄새의 게자루와 함께 고향과 고향에서의 모든 것들을 스스로 미련 없이 내던져버렸어야 하였다. 그래서 부단히 배우고 익혀 아는 것도 많고 거둬 지닌 것도 많은 생산적 의식층으로 자라났어야 하였다. 했더라면 아마도 내 삶에는 좀더 이루고 얻은 것이 많았을는지 모른다. 이루고 얻은 것이 많지 않더라도, 마음만은 한 곬으로 값진 뜻을 좇아서 부질없는 헤매임이 적었을는지 모른다.

하지만 내겐 아마도 그런 노력이 많이 모자랐던 모양이다. 아니면 지혜가 모자랐는지도 모른다. 나름대론 노력을 안 한 바도 아니었고 지혜를 구하지 않은 바도 아니건만, 한마디로 내게선 그 쓰레기통에 버려진 게자루가 여태도 멀리 떠나가주질 않고 있는 것이다. 어린 시절과 함께 내던져져 썩어 없어졌어야 할 게자루가 그 남루한 꿈과 동경의 씨앗자루처럼, 혹은 좌절과 눈물의 요술자루처럼 이날입때까지 나를 계속 따라다니며 사사건건 간섭을 일삼고 있는 것이다. 그리고 그로 하여 나의 삶의 몰골은 끝없는 갈등과 무기력한 망설임 속에 형편없는 왜소화와 음성화의 길만을 걷게 해온 것이다. 도회살이 이미 40년에 가까우면서도 서울에선 늘상 임시 기류 생활같은 어정쩡한 느낌에 고향을 종종 다시 찾아 내려가 보기도 하지만, 고향에선 또 고향에서대로 오래 전에 이미 떠나간 사람이 되어버린 자신을 발견하고 부끄럽고 면구스런 발길을 되돌아서야 하는—, 그 자랑스런 도회인도, 그렇다고 고집스런 고향지기도 될 수 없는 어정쩡한 떠돌이의 서글픈 여정 속에. 그 조심스럽고 누추한 자유의 추억 속에.[31]

제목은 「숙명의 씨앗 자루」이다. '생산적 의식층'인 모더니스트로서 도회지 거리를 자랑스럽게 산책할 수도 있었으련만 숙명처럼 고향이, 그리고 게자루가 따라다니기 때문에 포즈는 항상 어정쩡할 수밖에 없었다는 애틋한 고백이다. 고향을 잊을 수 없었던 것은 가난하지만 자유로움 때문이었다.[32] 이청준은 초기에는 주로 서울 중심의 도시를 배경으로 한 작품을 쓰다가 중후반은 고향 장흥을 위시한 남도 일원을 배경으로 한 작품을 쓰게 된다. 중반에 쓰여진 두 연작, 즉 『언어사회학서설』과 『남도 사람』이 그 같은 공간상의 대비를 극명히 보여준다. 전자는 도시를, 후자는 남도를 배경으로 한 작품인데, 도시에서 남도로의 전환을 보여주는 변곡점을 나타내주는 연작들이라고 할 수 있다.

그러면 도시 공간과 시골 공간에 등장하는 인물들의 동선(動線)을 간단히 살펴보자. 『언어사회학서설』 가운데 한 작품인 「떠도는 말들」에서 주인공 윤지욱의 동선은 '방-서대문 육교-정동 입구 문화방송국 앞-방' 혹은 '방-병원-방'으로 되어 있다. 다른 사람을 만나는 장소는 기껏해야 술집이거나 찻집, 그리고 사무실 등속이다.[33] 매우 닫혀

---

31 위의 책, 139~141면.

32 이 점을 다른 자리에서 다음처럼 회고한다.
"하고 보면 옛날 내 초라하고 남루한 상광길의 게자루는 이날까지 오래오래 내 삶을 모양짓고 이끌어온, 보잘것은 없으나마 그런대로 소중한 꿈과 진실의 씨앗, 무엇보다 내 나름의 자유인의 모습과 그에 대한 꿈의 씨앗이 함께 깃들어 온 셈이었다."(위의 책, 167면)

있는 도회지 공간들 속에서 주인공은 움직인다. 연작의 다른 작품들에 나오는 강연장이나 부흥회장이라는 공적 공간 또한 닫혀 있기는 마찬가지다. 빈말과 소문만이 난무하는, 진실한 말이 부재하는 빈 공간일 뿐이다. 그래서 "서울에선 늘상 임시 기류 생활 같은 어정쩡한 느낌"이라 술회한 것으로 보인다.

『남도 사람』의 동선은 '보성–장흥–회진–강진–해남(대흥사)'으로 정리되는데, 이 동선은 「서편제」에서 시작하여 「떠도는 말들」에 이르기까지 일관되게 나타나는 스토리 라인과 밀접하게 연결된다. 즉 5편의 연작 소설에서 나그네의 모습으로 등장하는 '사내'가 소리꾼인 의붓아비와 씨 다른 누이동생 곁에서 도망친 때로부터 30여 년이 지난 후 이들을 찾아 나서는 정처 없는 여정의 과정 중에 보성에서 해남에 이르는 길이 놓여 있다.[34] 막힘없는 열린 공간이 제시된다. 길이 멀리 뻗어 있고, 바다가 보이고, 하늘이 툭 트여 있다. 이곳은 탐진강문화권이면서 서편제문화권이기도 하다.

이청준은 자신의 삶의 공간이었던 도회지 서울과 고향 남도를 대립적으로 대상화한다. 이는 그런 공간 속에 몸담고 있는 자신을 성찰하는 일과 관련된다고 본다. 닫힌 도회지 공간에서 열린 남도 고향으로 탈주하고 싶은 욕망을 드러낸 것이 아니겠는가. 이청준은 '고향 장흥–광주–서울'을 거치면서 어느 곳에도 정주감을 얻지 못한 듯, 항상 "자랑스런 도회인도, 그렇다고 고집스런 고향지기도 될 수 없는 어정쩡한 떠돌이의 서글픈 여정 속"에 있었다고 술회한 것으로 보인다. 그러니까 고향과 서울의 거리는 근대 들어 하루거리가 되었지만, 이청준에게 있어서 심리적 거리는 위백규 선생이 살던 중세의 거리나 매한

---

33 이청준, 「떠도는 말들」, 『자서전들 쓰십시다』, 열림원, 2000, 24면.

34 김동환, 「이청준 소설의 공간적 정체성-「남도사람」 연작을 중심으로」, 『한성어문학』 17, 한성대 한성어문학회, 1998, 42~43면 참조.

가지는 아니었을까 추측케 한다. 빈말의 도시 공간, 서울이 그리도 싫었던 것이다. 그는 말다운 말이 깃들 장소로서 남도 고향을 그리워했던 것이다.

2) 이청준 문학과 장소로서의 '집'

사람은 집이라는 공간 속에서 산다. 우리 집도 집이고, 우리 집안도 집이고, 우리 조국 혹은 국가도 집이다. 저 우주(宇宙)도 말 그대로 집이다. 이 가운데 다른 집은 없어도 살 수 있지만 우리 집이 없으면 살지 못한다. 우리 집은 최소한의 보호막이기 때문이다. 이때 우리 집이라는 공간은 아늑한 장소로 전환된 것이다. 장소로서의 집은, 운동상의 공간이 인간적 가치로 구체화된 공간이다.[35] 집에 하나 더 욕심을 부린다면, 집에는 최소한 어머니가 항상 계셔주어야 한다. 어린이에게 어머니는 기본적인 장소[36]이기 때문이다.

「눈길」을 비롯한 이청준의 이른바 고향소설이라 할 수 있는 몇몇 작품은 '집'에 대하여 집중적인 관심을 보인다. 그런 관심이라면 이청준의 전체 작품으로 확대해도 무리는 없을 듯싶다. 근대를 살아가는 이청준 문학의 주인공들 다수가 불안과 공포에 시달리는데, 이는 편안히 깃들 집을 찾지 못한 데서 비롯된 것이기 때문이다. 이청준의 '집'에 대한 관심이 어느 정도 집요하냐 하면, 그의 관심은 죽어 묻힐 유택(幽宅)[37]에까지 뻗어 있다. 이청준에게는 그만한 이유가 있어 보인다. 잃어버린 '집'(혹은 고향)을 찾아 정주하는 것이 그의 바람이었고,

---

35 이푸 투안, 정영철 역, 『공간과 장소』, 태림문화사, 1995, 18면.

36 위의 책, 38면.

37 「눈길」이나 「해변 아리랑」 등 일련의 귀향소설 참조.

궁극적으로 문학을 하는 이유이기도 했다고 판단한다. 그 '집'에는 어머니가 있고, 아름다운 말과 노래가 깃들어 있는 그런 집이어야 했다. 이청준은 존재가 참으로 깃든 집을 소망한 것이다.

그러면 이청준은 왜 집을 잃어버리게 되었고, 또 잃어버린 집(혹은 고향)을 찾아 어떻게 헤매었으며, 그리고 결국 어떤 까닭으로 나그네가 되어 먼 길을 나서게 되었는가를 살펴보자.

(1) 잃어버린 집

이청준은 왜 문학을 하게 되었을까? "공부를 한다면 으레 군수, 경찰서장이나 판검사를 꿈꾸던 그 시절인데도, 시골 초등학교에선 제법 머리가 괜찮다는 소리를 듣던"[38] 그가 문학을 하게 된 이유는 무엇이었을까? 다음 술회를 보자.

> 우선 내 개인적인 처지나 성향으로 말하면, 나는 애초에 문학이라는 것을 혼자 살아가기의 방법 쪽에서 출발한 격이었다. 앞서 소개한 외종형의 충고 외에도, 어릴 적 일이나마 6·25는 내게 사람에 대한 불신과 공포감을 적지 아니 경험시켜 주었고, 주위에는 유난히 가까운 육친들의 죽음이 또한 많았었다. 젊어 죽은 맏형이 남기고 간 책이나 일기장들도 내 유소년 시절의 상당 부분을 지배했다. 그런 나에게 중학교 초학년 때에 한 선생님으로부터 젊은 시절의 꿈이 '돈 많은 시인'이었노라는 고백을 들은 것은 참으로 황홀한 충격이었다. 다분히 오해에 기인했을 수도 있겠지만, 나는 그 때부터 서서히 혼자 사는 삶의 방법에 기울기 시작했고, 그것을 문학으로

---

38 이청준, 『가위 밑 그림의 음화와 양화』, 47면.
당시에는 초등학교가 아니라 국민학교라 칭하였음.(장영우, 「경험적 사실과 허구적 진실－「퇴원」·「병신과 머저리」론」, 『한국어문학연구』 52, 한국어문학연구학회, 2009, 270면 참조)

이룰 수 있으리라 믿게 되었다. 거기다 아무도 관심하지 않은 나락 끝 같은 처지, 자신밖에는 어디에도 의지할 데가 없는 무책(無策)의 삶이 이후로도 계속 그런 성향을 내게 심화시켜온 꼴이었다.[39]

혼자 사는 삶의 방법의 일환으로 문학을 선택하였다는 고백이다. 그 구체적인 이유를 '처지와 성향'으로 설명하고 있는데, 처지란 객관적 상황을 말하는 것이며, 성향이란 주관적 조건을 말하는 것이다. 그의 처지는 6·25의 전란기에 겪었던 육친들의 죽음[40]과 '나락 끝 같은' 빈궁, 두 가지로 요약된다. 전란 중 외종형 혼자만 남고 외가가 몰살당한 처지였고, 연이어 육친과 형제들이 알 수 없이 죽어갔던 것이다. 그 많은 죽음을 어린 나이에 이해하고 감당할 수 있었을까. 성장기에는 참척(慘慽)의 슬픔에 전 어머니의 구음(口吟)이 그를 한없이 싸고돌았다는 것을 여러 작품이 증거하고 있다.[41] 성장하면서 그는 생에 대하여 근원적 질문을 갖지 않을 수 없었으리라. 죽음이란 무엇인가? 그에게 죽음의 문제는 생의 화두가 될 수밖에 없지 않았겠는가. 이청준은 너무 일찍 허무의 바다를 보아 버렸던 것이다. 이청준이 문학을 하기로 결심한 것은 유년 시절에 겪었던 육친들의 죽음이 결정적으로 작용했다고 본다. 존재의 근원을 해명하고 싶은 본능적인 욕구가 다른 어떤 현실적인 욕구보다 강했던 것이다.[42]

---

39 이청준, 『가위 밑 그림의 음화와 양화』, 54면.

40 "남자 다섯 형제 중에 가운이 기우느라 그랬던지 8·15 해방을 전후한 2,3년 사이에 그의 아버지와 3형제 네 사람이 차례로 세상을 등져갔다. 그러고 나서 남은 두 형제 중에 형이 된 사람이라도 좀 온전한 정신을 지녀줬으면 별 탈이 없었을 것을 하나뿐인 형이란 위인조차 무슨 비운의 주인공이라도 된 것처럼 일찌감치 술을 배워 취중몽생의 가련한 세월을 보내기 시작했다."(「새가 운들」, 『눈길』, 열림원, 2009, 122~123면)

41 한 예로, 「새가 운들」(『눈길』, 132면)에서 제민의 어머니는 먼저 간 맏아들의 묘를 돌며 "꽃이 핀들 아는가/ 새가 운들 아는가……" 하고 원망스럽게 되뇌인다.

42 이청준은 문학을 하게 된 동기의 일단을 맏형의 삶과 죽음과 관련하여 말한 바 있다.

더구나 성장기에 가산의 파탄으로 집과 고향까지 잃어버려 "자신밖에는 어디에도 의지할 데가 없는 무책(無策)의 삶"을 살게 됨으로써 삶은 더욱 이해할 수 없는 지경에 빠져들 수밖에 없었으리라. 다음을 보자.

광주지역으로 중학교를 나갔다가 집안이 파산하여 식구들이 이리저리 흩어진 바람에, 나는 근 20년간 실망과 열패감 속에 고향 고을을 거의 등진 채 살아가고 있었다. 새 삶의 터를 잡기에 힘이 부친 탓도 있었지만, 고향 고을이래야 찾아들 집칸조차 없어진 데다 늘상 암울하고 부끄러운 무기력감만을 부추겨온 때문이었다. 어렸을 적의 추억조차도 깃들일 수가 없던 곳, 내 어린 꿈을 무참히 짓밟아버렸던 곳, 나를 일찍부터 내쫓긴 자의 신세로 떠돌게 만들었으며, 돌아가 안길 곳이 그리고 긴 세월 허락되지 않던 곳…… 어쩌다 한번씩 그쪽 가까운 길을 스쳐 지나가게 되거나, 어렸을 적 일들이 떠오를 때마저도 고향은 내게 늘 그런 식의 남루하고 척박스런 느낌뿐이었다.[43]

고향에 대한 그 같은 처참한 심경은, 술회한 대로 '찾아들' 집을 잃어버렸기 때문이다. 그렇잖아도 어릴 적 6・25 때 겪었던 사람에 대한 불신과 공포감 그리고 육친들의 죽음으로 심한 상실감에 젖어 있었던 차에 엎친 데 겹친 격으로 돌아갈 집까지 잃어버리고 "근 20년간 실망

만형은 인간의 삶에 대한 깊은 비밀에 관심을 갖게 하였고, 현실이 아닌 독서 쪽에서 세계와 인간의 삶을 배우게 하였다. 그리고 맏형은 자기에게 자기 표현의 욕망을 갖게 하였다고 한다. 이런 생각들을 한 것이 당시 국민학교 시절이었다니 그는 정신적으로 상당히 조숙했던 것 같다.(「남도창이 흐르는 아파트의 공간-시인 김승희와의 대담」, 『말없음표의 속말들』, 나남, 1986, 217면)
김치수와의 대담에서는 그것에 덧붙이기를, 책이라는 이념적인 삶의 마당을 통해서 현실에 대항하고 복수하기 위하여 문학하기로 결심하였다고 한다.(이청준, 「복수와 용서의 변증법-김치수와의 대화」, 위의 책, 249~250면)

43 이청준, 『가위 밑 그림의 음화와 양화』, 91~92면.

과 열패감 속에 고향 고을을 거의 등진 채 살아가고" 있었으니 그 심경이 얼마나 참혹했겠는가. 그 후 그는 심한 상실감과 자아 망실감에 오랫동안 시달린다.[44]

1950년을 전후한 시기의 충격이 얼마나 컸던지, 이청준은 6·25와 같은 대사건을 인력으로는 어쩔 수 없는 역사의 도도한 흐름으로, 일종의 숙명으로 인식한다. 이청준은 고향 장흥에 관하여 역사소설 한 편을 쓴 바 있다. 「잃어버린 절」이 그것이다. 그 당당했던 장흥이 역사적으로 쇠락의 길을 걷게 된 내력을 그린 소설이다. 임진·정유 양란과 동학혁명을 겪으면서 장흥인들이 역사에 당당하게 대처했지만 역설적으로 쇠락하게 된 고향의 처지를 담담하게 그린 작품이다. 이청준은 쇠락의 원인을 인력으로는 어쩔 수 없는 거대한 역사의 흐름으로 인식한다. 말하자면, 숙명으로 받아들여야 한다는 것인데, 그는 그것을 차마 입 밖에 내지 않고 참는다. 참고 숨긴 말을 '잃어버린 말'

---

44 다음 술회를 통해 상실감과 망실감이 어느 정도였는가를 짐작해 볼 수 있다.
"나는 이제 때때로 나 자신에게서조차 그런 자아 부재 증상의 진행을 경험하는 꼴이다. 내닫는 기차나 여객선의 난간 같은 데서 나와 서 있을 때 나는 자신도 모르게 몸을 훌쩍 내던지고 말지 모른다는 숨은 충동 앞에 혼자 겁을 먹곤 한다. 자신의 행동을 예측하거나 믿을 수가 없어 두려움을 느끼는 건 높은 건물이나 바위엘 올랐을 때도 마찬가지. 음악회나 기념식, 이취임식장 같은 데서 주위가 너무 엄숙하고 정연해 있을 때도 나는 불시에 발작을 일으킬 것 같은 불안감에 가슴이 조마조마해지곤 한다. 자신에 대한 믿음이 썩 모자란 까닭이다.
하여 나는 그 자기 망실증을 남 앞에 숨기기 위해서 섣부른 거동이나 참견을 삼가게 된다. 뒷날 아침의 쓰디쓴 열패감을 감당할 수 없어 말들이 무성한 술자리를 피하고, 차잡기 경주의 그 악착스러움에 기가 질려 웬만한 시내 나들이는 될수록 삼간다. 그런 곳에선 대개 믿고 의지할 만한 자신이 안 보이고, 따라서 끼어들 자리도 안 보이기 때문이다. 어떨 땐 멀쩡하게 집에 들어앉아 있을 때마저도 나는 자신의 부재 속에 실명 상태로 지내야 할 때가 종종 있다. 특히 밖에서 걸려오는 전화 앞에 나는 거개가 부재중의 상태다. 외출중이거나 취재 여행중이거나, 귀향 은거중의 상태이기 일쑤다. 더러는 자신이 전화를 받고서도 조카의 이름으로 어엿이 시치밀 떼기도 한다.
(이 땅의 갖가지 동원 의무를 완료하기 위해 일정 기간 나이를 한꺼번에 먹어치우고 싶은, 20대부터의 그 면면한 소망 역시 그 같은 자기 망실에의 못난 꿈일 것이다)"(이청준, 『가위 밑 그림의 음화와 양화』, 35면)

이라고 했다.[45] 6·25에 대한 인식도 비슷한 것으로 보인다. 역사의 도도한 흐름에 인총들이 지나치게 개입함으로써 살육과 불신과 같은 대혼란을 야기한 것으로 인식한다. 집단 광기로 본 것이다. 6·25 전란은 장흥이라는 지역 공간을 대대적으로 뒤흔들었고, 구체적인 일상에서는 누구나 집을, 그리고 고향을 잃어가고 있었다. 그 한가운데에서 어린 이청준이 공포 속에서 떨고 있었던 것이다.

이청준은 집이며 문산이며 가산을 완전히 탕진해 버린 사람이 가형이라고 심심치 않게 말하고 있다. "형이란 위인이 하필이면 그 집에서부터 먼저 손을 대기 시작하리라곤 상상도 못해본 일이었다. 손을 댄다면 논밭이 먼저고 그 다음이 선산 터를 제외한 3정보짜리 산판 정도나 요절이 나리라 예상해오던 그였다. 그런데 위인이 제일 먼저 집부터 덜렁 팔아치우고 말았댔다."[46] 결국 나머지 재산도 가형이 주벽으로 하여 요절을 내고 만다.

당시 시골 살림으로는 상당한 재산을 가형이 술로 탕진하였다고 여러 차례 말하고 있는데, 그게 사실일까? 석연찮은 데가 있어 보인다. 가산 탕진의 원인을 딱 한 차례 또 달리 가형이 "고철 장사를 시작한다는 구실"[47]로 선대로부터 내려온 집을 팔아치울 모사를 꾸미고 있었다는 데서 비롯되었다고도 한다. 어느 쪽이건 사실일 것이다. 가산을 밑천 삼아 시작한 장사에 실패하였으니 술을 마실 수밖에. 우리는 여기서 가형의 절박함에서 이청준이 앓았던 또 다른 근대의 불안과 공포를 읽을 수 있다고 본다. 1950년대 시골 장흥에 불어 닥친 근대의 불안이란 무엇이었을까. 누가 그토록 가형에게 술을 마시게 하였을까. 이청준의 불안과 공포에서 유추해 볼 수 있다. 이청준은 평생 6·

45 앞의 책, 137면.
46 이청준, 「새가 운들」, 『눈길』, 125면.
47 위의 글, 122면.

25의 전짓불과 가난에 대하여 엄청난 공포감을 지니고 있었음을 작품 곳곳에서 보여 주고 있다. 그의 형에게 있어서도 6·25 전란의 공포, 전란 중의 외가의 몰살, 그리고 가친과 연이은 형제들의 죽음 등이 그토록 그를 불안하게 하여 주벽에 빠지게 하였으리라. 억측일까. 게다가 시대는, 있는 농토 가지고 부모공양하며 살도록 내버려두지 않는 세상으로 바뀌었다. 욕망을 부추겨 고철 장사라도 하게 하여 근대에 동참하도록 한다. 그러나 그는 애초에 장사꾼이 아니다. 자본 논리에 따라 집을, 나아가서는 전 재산을 팔 수밖에 없었으리라. 좋게 말하여, 그에게 있어 근대에 당당하게 대면할 수 있는 근대적 주체가 형성되어 있지를 않았던 것이리라.[48]

죽음의 문제와 잃어버린 집의 문제는 이청준에게 생애토록 '가위눌림'의 밑그림이 되도록 한다. 감수성이 예민했던 그는 용약 홀로 경험적 차원의 죽음과 죽음 같은 삶에 대하여 맞대결해 보기로 한다. 두 가지 문제는 죽음의 존재론적 문제로 관념화된 것이다. 죽음의 문제는 이청준 문학의 출발점이요, 귀결점이 된다. 그는 작품 곳곳에서나 개인적인 술회를 통해 사람에 대한 두려움, 그리고 가난과 집 없음에 대한 두려움을 드러내 보이고 있는데, 실은 그것들 주위는 항상 죽음의 그림자가 위요하고 있다.

6·25를 겪고, 집과 고향을 잃어버렸다고 해서 누구나 문학을 택하지는 않는다. 그러나 이청준은 유독 자의식이 강했던 것 같다. 그의 영혼은 죽음과 빈궁이 미만한 이 세계를 용납할 수가 없었던 것이다. 그리하여 마침내는 죽음이 없고 가난이 없는 집을 찾아야 한다. 그는 자신의 영혼을 입증하기 위하여 문학이라는 먼 길을 모질게 나선다.

---

48 가형도 일찍 세상을 뜨고 만다.

(2) 집을 찾아서

이청준은 김치수와 대담하는 가운데, 두 연작 소설, 즉 『언어사회학서설』과 『남도 사람』에 대하여 다음과 같은 말을 한다.

> (……) 두 계열의 소설은 양쪽 다 고향에서 쫓겨나서 헤매는 사람의 얘기로 되어 있습니다. 그런데 이들 고향에서 쫓겨난 주인공들이 고향으로부터 나와서 끼어들려고 한 세상이 도회의 삶이지요. 그리고 그 도회의 삶으로 끼어들고자 하는 구체적인 방법은 사람들이 모여살 때의 기본적인 교통의 수단이 되고 있는 말을 통해서입니다. 그런데 도회의 언어, 도회로 대표되는 현대의 언어라는 것이 주인공을 좀처럼 그들 사이에 끼어넣어 주지 않지요. 한마디로 끼어들고자 하는 주인공이 바라는 말과 현대사회가 갖고 있는 말의 질서가 전혀 다르기 때문이죠. 그래서 주인공에게는 현대의 언어라는 것이 일종의 폭력으로 군림해 버리고 그는 다시 도회의 삶으로부터도 배척당해 버립니다.[49]

『언어사회학서설』은 도회를 배경으로 한 소설이고, 『남도 사람』은 시골을 배경으로 한 소설인데, 설명에 따르면, 양쪽 다 고향을 쫓겨난 사람들의 이야기라는 것이다. 전자의 경우는 전쟁을 겪고 또 산업사회가 되면서 전통적인 고향을 잃어버리고 도시에서 떠도는 사람들의 이야기이고, 후자의 경우는 시골에 산다고 할지라도 진정한 장소로서의 고향을 잃어버리고 주변화된 시골 사람들의 이야기이다.

이청준은 어느 경우나 집을 잃고 헤매는 근대인의 불안의 근본적인 문제를 말에서 찾고 있는 것이다. 두 연작 소설의 마지막 작품을 애초

---

49 이청준, 「복수와 용서의 변증법」, 『말없음표의 속말들』, 나남, 1986, 236~237면.

에 공통적으로 「다시 태어나는 말」로 둔 까닭이 여기에 있다. 이청준의 소설에는 도시 중심의 소설과 시골 중심의 소설이 있는데, 거기에는 각각 말을 중심으로 한 소설과 현실을 중심으로 한 소설이 있다고 할 수 있다. 공간이 다른 두 소설을 매개하는 소설은 말을 중심으로 한 소설들이다. 이렇게 본다면, 이청준의 모든 작품은 '말'의 탐색으로 집약되고 나아가 진정한 말이 깃들 집의 탐색으로 집약된다고 할 수 있다. 먼저 도시 중심의 소설, 그것도 도시 현실을 다룬 소설부터 살펴보자.

도시 공간을 배경으로 한 소설이라 할지라도 이청준의 원체험이 항상 소설의 핵심을 이룬다. 많은 연구자들이 이청준 문학의 특징을 전짓불 공포 모티프를 들어 설명한다. 이는 말할 것도 없이 사람에 대한 불신과 공포를 상징적으로 나타낸 것이다. 이와 더불어 이청준 소설의 등장인물들이 극도로 싫어하고 두려워한 것은 동원 공포라 할 수 있는 집단주의 혹은 국가주의의 폭력이다.

먼저 전짓불에 대한 이청준의 술회를 들어보자.

> 내 개인적인 체험에 불과한 일이기는 하지만, 저 혹독한 6·25의 경험 속의 공포의 전짓불(다른 곳에서 그것에 대해 쓴 일이 있다), 그 비정한 전짓불빛 앞에 나는 도대체 어떤 변신이나 사라짐이 가능했을 것인가. 앞에 선 사람의 정체를 감춘 채 전짓불은 일방적으로 '너는 누구 편이냐'고 운명을 판가름할 대답을 강요한다. 그 앞에선 물론 어떤 변신도 사라짐도 불가능하다. 대답은 불가피하다. 그리고 그 대답이 빗나가 편을 잘못 맞췄을 땐 그 당장에 제 목숨이 달아난다. 불빛 뒤의 상대방이 어느 편인지를 알면 대답은 간단하다. 그러나 이쪽에선 그것을 알 수 없다. 그것을 알 수 없으므로 상대방을 기준하여 안전한 대답을 선택할 수가 없다. 길은 다만 한 가지. 그 대답은 자신의 진실을 근거로 한 선택이 될 수밖에 없다. 그것은 바로 제 목숨을 건 자기 진실의 드러냄인 것이다. 그 밖의 다른 길은 없는 것이다.[50]

'너는 누구 편이냐'는 전지불빛의 이분법적 선택에는 중간항이 없기 때문에 변신을 하거나 사라지거나 아니면 목숨을 건 진실의 드러냄밖에 다른 방도가 없다. 이청준은 진실을 드러내고자 목숨을 거는 방식으로 세계의 횡포에 맞선다.

전짓불 공포는 주로 전반기 작품들에서 몇 차례 변주되어 다루어져 이청준의 작품에서 하나의 모티프를 형성한다. 등단작 「퇴원」(1965)으로부터 「씌어지지 않은 자서전」(1969), 「소문의 벽」(1971), 「잔인한 도시」(1978), 「전짓불 앞의 방백」(1988) 등에서 전짓불 모티프는 불가항력적인 공포의 대상으로 그려지고 있다. 「퇴원」에서는 개인적 차원에서의 외상적 경험으로 다루어지던 것이 「소문의 벽」이나 「잔인한 도시」에서는 "주체의 권리를 박탈하는 대타자의 시선과 그에 대한 억압적 외부현실에 대한 비판적 관점을 교차"[51]시키는 방식으로 다루어지고 있다.

일련의 소설들은 전짓불에 대한 공포의 원체험을 도구화되고 제도화된 근대 이성의 일상적 폭력성에 대한 비판으로 일반화시킨다. 그런데 이청준 소설에서 묘사된 폭력은 균형을 이루지 못하고 항상 일방적이다.[52] 계몽이성이나 목적론에 기초한 이데올로기들이 동원하는 폭력들은 순진하고 무고한 사람들의 삶이 깃든 장소를 무자비하게 훼손해 버린다. 전짓불은 나만의 내밀하고 은밀한 그래서 친숙한 장소를 파괴하여 낯선 공간으로 만들어 버리는 것이다. 「퇴원」의 소년의 비밀스런 광, 「잔인한 도시」의 새들이 잠든 처마 밑 둥지, 「소문의 벽」의 어머니와 함께 자고 있던 박준의 방 등은 평안하기 이를 데 없

---

50 앞의 책, 42면.

51 나소정, 「이청준 소설의 공포증 모티프 연구」, 『한국문예비평연구』 23, 한국문예비평학회, 2007, 271면.

52 세상의 수난에는 그냥 앉아서 영문 모르게 당하는 희생(victim)과 불의와 맞서 싸우다가 당하는 희생(sacrifice)이 있는데, 이청준 작품에 나타난, 폭력에 의한 희생은 거의 전자이다. 『당신들의 천국』에서는 예외적으로 후자로 나타난다.

는 장소들이다. 전짓불은 그런 친숙하고 안온한 장소를 한순간에 일방적으로 망가뜨리고 소년을, 새들을, 박준을 낯선 두려움에 떨게(unhomely) 한다. 심한 경우 박준처럼 광인이 되거나 「전짓불 앞의 방백」에서처럼 자아망실증에 빠지게 한다. 이런 정신병들에서 벗어나기 위하여 몸부림치는 모습이 소설의 경개를 이룬다. 박준은 마지막 피난처로 병원을 찾아가보지만 그를 광인으로 판정해 버린다. 또 다른 억압공간일 뿐이다. 「잔인한 도시」의 늙은 사내는 마지막에 가장 가엾고 허약한 새 한 마리를 훔쳐서 아들이 살고 있다고 믿는 남쪽의 그 탱자나무와 대숲 우거진 집을 향하여 떠난다. 노인에게 도시는 범죄의 소굴로 평생 낯선 공간일 뿐이고, '탱자나무와 대숲 우거진 집'이야말로 그가 고대하고 꿈꾸는 장소이다. 정신병과 범죄의 치유를 위해서는 훼손되고 잃어버린 공간을 평화롭고 친숙한 장소로 전환시켜야만 한다. 박준이나 노인의 방식은 비현실적인 것으로서 궁극적인 해결책일 수는 없다. 문제가 근본적으로 해결되는 것이 아니고, 공포 혹은 죽음을 조장하는 현실은 엄존해 있기 때문이다. 그러나 그들은 미약한 소시민들이다. 「전짓불 앞의 방백」(1988)에서 공포의 대상을 자신의 마음에서 찾음으로써 정신주의적 태도로의 변화의 한 극점을 보게 된다. 폭력의 문제를 사랑과 이해로 해소하고자 한 것이다. 이것은 비약이고 초월이다. 이때가 이청준이 『남도 사람』 등을 발표하면서 용서와 화해를 말하는 후반기로 넘어가는 시기이다.

장편 『당신들의 천국』은 이청준이 추구했던 여러 주제들이 한꺼번에 총화를 이루고 있는 작품인데,[53] 하나의 공간이 살 만한 장소가 되

---

53 우찬제, 「힘의 정치학과 타자의 윤리학－이청준의 『당신들의 천국』 다시 읽기」, 『당신들의 천국』, 열림원, 2009, 475면.
"거기에는 주체와 타자 사이의 영혼의 교감 가능성을 비롯해 개인의 진실과 집단의 꿈의 화해 가능성, 자유와 사랑의 허심탄회한 조화 가능성 등 여러 가지 근본적인 테

기 위한 해법을 보다 심화시켜 보여준다. 섬이라는 하나의 공간을 살만한 장소로 만드는 데 필요한 정치학은 그것이 아무리 선의라 하더라도 타자의 의도에 대한 배려가 없을 때, 섬은 결국 조백헌 당신의 천국일 뿐, 소록도 환자들에게는 낯선 공간일 뿐이라는 것이다. 왜냐하면 타자로서의 나환자의 또 다른 측면, 즉 인간이라는 측면에 대한 배려가 없기 때문이다. 그렇다면 타자에 대한 배려가 있다고 해서 진정한 소통이 가능할까. 타자에 대한 배려는 타자와 운명을 같이 하고자 하는 깨달음과 결단이 있을 때만이 진정한 믿음이 형성되는 것이다. 운명에 기초한 믿음, 이는 어느 경지이냐 하면 인위적이거나 합리적 조작이 없는 무위(無爲)의 상태이다. 그때 섬은 우리들의 천국, 우리들의 장소가 된다.

다음으로 집단주의나 국가주의의 폭력에 대한 감정은 어느 정도였을까. 이것은 일종의 광장 공포나 동원 공포로 나타난다. 이 역시 유년기의 체험에서 비롯된다. 다음 두 가지 술회를 보자.

> 상당한 의혹의 위험성을 각오하고 고백한다면, 나는 근 40년 전 어느 한 시절의 무서운 경험 이후로 농악기의 연주와 박수 소리에 실린 다중의 합창 소리를 그리 좋아하지 못한다. 좋아하기보다 은근히 가슴이 내려앉는 경우마저 없지 않다. 초저녁에 농악 소리가 울려 퍼지고, 마을회관에서 동네 청년들의 박수와 합창이 계속되는 날 밤이면 끔찍스런 일들이 일어났던 때문이다.[54]

> …… 그 처참한 전란을 겪은 뒤부터 6·25는 한동안 두렵고 절망적인 내

제들이 녹아들어 있다."

54 이청준, 『가위 밑 그림의 음화와 양화』, 75면.

악몽의 단골 레퍼토리로 마감조차 기약 없는 잔인한 장기 공연을 시작한 것이다. 어떤 땐 다시 전란이 한창 치열하게 계속중인 시절을 꿈꿀 때도 있었고, 어떤 때는 유사한 새 전란이 일어나 막막한 불안감에 허둥대고 있을 때도 있었다. (…중략…)

일단 제대를 해 나갔던 내가 어떤 사유로 해선지 재입대를 해 들어와 애를 먹고 있는 경우가 허다했다. 꿈속에서도 나는 이미 내가 병역 복무를 끝내고 제대를 해 나간 처지임을 알고 있다. 그래서 뭔가 일이 잘못되어 재입대를 해 들어오게 된 억울한 사정을 호소하고 싶어한다. 그러나 누구도 그것을 인정하고 잘못을 시정해주려 하지 않는다.[55]

전자는 집단주의에 대하여 느낀 공포감을 술회한 것이며, 후자는 국가주의의 횡포에 대한 술회인데, 양자에 대하여 이청준이 느낀 공포감은 몰개성과 물신화된 폭력 때문이다. 타자에 대한 배려는 물론 가장 중요한 자기 성찰이 배제된 상태에서 자행되기 때문에 폭력은 맹목화된다. 이때 모든 잘못은 타인에게 돌려진다. 일순 사람들을 군중심리에 휘말리게 하고 광란상태에 빠지게 하는 농악소리와 군대의 구령소리가 평생을 주눅들게 한 것은 한 개인만의 체험은 아닐 것이

55 위의 책, 80~81면.
국가주의에 대한 혐오감은 이미 소년 시절에 형성되었다. 다음을 보자.
"1949년 초여름경, 백범 김구 선생의 국민장 행사 때부터였던가 보다. 우리는 그때부터 면 단위나 지역 단위의 합동 행사들에 수도 없이 자주 동원을 되어가곤 하였다. 그 해 겨울 교실 네 개짜리 새 목조 교사가 지어진 낙성식 행사로부터 6·25 동란기를 거치면서 수없이 치러진 멸공대회, 반공대회, 정전 결사반대 면민 궐기대회, 반공 포로 석방 지지 환영대회…… 때로는 막바지 전쟁터로 나가는 지역내 출정 장정 환송대회까지. 우리는 때로 10리고 20리고 더위와 추위 속을 힘겹게 걸어가 행사장의 한 귀퉁이를 차지해 메우고 서 있곤 하였다.
그런데 그렇게 애써 참가한 행사들의 절차가 우리들에겐 늘 그닥 대단한 느낌을 준 적이 없었다. 무슨 느낌커녕 먼길을 걸어온 수고만 허망스럽고 짜증스러워질 경우가 대부분이었다."(위의 책, 21~22면)

다. 그래서 이청준은 모든 작품을 통하여 한 인간이 갖추어야 할 기본 덕목으로 집단적 연대 이전에 개인의 성찰성을 그렇게도 강조했다고 본다. 삶에서 진정으로 소중한 것은 개인의 자유와 그에 책임지는 성찰성이라 본 것이다. 위에서 우리는 『당신들의 천국』은 여러 가지 주제가 총화를 이루고 있다고 했는데, 거기에서 우리는 일종의 국가이성의 폭력을 보게 된다. 제1부 등장인물 조백헌의 행태에서 엿볼 수 있다. 이는 "1970년대를 관통했던 박정희식 하향 개발 독재에 대한 항의의 정치적 서사로 읽히기도"[56] 하는 이유이다.

다음으로, 말을 직접 다룬 도시 중심의 소설을 보자. 이 역시 유년기의 체험을 바탕으로 쓰여진다.

> 6·25 무렵을 한 번 더 인용한다면, 그 시절엔 전일에 다른 생각과 이력을 지녔던 사람이 세상이 뒤바뀌고 나선 지난날의 생각과 이력이 허물이 되어 그것을 숨기고자 부러 더 극렬스런 행동을 취한 사람들이 많았었다. 자신의 생각과 겉말, 행동의 다름이나 그 옳지 못함을 스스로 잘 알면서도 의식적으로 이웃과 세상을 속이기 위한 가식이요 위장이기 때문에 그 폐해가 더 악성적일뿐 아니라, 오손된 진정성의 회복도 그만큼 어려운 경우일 것이다.
>
> 그런데 사실은 6·25때까지 길게 세월을 거슬러 올라가지 않더라도 그 같은 표리부동의 거짓 의식 현상과 처세 형태들은 우리 주변에서도 얼마든지 쉽게 경험할 수 있는 것이 현실이다. 제 육신의 양식을 구하기 위해 영혼의 양식을 외쳐대는 신앙인이나 거짓 계율주의자들, 권력이나 재물·명예 따위의 개인적 욕망을 달성하기 위해 민족과 나라의 미래 아니면 민주주의나 자유와 같은 압도적 대의명분을 입에 물고 다니는 정치인·교육

56 우찬제, 앞의 글, 475면.

재벌·사업가·사회지도층 인사들, 돼지값이 올라가면 돼지고기의 해로운 점만 들어 말하다가 돼지값이 떨어지면 금세 돼지고기가 쇠고기보다 몸에 좋다 열을 올려대는 식의 다면성 전문홍보꾼들, 버릇없는 아이에게 실상은 화를 잘 내고, 그 버릇없게 된 허물이 어디에 있는지를 깊이 따져보지도 않은 채 공석에만 나서면 "모두가 우리 기성세대 어른들 탓"이라고 무차별적인 이해심과 도량을 뽐내기 좋아하는 설익은 지성 인사들…….[57]

표리부동한 인간의 말과 행동에 대한 누적된 실망감을 표현하고 있다. 겉말과 가식적인 행동에 대한 비판은 물론 진정한 말의 모색에 그 근본 뜻이 있다 하겠다. 말에 대한 관심은 도시 공간을 배경으로 한 전반기 소설에서 두드러지게 보이는데, 중반기에 쓰여진 연작 『언어사회학서설』에서 사유의 극점을 보인다. 연작 가운데 한 편인 「떠도는 말들」의 윤지욱은 여자의 말장난을 통하여 도시에 유령처럼 떠도는 정처 없는 말들에 허탈해 한다. 도시의 밤거리 라디오에서나 전화통 속에서 의미 없는 말들이나 음란한 말들이 한없이 흘러나온다.

그렇지. 역시 유령이었어. 정처 없고 허망한 말들의 유령. 바야흐로 복수를 꿈꾸기 시작한 말들의 유령. 하지만 아아 살아 있는 말들은 그럼 이제 다신 어디서도 만날 수가 없단 말인가. 이제는 더 이상 기다려볼 수도 없단 말인가.[58]

이청준은 근대 이성이 구축한 도시 공간에 대하여 심한 거부감을 보인다. 이는 도시 공간에 합리주의와 이성주의가 조장한, 교활하고

57 이청준, 『가위 밑 그림의 음화와 양화』, 177면.
58 이청준, 『자서전들 쓰십시다』, 47면.

무의미한 빈말들이 미만해 있다고 보기 때문이다.[59] 이청준의 소설 인물들은 도시 공간에서 낯선 두려움 때문에 심하게 시달리며 진정한 말을 갈망한다. 살아 있는 말을 탐색하는 것이 『언어사회학서설』인데, 어찌 보면 그 주제는 아주 단순하다. 이청준 소설의 묘미는 탐색[60]의 과정에 있다. 흔히 이청준의 소설을 액자소설이나 추리소설 등으로 이야기하는데, 오생근은 이청준 소설의 기법상의 특징을 다음과 같이 말한다.

> …… 이청준은 주어진 현실의 외양보다는 그 외양 속에 감춰진 진실을 들춰내려 한다. 그는 주어진 현실의 허울과 껍질 앞에 있지 않고 현실의 껍질을 비집고 그 안쪽을 집요하게 들여다본다. 작중인물의 자기 자신에 대한 내면적 반성 역시 그런 각도에서 어긋나는 것이 아니다. 그러므로 그의 소설에는 언제나 관찰자의 시선이 따른다. 관찰자는 소설 밖에 있는 것이 아니며 작가의 의식 속에 추상화되어 있는 것도 아니다. 관찰자는 대부분 그의 소설 속에 있다. 관찰자는 관찰되는 대상과 거리를 두면서 동시에 거리를 두지 않고 있다. 왜냐하면, 관찰하는 입장은 대상과의 거리를 상정하는 것이지만, 관찰자의 의식이 관찰되는 대상 속에 들어가 거의 일치해서 움직이기 때문이다. 그의 소설 속의 광인(狂人)이나 장인(匠人)을 연상하면 그들이 좌절하고 몰락해가는 과정을 관찰하는 다른 작중인물이 존재하고 그 관찰자의 관점이 바로 작가의 관점이라는 것이 쉽게 짐작된다.[61]

이청준이 구사하는 기법은 매우 냉철하고 분석적인 것이다. 이청준

59 그것을 유발시킨 근대의 두 보편자 즉, 자본주의와 과학기술에 대한 비판은 없다.

60 이청준 소설학에서 '탐색'이라는 개념은 '용서'라는 개념만큼이나 핵심을 이룬다.

61 오생근, 「갇혀 있는 자의 시선」, 권오룡 엮음, 『이청준 깊이 읽기』, 문학과지성사, 1999, 123~124면.

은 어떤 면에서 신비주의적이라는 점에서 반이성주의자다. 이 사실은, 소설기법이 매우 분석적이고 이성적이라는 사실에 비춰보면 커다란 역설이다. 네 칼로 너를 치는 격이다. 이성에 의해 타락한 도시를 이성의 칼로 내리치는 것이다.

그렇다면 이청준이 갈망했던 살아 있는 말이란 어떤 말인가. 위에서 본 개인사적 술회를 통해서 본다면, 삶에 일치되는 말이다. 진정한 말이지만 그것이 삶으로 실천되지 않은 말은 겉말이요, 빈말이다. 말이란 세계내존재의 가장 근원적인 것, 존재가 깃드는 집이다.[62] 말이 말답지 않으면 존재가 깃들 수 없어 존재는 덧없게 된다.

그런데 이청준은 도시의 말에서는 말의 가능성을 거의 기대하지 않는 듯하다. 다음을 보자. 서울 도시의 표준말과 남도 고향의 사투리를 대비적으로 언급한 말이다.

> 사람들의 말은 물론 사실적인 지시성이 무엇보다 중요하다. 그러나 우리의 삶과 말 자체에 대한 사랑이 깊은 말들은 그 사실적인 지시성 위에서 보다 넓은 말 자체의 자유를 누린다. 그리고 우리의 삶과 세상에 대해 더 넓은 사랑을 행한다. 노래나 시가 바로 그런 것 아닌가. 당연한 이야기가 될지 모르지만, 그러므로 우리는 그 자유로운 말들에서 어느 정도 사실적인 지시성을 단념해 들어야 하는 때가 종종 생긴다. 그 말들 속에 깃들인 사랑을 전제로 우리는 이미 그런 경험을 허다히 지니고 있지 않은가. 그것은 특히 스스로의 자유와 사랑에 충만한 시골의 사투리 말투에서 그렇다. 사투리투에서는 특히 욕설과 상소리에서마저 그 사실적인 지시성의 의미를 잃는다. (…중략…)
>
> ―이놈! 부젓가락으로 불알을 집어버릴라! 왜 남의 호박덩이에다 오줌

---

62 소광희, 『하이데거 「존재와 시간」 강의』, 문예출판사, 2004, 114~115면 참조.

> 을 싸갈기는 거냐!
>
> 지나가면서 나무라는 마을 어른의 호통에는 이미 금지의 뜻이 뒷전으로 물러선다. 그럴 때 아이들에게 어른들이 행할 바의 호통의 즐거움이 전면으로 나선다.
>
> (…중략…)
>
> 이 시골에서는 심지어 욕설까지도 욕이 되지 않는다! 그것을 욕으로 듣는 사람은 그 말 속의 사랑과 믿음과 자유를 모르는 사람들의 허물이다.
>
> 표준어라서 사랑과 믿음과 자유가 없는 것은 물론 아니리라. 하지만 도회의 표준어는 그 환경 조건이나 필요성에서 사실적인 지시성과 기호의 기능에 충실할 뿐 우리 삶에 대한 사랑이나 믿음은 그 자체로선 훨씬 덜하다. 그래 표준말은 사실적인 지시성이 약화되면 우리 삶을 오히려 복수하고 파괴하려 덤벼든다. 표준말이 상용되는 세상에는 대개 말 자체의 사랑이 그만큼 적기 때문이다.[63]

참존재는 말이 '사랑과 믿음과 자유'를 드러낼 때 동시에 드러난다. 이청준은 그 가능성을 '스스로의 자유와 사랑에 충만한 시골의 사투리 말투'에서 보고 있는 것이다. 지시성 일방의 도회의 표준말은 "사실적인 지시성이 약화되면 우리 삶을 오히려 복수하고 파괴하려 덤벼"들기 때문이다. 표준말이란 애초에 근대 국가주의 이데올로기의 토대 위에서 구축된 말이 아니던가.

지금까지 우리는 도시를 배경으로 한 소설을 통해 전짓불에 대한 공포, 집단주의 폭력에 대한 공포, 그리고 빈말에 대한 불신 등을 살펴보았다. 집과 고향을 잃어버린 도회인들은 그런 불안과 공포를 떠안고서 도시라는 낯선 공간에서 혼자 중얼거리면서 한없이 떠돈다. 이

---

63 이청준, 「여름의 추상」, 『눈길』, 269~270면.

청준이 그린 도시의 군상들은 자신의 유년의 원체험을 바탕에 깔고 형상화된 인물들이어서 역사적 구체성을 획득하고 있다고 할 수 있다.

다음으로 잃어버린 집과 떠나온 고향에 대한 상실감을 직접적으로 표현한 소설들을 살펴보자. 앞의 분류에 따르면, 이 경우는 시골 중심의 소설, 즉 일종의 고향소설이다. 이 경우에도 말을 중심으로 한 소설과 현실을 중심으로 한 소설이 있다. 여기서는 현실을 중심으로 한 소설을 통해 집과 고향에 대한 감정을 살펴보고자 한다. 말을 중심으로 한 소설은 절을 달리하여 살펴보고자 한다. 그것은, 말에 대하여 실망하는 앞의 경우들과는 달리 말의 가능성을 상당한 기대를 걸고 고향 시골말에서 찾고 있기 때문이다.

이청준이 잃어버린 집과 고향에 대하여 얼마나 연연해하였느냐 하는 것은, 그가 도시 공간을 배경으로 한 소설을 쓰는 한편으로 꾸준히 일련의 귀향소설을 썼다는 사실에서도 엿볼 수 있다. 이 점은 그의 도시소설의 의미는 귀향소설과 대조해서 읽을 때 의미가 있다는 사실을 말해 준다고 하겠다. 이청준의 다음 진술은, 오늘날 도시와 시골의 두 공간은 상호 대조됨으로써 의미화 된다는 사실을 드러낸다.

> ……가난을 구체적으로 느끼기 시작한 것은 고향을 떠나서 도시로 들어오면서부터인 것 같아요. 고향에서 달콤한 것들, 담벼락 아래의 봄볕이라든가 찐 고구마, 수수떡, 심지어는 따스한 인정과 사랑까지도 도회로 오면서부터는 모두가 가난과 부끄러움의 얼굴로 변해버렸으니까요.[64]

도시에 의해 고향이 발견되고 가난이 발견된 것이다.[65]

---

64 이청준, 「복수와 용서의 변증법」, 『말없음표의 속말들』, 나남, 1986, 232면.

65 근대에 와서 고향이 발견되었다는 관점에서 고향론을 개진한 책은 다음을 들 수 있다. 동국대 문화학술원 한국문학연구소 편, 『'고향의 창조와 재발견』, 역락, 2007.

우리는 앞에서 집을 잃어버리고 20여 년간 타향에서 방황했던 이청준의 참담한 술회를 본 바 있다. 그 뒤끝에 온 가난과 상실감에 또 얼마나 시달렸는지 이청준은 대인기피증[66]과 자기부재 혹은 자아망실의 환상에 내쫓기게 된 점도 확인했다. 대인기피증이나 자아망실감은 물론 개인적인 성격에서 비롯되었다고 할 수도 있다. 그렇더라도 객관적 상황이 가속화시킨 점 또한 무시할 수가 없을 것이다. 대인기피증이나 자아망실감은 집과 고향의 상실감을 치유해 줄 실질적인 방도는 아니다.[67] 그렇다면 그 상실감은 귀향함으로써 치유될 수 있을 것인가.

나리타 류이치, 『고향이라는 이야기』, 동국대 출판부, 2007.

66 하나 더 들어보자.
"세상에서 가장 답답하고 두려운 가위눌림의 그림은 무엇일까. 가난의 그림은 그 중 무서운 그림의 하나가 될 수 있을 것이다. 나는 지금도 사람이 많이 모이는 곳에는 얼굴을 내밀고 나타나기가 주저스러워지곤 한다. 학생 시절 자취 생활을 오래 하다 보니 몸이나 옷깃에 자꾸만 김치 냄새 같은 것이 배어 묻어다니는 것 같고, 그래 다른 사람들이 내게서 그 불결한 냄새를 눈치챌까봐 자리를 함께하기를 피하게 되곤 하였다. 심지어는 버스를 기다릴 때마저도 사람들과는 약간 거리를 두고서 혼자서 차를 기다리게 되곤 하였다. 몸에 밴 자취방 김치 냄새를 생각하면서 혼자 버스를 기다리는 자의 그림, 그게 아마 가난의 가위눌림의 그림의 한 가지일 것이다."(이청준, 『가위 밑 그림의 음화와 양화』, 26면)

67 김정자는 이청준의 자기망실증에 대하여 다음과 설명한다.
"인간의 마음속에 극심한 갈등이 일고 그들이 혼란을 빚을 때, 현실의 자신을 뛰어 넘고 싶은 자기 초월의 욕구가 생기기 마련이다. 그 욕구를 실현하기 위해서 작중인물들은 스스로를 변신시키고 때로는 스스로의 모습을 세계 속에서 사라지게 하고 싶어 한다. 이청준 자신은 이를 '변신 모티프'라고 지적하기도 한다. 그 변신 모티프의 극치는 완전한 자기초극이며 그 자아의 '사라짐'이 될 것이다. 그 사라짐은 바로 '자아 망실욕'의 완성이라고 할 수 있으며 그 같은 자아 망실증으로 하여 스스로를 자신의 주늑에서 해방되게 한다. 이청준의 소설 속 인물들이 자기 망실증에 빠져서 자아를 상실하게 될 때 그들은 '황홀한 실종'의 황홀감을 느끼게 된다. (…중략…) 그러나 과연 그 폭력에의 해방이 갈등의 넝쿨 속에서 인간을 철저하게 구원할 수 있는 요소가 되는 것인가. 그것은 다만 갈등을 해소하려는 깊은 소망일뿐이며 그 욕망들은 실현이나 완성을 보지 못한 일시적 황홀경에 불과한 것이기도 하다. 갈등과 고뇌의 초월방식은 결국 자아와 진실을 규명하려는 처절한 투쟁과 부딪침에서 구해져야 하기 때문이다."(김정자, 「이청준의 '폭력과 희생제의'의 연구」, 『현대소설연구』 6, 한국현대소설학회, 1997, 460면)

이청준이 「귀향 연습」을 쓴 해가 1972년이니, 등단한(1965) 지 십 년이 채 안 된다. 이어서 「새가 운들」(1976), 「눈길」(1977), 「살아 있는 늪」(1979), 「여름의 추상」(1982), 「해변 아리랑」(1985) 등 일련의 고향소설들을 꾸준히 씀으로써 귀향에의 일념을 표출한다.

「귀향 연습」의 주인공 지섭은 가난으로 얻은 못된 병들, 그리고 도시에서 살다 얻은 병들이 귀향을 감행함으로써 치유되리라는 기대를 불현듯 갖게 된다. 그래 그는 조심스럽게 귀향을 연습하게 된다.

> …… 정선생과 훈이 녀석이 고향을 가질 수 없는 곳에 태어나 그들의 도시에서 병을 얻은 사람들이라면, 나는 고향을 가지고 태어나 도시로 가서 그 도시에서 고향을 잃어가며 병을 얻은 사람이었다. 그것은 물론 고향을 가지고 태어나 그 고향에서만 살면서 고향을 잃어버렸기 때문에 그 나름의 병을 얻고 만 기태의 경우와는 또 다른 것이었다. 그리고 나는 나의 증세들을 그 고향과 관련해 생각한 일이 많은 것도 사실이었다. 고향으로 돌아가면, 그리고 언제가 잊어버린 고향을 내게서 다시 찾아내고 나면 나는 고향을 잃음으로 하여 얻게 된 내 모든 증세들을 씻어낼 수 있지 않을까, 공상을 한 일이 많았다.[68]

설명대로라면, 도시에서 태어나 고향이 없는 사람, 고향에만 있음으로 해서 고향이 없는 사람, 그리고 그 양자에 걸쳐 있는 사람 등 세 경우에 따라 고향에 대한 감정은 각기 다르리라. 지섭의 경우는 도시와 고향에 걸쳐 있는 경우인데, 이때 지섭의 고향은 도시에 조회됨으로써 의미를 갖게 된다. 말하자면 지섭의 고향은 도시에 의해 발견되는 것이다. 그러므로 고향이 문제가 되는 시기는 도시가 극도로 발달

68 이청준, 「귀향 연습」, 『눈길』, 181면.

하여 농어촌을 중심으로 한 촌락사회가 붕괴되는 근대가 된다. 따라서 고향이 문제가 되는 사람은 도시에서 떠도는 가난한 시골 출신들이다. 이들은 고향에 대하여 친불친의 양가감정을 지니게 된다. 양가감정이란 다름 아닌 유년의 추억으로 가득한 요람으로서의 고향, 그래서 한없이 그리운 곳인데, 현실적인 고향은 근대화의 바람으로 황폐화되어 낯선 장소가 되어 버린 데서 야기된 이중적 감정이다.[69] 이청준 소설의 주인공들은 어머니가 그립고, 집이 그리워 고향에 가지만 막상 불편함, 그리고 동시에 미안함 때문에 하룻밤만 지내고 곧잘 어둑어둑한 새벽에 고향을 탈출하듯 나서 버린다. 그들은 어느새 도시물이 든 반도회인으로서 이러지도 저러지도 못하는 떠돌이들이다. 「귀향 연습」에서 결국 귀향은 이루어지 못하고 연습 수준에서 끝나고 만다. 떠돌이는 "악마구리 속 같은 서울살이를 버텨나"[70]가야만 한다는 자괴감에 빠진 채 현실적인 삶터인 서울로 간다.

그렇더라도 이청준 소설의 인물들은 항상 귀향에의 꿈을 접을 수가 없다. 빈말만 떠도는 서울살이에 지친 그로서 「살아 있는 늪」에서 그린 고향 사람들의 생명력, 즉 늪처럼 엿처럼 끈끈하고 질긴 원초적인 생명력과 온기에 가슴이 저린다. 엿을 끈질기게 권해오는 아낙 앞에서 눈조차 뜨기 난처해진 나는 "수많은 사람들의 질기디질긴 삶의 숨결과 그 삶들의 온기가 조용히 파도쳐 오르고 있음"[71]을 느낀다. 가난하지만 꾸밈없고 건강한 삶을 살아가는 고향 사람들을 늪의 밑바닥 같은 가슴 깊은 곳에서 만난다.

「눈길」은 잃어버린 집에 대한 고통스런 기억과 고향 어머니에 대한 그리움이 어느 정도인지를 짐작케 하는 작품이다. 「눈길」은 가족사적

---

69 김태환 해설, 「고향을 찾아서—실향민들의 이야기」, 『눈길』, 358면.

70 이청준, 위의 책, 222면.

71 이청준, 앞의 책, 90면.

실제 체험을 토대로 한 작품[72]이어서 그 사연이 더욱 애틋하다. 과거를 기억하는 옷궤는 가난의 남루함을 상징하는 문학적 소도구인데, 잃어버린 집을 반추시키는 장치이기도 하다. '나'는 지붕을 새로 얹고 싶어하는 어머니에 대하여 빚이 없다는 생각을 끝까지 밀고 나감으로써 어머니와의 심리적 거리를 최대한 넓힌다. 이는 주제를 효과적으로 드러내고자 하는 이청준의 서술 전략에 불과하다. 애초부터 '나'는 어머니를 아직도 보잘 것 없는 시골 고향집에 방치하다시피 하고 있는 자신의 무력함을 한없이 자책하고 있는 터이다. 이 작품의 주제를 작가는 "우리 삶의 원죄성 아픔 부끄러움"을 표현한 것이라 술회한다.[73] 「눈길」의 마지막을 보자.

> 그런디 이것만은 네가 잘못 안 것 같구나. 그때 내가 뒷산 잿등에서 동네를 바로 들어가지 못하고 있었던 일 말이다. 그건 내가 갈 데가 없어 그랬던 건 아니란다. 산 사람 목숨인데 설마 그때라고 누구네 문간방 한 칸이라도 산 몸뚱이 깃들일 데 마련이 안 됐겄냐. 갈 데가 없어서가 아니라 아침 햇살 활짝 퍼져 들어 있는디, 눈에 덮인 그 우리 집 지붕까지도 햇살 때문에 볼 수가 없더구나. 더구나 동네에선 아침 짓는 연기가 한참인디 그렇게 시린 눈을 해갖고는 그 햇살이 부끄러워 차마 어떻게 동네 골목을 들어설 수가 있더냐. 그놈의 발간 햇살이 부끄러워져서 그럴 엄두가 안 생겨나더구나. 시린 눈이라도 좀 가라앉히고자 그래 그러고 앉아 있었더니라…….[74]

---

72 "……「눈길」은 (……) 소설 전체 진행이 실제와 일치하고 있는 셈이다. (…중략…) 「눈길」은 그러니까 나 혼자 쓴 소설이 아니라 내 어머니와 아내 셋이서 함께 쓴 소설인 셈이다."(이청준, 「나는 「눈길」을 이렇게 썼다」, 위의 책, 43면)

73 위의 책.

74 이청준, 「눈길」, 위의 책, 39면.

자식 하나 변변히 건사하지 못한 어미로서 자책감에 젖어 대명천지에 몸 둘 바를 모르는 데서 느낀 심회일 것이다. 그런 고백을 엿듣는 자식의 심정은 또 어떠했을 것인가. 역시 부끄러웠을 터이지만, 어머니의 부끄러움의 경지를 알았다면 그야말로 말로 표현할 수 없이 더욱 부끄러웠을 것이다. 어머니의 부끄러움은 오랜 인고와 한으로 빚어진 부끄러움이다. 부끄러움이란 모든 허물을 자책으로 돌리는 자세에서 자라난 것이지만, 그것은 소극적인 것이 아니라, 인간적 체통과 자존심의 다른 표현인 것이다. 내색해서는 안 되는 부끄러움인 것이다.

이청준에 따르면, 그런 부끄러움이란 진정한 말과 문학의 터전이다.[75] 진정한 말이, 그리고 부끄러움 그 자체인 어머니가 깃들 어엿한 집 한 칸 제대로 마련하지 못하는 자신이 얼마나 무력해 보였겠는가. 자식들은 어머니가 항상 집에 있어주기를 바란다. 이청준도 한 때는 그렇게 살았었다.

> …… 아침마다 정결스런 노인의 싸리비질 자국이 마당가에 참빗살처럼 남아 있던 그런 집이었다. 돌보지도 않은 접시꽃과 봉숭아가 해마다 장독 뒤에서 탐스런 여름을 꾸미던 집이었다.[76]

이청준은 다시 진정한 집을 찾아 길을 나선다. 그는 항상 도달점의 마지막에서 또 출발한다고 하지 않았던가.

---

75 이청준, 「원죄의식과 부끄러움」, 위의 책, 119면. 여기에서 이청준은 부끄러움이란 다름 아닌 빛에 대한 두려움인 바, 문학이란 일면 자기 부끄러움의 고백이라고 할 만큼 소중한 것이라고 말한다.

76 이청준, 「새가 운들」, 위의 책, 124면.

(3) 나그네의 집

여기서는 「해변의 아리랑」과 연작 『남도 사람』에 표현된 집과 고향의 의미를 살펴보고자 한다. 등장인물들은 진정한 집과 고향을 찾아 나그네처럼 헤맨다. 특히 『남도 사람』의 경우에는 한 걸음 더 나아가 진정한 말과 노래가 깃들 집을 찾아 남도 먼 길을 나선다.

「해변의 아리랑」에서 현실은 주인공 이해조에게 집과 고향에 다시 돌아가는 것을 허락하지 않는다. 그래 결국 이해조는 귀향을 현실적인 방식이 아닌 전혀 다른 방식으로 실현한다. 다름 아닌 노래쟁이가 되어 어머니를 노래하고, 고향을 노래하는 방식으로 귀향에의 꿈을 실현하고자 한다. 타관땅을 떠돌지만 어머니와 고향을 노래함으로써 어머니와 고향을 가슴속에 영원히 간직하겠다는 것이다.

그런데 그는 어머니와의 현실적인 약속 하나만은 지켜낸다. 평생 숙원인 선산을 마련하는 일이다. 그는 아버지가 묻혀 있던 옛 선산을 되사, 그간 따로 묻혀 있던 어머니와 형과 누이의 유골을 수습해와 거기에 묻는다. "바닷가 산발에는 다시 묘지들만 고즈넉했다. 살아서 일찍 고향을 떠난 사람들이 죽어 다시 만난 혼백들의 집터였다."[77] 살아 신산한 삶을 살았을망정 죽어서까지 무주고혼이 되어 구천을 헤매고 떠돌아서는 안 된다는 초조함으로 평생 노심초사했던 이해조였다. 그는 가족의 유택을 마련함으로써 오랜 마음의 빚을 덜고 귀향의 한 소망을 실현한 것이다. 여기서도 이청준이 잃어버린 집에 대한 생각과 귀향에의 꿈이 얼마나 간절했던가를 짐작해 볼 수 있다. 이청준은 마지막에 이해조의 유골을 고향 앞바다에 뿌리는 것으로 결말을 처리함으로써 그의 넋이 고향 산천에 영원히 살아 있도록 한다.[78] 황홀하고

---

77 이청준, 「해변의 아리랑」, 위의 책, 114면.

78 위의 책, 117면.

도 환상적인 귀향이다. 노래쟁이의 죽음의 처리방식으로는 제격이다.

그러면 이해조가 노래쟁이가 된 깊은 속뜻은 무엇이었을까. 그는 어머니에게 편지를 보낸다.

—어머니, 저는 노래를 짓는 사람이 되어보렵니다.…….

(……) 그가 노래를 짓는 사람이 되려는 것은 그것이 바로 어머니와 어머니의 노래를 사랑하는 일이며 어머니에게로 돌아오지 않고도 어머니 곁에 함께 있을 수 있는 길이기 때문이라는 것이었다. 어머니의 노래와 삶과 바다를 만인의 노래로 지어 만드는 일이 자기로선 어떤 천금을 얻는 일보다 보람 있는 노릇이며, 그것이 무엇보다 정직하고 떳떳하며 사람같이 사는 길이기 때문이랬다. (……) 그리고 그가 그 일에 열심하여 어렵고 외로운 사람들이 함께 그의 노래를 불러주는 동안엔 그는 언제나 어머니와 함께 있으며 그 바다의 산들과 돛배와 돌밭의 바람으로 함께 있을 거라 하였다.[79]

어머니의 노래라니, 어떤 노래인가.

금산댁은 그러나 아이의 기다림에는 아랑곳없이 무한정 밭이랑만 오갔다. 우우 우우 그 노랫가락도 같고 울음 소리도 같은 암울스런 음조를 바람기에 흩날리며 조각배처럼 느릿느릿 밭이랑을 오고갔다. 소리가 가까워지면 어머니가 어느새 눈앞에 와 있었고, 그 소리가 어느 순간 종적을 멎고 보면 그새 그녀는 저만큼 이랑 끝에 아지랑이를 타고 하늘로 올라가버리기라도 할 듯 한 점 정적으로 멀어져 있었다. 뒷산 봉우리의 게으른 구름덩이가 모양새를 몇 번이나 갈아 앉고 있어도, 눈 아래 바다의 한가로운 돛배들이 셀 수 없이 섬들을 감돌아나가고 있어도, 그리고 아이의 도랑물길

79 위의 책, 100면.

다리가 더위와 허기에 지쳐 덜덜 떨려오도록 금산댁은 내쳐 언제까지나 밭이랑만 무한정 떠돌고 있었다. 그러면서 무슨 필생의 업보처럼 여름밭 김매기로 긴긴 해를 보냈다.(……)

아이의 기억 속에 뒷날까지 살아남은 생애 최초의 세상 모습이자 그 여름의 나날의 경험이었다. 아이는 이를테면 그 여름 밭가의 무덤 터에서 생명이 태어난 셈이었고, 그 하늘의 햇덩이와 구름장, 앞바다의 물비늘과 돛배들을 요람으로 삶의 날개가 돋아오른 셈이었다.[80](강조는 필자)

어머니의 한 서린 구음(口吟)의 노래, 이름하여 「해변의 아리랑」은 생애 최초의 소리로 작가의 분신인 이해조의 생명 리듬을 형성한다. 하이데거 식으로 표현하면, 그것은 그에게는 근원적인 언어가 된다. 아버지가 종지기였던 하이데거는 어릴 때부터 종소리만 들으면 남달리 예민해지고 숙연해지더라고 하였다. 아버지가 종을 치는 것을 신호로 세상 모든 것이 가지런해지는 신묘함을 체험한 때문이다. 훗날 그는 종소리와 같은 역할을 하는 언어를 그의 철학에서 '근원적인 언어'라 이름한다.[81] 그것은 일종의 세계인식 틀이라고 할 수 있다. 오랜동안 진실한 말을 찾았던 이청준은 근원적인 언어로서의 어머니의 노래의 의미를 발견한 것은 아닐까. 노래 속에서, 그것도 어머니의 노래 속에서 "가장 넓고 큰 자유를 누리는 말"을 새삼 발견한 것이리라. 한편 그는 "노래 가운데서도 서민적 민요조, 그 가운데서도 서민적인 사설이 두드러진 남도 소리가 가장 많은 자유를 누리는 말의 모습이 아닌가 생각된다."[82]고 한다. 이청준이 이해조를 노래쟁이가 되게 한 것은 노래의 자유로움을 통해서 영원한 귀향을 성취하도록 한 것임이

---

80 위의 글, 92~93면.

81 마크 A. 래톨, 권순홍 옮김, 『How to Read 하이데거』, 웅진지식하우스, 2008, 176~177면.

82 이청준, 「여름의 추상」, 『눈길』, 269~270면.

분명하다. 이해조의 위의 토변에 따르면, 노래쟁이가 되어 얻을 수 있는 자유로움은 귀향하여 얻을 수 있는 자유 이상의 것이 된다. 그는 노래를 함으로써 영원한 자유인이 되고자 한 것이다.

연작 『남도 사람』에서 자유인의 모습이 나그네로 표상된다. 우리가 이 연작을 귀향소설로 읽는 이유는 작가의 다음 말로서 충분하다 하겠다.

> 서울에서 지낼 땐 내 중요한 무엇을 잃고 잘못 살고 있는 것 같아 늘 고향 동네로 가 살고 싶고, 고향에 가 있으면 또 세상을 등지고 혼자 적막하게 유폐되어 버린 것 같아 다시 서울로 돌아가고 싶은 변덕스런 심사에 쫓기면서, 마음으로나 실제로나 그 고향 고을과 서울 사이를 끊임없이 오가며 떠돌고 있는 것이 저간의 내 세상살이 행적이다. 그리고 고향을 떠났다가 돌아오고, 돌아왔다 다시 떠나곤 하는 정처 잃은 삶의 떠돎 혹은 떠돌이의 삶의 사연을 써모은 것이 졸저 「서편제」의 이야기들이다.[83]

『남도 사람』은 「서편제」를 시작으로 해서 전체적으로 한 사내아이가 장성하여 나그네가 되어 누이의 노래를 찾아 남도 먼 길을 순례하는 여정을 그린 작품이다. 여기서 나그네와 노래와 길을 함께 묶어주는 끈은 한(恨)의 정서다. 아비나 아들이나 딸이나 다 제 나름의 한을 지니고 살아가는 나그네들이다. 선학동에서 학을 비상하게 할 수 있었던 것은 한 깊은 누이(딸)의 노래이다. 그리고 아들 사내가 깊은 회오의 정을 안은 채 누이를 뒤좇아 헤매는 길은 한이 서린 남도 길이다. 아들 사내가 누이의 노래를 찾는 여정이란 다름 아닌, 진실한 말과 노래가 깃들 참다운 장소를 찾아가는 것을 나타낸다. 연작 마지막 작품이 「다시 태어나는 말」로 된 연유이다.

---

83 이청준, 「「서편제」의 회원」, 『서편제』, 열림원, 2008, 57~59면.

그러면 나그네는 무엇이고, 노래는 무엇이며, 길은 또 무엇인가? 나그네부터 보자.

이청준은 "어떤 뜻에선 어머니의 탯줄을 떨어져 나온 그 순간에 우리는 누구나 제 고향을 떠나 낯선 세상으로 혼자 내보내진 이향의 운명을 타고난 존재"[84]인지도 모른다고 한다. 이에 따르면 우리 인생이란 나그네 신세로 운명 지어져 있다는 것이다. 그는 이어서 "그 이루어질 수 없는 귀향에의 헛된 염원과 세상살이의 아픔들을 짊어지고 하염없이 떠돌기만 할 수밖에 없는 것이 우리의 삶이어야 하는가. 거기서 우리는 어떤 삶의 의미를 실현해 나갈 수 있으며 어떤 삶의 성취를 거둘 수 있을 것인가―."[85] 탄식하듯 질문한다. 나그네일 바에는 참 나그네가 되어야 한다는 듯, 그는 '나그네'라는 말을 좋아한다고 말한 바 있다. 왜였을까. 나그네는 집착의 끈을 끊고, 허심탄회하고 용기 있는 구도(求道)의 모험을 감행하기 때문이란다. 무엇보다 나그네는 자신의 신전(神殿)을 짓지 않기 때문에 좋아한다고 한다. 나그네는 당도와 떠남 속에서 새로운 떠남을 준비해야 하기 때문에 집을 지을 수가 없단다. "어느 곳에나 자신의 신전을 지을 수 없는 대신 자신의 신전을 자신의 등에 짊어지고 다니는 사람의 삶, 어쩌면 그 자신이 차라리 자기의 삶의 신전으로 끊임없는 구도의 길을 떠나고 있는 사람,"[86] 그 사람이 참 나그네이다.

『남도 사람』은 그런 이념형으로서의 나그네를 형상화한 작품이다. 나그네는 현재는 집이 없지만 영원히 안주할 집을 찾아 떠나는 것이다. 나그네가 주막에서 만난 사람들, 포구에서 만난 사람들 역시 제가끔 자신의 삶의 무게와 그로 말미암은 한을 견디고 삭이며 나그네로

84 이청준, 「아픔 속에 숙성된 우리 정서의 미덕」, 위의 책, 194면.
85 위의 책, 197면.
86 이청준, 『말없음표의 속말들』, 앞의 책, 1986, 36면.

살아가는 사람들이다.

그러면 나그네가 걷는 길은 어떤 길일까. 앞에서 우리는 『남도 사람』의 지리 공간이 '보성-장흥-회진-강진-해남(대흥사)'에 걸쳐 있음을 본 바 있다. 나그네는 30여 년에 걸쳐 누이의 소리를 찾아 거기에 난 길을 따라 바람과 해와 동행하여 헤맨다. 어렸을 적에는 소리 품을 팔아 삶을 연명해야 했기에 가고 싶지 않은 팍팍하고 심란한 길이었다. 그러나 이제는 "사는 것이 한을 쌓는 일이고 한을 쌓는 것이 바로 사는 것"이 아니겠느냐는 깨달음에 이르러 가슴 저리는 그리움과 회한의 마음으로 걷는 길이다. 나그네는 "무엇이 자신의 일생을 이토록 끊임없이 '나그네'의 길로 내몰았는지 그것을 생각하며"[87] 끝없이 길을 가고 있는 것이다. 나그네는 누이를 만나 맺힌 한을 풀어야 하고 누이의 노래를 들어야 한다.

그런데 '보성-장흥-회진-강진-해남(대흥사)'에 걸친 길을 따라 펼쳐지는 이야기는 여로 구조를 이루고 있다. 그러면 남도 길은 어떤 길인가? 김동환은 이렇게 감상한다.

> 남도의 길은 흥이 겨워 가는 길이 아닌 고즈넉한 분위기 속에서 그 무엇인가를 찾아가는 애상이 담겨 있어야 한다. 남도소리와 판소리에 나타나는 한의 정서는 결코 소리 자체에서 비롯한 것이 아니고 삶에서 우러나온 것이기에 그러하다. 그 한의 정서를 보여줄 수 있는 것은 바로 남도의 곳곳에서 발견되는 그런 길이다. 「남도 사람」 연작을 읽으면서 바로 '사내'가 지친 몸을 이끌고 돌아다니는 그 길 자체에서 이 한의 정서를 찾아낼 수 있을 때 비로소 그 작품의 의미를 제대로 파악했다고 할 수 있는 것이다.
>
> 보성에서 장흥, 장흥에서 회진에 이르는 길들은 바로 이 전형적인 남도

87 김동환, 앞의 글, 51면 참조.

의 길들이다. 산모퉁이와 강물, 움푹 패인 곳에서 바라다 보이는 바다 등이 '사내'의 삶의 무게를 고스란히 떠받치고 있는 것이다.[88]

『남도 사람』이 보인 여로 구조는 형식으로서의 삶의 여정을 나타내는 한편, 걷는 길 자체가 참[道]이라는 속뜻까지도 담고 있다 하겠다.

이제 노래를 살펴볼 차례다. 나그네가 찾아 나선 것이 왜 소리요, 노래이어야만 하는가. 이는 「해변 아리랑」에서 이해조가 노래쟁이가 된 연유에서 이미 본 바 있다. 노래로서 자유를 얻을 수 있다고 믿기 때문이다. 이청준은 노래의 자유로움에 대하여 다음과 같이 말한다.

> 가장 넓고 큰 자유를 누리는 말은 어떤 것일까. 그것은 아마 노래일 것이다. 노래 가운데서도 서민적 민요조, 그 가운데서도 서민적인 사설이 두드러진 남도 소리가 가장 많은 자유를 누리는 말의 모습이 아닌가 생각된다.[89]

사실적인 지시성만을 지향하는 말은 그 사실적인 지시성이 약화되면, 오히려 우리의 삶을 복수하고 파괴하려 덤벼든다는 점은 앞에서 확인하였다. 말의 사실적 지시성을 넘어 노래로써 자유를 느낄 수 있는 것은 노래가 애초에 정념(情念)을 기반한 것이기 때문이다. 정념은 상상력을 유발시켜 자신을 밖으로, 세계로 열게 한다. 이때 목소리는 순수해진다. 이럼으로써 노래하는 주체는 세계와 우주와 혼연일체가 될 수 있다.[90] 이때 소리는 말의 한계를 벗어난다. 이청준이 소리로 하여 말을 다시 태어나게 한 뜻이 여기에 있다. 소리로 하여 자신을 열

---

88 위의 글, 50면.

89 이청준, 「여름의 추상」, 『눈길』, 269~270면.

90 우정권, 「이청준의 「잃어버린 말을 찾아서」에 나타난 '말'과 '소리'에 관한 연구」, 『현대소설연구』 13, 한국현대소설학회, 2000, 12~13면 참조.

게 되고 드디어 세계를, 타자를 만나는 것이 가능하게 되는 것이다. 이로 말미암아 이청준이 말한 존재적 언어와 관계적 언어가 균형을 이루게 된다.[91]

그러면 나그네가 찾는 소리는 또 어떤 소리이어야만 하는가. 찾는 소리의 정조는 "우우 우우 그 노랫가락도 같고 울음소리도 같은 암울스런 음조"를 지닌 어머니의 노래이어야 한다. 어머니의 노래는, 앞에서 말한 바와 같이, 근원적인 언어이기 때문이다. 그리고 어머니의 노래는 (판)소리 가운데서도 서편제여야 한다. 서편제 가락은 한(恨)을 딛고 어르고 하여 건져 올린 노래요, 소리이기 때문이다.

이청준은 『남도 사람』의 이야기를 판소리에 의탁해 푼 까닭을 다음과 같이 말한다.

> 돈벌이 길이든 공부 길이든 도피 길이든, 자기가 있어야 할 곳에서 떠나야 하고 지니고 누려야 할 자기 모습을 잃어버리지 아니치 못하게 한 아픈 사연들, 그리고 긴 세월 다시 그곳으로 돌아갈 수 없는 자신을 생각해 보면 사람은 누구나 정도의 차이는 있을망정 자기가 있어야 할 자리와 자신의 진정한 모습을 잃고 어느 만큼씩 이리저리 떠돌고 있는 것 같아 보인다. 자신의 고향땅, 사랑하는 부모형제, 정다운 이웃들, 자기가 지니고 누려야 할

---

91 이청준은 우리 삶을 구성하는 언어를 다음과 같이 두 가지로 말한다.
"우리의 삶에 대한 문학적 인식의 실체는 그 삶을 이해하고 설명하는 언어의 질서이며, 그 기능이다. 따라서 우리의 삶의 안팎의 갈등은 바로 이 언어질서의 안팎의 문제로 이해할 수 있을 것이다. 자기 고유의 삶 또는 그 방식에 대한 인식기능으로서의 존재적 언어질서, 혹은 우리의 삶과 정신을 균형있게 조절하고 확대해 나가는 사유주체로서의 자율적 언어질서와, 인간 상호간의 삶을 연결하고 약속과 정보의 수단으로서 사회적 기반을 형성하는 관계 기능의 공리적 언어질서가 그 양면으로 이해될 수 있을 것이다. 존재의 삶과 관계의 삶을 예로 들어 말하면 그것들은 곧 존재적 언어와 관계적 언어질서의 조건들 위에 놓이는 삶의 양식으로 말해질 수 있으며, ……"(이청준, 「존재적 언어와 관계적 언어 사이에서」, 『말없음표의 속말들』, 앞의 책, 139면)

올바른 삶의 길과 모습, 그런 것을 잃고 떠나 그것을 다시 찾아 돌아가려 늘 아프게 떠돌며 살아가고 있는 것 같아 보인다. 「서편제」의 이야기와 인물들을 우리 정서의 한 보편적 내용이라 할 한(恨)의 예술양식 판소리 가락 위에 실어 풀어 나가게 된 연유다. 돈벌이 가파른 처지에 대한 원망 속에 그 떠돎의 정한이 쌓여 맺히고, 그럴수록 언제나 다시 본 자리로 돌아가고 싶은 희원과 열망 속에 그 소리의 적극적인 한풀이의 정서가 태어나고 있기 때문이다.[92]

인간의 삶이란 나그네 신세로 떠돎이며, 그러다 보면 한이 쌓이게 마련이다. 이 한 많은 인생살이를 예술로 양식화한 것이 판소리라는 인식에서이다. 물론 이청준의 「서편제」는 판소리를 새롭게 변용하여 현대화한 작품임은 물론이다.

여기서 이청준은 한을 어떻게 인식하고 있는지 알아보자.

우리 정서나 한의 핵심은 당연히 우리 삶의 아픔에서 유래하고 거기 근거해 있다는 점에 대해서―. 자기 삶의 본자리여야 할 고향을 잃게 된 아픔, 자신의 본모습과 근본을 잃고 사는 아픔, 그래서 늘상 그것들을 되찾아 돌아가 자신의 본모습을 회복해 살고 싶은데도 그것을 용납해 주지 않는 갖가지 현실적 난관과 장애들에 대한 원망과 아픔들―. 그러나 우리는 그 아픔들이 우리 삶 속으로 융합되고 오래 삭여져 그 삶을 오히려 힘있게 지탱해 주는 귀한 생명력으로 전환될 수 있음을 보아 왔다. 그래 나는 종종 우리 삶의 높은 성취는 그 갖은 아픔을 품고 깊이 감내해 낸 과정 끝에서야 비로소 가능해질 수 있는 것이 아닌가 생각될 때마저 없지 않다. 그리고 그러한 한의 본질은 흔히 말하듯 어떤 아픔이나 원망이 쌓여 가고 풀리는 상

---

92 이청준, 「「서편제」의 희원」, 『서편제』, 57~58면.

대적 감정태로서가 아니라, 그 아픔을 함께 껴안고 초극해 넘어서는 창조적 생명력의 미학으로 읽고 싶은 것이다.[93]

이청준은 한을 푸는 방법을 "떠남의 사연과 회한 껴안기・넘어서기의 떠돎은 우리 삶에 대한 능동적이고 창조적인 풀이와 정화・상승의 길"이라 함으로써 한을 긍정적이고 생산적으로 이해한다.[94] 한에 대한 그와 같은 이해를 바탕으로 하여 「서편제」를 창작하였다고 한다.[95]

『남도 사람』에서 나그네는 어머니를 죽음으로 몰고 간 의붓아비에 대한 살의와 복수심에 불타 의붓아비와 그 노래를 떠나 버린다. 그는 매번 의붓아비의 노래 앞에서 심히 흔들렸던 터다. 소리의 마력 때문이다.[96] 세월이 흘러 뒤늦게나마 그는 아비를 용서함으로써 마음의

---

93 이청준, 「아픔 속에 숙성된 우리 정서의 미덕」, 위의 책, 201~202면.

94 이를 천이두는 '삭임'이라 한다.
"한국적 한에 있어서 원(怨)이 정(情)으로, 탄(嘆)이 원(願)으로 질적 변화를 이룩해가는 과정에서 우리 한국 민중의 윤리적 가치 의식 내지 생태의 반영을 볼 수 있다. 원(怨)이 정(情)으로 이행해가는 과정에 있어서 한국 민중들의 연민의 정 내지 관용적 성향의 반영을 볼 수 있다. 또한, 탄(嘆)에서 원(願)으로 이행해가는 과정에 있어서, 한국 민중들의 약한 듯하면서도 질긴 끈기의 반영을 볼 수 있다. (…중략…)
한국적 한은 그 상위 개념으로서의 한(怨・嘆)을 기반으로 하면서도 끊임없이 초극의 과정을 통하여 속성(情・願)을 이룩해간다. 한국적 한이라는 것은 바로 이런 측면에서 찾게 된다. 이처럼 한국적 한이 공격적・퇴영적 속성으로부터 출발하되 끊임없이 질적 변화를 지속하여 우호성・진취성에로 지향하게 되는 것은, 한국적 한이 그 내재적 속성으로서의 가치 생성의 기능을 간직하고 있기 때문이다. 따라서 이른바 한국적 한의 참된 독자성은 이 내재적 속성으로서의 가치 생성의 기능을 구명함으로써 드러나게 된다. 그 가치 생성의 기능이란 '삭임'의 기능이라고 생각하는 것이다."(천이두, 『한의 구조 연구』, 문학과지성사, 1994, 51면)

95 "그래 나는 그 소리나 「서편제」에서의 한을 '쌓임'이나 '맺힘'의 사연보다 본래의 삶의 자리와 자기 모습을 되찾아가는 적극적인 자기 회복의 도정, 그 아픈 떠남과 회한의 사연들까지도 우리 삶에 대한 사랑과 간절한 희원으로 뜨겁게 끌어안고 그것을 넘어서려는 '풀이'의 과정을 더 소중하게 풀어 보려 한 것이다. 한의 맺힘 자체는 원한(怨恨)이 되기 쉽고 파괴적인 한풀이만을 낳기 쉬움에 반하여, 그 아픈 떠남의 사연과 회한 껴안기・넘어서기의 떠돎은 우리 삶에 대한 능동적이고 창조적인 풀이와 정화・상승의 길이 될 수 있기 때문이다."(이청준, 「「서편제」의 희원」, 앞의 책, 57~58면)

평온과 자유를 얻게 된다. 회한 속에서 누이의 노래를 찾아 남도 길을 떠난다.[97] 그런데 용서와 자유는 이청준의 윤리학을 구성하는 데 있어서 핵심적인 개념이다. 이청준은 “자유 아니면 용서할 수도 없지만, 용서하지 않으면 자신도 자유로와질 수”[98] 없는 일이 아니겠느냐고

---

96 “사내가 소리를 하고 있을 때, 그 하염없이 유장한 노랫가락 소리를 듣고 있노라면 녀석은 번번이 그 잊고 있던 살기가 불현듯 되살아나곤 했다. 그는 무엇보다 그 사내의 소리를 견딜 수가 없었다. 그리고 그 소리를 타고 이글이글 떠오르는 뜨거운 햇덩이를 참을 수가 없었다.

그는 사내의 소리를 들을 때마다 문득문득 기회가 가까이 다가오고 있음을 느꼈다. 거기다가 사내는 또 듣는 사람도 없이 혼자서 자기 소리에 취해 들 때가 종종 있었다. 산길을 지나가다 인적이 끊긴 고갯마루턱 같은 데에 이르면 통곡이라도 하듯 사지를 풀고 앉아 정신없이 자기 소리에 취해 들곤 하였다. 사내가 목청을 돋워 올리기 시작하면 묵연스런 산봉우리가 메아리를 울려 오고, 골짜기의 산새들도 울음소리를 그치는 듯했다. 녀석이 어느 때보다도 뜨겁게 불타고 있는 그의 햇덩이를 보는 것은 그런 때의 일이었다. 그런 때는 유독히도 더 사내에 대한 견딜 수 없는 살의가 치솟곤 했다. 사내의 소리는 또 한 가지 이상스런 마력을 가지고 있었다. 녀석에게 살의를 잔뜩 동해 올려놓고는 그에게서 다시 계략을 좇을 육신의 힘을 몽땅 다 뽑아가 버리는 것이었다. 녀석이 정작 그의 부푼 살의를 좇아 나서 볼 엄두라도 낼라치면, 사내의 소리는 마치 무슨 마법의 독물처럼 육신의 힘과 부풀어 오른 살의의 촉수를 이상스럽도록 무력하게 만들어 버리곤 하였다. 그것은 심신이 온통 나른하게 풀어져 버리는 일종의 몸살기와도 비슷한 증세였다.”(이청준, 「서편제」, 위의 책, 27~28면)

97 “사내의 헤매임은 말할 것도 없이 자신의 삶에 대한 깊은 화해와 용서의 마음 때문이었다. 아비를 죽이고 싶어한 부질없는 자신의 원망을 후회하고, 그 아비와 누이를 버리고 달아난 자신의 비정을 속죄하고…… 그러나 이제 와선 이미 서로를 용서하고 용서받을 길이나 사람이 없음을 덧없어 하면서, 그 회한을 살아가고 있는 사내였다.”(위의 책, 180면)

98 “(……) 저는 왜 여러 가지 말의 무리를 대표해서 용서라는 한마디를 결론으로 끌어냈느냐……. 용서에는 전제가 있지요. 말이, 또는 인간의 삶이 웬만한 자유를 획득하지 않을 때에는 용서가 가능하지 않습니다. 용서는 용서 행위자의 자유의 삶이 전제되어야 하고 거기에 또 사랑이 채워져야 합니다. 그럴 때 용서가 가능해지는 것이지요. 그래서 용서라는 말 안에는 자유와 사랑이 동시에 충만되어 있다고 저는 보는 것이지요. 그래서 우리가 살고 있는 현대사회에는 수만 수십만의 언어가 있고, 거기에 잠재적인 언어까지 합하면 무한대의 언어가 있는데, 그 언어들을 원래의 기능으로 회복시키고 인간을 배반하는 폭력의 말이 아닌 자유의 말로 회복시키기 위해서는 용서라는 말로 대신되는 사랑과 자유를 그 안에서 회복해야만 한다는 점에서 용서라는 말을 택한 것이지요.”(이청준, 『말없음표의 속말들』, 앞의 책, 239~240면)

반문한다. 덧붙여, 용서와 화해는 자기 부끄러움을 아는 데서 시작된다고 한다.[99]

나그네는 드디어 장흥 강진간 탐진강 물굽이에 자리한 주막집에서 누이를 만나게 된다. 서로가 누구인지를 알면서도 알은 체를 하지 않고, 꼬박 밤을 지새워 새벽녘까지 누이는 소리[100]를 하고 오라비는 거기 장단을 맞춘다.

> 여자는 소리를 굴렸다가 꺾았다 멋었다가 풀었다 하면서 온갖 변화무쌍한 조화를 이끌어 냈고, 손님에 대해서도 때로는 장단을 딛지 않고 교묘하게 그 사이를 빠져 넘나드는가 하면, 때로는 장단을 건너가는 엇붙임을 빚어 내어 그 솜씨를 마음껏 즐기게 하였다.
>
> 그것은 마치 소리와 장단이, 서로 몸을 대지 않고 능히 상대편을 즐기는 음양간의 기막힌 희롱과도 같은 것이었고, 희롱이라기보다는 그 몸을 대

---

99 다음은 누군가가 작가의 이름으로 초파일을 맞아 해남 대흥사에 등 한 점 걸었단 소식을 듣고 느낀 감회의 일부다.
"내게 그가 누구인지는 크게 궁금하거나 문제될 바가 없었다. 보다도 나는 거기서 거꾸로 그 역시 괴로운 인내가 필요했을 그 익명의 친지의 젖은 옷을 분명한 감촉으로 전해 느낀 것이었다. 그리고 그 부끄러움으로 인한 그의 힘들고 아름답기조차 한 자기 화해의 모습을 보게 된 것이었다. 그 아름다운 자기 화해의 지혜가 사랑으로 넘쳐 흘러 나에게까지 닿아 온 것이었다. 아아, 우리는 과연 누구나 그렇게 자기 부끄러움을 숨어 견디며 살아가고 있는 것을. 그리고 오히려 그것과의 괴롭고 피나는 싸움이 남을 향한 화해와 사랑이 될 수 있는 것을.
자기 부끄러움과의 (혹은 부끄러운 자신과의) 지혜로운 화해, 그로부터 이웃을 향해 흐르는 익명의 사랑, 그것이 비록 영원한 도로에 불과한 일이더라도 젖은 속옷의 괴로움과 그 부끄러움을 서로 위로하며 함께 감내하려 함……."(위의 책, 155면)

100 다음은 누이의 소리의 경지를 짐작케 하는 대목이다.
"지칠 줄 모르는 소리였다. 여자의 목청은 남정네들의 그 컬컬하고 장중스런 우조(羽調)뿐 아니라 여인네 특유의 맑고 고운 계면조(界面調)풍도 함께 겸비하고 있어서 때로는 바위처럼 우람하고 도저한 기백이 솟아오르는가 하면 때로는 낙화처럼 한스럽고 가을 서릿발처럼 섬뜩섬뜩한 귀기가 넘쳐났다. 가파른 절벽을 넘고 나면 유장한 강물이 산야를 걸쳐 있고, 사나운 폭풍의 한밤이 지나고 나면 새소리 무르익는 꽃벌판의 한나절이 펼쳐졌다."(이청준,「소리의 빛」,『서편제』, 47면)

지 않는 소리와 장단의 기묘하게 틈이 없는 포옹과도 같은 것이었다.[101]

새벽녘 나그네는 하직 인사도 없이 조용히 길을 나선다. 사람이란 제 각각 자신의 한을 안고 살아가기 마련이라는 깨달음에서이다. 그러면 나그네는 또 무엇을 찾아 길을 나서는가. 해 안으로 선학동 산자락을 거울처럼 비춰 올릴 선학동 포구의 만조(滿潮)[102]를 보려는 마음에 발길을 황급히 재촉한다. 그러나 당도하고 보니 간척사업으로 이제 포구는 사라지고 없어, 나그네는 크게 낙망한다. 나그네는 선학동 주막집 사내로부터 앞 못 보는 누이가 자신의 노랫가락 속에 한 마리 학이 되어간 이야기를 듣게 된다. 누이는 날마다 물때가 되면, 반 마장이나 떨어진 방죽 너머 바닷물소리가 귀에 들려오고 있는 듯 한동안 주의를 모은 다음 소리를 하였단다. 주인은 "그 소리는 언제나 이 선학동을 옛날의 포구 마을로 변하게 하였고, 그 포구에 다시 선학이 유유히 날아오르게 하였다."고 믿지 않을 수 없었다고 한다. 이 학은 어떤 학이던가. 포구가 막히기 전 아비와 딸과 함께 노닐던 학이다.

포구에 물이 차오르고 선학동 뒷산 관음봉이 물을 타고 한 마리 비상학으로 모습을 떠올리기 시작할 때면, 노인은 들어주는 사람이 있거나 없거나 그 비상학을 벗 삼아 혼자 소리를 시작하곤 했어요. 해질녘 포구에 물이 차오르고 부녀가 그 비상학과 더불어 소리를 시작하면 선학이 소리를 불러낸 것인지 소리가 선학을 날게 한 것인지 분간을 짓기가 어려울 지경이었지요.[103]

주인의 말이다. 여기서 우리는, 포구에 물이 차면 선학이 비상한다

101 위의 책, 48면.
102 이청준, 「선학동 나그네」, 위의 책, 62면.
103 위의 책, 72면.

느니, 눈 먼 딸이 선학의 비상을 본다느니 하는 말은 동양적 정신의 역설[104]로 이해해야 하리라. 주인은 또 오라비가 더는 자기를 찾지 말게 하라는 부탁도 하였단다. 자기는 선학동 하늘에 떠도는 한 마리 학으로 남겠다고 하면서. "그 여잔 아닌게 아니라 한 마리 학으로 하늘로 날아 올라간 듯 그날 밤 홀연 종적"[105]을 감췄다고 한다.

선학동을 떠나고자 돌고개 모롱이를 올라 선 나그네는 쉽게 떠나지 못하고 거기서 소리를 하며 한나절을 보내고 있었다. 그는 소리를 하면서 누이의 소리를 듣고자 했고, 비상학을 보고자 했을 것이다. 들었다면, 그 소리는 천지간에 가득한 소리였을 것이다. 그 소리는 "(……) 목청을 돋워 올리기 시작하면 묵연스런 산봉우리가 메아리를 울려 오고, 골짜기의 산새들도 울음소리"도 그치는 듯하였으리라.[106] 이는 자유의 극한치로서 공간이 최대한 확장된 순간이다. 소리는 온 자연과 일체가 되어 천지간에는 일순 소리의 궁륭(穹窿)이 이루어져 소리가 온 우주(宇宙) 공간에 꽉 들어찼으리라. 이는 소리의 우주적 교감과 작용을 황홀한 환각처럼 발견하는 순간이다.[107]

소리를 찾아 헤매던 나그네는 그 순간 선학동에서 영원한 안주처를 보게 된 것은 아닐까. 그러나 나그네가 항용 그러듯 선학동 나그네는 집을 짓지 않는다. 그는 새로 길을 나선다. 이청준은 항상 "도달한 것의 마지막"[108]에서 또 출발했으니까. 나그네는 허정(虛靜)한 마음으로 또 다른 탐색의 노정에 들어선다. 나그네는 애초에 소리를 통한 진정한 말을 찾아나섰던 터다.

---

104 우찬제, 「한(恨)의 역설－이청준의 「남도사람」 연작 읽기」, 위의 책, 215면 참조.
105 이청준, 앞의 책, 86면.
106 위의 책. 27~28면.
107 우찬제, 앞의 글, 217면.
108 이청준, 『말없음표의 속말들』, 248면.

「다시 태어나는 말」에서 나그네로 나선 지욱은 드디어 복수를 택하지 않은 말들을 만난다. 애초 윤지욱은 『언어사회학서설』의 일련의 연작에 등장하는 인물이다. 그는, 초의선사의 생각과 말을 찾아 그의 음다법(飮茶法)을 애써 익히고 있는 김석호 씨에게서 잃어버린 말들의 운명을 보리라는 기대를 하며 일지암을 찾아 초의선사의 흔적을 돌아본다. 결국 그런 행동이 추상적이고 관념적인 추적이라는 깨달음으로 지욱은 절망한다. 이때 김석호는 소리하는 집을 찾아다니는 한 나그네의 이야기를 들려준다. 말의 진정한 실체로 들어서게 하려는 의도에서이다. 지욱은 초의선사의 삶과 사내의 인생살이를 겹쳐 생각하며, 다음과 같이 토로한다.

"초의 스님이 즐겨 마셨다는 그 작설차 말씀입니다……. 차를 마심에서도 법도에만 매달리면 부질없는 형식에 떨어진다 하셨던가요. 거기엔 사람의 삶이 사무쳐 채워지고 있어야 비로소 올바른 법도가 된다고 말입니다. 말이란 것도 마찬가지인 듯싶더군요……. 옳은 차마심의 마음을 익히려는 사람들이나 그 누이의 소리를 찾아 남도 천리를 헤매 다니는 사람이나, 알고 보면 모두가 그 한마디 말에 자신의 삶을 바쳐 살고 있음이 아니겠습니까. 그것도 그 필생의 삶으로 말입니다. 그래 그 용서라는 말은 운좋게도 몇 번씩 다시 태어날 수가 있었겠지요. 초의 스님에게선 차 마심의 마음속에, 사내에게선 누이의 소리 속에, 그리고 바로 김 선생님에게선 사람에 대한 믿음 속에서……."

"……."

"그렇게 그 행복한 한마디는 몇 번씩 태어남을 거듭하면서 끝내 믿음을 지켜 왔겠지요……."

"……."[109]

지욱은 "복수를 택하지 않고 수없이 다시 태어나는 고통과 변신을 감내하면서 자기 믿음을 지켜 나가는 말들이 있음"[110]을 보았다는 데서 오는 감동을 그렇게 표현한 것이다. 그 말들은 인간의 삶에 뿌리를 내리고 있었고, 그것들을 차라리 삶 자체라고 할 수 있을 만큼 화해를 이룩하고 있었던 것이다.[111]

나그네의 길은 여기서 끝난다. 그렇다면 이청준이 말한 대로 말들이 드디어 제 집을 찾고 제 고향을 찾은 것일까?[112] 김석호는 유선여관(游仙旅館)에 얼레빗질하는 여인을 남겨두고 몰래 잠적한다. 여인의 머리빗질에는 소리를 찾아 떠돌던 사내의 삶이 녹아 있는 터다. 여인의 머리빗질로 하여 지욱은 또 다른 여행길로 들어서게 된다.[113]

이청준은, 나그네는 집을 짓지 않는다고 했다. 이는 이청준 문예학의 비의이기도 한 궁극적 진리의 탐구 자세를 서사 형식으로 보여준 것이다.

4. 이청준 문학과 남도문학–마무리를 대신하여

이 글은 이청준 문학이 놓인 위치를 알아보기 위하여 우선 한국문학사의 문제점부터 살펴보았다. 기존 문학사들의 문제점은, 이 글과

---

109 이청준, 「다시 태어나는 말」, 『서편제』, 187면.

110 위의 책, 187면.

111 위의 책, 188면.

112 이청준, 「복수와 용서의 변증법」, 『말없음표의 속말들』, 앞의 책, 140면.

113 한순미는 나그네의 끝없는 여행 행위를 '문제제기' 혹은 '해체'로 읽는다. (한순미, 「부재(不在)를 향한 끝없는 갈망–이청준의 연작 『남도 사람』 다시 읽기」, 『현대소설연구』 20, 한국현대소설학회, 2003)

관련하여 보았을 때, 전통시기에 상대적 자율성을 지녔던 지역문학들은 물론 근대 들어 지역문학들의 중앙문학으로의 통합과정을 거의 묘사하지 않고 있다는 데 있다. 이를 두고 일국적(一國的) 관점의 문학사라 했다.

그런 가운데서도 일부 문학사들(김동욱·조동일·여증동의 문학사)은 지역적 시각을 견지하고 있는 점을 확인하였고, 그 점이 어떻게 나타나고 있는지, 이 글과 관련하여 판소리에 관한 기술을 살펴보았다. 그런데 문학사 기술에서 지역문학에 대한 인식을 보인 경우라 하더라도 부분적으로만 작동하고 있다는 데서 일국적 문학사 담론의 경계를 넘어서기가 그렇게 쉽지 않다는 점을 확인할 수 있었다. 문학사 공간에 대한 지역적 인식이 철저하였다고 한다면, 다 같이 지역적 차원에서 양반문학과 서민문학 상호간에 어떤 관계에 있었던가, 나아가 지역문학들 간의 관계는 어떠했던가를 설명함으로써 일국 차원의 문학사 기술을 귀납했어야 한다고 하였다.

이와 같은 일국적 관점은 근대문학을 기술하는 데서도 드러난다. 위에서 말한 바와 같이, 근대 들어 지역문학들이 중앙문학으로 어떻게 통합되어 갔는가를 묘사했어야 했다. 문학사들은 1910년대 문학사를 설명하면서 이인직의 『혈의 누』를 위시한 신소설만 이야기한다. 이른바 구소설은 하루아침에 없어져 버렸다는 말인가. 앞에서도 언급한 바와 같이 그 시절의 베스트셀러는 오히려 『춘향전』이었다. 문학사는 신구의 길항관계, 그 가운데 특히 미적 감수성의 변화 등에 주목했어야 했다. 그런 식이라면, 처음에 예로 들어 이야기하였듯이, 이청준의 문학에 끝없이 맴도는 어머니의 구슬픈 구음(口吟)을 설명할 길이 없게 된다. 그것은 구비전승물에 토대를 둔 남도지역 근대문학의 한 실례이다. 이청준의 (판)소리 관련 연작소설 『남도 사람』은 유년시절 어머니를 통해 체험했던 구비문화를 나름의 안목에서 근대문학으로 승화시킨 것이다. 문학사가들은, 문학사가 이 점을 스스로 설명하도록 했어야 했다.

이어서 이청준의 남도문학사상의 위치를 남도에서의 근대문학의 출현과 전라도의 문화지형의 변화의 측면에서 살펴보았다. 이청준은 한국근대문학사라는 큰 틀에서 보아 제3세대라 하였겠지만, 정작 근대문학의 출발이 더딘 남도문학권에서 보면 2세대 정도로 보아야 한다고 했다. 그럼에도 앞에서도 언급한 바와 같이, 이청준을 위시한 이 지역 젊은 문인들이 1960년대의 한국 중앙문단을 경악하게 하였다는 사실은 무엇을 말하는 것일까. 우선 근대문학의 출발이 늦게 시작되었음에도 불구하고 남도문학이 용출하듯이 비약적으로 상승했다는 점을 보여준다 하겠다. 한편 이는 새로운 시대에는 지역 문인들이 문인으로 행세코자 한다면, 전시대와는 달리 재지문인(在地文人)이기보다는 일국적 차원에서 중앙문인으로 활약해야 한다는 점을 나타내주기도 한다. 이것은 슬프게도 지역 문화공간의 중앙 문화공간으로의 통합을 의미하기도 한다. 이청준은 실은 그 통합의 과정, 즉 노상에 있었던 작가이다. 그래서 이청준은, 요즘 한국근현대문학 4・5세대(?)와는 달리 도시 공간과 집으로 상징되는 고향 공간에서 그리도 헤매었다고 본다.

근대 들어 문화 지형이 변화하는 가운데서도, 이청준 문학은 남도지역 문화공간 내에 형성된 탐진강 문화권과 서편제 문화권의 영향을 여러 면에서 받았다고 본다. 한 예로 판소리 서편제의 영향을 들 수 있다. 이청준은 자신의 소설 인물 모델 가운데 가장 대표적인 사람이 자신의 어머니라고 수없이 고백한다. 어머니에게 수용된 전통문화 자락과 숨결은 길고도 넓었다는 것을 작품이나 증언 자료를 통해서 많이 볼 수 있다. '한' 많은 어머니의 구음을 듣고 자란 이청준은 판소리나 민요 등 남도의 전통문화를 자기 시대의 문화로 승화시켰다고 보는 이유가 여기에 있다.

다음으로 이루어진 이청준 문학에 대한 연구는 남도지역과 관련시켜 보고자, '집'과 '고향' 관념을 활용하였다. 또 그 관념들과 대칭되는 '도시' 관념을 공간과 장소 측면에서 조응시켰다. 이청준의 문학 공간은 전체적으로 도시와 시골로 대비되어 나타난다. 이청준은 그 두 공간 사이에서 끝없이 방황한다. 문학작품도 마찬가지다. 궁극적인 탐색 대상인 말도 도시말과 시골말 사이에서 끝없이 떠돈다. 그 공간상의 방황 혹은 이동을 이청준은 곧잘 나그네의 삶에 비유하여 설명한다. 이 글이, 이청준은 왜 집을 잃어버리게 되었고, 또 잃어버린 집(혹은 고향)을 찾아 어떻게 헤매었으며, 그리고 결국 나그네의 길을 선택하게 되었는가 하는 순서를 밟아 살펴본 것도 거기에서 연유한다. 따라서 이 글은 가치판단보다는 경험 현상의 설명에 주력하게 된다.

집이란 무엇인가. 집이라는 공간이 장소로 전환되는 것은 친숙함 때문이다. 장소로서의 집은 운동상의 공간이 인간적 가치로 구체화된 공간이다. 그런 친숙함과 인간적 가치를 잃어버렸을 때 집과 고향은 낯선 공간이 된다. 「잃어버린 집」에서는 이청준이 문학의 길에 들어선 사연을 살펴보았다. 이청준은 6·25전란과 가족들의 연이은 죽음, 그리고 가형의 재산 탕진과 집 처분 등으로 삶에 대하여 극도의 두려움과 회의에 빠진다. 이는 결국 삶에 대한 근원적인 질문을 하기에 이르렀다. 이것이 그가 문학의 길에 들어선 가장 큰 요인으로 파악되었다.

「집을 찾아서」에서는 그(혹은 그의 소설 인물들)가 서울이란 도시에서 떠돌며 현실적인 집과 참다운 말이 깃들어야 할 존재의 집을 찾아 헤매는 모습을 살펴보았다. 그 모습은 두 연작, 즉 『언어사회학서설』과 『남도 사람』에서 집약적으로 형상화된다. 그 또는 인물들은 끝내 집을 찾지 못하고 나그네가 되어 또 다른 집을 찾아 나선다. 노래를 쫓던 나그네는 「다시 태어나는 말」에서 말과 노래가 깃든 집과 고향을 찾았는가 싶었는데, 이청준은 나그네가 안주하지 못하도록 한다. 나그네는 집을 짓지 않기 때문이라고 한다. 이는 이청준 문예학의 비의이기도 한 궁극적 진리의 탐구 자세를 서사 형식으로 보여준 것이다.

글을 끝맺어야 할 때가 되었다. 이 글이, 논제인 「이청준 문학과 남도문학」에 충실하고자 했다면, 그 계승적인 측면에 주목했어야 한다고 본다. 그런데 이 글은 기껏해야 지역적 연고성 정도만 가지고 그 관련성을 말한 수준이다. 적어도 전통적인 판소리가 근대 남도 여성들의 구음을 어떻게 통과하였으며 또 그것이 이청준의 『남도 사람』의 소리로 어떻게 이어졌는가 정도는 구명했어야 했다.[114] 앞에서 그러지 못한 문학사들을 타박했지만, 실은 그 말은 이 글에도 해당되는 말이다.(장홍군, 순천대 주최, 소설가 이청준 선생 추모학술대회 자료집, 2009; 순천대 지리산권문화연구원, 남도문화연구소, 『남도문화연구』제16집)

114 조동일은 호남문학의 특징으로 남성 시가의 여성 화자에서 찾고 있다. 정철의 「사미인곡」, 백광훈의 「용강사」, 판소리 『춘향가』, 서정주의 춘향 시편 등이 그 예이다.(조동일, 『지방문학사』, 서울대 출판부, 2004, 165~181면)

제5장
『태백산맥』의 민족운동

혁명은 인간의 삶의 창조고,
투쟁은 그 건설을 위한 도구다.

—『태백산맥』 5권 289면

1. 머리말

『태백산맥』을 쓴 작가 조정래는 작품 집필 동기를 분단된 민족의 통일을 염원한 데 있다고 드러내어 밝히고 있다.[1] 이로 보면 민족의식

---

* 이 글은 2009학년도 순천대학교 대학자체연구과제지원사업에 의해 이루어졌다.

1 그 예를 보면 다음과 같다.
"나는 작가생활을 시작한 이후 「청산댁」, 「황토」, 「유형(流刑)의 땅」, 「불놀이」 등을

(혹은 민족주의)이 어느 정도는 작품의 추동력으로 작용하고 있다고 할 수 있다.

담론의 형식에 주목해 본다면, 민족의식은 여타의 다른 의식이나 사상보다 더 드라마틱한 성격을 지닌 의식이다. '우리'와 '적'이라는 이분법적 틀을 명쾌하게 보여주기 때문이다. 근대소설은 흔히 갈등 장르라고 하는데, 이는 주인공과 적대적 인물 간에 형성되는 관계의 기본 구조가 이분법적이라는 점을 두고 하는 말이다. 이런 점에서 민족의식은 근대소설과 내적 구조상 친연성을 지니고 있다고 할 수 있다. 이런 까닭에 민족의식이 허구적 서사의 주제가 되는 경우 그 자체가 지니고 있는 이분법적 틀로 말미암아 별다른 서사 전략의 기획 없이도 자연스럽게 이야기 기능을 수행할 수 있게 된다.[2] 그렇더라도 작가

통해서 우리 민족이 겪은 역사적 수난과 아픔을 쓰고자 했다. 그러나 내 의식의 허기는 채워지지 않았고 가셔지지 않았다. 의문과 회의와 질문이 많았던 때문일 것이다. 그것들을 올올이 간추리고 엮어 베를 짜기로 한 것이 『太白山脈』이다. 그 베는 소수인의 치장을 위한 비단이 아니라 다수인의 살을 감싸는 삼베나 광목이어야 했다.
민족 분단의 삶을 날줄과 씨줄로 엮어 민중의 상처와 아픔을 감싸고자 하는 베짜기 작업이 어떻게 종합되고 통일을 이루어, 잘려진 太白山脈의 허리를 잇는 데 얼마나 기여할지는 나도 잘 모른다. 그 짐을 나는 지고 있는 것이다. 민족의 '허리잇기' 염원이 언제인가는 성취될 것을 믿으며, 앞으로도 동반자 없는 등반을 계속해 나가는 길밖에 없을 것이다."(『태백산맥』 1권 머리말 「작가의 말」 가운데서)
이를 통해, 민족의식이란 작가 조정래의 작가생활에 있어서 일관되게 지녀온 작가의식이라는 사실을 짐작해 볼 수 있다. 작가는 작업을 중간 결산하면서도 다짐하듯 같은 내용의 말을 한다.
"역사는 '힘 있는 자들의 기록'이어서는 아니 된다. 우리의 분단된 삶, 통일을 찾아가야 하는 우리의 민족적 삶에 있어서는 더욱이 그러하다. 역사의 그런 허위가 파괴되고, 역사가 '자각하는 민중의 소유'가 될 때에 비로소 우리 민족의 '허리잇기'인 통일도 이루어지리라 믿는다. 그 중간과정에 문학이 해내야 할 몫이 있다고 확신하며, 나는 소설로써 그 일을 이루어보려고 욕심부리는 것이다."(『태백산맥』 4권 「작가의 말」에서)
이 연구는 2004년 해냄출판사에서 출간한 『태백산맥』(제3판)을 저본으로 삼는다. 앞으로 『태백산맥』에서 인용한 글의 출처는 권수와 면수만을 밝히기로 한다.

2 민족주의가 초월적인 상태에서 무반성적으로 작동하는 대중소설의 경우에는 그 정도가 더욱 심하다고 할 수 있다.

가 의도하는 바의 민족주의가 곧바로 작품으로 형상화되었다고 이해해서는 안 될 것이다. 작가의 의도인 논리 수준의 민족주의는 추상적인 것인데 반해, 작품상의 민족주의는 서사에 참여하는 순간 사건화되어 나타난 구체적인 것이기 때문이다. 사건화는 작품 자체의 서사문법에 따라 진행되고, 그 맥락에서 서사적 의미가 형성된다.

민족운동의 구조는 민족(국가)이 처한 현실적 상황에 따라 아주 다양하다. 『태백산맥』은 외적으로 미군정이 추구한 재식민화의 기획과 한민족이 추구한 국가 건설의 기획이 대충돌하는 양상을 서사화하는 한편, 국내적으로는 식민지 유산인 반봉건적 토지 문제의 해결을 놓고 민중 세력과 지주 세력이 첨예하게 대결하는 양상을 서사화한 것이다. 총 4부 120장으로 구성되어 있는 『태백산맥』에는 수없이 많은 작은 이야기들이 모여 있다. 그 작은 이야기들은 결국 모두 다 두 개의 스토리 라인, 즉 계급해방의 서사와 민족해방의 서사에 수렴된다.[3] 이로 보면 『태백산맥』은 계급해방의 서사와 민족해방의 서사라는 두 개의 새끼줄로써 거대한 하나의 동아줄을 엮어내는 형상을 띄고 있다고 할 수 있다.

연구에 앞서 『태백산맥』에 구현된 민족의식을 개념화하기는 썩 쉽지 않다는 사실을 지적해 두어야 한다고 본다. 이는 작품에 드러난 민족의식의 폭은 민족해방 투쟁을 벌여온 제3세계 민족국가들에서 흔히 볼 수 있는 중층성을 지니게 된다는 점에서 찾을 수 있다. 이때 민족운동은 대외적 문제와 대내적 문제가 착종된 상황을 돌파해야 하기 때문에 더욱 지난할 수밖에 없다. 따라서 대응해야 하는 상황의 복잡

---

3 임환모는 이 작은 이야기들의 구성 방식을 삽화적 구성이라 한다. 그에 따르면, 이 구성은 가진 자와 그렇지 못한 자 사이에 대두하는 다양한 갈등들 간의 차이와 닮음의 긴장관계를 유지하기 위한 세부적 방법이다.(임환모,「『태백산맥』의 서사 전략」,『현대문학이론연구』 16, 현대문학이론학회, 2001, 84면)

성은 민족 개념의 범주를 무한히 확장할 수 있는 개연성이 다분하다. 흔히 민족 개념을 정식화하는 데 있어서 근대에 발명되었다는 도구론적 입장과 역사적 실체로 존재했다는 원초론적 입장이 맞서 있는데,[4] 『태백산맥』에 드러난 민족의식은 두 개념 가운데 어느 하나를 배제할 수 없을 만큼 그 폭이 매우 넓다.

그간 『태백산맥』에 대한 연구는 그 방대한 작품에 비하면 미미하다고 할 수 있다. 그런 가운데서도 내적 연구나 배경적 연구, 그리고 이데올로기적 연구 등[5]에서 단기간에 상당한 성과가 있었던 것이 사실이다. 기존 연구들에 기대어 말한다면, 『태백산맥』의 문학사적 의의는 참으로 대단하다. 그것은 첫째로 금기시된 이념논쟁 상황을 과감하게 돌파하였다는 점, 둘째 이데올로기의 갈등과 대립의 실상을 구체적으로 제시하였다는 점, 그리고 셋째로는 분단 극복의 역사적 전망을 제시하였다는 점 등[6]으로 요약된다. 앞으로 미학적 측면에서 더

---

4 박찬승, 『민족·민족주의』, 소화, 2010, 27~41면.

5 내적 연구로는 「『태백산맥』의 텍스트 기호론적 분석-'지주/소작인' 코드를 중심으로」(김동근, 『현대문학이론연구』 16, 현대문학이론학회, 2001.12), 「『태백산맥』의 주제 전개를 위한 응결성 실현 양상에 대한 고찰」(양영희, 『현대문학이론연구』 16, 현대문학이론학회, 2001.12), 「『태백산맥』의 서사 전략」(임환모, 『현대문학이론연구』 16, 현대문학이론학회, 2001.12) 등이 있다.
그리고 배경 연구로는 『『태백산맥』 다시 읽기』(권영민, 해냄, 1997),『태백산맥 문학기행』(한만수, 해냄, 2003), 「조정래의 『태백산맥』과 지질학적 상상력」(김은경, 『한국현대문학연구』 14, 한국현대문학연구회),「서사공간의 문화 기호 읽기와 스토리텔링 전략 I-『태백산맥』의 벌교를 중심으로」(정경운, 『현대문학이론연구』 29, 현대문학이론학회, 2006) 등이 있다.
한편 이데올로기적 연구로는 「작품과 시간-조정래의 『태백산맥』론」(임규찬, 『문예미학』 5, 1999), 「『태백산맥』에 나타난 민족주의 여성상」(안숙원, 『여성문학연구』 9, 한국여성문학연구회, 2003), 「『태백산맥』의 탈식민성 연구」(최현주, 『현대문학이론연구』 29, 현대문학이론학회, 2006) 등이 있다.
그 외 비평적 수준의 논의를 엮은 논집으로는 『문학과 역사와 인간』(고은 외, 한길사, 1991)이 있다.

6 권영민, 「『태백산맥』의 소설적 성과」, 『문학과 역사와 인간』, 156~157면.

많은 연구가 있어야 한다고 본다.

이 글은 『태백산맥』의 민족운동 양상을 운동의 주체와 목표[7] 등의 문제와 관련하여 살펴보고자 한다. 특히 민족운동의 두 양상인 사회해방과 민족해방의 변증법적 상호관계를 소설의 플롯 전환점(plot point)[8]과 관련하여 살펴봄으로써 『태백산맥』에 드러난 민족의식을 구명해 보고자 한다. 여기서 말하는 플롯 전환점이란 작품의 총4부 가운데 1·2부와 3·4부가 서사 전개상 돌이킬 수 없는 관문으로서 격한 변화를 보여주는 대목이다. 『태백산맥』은 그 플롯 전환점을 중심으로 하여 민족의식에 큰 폭의 변화를 가져오는 동시에 사회해방과 민족해방의 운동논리에도 상호간에 큰 변화를 일으키고 있다.

오늘날 흔히 민족주의의 허구성을 많이들 지적하면서 그 허망함을 들어 그것이 하루아침에 없어질 것처럼 자신 있게들 말하고 있다. 이는 순전히 당위적인 차원에서나 가능한 이야기이다. 세속사에서 한번 만들어지거나 구성된 것은, 그것이 비록 편견일지라도 쉽게 없어지지

한편 김철은 『태백산맥』의 소설사적 의의는 무엇보다 전망 부재의 수난사적 역사 이해의 안목을 극복한 데 있다고 본다.(김철, 「인물형상화와 가부장적 인간관계의 문제」, 『문학과 역사와 인간』, 179면)

7 『태백산맥』에는 혁명의 목표와 수단이 다음처럼 분명히 표현되어 있다.
"혁명은 인간의 삶의 창조고, 투쟁은 그 건설을 위한 도구다."(『태백산맥』 5권 289면)

8 사건 진행이 문지방 넘어서기처럼 돌이킬 수 없는 상태나 질적으로 달라진 상태를 이른다. 일종의 서사적 변곡점(變曲點)이라 할 수 있다.
『태백산맥』의 전후반 플롯 전환점에 대한 인상을 박명림은 다음과 같이 진술하고 있다.
"이것[소설의 재미가 약간 덜어진 것]은 인물의 전형성으로 소설적 구도가 짜여지고 그 인물을 중심으로 소설내용이 전개된 전반부에 비해 후반부로 가면서는 인물보다는 지나치게 사건 중심적이고, 사건이 소설을 끌어가고 있지 인물은 오히려 사건에 끌려가는 부수적인 요소로 전락해버린 때문이 아닌가 여겨진다. '역사소설'로서의 『태백산맥』 이 전반부에서는 '역사'와 '소설'의 측면이 균형있게 강조된 데 비해 후반부에서는 '소설'의 측면은 상대적으로 감소하고 '역사'의 측면이 강조되었기 때문으로 보인다.……"(박명림, 「『태백산맥』, '80년대' 그리고 문학과 역사」, 고은 외, 『문학과 역사와 인간』, 한길사, 1991, 78~79면)

않는 법이다. 그런 까닭으로 이런 연구를 통해 어느 일면 허구성을 지니고 있는 민족의식이 실제적인 구성력을 어느 정도 지니고 있는가 하는 점을 논구해 보는 일은 새로운 전망을 생각해보는 데 또 하나 가외의 의의가 있지 않을까 한다.[9]

2. 『태백산맥』의 민족운동

1) 민족운동의 주체 : 계몽과 전위의 논리

민족운동의 성공 여부는 운동 주체의 자발성에 의해 좌우된다. 그런데 자발성은 단순히 주체의 의지나 결단에 의해서라기보다는 근원적으로는 물적 이해에 의해서 발생한다. 이때 물적 이해는 정치경제적 성격을 지닌다. 흔히 "민족운동은 초계급적인 민족 공동의 보편적

---

9 다음에 보듯 민족주의에 대한 섣부른 비판에 대한 작가 나름의 우려는 자못 깊다.
"우리는 민족주의를 '시대착오적 촌스러움'이거나, '세계적 조류에 역행하는 쇼비니즘'이라고 대다수의 지식인들이 거침없이 매도해대는 육·칠십년대를 살아왔다. 인류라는 미명을 내세운 그 강대국논리에 편승한 이땅의 지식인들이 범한 무책임한 행위가 오늘의 현실에서도 저질러지고 있음을 우리는 묵과해서도 안되고, 용납해서도 안 될 것이다. 그런 부류들로 인하여 분단사는 다시 왜곡되고, 통일은 저해당하고 있음을 우리는 직시해야 한다."(『태백산맥』 제3부 「작가의 말」 가운데서)
그러나 민족 내부의 계급 모순이나 그 분노를 민족주의적 감정으로 휘감아 은폐해 버리는 민족주의적 주장은 항상 경계해야 마땅하다.(권혁범, 『민족주의는 죄악인가』, 생각의나무, 2009, 79~85면 참조)
민족주의를 비판하고자 할 때 고진의 다음 말을 참조하는 것이 유익하리라 판단한다. "네이션을 환상으로 비판하려면, 그와 같은 환상을 필요로 하는 현실을 비판해야 한다."(가라타니 고진, 조영일 옮김, 『네이션과 미학』, 도서출판b, 73면) 주장의 핵심은 이론이나 이데올로기의 사회역사성에 주목해야 한다는 뜻이다.

목표를 지향하면서도 동시에 특수한 물적 이해를 지닌 특정한 사회계급이 주도한다는 데 그 변증법적 특징이 있다."[10]고 한다.

『태백산맥』에서는 '특수한 물적 이해'가 정치적 수준과 경제적 수준으로 각기 분리되어 나타난다. 민족운동의 측면에서 본다면, 정치적 수준에서 인식하는 인물들을 대표하는 인물은 서민영과 김범우이다. 경제적 수준에서 인식하는 인물들을 대표하는 인물은 염상진이다. 이들은 물적 이해에 대한 인식을 달리함으로써 궁극적으로 민족운동의 주체를 서로 달리 인식하게 된다. 서민영과 김범우는 역사 과정에서 일정한 정치적 소임을 수행한 계층에 주목하여 부르주아 지식인을 주체로 자연스럽게 상정한다. 이에 비해 염상진은 운동 주체가 담보하는 경제적 진보성에 주목하여 일반 민중을 주체로 상정한다. 판단에 있어서 서민영과 김범우가 전통적이고 경험적이라면 염상진은 이론적이다.

그런데 민족운동의 주체에 대한 인식 문제에 있어서 관건은 민중들을 어떻게 인식하느냐에 달려 있다. 민중들의 자발성의 정도는 얼마나 되며 과연 그것은 신뢰할 수 있는가로 모아진다. 그러면 『태백산맥』에 그려진 민중들의 현단계 현실 인식과 그 대응 양상을 살펴보자.

> ① 사람들은 스스로 한 덩어리가 되어 해방의 기쁨을 나누었던 힘을 그냥 사장시키지 않고 새 세상 만들기와 새 나라 만들기의 힘으로 바꾼 것이었다.(…중략…)
>
> 사람들의 그런 자발성에 따라 건준지부와 치안대가 탄생했다. 그리고 건준지부는 곧 인민위원회로 이름을 바꾸었다. 인민위원회의 여러 기구에 친일반역자들이 얼씬도 하지 못한 것은 더 말할 것도 없었다. 오 만을 헤아

10 임지현, 『민족주의는 반역이다』, 소나무, 2005, 215면.

리는 읍민들 중에 구 할이 농민이고, 그 농민들 중에서 팔 할이 넘게 소작인인 그들이 인민위원회에 바라는 것이 무엇인가는 너무나 분명하고 확실했다. 신속한 토지문제의 해결이었다. 그 요구와 공산주의 혁명과는 한 치의 빈틈도 없이 맞아떨어졌다. 해방된 땅의 전체 분위기는 똑같았고, 그건 곧 혁명으로 치달아가는 길이었다. 인민은 곧 혁명 이데올로기의 거대한 연료로서 불꽃이 당겨지기만을 고대하고 있었다.[11]

②「고걸 누가 몰르겄는가. 배불르고 식자 들었다는 유식헌 사람덜이야 우리 겉은 가난헌 농새꾼 알기럴 바보 멍텅구리로 알제만, 시상살이 쓰고 짜운 맛이나, 시상이 순리로 돌아야 헐 이치나 우리만치 세세히 아는 사람덜이 워디 있겄어. 다 암스롱도 심 읎응께 그저 몰른 디끼, 바본 디끼 사는 것이제. 아까 자네 일정 때 말 비쳤는디, 그때 농새꾼덜이 당헌 고초 워찌 말로 다 허겄는가. 근디, 정작 나라 폴아묵고 뺏긴 것은 누구였난 말이여. 고 알량헌 양반에다가 배불른 사람덜 아니었는감? 그런디 고것덜이 일본눔덜허고 짝짝궁이 되야갖고 못 살게 주리럴 틀어댄 것이 누구였어? 우리 가난허고 심읎는 농새꾼 아니였냔 말이여. 일 년 농새짓고 쭉쟁이만 보듬고 울어야 허게 지독시럽든 동척 소작료에, 항꾼에 놀아난 조선 지주덜. 오직이나 못 살겄으면 고향 버리고 그 먼 간도땅으로 떠나고, 산중으로 화전일구로 들어가고 혔을 것인가. 말얼 허자면야 한이 읎고, 몰른 디끼, 바본 디끼 사는 것이제.」

장홍댁이 허전한 웃음을 지으며 목골댁을 건너다보았다.

「아이고메 성님, 심 파허게 일정 때 이약 멀라고 허고 그요. 이약얼 허자면 지끔 시상얼 이약혀야제라. 일본헌테 그리 나라 폴아묵고, 일본눔덜허고 짝짝궁 되야갖고 돌아감스로 배터지게 잘 묵고 잘 산 양반이고 지주라

---

11 『태백산맥』 1권, 322~323면.

는 것덜이 또 미국눔덜허고 강강수월래 험스로 잘도 돌아가는 요 빌어묵을 시상에 헐 말이 을매나 많소.」

목골댁이 기를 세웠다.[12]

③ 민심은 전혀 예측할 수 없는 가변성을 내포하고 있었다. 그건 바람 같은가 하면 안개 같기도 했고, 그런가 하면 물 같기도 했다. 바람처럼 보이지도 잡히지도 않으면서 어느 순간마다 언뜻언뜻 느껴지는가 하면, 어떤 결정적인 경우에는 폭풍으로 몰아쳐오는 것이었다. 양조장 정 사장 사건을 처리하면서, 평소에는 있듯만듯하던 그들 민간인들의 힘이 네 소작인을 구해내는 연판장으로 일시에 뭉쳐졌던 것이다. 그것은 분명 작은 힘들이 모아져 폭풍으로 돌변하는 모습이었고, 전에는 전혀 경험해본 바 없는 힘의 섬뜩함이었다. 어느 길목에서 갑자기 맞닥뜨릴 때 황급히 옆걸음질치며 피하는 그들은 흐릿흐릿 흩어지는 안개발에 지나지 않았고, 장날이면 호의를 가지고 말을 걸어도 잔뜩 주눅이 들어 말더듬이가 되는 그들은 아무 데도 쓸모가 없는 한 방울의 물에 불과했다. 그런데 그들은 어느 순간에는 한 발 앞도 분간 못하게 하는 진한 안개로 뭉쳐지고, 어떤 계기에는 강둑을 사정없이 무너뜨리는 성난 물줄기로 한 덩어리가 될 수도 있었다.[13]

①에는 민중들이 해방을 맞이하여 흥분하고 감격해 하는 모습이 생생하게 그려져 있다. 민중들은 기회가 주어지자 건준지부와 치안대를 설치하는 등 적극적이고도 자발적인 활동을 벌인다. 그들은 불평등한 토지 문제가 하루속히 해결되기를 열망하는 것이다. 이런 분위기를 화자는 '혁명으로 치달아가는 길'이라고 표현한다. ②에는 민중들의 현

12 『태백산맥』 3권, 148면.

13 『태백산맥』 4권, 11~12면.

실 인식과 처신이 잘 드러나 있다. 민중들은 '시상살이' '다 암스롱도 심 없은께 그저 몰른디끼, 바본 디끼' 살아갈 뿐이다. 또한 여기에는 민중들의 우리의식과 적에 대한 적대적 인식이 분명하게 나타나 있다. ①에서와는 달리 민중들의 수동적이고 소극적인 측면이 부각되어 있다. 끝으로 ③에서는 상황에 따라 무시로 바뀌는 민심이 '바람' '안개' '폭풍' '물' 등 자연물에 비유되어 표현되어 있다. 그렇다면 이들 민중들이 과연 혁명의 주체가 될 만한 역량을 갖추고 있다고 할 수 있을까?

서민영과 김범우는 현실 문제를 해결하는 데 있어서 일반 민중들의 역량보다는 지식인들의 적극적인 활동에 역점을 둔다. 결과론적 해석이지만 그들은 민중들을 혁명의 주체로 인식하는 데 부정적이라고 볼 수밖에 없다. 다음을 보자.

① 매산학교를 마친 서민영은 동경제대 영문과를 졸업하고 광주사범의 선생이 되었다. 그는 학교에서는 영어선생이었고, 일과가 끝나면 농민야학의 교장이었다. 농촌계몽운동은 일천구백이십년대 후반부터 시작되어 일천구백삼십년으로 접어들면서 전국으로 본격화되었다. '브나로드, 브나로드'(민중 속으로, 민중 속으로)를 외치지 않은 학생이 없을 정도였다. 그 운동은 '아는 것이 힘이다, 배워야 산다' '가르치자, 나 아는 대로' 등의 구호를 앞세운 문맹퇴치운동 같았지만 야학공부를 통해서는 독립정신과 애국정신을 암암리에 일깨우고 주입하는 것이었다.(…중략…)

공개적 활동을 금지당하게 되자 서민영은 음성적인 학생조직을 만들었다. 그가 지향하는 바는 '이상농촌의 건설'이었고, 굳이 성분을 따져 이야기하자면 그는 '기독교사회주의자'였다. 한때 염상진, 안창민, 김범우, 손승호 등이 그의 영향 아래 있었던 것은 말할 것도 없었다. 그는 일천구백사십일년 치안유지법에 저촉된 공산주의자로 몰려 일 년 육개월의 실형을 받았다.(…중략…)

그는 자신의 농토 전부를 공동농장화 했고, 야학을 개설했다. 그는 일제

하에서 중단당한 일을 다시 시작한 것이었다. 농토의 공동농장화는 그가 꿈꾸던 '**이상농촌의 건설**'이었는데, 고흥과 벌교 일대에서 두고두고 화젯거리가 되었다. '**다 함께 농사짓고, 다 함께 먹고 산다**'는 목표가 기독교정신 아래 세워져 있었다. 기독교인이 아니면 그의 공동농장의 농사를 지을 수 없는 제약이 있었지만, 기존 소작인들 중에서 그 제약을 거부하고 이탈하는 사람이 있을 리가 없었다. 그는 삼 년 동안 그야말로 '다 함께 농사짓고, 다 함께 먹고 산다'는 약속을 지켰고, 그의 공동농장은 모든 소작인들의 부러움의 대상이었다.[14](강조는 필자)

② 김범우가 **민족의 발견**과 그 단결이 우선해야 된다고 생각을 굳힌 것은 식민시대를 살아내서만이 아니었다. 그 결정적 계기는 OSS동지에서 하룻밤 사이에 포로취급을 당하면서였다. 샌프란시스코 근교의 수용소를 거쳐 하와이 수용소에서 사 개월을 보내면서 그 생각은 굳어졌다. 윌슨의 민족자결주의가 약소민족들의 자존이나 독립을 철저하게 우롱하고 기만하며 강대국들의 상호 이익보호를 위한 연극적 대사였듯 연합국이라는 존재들이 해방된 한반도를 위해 과연 무엇을 할 수 있을 것인지를 깊이 회의하게 만들었다. 민족이라는 추상적 개념이 공동의 삶을 방어하고 옹호하는 집단이어야 한다는 구체적 개념으로 바뀌어 있었다. 미국이 그런 식으로 대했는데 소련이라고 다를 리 없는 것이고, 그 불신의 의식 속에서 소생하는 것은 민족뿐이었다. 그런데, 해방된 땅의 정치적 혼돈과 사회적 혼란 속에서 백범 김구가 바로 자신과 똑같은 주장을 내세우고 있었다. 아, 백범! 김범우는 그 옛날부터 지녀왔던 그분에 대한 신뢰감 위에 감동의 전율이 흐르는 것을 느꼈다. 그 후로 김범우는 백범에게 모든 기대를 걸게 되었다.[15](강조는 필자)

---

14 『태백산맥』 3권, 162~163면.

15 『태백산맥』 1권, 163~164면.
김범우의 민족의식은 작품 후반으로 갈수록 더욱 강고해진다. 이는 당시 해방정국이

①은 서민영에 관련된 것이다. 이 글은 한국 지식인들이 식민지시대와 해방 격동기에 전개한 민중계몽운동의 표본을 압축해 놓은 듯하다. 어려운 시대를 맞이하여 민중들에 대하여 한없는 애정과 무한한 책임의식을 지닌 지식인이 교육을 통해 민중들을 교육하는 모습이 잘 그려져 있다. 서민영의 총체적 의식은 계몽의식인 바, 그것은 기독교의 목자의식과 동양적 사표의식에 토대를 둔 것이다. 기독교사회주의를 기초로 하여 자기 나름의 유토피아를 추구하는 서민영의 모습은 제자들에게 실천력에 있어서 초인적이며 영웅적인 모습으로 비쳐진다. 고매한 인격은 신비적이며 숭고하기까지 하다. 그 앞에서 제자들은 암묵적으로 왜소해지고 부차적인 존재가 된다. 역사는 한 사람의 영웅에 의해 개척되고 주도된다는 메시지를 담고 있다. 하느님의 종으로서, 사회역사의 지식인으로서 실천을 다함으로써 서민영은 역사의 주체가 된다.

②는 김범우가 철저한 민족주의자가 된 경위를 진술한 내용이다.

민족운동의 측면에서 보았을 때 악화일로를 걷게 된다는 인식의 결과이다.

"제가 지난번에 미국사람을 잔인한 완벽주의자들이라고 했는데, 그들이 삼팔 이남을 점령해서 이승만 정권을 세워놓고 철군하기까지를 살펴보면 그 씨나리오가 그렇게 완벽할 수가 없습니다. 삼팔 이남을 점령해서 자기네 깃발을 꽂으면 쏘련의 세력을 직접 견제함과 동시에 태평양 전체를 자기네 정원의 연못으로 만들 수 있다는 대전제 아래 그들은 우선 조선땅을 일본의 식민지로 철저하게 규정했습니다. 그래야만 전리품을 줍는 것으로 점령이 합법화되는 거지요. 그 맥락에서 임정은 당연히 부인당했고, 몽양의 인공(조선인민공화국)도 부인당했습니다. 자기네의 뜻대로, 자기네를 위한 정권을 자기네의 손으로 세워야 한다는 대원칙을 그들은 자기네 조상인 링컨이 정의한 민주주의 뜻에 대입시켜 남쪽을 제멋대로 칼질하기 시작했습니다. 민족주의 세력 경원, 공산당활동 불법화, 친일반역세력 옹호, 경찰력의 확대, 대구 십일폭동을 계기로 남쪽 전역의 인민위원회 조직 파괴, 제주도 사삼사건 발발, 단정수립, 여순사건을 거쳐 지금입니다. 제가 하고 싶은 말은, 공산당과 연결을 짓지 않고 생각하더라도, 그 큰 사건들을 통해오면서 우리 대중들이 얼마나 치열하게 군정의 횡포에 대항했고, 그때마다 군정은 얼마나 철저하게 탄압을 가했는가를 생각해야 된다는 겁니다.(『태백산맥』 5권 302~303면)

김범우는 당시 상황에서 우리 민족이 가장 시급히 해결해야 할 과제는 미국과 소련이라는 양 외세를 물리치고 자주독립 국가를 수립하는 일이다. 외세를 물리치기 위해서는 온 민족이 단결해야 한다는 것은 당연지사다. 따라서 민족운동의 주체는 민족이어야 한다는 것이 그의 근본적인 믿음이다.[16] 여기서 차이를 통해서 동일성을 구성한다는 민족주의 논리의 전형을 보게 된다. 한편 위에서 강조된 '민족의 발견'이라는 개념[17]을 통해서 추론해 본다면, 그 민족은 실제로 존재하는 것으로서 그것을 발견해야 하는 것이 지식인의 사명이다. 따라서 민족의 발견자들은 민족 엘리트들이다. 자연스럽게 민족, 혹은 역사의 주체는 지식인으로 전제되고 있다 하겠다. 이것은 중도자유주의자들이 지닌 일반적인 인식이다. 민족에 강한 집착을 보이는 김범우의 인식은 ②에 나타난 바와 같이 순전한 경험에서 우러나온 것이기 때문에 경험적 구체성을 띠고 있어 현실적인 설득력도 지니고 있다. 그런데 김범우의 주장에는 구체적인 사회 문제나 계급 문제가 사상되어 있는 점에서는 추상적이요 관념적이다. 말하자면 주체들의 차이가 무시되고 계급모순이 은폐되어 있는 것이다. 이것은 어느 일면 민족을 선험적이고 자연적인 존재로 전제하는 데서 오는 당연한 결과이다.

중도자유주의자들인 서민영과 김범우는 민족운동의 주체를 다 같

---

16 김범우는 자기 주장에 앞서 염상진이 주장하는 민중주체론을 이해한다고 고백하기도 한다. "근대사회의 구성이 철저하게 민중 중심이어야 한다는 사실을 깨닫고 있고, 그 바탕 위에서만 민족의 주체형성이 가능하고, 민주주의도 가능하며, 역사발전도 도모된다는 것"(『태백산맥』 6권, 345면)이라고 한다. 그러면서도 자신은 민족제일주의자라고 선언한다. 그래서 민족보다 먼저 이념을 내세우는 것을 용납하지 않는다고까지 한다.(『태백산맥』 6권, 344면) 인용된 글에서 볼 수 있는 내용이기도 하다. 한 마디로 역사 발전의 주체는 민족이라는 것이다.

17 이러한 민족 개념은 겔러(Ernest Geller)나 에릭 홉스봄(Eric J. Hobsbawm) 등에 따르면 근대적이요 목적론적이라 할 수 있다. 왜냐하면 근대의 필요에 따라 민족주의가 민족을 만들었다고 파악하기 때문이다.(박찬승, 앞의 책, 34~36면 참조)

이 지식인으로 상정한다는 데서 차이를 보이지 않는다. 차이가 있다면 민중들에 대한 지식인의 입장에 대하여 김범우가 서민영에 비하여 매우 자의식적이라는 점이다. 이런 태도는 염상진의 민중주체적 입장을 의식하며 항상 반성적 태도를 견지한 데서 비롯된다. 김범우는 염상진과 대화적 관계를 유지하면서 민중을 대하는 데 있어서 항상 의식적으로 인간적 평등과 연대에 고심한다. 결국 김범우는 염상진과는 다른 길이기는 하지만 현실 변혁운동에 동참하는 혁명적 지식인으로 변화 발전하게 된다.

이들이 민족운동의 주체를 지식인으로 보게 된 것은 앞에서도 본 바와 같이 민중들의 역량을 과소평가한 데서 기인한다. 농민계급으로 대표되는 민중들이 식민지를 경험하였고 혼란스런 해방기를 온몸으로 체험하고 있다 하더라도, 그들의 역사의식 수준이 "혁명 이데올로기의 거대한 연료로서 불꽃이 당겨지기만을 고대"는 정도라면, 민중들은 아직은 즉자적 수준에 머물러 있다고 할 수밖에 없다.[18] 여기서 민중들이 즉자적 수준에 놓여 있다는 것은 자기들의 저력을 객관화시켜 볼 줄 아는 능력과 자기 집단의 이해관계를 예리하게 의식할 수 있

18 『태백산맥』에는 소설의 주무대인 벌교에 사는 일반 민중들의 일상적 삶이 다음처럼 묘사되어 있다.

"벌교는 한마디로 일인(日人)들에 의해서 구성, 개발된 읍이었다. 그전까지만 해도 벌교는 낙안고을을 떠받치고 있는 낙안벌의 끝에 꼬리처럼 매달려 있던 갯가 빈촌에 불과했다. 그런 데에 일인들이 전라남도 내륙 지방의 수탈을 목적으로 벌교를 집중 개발시킨 것이었다. (…중략…) 아무리 돈을 좇아 유입인구가 늘어났다 한들 그들이 만지는 돈은 푼돈에 불과했고, 주된 경제권은 몇몇 일인들과 소문난 지주들의 손에 쥐어져 있었다. 지주들은 땅이 제공하는 치부에만 만족하지 않고 일인들과 줄이 닿는 안전한 사업에 투자하고 있는 사업가들이기도 했다. 그래서 그들은 족보와 지체를 내세우면서도 돈계산이나 잇속에 더 빨라 그나마 양반의 덕목이라 할 수 있는 품격이나 인품 같은 것은 거의 손상해버리고 있는, 잘못 개명된 사람들이었다. 그리고 읍내 사람들도 장사를 하는 것이 아니라 농사를 짓는다 해도 다른 데 농민들과는 달리 귀와 눈이 밝았고, 따라서 입이 야무졌다. 돈의 마력 탓이었는지 읍내에 거주하는 대부분의 사람들은 일인들과 그런대로 잘 어울려 살았다."(『태백산맥』 1권, 151면)

는 능력이 부족한 경우를 말한다.[19] 서민영과 김범우는 이런 점에 비추어 『태백산맥』에 등장하는 농민들이 적극적인 민족의식을 가졌다고 보기는 어렵다고 생각한 것이다.

한편 이들과는 달리 사회주의자 이학송은 민중들이 혁명의 주체가 될 수 있다고 다음과 같이 확실하게 천명한다.

> ……우리가 혁명을 실천하는 데 있어서 인민을 주체로 삼고, 특히 기본계급을 중시하는 것은 무엇 때문입니까? 바로 그 체험적 사상의 덩어리에 분석적 이론화를 가하고, 실천적 논리화를 가하면 그들이 누구보다도 투철하고 열렬한 혁명세력이 되기 때문이 아닌가요? 그것이 응축된 한의 폭발력입니다. 그러니까 한은 역사전환의 원동력인 것입니다. 그 증거로 갑오년 농민봉기는 동학사상을 불씨로 일어났고, 쏘련과 중국의 혁명성취도 그 불씨만 다를 뿐 같은 맥락으로 파악하면 되지 않겠습니까.……[20]

민중이 혁명 주체가 되는 것은 그들이 자신들의 '한', 즉 자신들만의

---

19 한완상은 민중들을 즉자적 민중과 대자적 민중으로 나누어 보는데, 즉자적 민중에 대하여 다음과 같이 설명한다.
"하나는 즉자적(卽自的) 민중이요, 다른 하나는 대자적(對自的) 민중이다. 즉자적 민중은 거울에서 보듯이 객관적으로 자기의 모습을 볼 수 없는 민중이다. 마치 남을 보듯이 자기의 모습을 객관화할 수 없는 민중이다. 즉자적 민중은 그러기에 자기의 저력을 깨닫지 못한다. 그저 객관적으로 거기에 존재할 수밖에 없다. 자기가 굉장한 힘을 갖고 있다는 사실을 모르고 그저 거기에 존재한다. 역사의 주체가 될 수 있고 구조의 주인이 될 수 있다는 희망과 가능성을 깨닫지 못하고 있다. 오랫동안 정치적 객체로, 경제적 수탈 대상으로, 사회적 차별대상으로 취급되어 왔기 때문에 즉자적 민중은 체념 속에서 매일매일을 문제의식 없이 안일하게 살고 있다. 그저 객체로, 대상으로 〈자족〉(自足)하고 있는 셈이다. 한마디로 즉자적 민중은 의식화되지 못한 민중이요, 그러기에 무력한 무리다. 이런 뜻에서 즉자적 민중은 무기력하고 파편화된 대중과 같다. 잠자고 있는 씨알이요 〈의식〉 없는 민초(民草)다. 역사의 동면(冬眠)에서 깨어나지 못하고 있는 씨알들이다."(한완상, 『민중과 지식인』, 정우사, 1978, 15면)

20 『태백산맥』 7권, 247면.

구체적인 경험이 있기 때문이라는 것이 이학송의 주장이다. 그 주장 속에는 다만 분석적이고 이론적인 데 능한 지식인이 변혁주체가 될 수 없는 이유도 포함되어 있다. 물론 운동상에서 지식인의 도움이 필요치 않다는 뜻은 아니다. '한'을 이론화하되 그것을 단순히 '정서적 문제'[21]로 치부하지 말고 실천적 힘으로 해석해내는 한에서 지식인의 협조는 매우 필요한 것이다. 이학송이라는 인물은 앞에서도 언급된 바와 같이 작품 후반부에 등장하는 인물이다. 작품 처음부터 민중을 민족운동의 주체로 상정하고 실천적 운동을 펴온 대표적인 인물은 물론 염상진이다. 민중이 혁명의 주체라는 점은 그에게는 추호도 의심의 사항이 아니다. 그러기에 그는 무엇보다 우선해서 실천에 관심이 있을 뿐이다. 다음 그의 혁명론을 살펴보자.

> 봉건적 계급이든 자본주의적 계급이든, 이미 형성되어 있는 계급체제 아래서 계급의 상승이란 있을 수 없는 일이었다. 계급의 본질과 속성이 무엇인가. 계급은 수평적 구분이 아니고 수직적 체계인 것이다. 하층계급이 상승을 꾀하면 꾀할수록 상층계급이 억누르는 압력은 상대적으로 커지게 된다. 그것은 영원히 풀리지 않는 수직구조의 역할이었다. 그러나 그 해결의 유일한 방법이 있다. 그것이 바로 혁명이다. …… 혁명은 완전히 새로움의 창출이고, 완벽한 새로움의 건설이다. 그 세계의 전개를 위하여 인간의 의식은 새롭게 탄생되지 않으면 안 된다. 새로운 제도의 삶을 수용할 수 있는 의식의 탈바꿈, 그것을 위해서는 새로운 규율의 강압이 불가피하며 악성 습관에 병들어 있는 모든 자들은 그 병이 치유되는 동안 새로운 규율이 요구하는 건설적인 고통을 달게 인내해야 하는 것이다.[22]

---

21 『태백산맥』, 위와 같음.
22 『태백산맥』 4권, 169면.

민족운동의 요체는 계급혁파에 있다는 사실을 분명히 천명하고 있다. '의식의 탈바꿈'을 위해서라면 '새로운 규율의 강압'을 서슴지 말아야 한다고 하는데, 프롤레타리아 독재를 연상시키기에 충분하다.

우리는 지금까지 민중운동의 주체 문제를 살펴보았다. 정리해 보면 이렇다. 민족운동의 주체를 서민영과 김범우의 경우에는 지식인으로 상정하고 있고, 이학송이나 염상진의 경우에는 일반 민중, 즉 프롤레타리아로 상정하고 있다. 전자의 경우에는 전통적이고 자연스러운 상태에서 인식된 것이라고 한다면 후자의 경우에는 의식적인 상태에서 이루어진 것이라 할 수 있다. 그런데 후자의 경우 민족운동을 전개하는 데 있어서 계몽적인 차원을 넘어 민중과 지식인의 연대를 기본적으로 중시한다는 점에서 전자와 크게 차이점을 드러낸다. 그런 의미에서 후자의 경우에 지식인을 전적으로 배제시키고 있지 않다는 것을 알 수 있다.. 이제 이 점과 관련하여 후자의 특징을 염상진의 행동을 통해서 구체적으로 알아보자. 염상진은 민중을 민족운동의 동력원으로 인식하고 있음이 분명하다. 그러나 그는 민중들이 새로운 각성을 통해 의식화를 달성했을 때 민족운동의 주체가 된다고 본다. 다음을 보자.

> 사람들의 저렇듯 열렬한 환호가 바로 공산주의나 공산당에 대한 지지와 신뢰가 아니라는 사실을 그는 냉정하고 분명하게 구분짓고 있었다. 그들은 마침내 자기네 땅을 갖게 되었다는 사실에 대해서만 환호하고 있을 뿐이었다. 그들은 대대로 땅이 없어 착취당하며 살아왔고, 생존의 위협 속에서 자기땅 갖기를 욕망으로 품었고, 그들을 억누르는 힘은 언제나 그들의 욕망보다 컸고, 그럴수록 그들의 욕심은 열망으로 변해가는 모순의 상승작용에 억압당해오다가 마침내 그것이 허물어지게 되자 그들은 **본능적 일차감정을 저리도 미친 듯이 폭발시키고 있는 것이었다.** 자신의 가슴이 감격으로 출렁거리는 것은 아버지의 열망을 함께 겪어온 같은 계급으로서의 동감일

뿐이었다. 공산주의는 정치이념이었고, 그들이 갖기를 원한 땅은 생존수단이었다. 그들이 공유하는 땅에 대한 열망은 어떤 동력의 덩어리일 수는 있어도 분명 이념은 아니었다. 그들은 이제 **이차감정에 도달하기 위한 이념적 교육과 훈련을 거쳐야 하는 것이고,** 그 다음에 폭발하는 환호와 호응이 비로소 공산주의와 당에 대한 지지나 신뢰가 되는 것이었다.[23](강조는 필자)

이로 보면 혼란기에 나타난 민중들의 흥분은 격동적인 만큼 한때의 흥분으로 끝날 수도 있다. 흥분이란 "본능적인 일차감정"에 불과한 것이다. 이 일차감정은 교육과 훈련을 거쳐 자기를 초월한 이차감정에 도달하여야 한다고 본다.[24]

일차감정에 나타나는 우리의식 즉, 집단적 자의식은 민족이나 국가 같은 큰 단위를 지향한다기보다는 고향 혹은 촌락 공동의식에 머물러 있다고 할 수 있다. 따라서 이들에게서 나타난 원초적 집단 정체성은 민족의식과 구별될 필요가 있다. 벌교라는 작은 고을에 사는 지방민임을 감안할 때, 이들의 공동체 수준은 민족(nation)이라기보다는 오히

23 『태백산맥』 7권, 106면.

24 여기에는 민중들의 이기주의를 상당히 경계하고 특화한다는 점에서 지식인 중심의 시선이 작용하고 있다고 할 수 있다. 끝까지 지도자로서 전위의 입장을 견지하는 태도가 예비되어 있다. 그렇다면 운동진리의 담지자는 궁극적으로 지식인이라는 인식에 도달하게 된다. 이런 점에서는 서민영이나 김범우와 같은 자유주의자들과 어느 정도 유사성을 지니고 있다고 할 수 있다.
이와는 달리 슬라보예 지젝은 민중 그 자체를 철두철미 진리 담지자로 인식한다. "…… 프롤레타리아는 사회적 박탈에 의해 부정적(비실체적) 존재로 영락한 주체다. 중요한 것은 이 주체가 표상하는 '독특한(단독의)' 보편성이다. 사회적으로 배제됨으로써만 사회에 속하게 되는, 배제가 포함의 형식인 자들은 사회적 매개 없이 곧바로 인류의 보편성을 체현한다. "사회의 위계의 '사적' 질서 안에 딱히 정해진 자리가 없는 연유로 보편성을 직접 표상하는 사회집단들"이 있으며, "공산주의적 혁명적 열광은 이 '몫이 없는 부분' 및 그것의 독특한 보편성의 입장과의 전면적 연대에 절대적으로 뿌리박고 있다." 이 "독특한 보편성의 입장"이 곧 프롤레타리아적 입장이다."(슬라보예 지젝, 『처음에는 비극으로 다음에는 희극으로』, 창비, 2010, 320~321면)

려 민족체(nationality)[25]에 머물러 있다고 해야 할 것이다. 온전한 '우리 의식'은 평등을 전제한 민족에 대한 자각 단계에 이르렀을 때 달성된다. 따라서 이들이 민족운동을 주도적으로 수행하기에는 의식이 덜 성숙되어 있다고 할 수 있다.[26] 그들이 망설이며 한없이 기회만을 엿보는 것도 이런 이유 때문이기도 하다.

그렇다면 즉자적 수준의 민중들이 역사의 주체가 되기 위해서 현실적으로 가장 시급히 해결해야 할 과제는 무엇일까? 그것은 무엇보다 즉자적 수준에서 대자적 수준으로 전환하는 계급적 자각이다. 그럼으로써 세계를 객관적으로 인식하게 되고, 나아가 변혁의 기회를 정확하게 포착하여 자신들의 힘을 결집하는 주체의식을 갖게 되는 것이다.

그것은 또 어떻게 가능한가. 그것은 단적으로 말해서 교육을 통한 의식화이다. 역사적으로 객관적 조건이 성숙되기를 기다린다는 것은 무망하다는 판단에서이다. 서구의 경험이지만 "일반적 차원에서 민족

---

25 민족체는 봉건시대의 불평등한 계급사회의 공동체를 뜻하는데, 흔히 민족체는 근대의 민족 개념의 전단계로 설정된다.(임지현, 앞의 책, 71면 참조)

26 역사학자 정창열은 해방 당시의 민중 의식과 민중 문화가 처한 상황을 다음과 같이 언급한다.
"고전적 시민 혁명을 완수하였던 서유럽의 선진 자본주의 사회의 경우에는 대체로 르네상스의 종교 개혁에서 인간 해방의 과제가 시작되어 시민 혁명에서 그것을 완수하면서 민족 국가를 성립시키고 이어서 근대 이후에는 사회적 해방의 과제가 시작되는 식으로 시간적 선후의 위치에 있었던 인간 해방, 민족 형성, 사회적 해방의 과제들이 봉건 제도를 스스로 청산하지 못하고 식민지 종속 사회로 전락하였던 한국의 경우에는 인간 해방, 사회적 해방, 민족 해방의 과제들이 중첩적으로 부과되었다고 보여지며 그 과제들을 해결할 주체와 의식 체계가 대체로 1920년대 후반기에 민중・민중 의식・민중 문화의 확립으로써 나타나게 되었다고 보여진다.
이렇게 확립된 민중 의식, 민중 문화도 1930년대 이후에는 일제의 단말마적인 탄압에 의하여 지하로 잠복되어 버리고 스스로를 관철시키지 못하고 말았다. 1945년의 해방으로 민중 의식 민중 문화가 개화(開花)될 수 있는 계기가 주어졌으나, 세계의 양극적 냉전 질서에 한국이 편입, 종속됨으로써 다시 좌절의 국면을 맞이하게 되었다."(정창열, 「백성 의식, 평민 의식, 민중 의식」, 『현상과 인식』 겨울호, 1981, 125면) 이러한 사정은 당시 지방에서라면 더욱 심했을 것이다.

의식이 농민들의 지방적 애국주의를 대체하게 된 것은 산업화가 진전되어 농민층의 도시 이주가 시작되고 의무 교육 등을 통해 민족의식이 주입되는 등, 이들이 전적으로 새로운 사회적 존재 조건에 처하게 된 이후의 일"[27]이다. 민족의식의 성숙은 자본주의 발전과 궤를 같이 한다는 논리다. 그런데 제3세계에서 언제까지고 그와 같은 사회적 조건이 성숙되기를 기다릴 수는 없다. 그와 같은 인식을 제3세계에 적용한다는 것은 선험적 추상일 따름이다.[28] 당장 필요한 과제는, 우리의 식민지 경험을 통해서 얻은 교훈에 의해 말한다면, 민족의식이 충만한 지식인들이 교육을 통해 민중들을 계몽시킴으로써 민중들을 대자적으로 전화하는 길을 모색해보는 방법이다.[29] 위에서는 이를 '이차감정에 도달하기 위한 이념적 교육과 훈련'으로 정리해서 말하고 있다. 현단계에서 가장 시급한 일은 이념적 교육과 훈련을 통해 의식의 대전환을 지향하는 것이다.[30]

---

27 임지현, 위의 책, 230면.

28 파농은 식민지를 겪은 저개발국에서는 부르주아 혁명은 오히려 불필요한 것이라고 인식한다. 그것은 진정한 부르주아를 기대할 수 없기 때문이기도 하지만, 그 단계를 혁명적 행동에 의해서 극복할 문제라고 파악한다.(프란츠 파농, 남경태 옮김, 『대지의 저주받은 사람들』, 그린비, 2010, 181~182면 참조)

29 『태백산맥』은 식민주의자들이 교육을 통해 식민지를 항구화하고자 한 사실을 다음과 같이 설명한다.
"일본 군국주의자들은 인간은 교육으로 재창조될 수 있으며, 그건 소년기 교육으로 결정된다고 확신하고 있었다. 그러므로 국민학교 선생들은 군국주의적 인간을 양성해내는 전초병이었고, 그 임무를 완벽하게 수행해낼 수 있는 능력자를 길러내는 것이 사범학교였다. 사범학교 교육은 선생이라는 존재가 언제나 균형을 잃지 않아야 할 지식적인 면과 현실적인 면을 융합시켜 주도면밀하게 실시되었다. 특히 조선인 학생들에게는 뇌세포 하나하나까지 일본화되게 하는 의식교육이 강조되었다."(『태백산맥』 4권 234~235면)
이와 같은 식민교육에 맞서 민족교육을 펼치는 것은 적극적인 저항의 한 방법이었다.

30 다음과 같이 민중들 스스로가 자각하여 연대의식을 발휘하는 경우라면 지식인들의 계도가 어느 선에서 이루어져야 하는가를 숙고해야 할 것이다.
「(…전략…) 우리가 사는 것이 혼자서만 살아지는 것이 아니고 서로서로가 서리서리 그런데 지식인들이 교육을 통해 민중들을 계몽하고 의식화한다는 것이 그리 간단하지만은 않은 문제다. 그것은 지식인에 대한 민중들의 인식이 부정적인 데서 연유한다. 다음을 보자.

① 꼬막은 찬바람이 일면서 쫄깃거리는 제맛이 나기 때문에 천상 뻘일은 겨울이 제철이었다. 꼬막이 뻘밭이 깊을수록 알이 굵었다. 뻘밭이 깊으면 발이 그만큼 깊이 빠지는 걸 알면서도 들어가지 않을 수 없는 것이다. 그건 용기가 아니었고 무모함은 더구나 아니었다. 그것은 오로지 생계였다. 꼬막을 잡아야만 하루 목숨을 잇는 것이었다. 그래서 여인네들은 살을 찢는 겨울 바닷바람에 바지를 허벅지까지 걷어올려 맨살을 드러낸 채 뻘밭으로 들어서는 것이다. 소금물을 머금은 뻘의 차가움을 얼음물의 차가움에 비할 수 있을 것이다. 그리고 끈적끈적하고 찐득찐득한 뻘은 장딴지만이 아니라 허벅지까지 빠지게 해서는, 그대로 물고 늘어졌다. 뿐만 아니라 뻘 속에는 여러 종류의 조개들이 박혀 있어서 그 껍질들이 예고없이 다리를 긁어댔다. 한차례 뻘일을 하고나면 조개껍질에 긁힌 상처가 일삼아 바늘로 긁어놓은 것처럼 온 다리를 실핏줄로 감고 있었다. 앞이 휜 널빤지끝을 함께 잡고, 오른발로 뻘을 밀며 오른손으로 꼬막을 더듬어 찾는 겨울바람 속의 여인네 모습은 그대로 극한에 달한 빈궁의 표본이었고, 모진 목숨의 상징이었으며, 끈질긴 생명력의 표상이었다.[31]

얼크러지고 설크러져 사는 것인디, 갑오난 때나 지끔이나 앞으로 나서서 싸우고, 죽어가고 헌 사람덜이 워디 자기 혼자 잘살겄다고 그리 혔간디? 잘못된 시상 바로잡어 모다 잘살아보자고 헌 일이제. 앞으로 나슨 사람덜이 믿을 것이 머시겄능가? 자기덜 몸띵이겄는가, 손에 든 총이것는가? 아니여, 아니여, 고런 것덜 아무것도 아니고, 뒤에 남은 사람덜 맘얼 믿는 것이여. 뒤에 있는 수수많은 사람덜 맘이 자기덜허고 똑같다고 믿는 그 맘으로 쌈도 허고, 죽기도 허는 것이여. 그 믿음이 읎음사 무신 기운으로 싸오지고, 무신 강단으로 죽어가겄어. 지 목심 아깝덜 않은 사람이 워디 있겄어.」(『태백산맥』 4권, 59면)

31 『태백산맥』 4권, 82면.

② "농민들만큼 인생살이의 쓰라림과 아픔과 슬픔을 깊이 느끼는 사람들이 또 누가 있나. 그리고, 세상의 잘못 짜여진 구조에 대해서, 그것이 배웠다는 자들이 꾸미는 집단횡포라는 것에 대해서, 배운 자들의 교활과 위선과 자만에 대해서 그들은 다 느끼고 판단하는 이지를 가지고 있어. 그런데 배웠다는 자들은 그들이 느끼지도 생각하지도 못하는 바보나 천치들인 것으로 취급하려 들어. 그거야말로 큰코 다칠 일이지. **배웠다는 자들이 번드르르한 말로, 그럴싸한 이론이라는 것으로 발라맞추는 대신 그들은 모든 것을 몸으로 부딪치고, 몸으로 깨닫고, 몸으로 말하네.** 소리가 아닌 몸으로 하는 말을 배웠다는 자들이 알아듣지를 못하는 거야. 농민들은 인생살이의 옳고 그름이 무엇인지, 세상판세 돌아가는 잘잘못이 무엇인지 환히들 알고 있어. 그러면서도 식자라는 것들처럼 소리내서 말하지 않을 뿐이야. 말을 해도 그들끼리만 낮게 말하고, 그들끼리만 통하는 몸으로 하는 말을 해. 배웠다는 자들은 그것도 모르고 거지 동냥 주는 식으로 한다는 짓이 '농촌계몽'이야. 그거야말로 식자층이 일방적으로 농민들을 무시하고 멸시한 결과로 나타난 대표적인 행위지. 도대체 삶의 진정한 아픔이나 괴로움을 모르는 자들이 그것을 뼈저리게 체득하고 있는 사람들을 상대로 무엇을 계몽한다는 것인가. 글자 몇 자 가르치고, 허황한 소리나 지껄이다 마는 것이 계몽인 줄 아는 모양인데, 내가 알아본 바로는 그 계몽을 고마워하는 농민은 거의 없었다는 사실이네. **고달픈 삶을 온몸으로 겪고, 온몸으로 부대끼고, 온몸으로 말하는 사람들 앞에서 그따위 어설픈 짓들 하다가** 언젠가는 크게 당하게 될 거네."[32](강조는 필자)

②는 ①에 대한 해설을 담고 있다. 먹물이 든 지식인들은 민중들의 '온몸'의 노동을 몸으로 느낄 수 없다. 항상 이해는 관념으로 번역되어

---

32 『태백산맥』 5권, 26면.

이해될 뿐이다. 그래서 온몸의 노동의 고달픔은 은폐될 뿐이다. 그래서 민중들은 지식인들이 민중들에 대하여 근거 없는 우월성과 현상추수적인 개량주의에 안주하고 있다고 보는 것이다. 그런 지식인에 의해 수행되는 비현실적이고 현상추수적인 계몽운동이 민중들에게 잘 먹혀들 리 없다.

염상진은 지식인에 대한 민중들의 부정적 인식을 불식시키는 길은 다음 두 길이라고 판단한다. 하나는 지식인이 도덕적으로 우월한 위치에서 모범적 실천을 보여주는 것이고, 다른 하나는 인간적 평등을 실천하는 것이다. 다음을 보자.

> 혁명전사는 인민해방에 복무해야 하고, 인민은 혁명투쟁에 복무해야 한다. 백번 옳은 말이다. 그러나, 인민의 복무라는 것이 투쟁자가 미리 피한 위험의 희생물이 되는 것까지를 말하는 것인가. 결코 그것은 아니다. **투쟁자의 복무의 마지막은 자아희생으로 완결되는 것**이지만 인민의 복무는 선의의 협조로써 끝나는 것이다. 그것은 자각과 비자각의 차이이며, 능동과 수동의 차이인 것이다. 혁명을 자각한 자는 스스로에게 의무를 지운 것이며, 그 의무의 짐은 혁명을 성취했을 때 권리의 힘으로 바뀌게 된다. 그러나 인민은 자각의 의무를 스스로 지우지 않았으므로 혁명이 성취되어도 인민일 뿐이다. 인민은 혁명의 목적이며 바탕이되 수단일 수는 없다. 인민은 흐르는 물줄기다. 물은 높은 데서 낮은 데로만 흐르고, 낮은 데를 만나면 스스로 그 높이를 높여 흐르고, 장애를 만나면 피해서 흐른다. 인민을 혁명의 수단으로 삼을 때 인민은 그 장애를 피하게 된다. 인민이 외면한 혁명은 존재할 수 없다. 혁명은 목적과 바탕을 상실했고, 인민은 다른 길을 선택했으므로. 인민은 혁명적 존재가 아니라 생활적 존재다. 그러므로 인민의 복무는 생활을 침해받지 않는다는 보장 아래서만 가능할 뿐이다. 이러한 인민의 수동성을 기회주의나 이기주의로 파악하는 혁명자가 있다면 그는 이미 혁명

자가 아니다. 그래서 혁명은 외로움이 고통이라고 했다.[33](강조는 필자)

염상진은 혁명가가 갖추어야 할 자세는 무엇보다 자기희생적이어야 한다는 점을 강조한다.

그렇다면 민중들에 대한 지식인의 희생과 인간적 평등을 실현했을 때 그 효과는 무엇인가? 염상진과 하대치의 관계를 통해서 알아보자. 다음 세 글은 셋 다 염상진과 하대치의 관계를 묘사한 것들이다.

① 염상진은 용한 점장이가 점을 치듯이 하대치가 하고 싶어 하는 말을 골라내어 대신하고는 했다. 다 똑같은 사람끼리 어찌 차등이 있어야 되겠느냐. 모든 사람이 공평하게 한 번 태어나고 한 번 죽듯이 이 세상 모든 사람은 다 똑같은 것이다. 양반이 따로 없고 상놈이 따로 없다. 양반의 피가 따로 있고 상놈의 피가 따로 있는 것이 아니다. 그건 양반이란 것들이 저희들 좋게 지어낸 새빨간 거짓말이다. 마찬가지로 지주라는 것도 따로 없고 소작인이란 것도 따로 없다. 지주라는 것들이 소작인은 대대로 소작인이 될 수밖에 없도록 소작법을 악질적으로 만들었기 때문에 지주는 영원히 지주로 떵떵거리고 소작인은 영원히 소작인으로 배를 곯게 된다. 그 많은 소작인들이 비참한 생활을 면하고 모두 평등하게 살려면 어떻게 해야 하겠느냐. 봐라, 양반이란 것들은 그 많은 백성들의 피를 빨며 배를 불리다가 나라를 빼앗겼고, 다시 일본놈들과 작당해서 일본놈들의 보호를 받으며 같은 민족을 짐승취급하고 있다. 일본놈들보다도 더 나쁜 놈들이 그놈들인지 모른다. 일본놈들을 이 땅에서 몰아내고 지주놈들을 없애는 것은 한 목에 해야 될 일이다. 염상진은 어느 때 한번 음성 높이는 일 없이 차분차분하게 말하고는 했다. 그런 염상진의 말은 무언가 갑갑한 멍울로 가득 차

33 『태백산맥』 4권, 208면.

있는 하대치의 가슴을 한줄기 시원한 바람이 되어 어루만졌고, 암담하게만 여겨지는 앞길을 열어주는 것 같은 한 줄기 밝은 빛이 되어 쏟아졌다.[34]

② 염상진은 큰 키에 비해 싱거운 사람이 아니었다. 맵고 차지고 단단한 사람이었다. 하대치는 염상진 같은 사람과 깊은 관계를 맺고 있다는 사실이 더할 수 없는 기쁨이고 자랑이었다. 하대치가 오늘에 이른 것은 모두 염상진이 끼친 영향에 의한 것이었다. 두 사람이 관계를 맺어온 것도 십 년 세월이 넘어 있었다. 사범학교까지 나온 염상진은 하대치의 여백 많은 머릿속에다가 많은 모종을 이식시켰다. 기질적으로 피의 농도 짙고, 환경적으로 불만요인이 많고, 태생적으로 자학성이 강한 하대치는 그런 나무가 자랄 수 있는 최적의 기름진 토양이었는지 모른다. 하대치는 양질의 화선지였고, 염상진은 솜씨 탁월한 화공이었다. 화공은 유려한 선을 긋고 현란한 채색을 했고, 화선지는 그 물감을 흠뻑흠뻑 빨아들였다.[35]

③ 하대치는 염상진을 올려다보며 티없이 웃었다. 아, 저것은 얼마나 아름다운가. 두 사람의 하는 양을 바라보며 안창민은 소리 죽인 감탄을 했다. 사람의 관계가, 그것도 남녀가 아닌 남자와 남자와의 관계가 '믿음직스러움'을 넘어 '아름답게' 느껴지기 시작한 것은 입산한 다음부터였다. 그 아름다움의 발견과 계속되는 확인은 피를 흘려야만 성취되는 혁명이 왜 가능한 현실인지를 증명해주는 소리 없는 웅변이었다. 그것은 헤겔의 변증법의 문맥에서도, 마르크스의 『자본론』의 행간에서도 발견할 수 없는, 의지로운 뜻과 뜻을 합치시킨 인간과 인간 사이에서 생성되는 그 어떤 마력적인 힘이었다. 그건 염상진의 힘만이 아니었고, 하대치의 힘만도 아니었다.

---

34 『태백산맥』 1권, 49~50면.

35 『태백산맥』 1권, 44면.

두 사람의 힘이 합해짐으로써 피어나는 아름다움이었다. 그 아름다움은 염상진과 하대치 사이에서만 있는 것이 아니었다. 염상진과 오판돌, 하대치와 강동식, 강동식과 염상진…… 마치 그물코가 이어진 듯 그 아름다움은 사람과 사람의 사이사이에 매듭져 있었다. 다만 염상진과 하대치 사이에는 그 아름다움의 색깔이 좀더 진하게 나타날 뿐이었다.[36]

세 글을 통해 계몽적 사제관계가 점점 동지적 관계로 발전하는 모습을 보게 된다. ①에서는 염상진이 하대치에게 사회운동의 당위성을 역설하고 공감하는 내용을 그리고 있으며, ②에서는 인간적 신뢰가 싹트고 있음을 그리고 있다. 한편 ③에서는 동지적 연대관계[37]가 '믿음직스러움'을 넘어 '아름답게' 느껴지는 것으로 발전된 모습을 잘 볼 수 있다. 이는 염상진이 민중들에 대하여 깊은 신뢰와 인내심 깊은 헌

---

36 『태백산맥』 5권, 57면.

37 다음에서 동지애가 아름답게 발현된 사례를 볼 수 있다.
"지금은 비록 쫓기는 형편에 있지만 지필구는 좌익이 된 것을 내심으로 만족스럽고도 자랑스럽게 여기고 있었다. 꼭 꿈을 꾼 것처럼 지나간 읍내의 며칠 동안을 생각하면 손끝, 발끝, 아니 자지끝까지 짜릿짜릿해 오는 것이었다. 좌익이 되지 않았던들 어찌 감히 경찰들하고 맞대거리로 싸울 생각을 했을 것이며, 또 어찌 경찰을 물리치고 읍내의 주인이 될 수 있었을 것인가. 그건 평생을 두고 잊을 수 없는 가슴 벌떡이는 기억이 될 것이었다. 그뿐이 아니라, 좌익은 모두가 차등없이 잘살게 만든다는 주장대로 서로를 부르는 데도 똑같이 '동지'였다. 지필구는 그것이 그렇게 좋을 수가 없었다. 국민학교 선생님을 지낸 안창민 같은 사람을 맞대놓고 '안 동무'라고 부를 수 있고, 그 사람도 자신을 '지 동무'라고 부르며 상대해줄 때는 도무지 생시 같지가 않았다. 선생님과 맞먹다니…… 좌익을 하지 않았더라면 감히 상상이나 할 수 있었던 일인가. 그래서 그는 '동무'라는 호칭을 될 수 있는 대로 많이 쓰려고 했고, 그 말을 할 때마다 위원장 염상진도, 선생님 안창민도 다 자신의 동무라는 사실에 황홀해지고는 했었다."(『태백산맥』 1권, 294~295면)
여기서는 동지적 관계가 평등의식이나 주체의식 등 주관적이고 정신적인 차원에서 설명되고 있다. 실은 동지 사이에 유대가 형성된 것은 그들 사이의 교환 양식이 진정한 의미에서 호수적(혹은 상호적, reciprocal) 관계에 기반하고 있기 때문이다. 호수적 관계란 착취가 깊숙이 개입되기 마련인 일반적 교환 양식에서는 꿈꾸기 어려운, 답례를 기대하지 않는 증여가 이루지는 경우이다.(가라타니 고진, 앞의 책, 14~15면 참조)

신에서 가능하게 된다. 그런데 그가 역사의 주체를 인민으로 상정하고서도 그 자신이 혁명가로 존재해야 하는 까닭은 즉자적 수준에 있는 농민계급을 지도해야 하기 때문이다. 이때 혁명가는 대안적 주체가 된다. 그러나 혁명가는, 앞에서도 본 바와 같이 인민으로서 인민에 복무해야 하고 항상 낮은 자세를 취하는 것을 잊지 말아야 한다. 이 경우의 지식인을 한완상은 대자적 민중 수준으로 인식한다. 참다운 "지식인은 민중 속에 있되 민중의 앞장"[38]을 선다고 한다. 그리고 "그 자신이 민중이면서 민중을 의식화시킨다는 뜻에서 민중의 전위가 된다"[39]고 한다. 반복하자면, 지식인은 대자적 민중이면서 전위로서의 민중이다.

지금까지 지식인과 민중과의 연대 문제를 좌익진보주의자 염상진의 의식과 활약상을 통해 살펴보았다. 그런데 중도자유주의자들인 서민영과 김범우에게 있어서는 개인을 자유인으로 상정하기 때문에 염상진의 경우와 같은 조직적 연대는 필요로 하지 않는다. 오직 위에서 아래로의 길을 밟는 계몽을 통해 민족적 열정만을 동원하면 된다고 판단하기 때문이다. 염상진의 경우에 있어서 혁명가는 혁명을 전위에 서서 이끄는 지도자로서 활동하여야만 한다. 이때 지식인은 자유주의자들이 상정하는 자유인, 즉 개인으로서의 지식인이 아니라 조직적 연대, 즉 당의 일원으로서 당의 명령에 따라 움직이는 전위대이며 조직원인 것이다.[40]

---

38 한완상, 앞의 책, 19면.

39 한완상, 위와 같음.

40 다음을 통해 염상진이 가담하고 있는 당 조직이 어떻게 구성되어 있는가를 짐작해 볼 수 있다.
"「당중앙의 최고간부 중의 한 사람인 이현상 동지가 지리산에 입산한 것을 계기로 우리의 투쟁은 보다 새롭게 전개되기 시작했소. 무장투쟁의 본격화와 조직화가 그것이오. 본격적 무장투쟁을 효과적으로 전개하기 위해서는 조직이 통일적이고 체계적으자유인의 계몽 논리와 조직원의 전위의식이 당대적 요구인 통일전선전략에 각기 어떻게 응답하며 어떻게 변증법적 통일을 이루어내는가를 보여주고자 한 것이 『태백산맥』이 궁구하는 바라고 판단한다. 이 문제를 다음 절에서 다루어보기로 한다.

2) 민족운동의 목표 : 사회해방과 민족해방의 변증법

『태백산맥』에 등장하는 김범준이라는 인물은 한 사회를 계급 개념과 민족 개념으로 이해하여야 한다는 취지에서 이런 말을 한다. "계급은 사회의 수평적 인식이고 민족은 수직적 인식인데, 그건 베짜기의 날줄과 씨줄 같은 것이오."[41] 이에 따르면 계급과 민족 개념은 한 사회의 민족운동을 이해하고자 할 경우에도 필수적인 인식틀이 된다.[42] 다음은 제3세계 민족운동의 목표와 방향을 계급 및 민족에 대한 인식과 관련하여 논의한 글이다.

민족운동은 초계급적인 민족운동의 보편적인 목표를 지향하면서도 동

로 짜여져야 하는 건 필수적인 일이오. 물론 그 조직이 기존의 당조직을 기반으로 하는 건 더 말할 게 없소. 당은 이미 오대산지구·지리산지구·태백산지구에 유격대 삼 개 병단을 구성했고, 각 지구에 따라 조직을 통일시키고 있소. 우리는 물론 제이병단인 지리산지구에 속하며, 이곳 조계산지구는 다른 두 지구와 함께 지리산총사령부 바로 아래 조직이고, 이 지구사령부를 중간조직으로 해서 지역별로 각 군당이 속하게 되어 있소. 이 지구사령부의 역할은 위로는 총사령부와 아래로는 군당조직과 연결되어 상황에 따라 합동작전·지원작전 등을 기동성있게 전개하여 앞으로의 투쟁에 효과를 배가시키게 될 것이오.」(『태백산맥』 6권, 15면)
이런 당조직을 전제한 『태백산맥』의 첫머리에 정하섭이 당의 명령에 따라 벌교로 잠입해 들어가는 장면이 설정된 점은 매우 의미심장하다.

41 『태백산맥』 7권, 152면.

42 하정일의 다음과 같은 언급에서도 같은 인식을 확인할 수 있다.
"해방직후 변혁운동의 정점인 빨치산투쟁의 총체적 형상화는 계급모순과 민족모순의 양 측면에 대한 통일된 인식하에서만 가능하다."(하정일, 「해방직후 변혁운동의 리얼리즘적 형상화」, 『문학과 논리』 창간호, 1991, 206면)

시에 특수한 물적 이해를 지닌 특정한 사회계급이 주도한다는 데 그 변증법적 특징이 있다. 민족운동이 '수직적 통합'과 '수평적 통합'이라는 이중의 과제를 제기하는 것도 이 때문이다. 즉, 민족운동은 그것이 갖는 민족적 형식으로 말미암아 주도 계급의 지배 질서 속에 다양한 사회 계급을 수직적으로 포섭할 뿐만 아니라, 운동의 진전에 따라 계급적 대치선을 분명히 긋고 각 계급 내부의 수평적 연대를 강화하는 경향이 있다. 운동이 놓여 있는 상황과 그 진전 정도에 따라 서로 접목되기도 하고 모순되기도 하는 이 수직축과 수평축의 백터 합이 사실상 그 민족운동의 방향을 결정한다고 해도 과언이 아니다.[43]

요약하자면, 제3세계의 민족운동은 한편으로 민족해방을 지향하면서 동시에 사회해방을 목표로 한다는 내용이다. 전자는 대외적 모순, 즉 민족모순의 해결을 겨냥하고, 후자는 대내적 모순, 즉 계급모순의 해결을 겨냥한다. 이에 따르면 민족해방과 사회해방의 변증법적 관계를 둘러싼 긴장과 갈등이 제3세계의 민족운동의 주요 동력이 된다.[44] 그런데 민족운동의 요체는 다름 아닌 사회 구성원들의 '물적 이해'에 관련된다. 해방정국에서 공통된 최대의 물적 이해란 다름 아닌 사회경제적인 토지 문제이다. 현실은 토지 문제의 해결을 민족적 통합 차원에서 해결하지 못하고 결국에는 외세까지 끌어들인 전쟁을 통해 해결하려는 최악의 선택을 하게 된다. 한 사회의 경제적인 문제가 국제정치화되기에 이른 것이다.

앞 장에서 『태백산맥』은 민족해방과 사회해방이라는 운동과제를

---

43 임지현, 앞의 글, 215~216면.

44 임지현, 앞의 글, 238면 참조.
이와 같은 이중과제를 성취해야 하는 제3세계의 민족운동은 자율적으로 근대화 과정을 전개한 제국주의 국가들에 비해 역사의 하중이 그만큼 배가 되는 것은 명백하다.

두고 그 우선성에 차이를 보이는 양 세력 간의 갈등이 여타의 다른 갈등들을 포괄하는 양상을 형상화하고 있다고 하였다. 말하자면 민족운동의 선차성의 문제가 『태백산맥』의 기본적이고 핵심적인 동력원이 되고 있다는 점이다. 이 갈등의 요체는 한쪽에서는 민족해방을 먼저 달성해야 한다고 주장하는 반면, 다른 한쪽에서는 사회해방을 먼저 달성해야 한다고 주장한다는 데 있다. 자연스러운 결과로 한 쪽에서는 독립된 민족국가 수립을 위한 민족투쟁이 우선되어야 한다고 주장하고 다른 한 쪽에서는 사회주의 건설을 위한 계급투쟁이 우선되어야 한다고 주장하게 된다.

그러면 『태백산맥』이 지향하는 민족운동의 목표를 민족운동의 선차성의 문제에 초점을 맞추어 알아보자. 선차성 문제에 관한 갈등은 주로 주동적 인물들인 염상진과 김범우 사이에서 벌어진다. 다음을 보자.

「좋아요, 어떤 주의를 따르든 그건 개인의 자유지요. 그러나, 그것이 곧 민족 전체를 위하는 유일한 길이라는 성급한 판단은 금물입니다. 미국이다, 소련이다, 민주주의다, 공산주의다, 자본주의다, 사회주의다, 우리에게 지금 필요한 건 그런 정치적 택일이 아닙니다. 그건 한 민족이 국가를 세운 다음에나 필요한 생활의 방편일 뿐입니다. 지금 우리에게 필요한 건 민족의 발견입니다. 그 단합이 모든 것에 우선해야 해요.」

김범우는 이마에 돋은 식은땀을 닦으며 말을 마쳤다. 결코 입 밖에 내고 싶지 않았던 생각이었다. 그러나 너무 성급하게 치닫고 있는 염상진을 보자 그 말만은 하지 않을 수가 없었다.

「자네 말은 아주 그럴 듯해 보여. 그러나 그건 부르주아적 환상이야.」

「아니 그게 무슨 말입니까? 미・쏘에 점령당한 상태에서 그들이 내세우는 이데올로긴가 이념인가 하는 것에 놀아나 민족이 서로 갈라져서는 안 된다는 뜻인데, 그게 부르주아적 환상과 무슨 상관이 있다는 거요?」

「우리에게 해방은 곧 인민혁명이야. 해방은 곧 새 역사의 시작을 의미하고, 그 시작은 인민혁명을 통한 새 나라의 건설부터네. 그런데 자넨 시대역행적으로 케케묵은 민족이나 찾고 있지 않느냔 말야.」

「그렇게 속단하지 마세요. 민족이라고 하니깐 핏줄만을 중시해서 어중이떠중이 싸잡아서 말하는 민족인 줄 압니까? 현시점에서 친일반역세력을 어떻게 용납할 수 있겠어요. 그런 부류들을 완전히 제거한 상태에서 절대다수의 민중을 중심으로 재구성한 집단을 말하는 겁니다. 그래서 굳이 '민족의 발견'이라고 했어요. 형은 그게 바로 인민 혁명세력의 규합이라고 말할지 모르지만, 그건 아닙니다. 그 민족에는 일체의 정치성이 배제되어야 합니다. 아니, 더 확실하게 말해 그 민족 아래 모든 정치이념들은 단합해야 합니다. 왜냐하면 우리가 미국과 쏘련에 점령당해 있기 때문입니다. 미·쏘는 자기네들 이익추구를 위해 우리의 앞길을 방해하는 훼방꾼들일 뿐이기 때문에 우리가 서로 갈려 이념을 먼저 선택하면 우리 민족은 결국 분열밖에 할 게 없다 그겁니다.」[45]

민족운동의 우선 과제를 염상진은 사회혁명, 즉 계급혁명에 두고 있는 데 비해 김범우는 민족해방에 두고 있다. 양측의 주장들은 한 치의 양보도 없다. 거의 상호성이 없을 정도로 대립된 양상을 보인다.[46]

---

45 『태백산맥』 1권, 82~83면.

46 대립의 정도를 다음 글들에서 짐작해 볼 수 있다. 앞의 것은 염상진에 관련된 글이고, 뒤의 것은 김범우에 관련된 글이다.
"……'민족'이라는 이름을 내걸고 있었지만 그건 또 다른 '주의'는 될 수 없었다. 이상적으로는 그럴 듯해 보일지 모르나 현실적으로 대치해 있는 양대세력 사이에서 제삼의 세력이 될 수 있는 힘의 조직화가 없었다. 그의 생각은 환상이고 몽상이었다."(『태백산맥』 1권, 143면)
"…… 민족의 삶을 위해서는 그들의 점령지배로부터 벗어나는 것이 급선무였고, 이데올로기의 실현은 그 다음 단계로 추진해도 늦지 않는 일이었다. 그러기 위해서는 서로 다른 정치세력들이 연합하거나, 그것이 가능하지 않으면 어느 기간 동안 정치색을 은폐하거나 해야 했다."(『태백산맥』 4권, 276면)

서로 상대방에 대하여 '부르주아적 환상'이라고 비난하거나 '정치성'을 배제하여야 한다고 주장하는 것들이 단적인 예다.[47] 이와 같이 그들이 의견을 달리하는 것은 사회의 기본모순을 인식하는 데 있어서 의견을 달리하고 있기 때문이다. 염상진은 그것을 계급모순으로 보고, 김범우는 민족모순으로 보고 있다. 그로 인하여 그들은 계급과 민족에 대하여 각기 편향성을 보이게 된다. 다시 말하면, 한쪽은 계급을, 다른 한 쪽은 민족을 역사 실천의 결정적인 열쇠로 판단한다. 실례를 통해 그 점을 구체적으로 확인해 보기로 하자. 다음 가운데 ①과 ②는 염상진과 관련된 내용이고, ③과 ④는 김범우와 관련된 내용이다.

> ① 봉건적 계급이든 자본주의적 계급이든, 이미 형성되어 있는 계급체제 아래서 계급의 상승이란 있을 수 없는 일이었다. 계급의 본질과 속성이 무엇인가. 계급은 수평적 구분이 아니고 수직적 체계인 것이다. 하층계급이

---

47 염상진과 김범우 사이에 각기 다른 의식이 형성된 것은 사회적 배경을 달리한 데서 비롯되었다는 점을 다음에서 짐작해 볼 수 있다.
"그때까지만 해도 두 사람은 우정 이상의 이념세계를 함께 걸어가고 있었다. 그들은 러시아 혁명에 관한 책들을 거의 빼놓지 않고 탐독했던 것이고, 거기서 잃어버린 나라의 독립의 길을 찾으려고 했다. 그들의 그런 뜻모아짐은 당시 학생들 사이에 번져가던 유행적 독서 성향과는 달리 구체적인 사표가 있었다. 김범준이었다. 그러나 사회주의 서적을 접하는 데 있어서 두 사람 사이에는 어찌할 수 없는 인식의 차이가 내재해 있었다. 김범우는 지주의 아들로서 소작농들의 헐벗고 굶주리는 비참한 생활에 대하여 자책과 죄의식을 느끼고, 인간다운 삶을 영위할 수 있는 이상적 평등사회를 이룩하려면 필연적으로 봉건 계급제도를 없애야 한다는 인식의 기둥을 세우기 시작했다. 그러나, 염상진에게는 그런 자책과 죄의식의 과정은 아예 생략되었고, 이상세계의 빠른 실현을 위해 지주계급이나 경제적 지배세력을 타도할 수 있는 무산자들의 힘의 조직화를 필요로 하고 있었다. 김범우가 인간생존의 양심을 밝히는 불씨를 얻었다고 한다면, 염상진은 인간생존의 방법을 뒤바꾸는 무기를 얻었다고 해야 할 것이다. 염상진이 그들 책을 통해서 받은 충격을 말로는 도저히 형용할 수 없는 것이었다. 그것은 새로운 생명의 탄생이었고, 새로운 빛의 출현이었고, 새로운 길의 열림이었다. 가난으로 기죽어 식어 있는 피를 뜨겁게 끓게 했고, 비천으로 주눅들어 움츠러든 근육을 팽팽하게 긴장시켰다."(『태백산맥』 1권, 142~143면)

상승을 꾀하면 꾀할수록 상층계급이 억누르는 압력은 상대적으로 커지게 된다. 그것은 영원히 풀리지 않는 수직구조의 역할이었다. 그러나 그 해결의 유일한 방법이 있다. 그것이 바로 혁명이다. 혁명은 완전히 새로움의 창출이고, 완벽한 새로움의 건설이다. 그 세계의 전개를 위하여 인간의 의식은 새롭게 탄생되지 않으면 안 된다. 새로운 제도의 삶을 수용할 수 있는 의식의 탈바꿈, 그것을 위해서는 새로운 규율의 강압이 불가피하며 악성 습관에 병들어 있는 모든 자들은 그 병이 치유되는 동안 새로운 규율이 요구하는 건설적인 고통을 달게 인내해야 하는 것이다.[48]

② 해방은 반도땅의 역사 위에서 단순한 의미일 수가 없다. 자멸한 조선 봉건왕조 위에 새 역사를 창조해야 할 중차대한 기점이 바로 해방인 것이다. 봉건계급제도가 일소된 나라, 착취계급을 완전 소탕해버린 나라, 그야말로 홍익인간의 정신을 되살리는 새 나라를 세우는 것이 해방의 의미였다. 그런데, 역사의 물줄기는 다시 봉건왕조로 거슬러 올라가고 있는 것이다. 남쪽땅에는 민주주의라는 미명 아래 지주계급과 친일세력이 합세하여 남쪽만의 나라를 세우고 만 것이다. 결코 용납될 수 없는 일인 것이다. 사회주의의 건설, 그것만이 최선의 길이고 유일한 길일 뿐이다. 그 목적 달성을 위해서 투쟁, 오로지 투쟁이 있을 뿐이다. 염상진은 어둠을 응시한 채 주먹을 말아쥐며 부르르 떨었다.[49]

③「너희들이 우리와 다른 건, 너희들은 민족이 없고 우리는 민족이 있다는 점이다. 너희들은 여러 인종들이 모여들어 국가라는 조직을 만들었고, 우리들은 하나라는 민족의 토대 위에서 국가를 만들었지. 그 차이가 뭔가

48 『태백산맥』 4권, 169면.
49 『태백산맥』 2권, 142면.

하면, 너희들은 수평적 연결만 있지 수직적 유대가 없어. 그러나 우린 그 두 가지를 다 갖추고 있는 거야. 이게 무슨 말인가 하면, 너희들은 국가조직이 깨지면 산산이 흩어지게 돼 있어. 만약 너희들이 식민지지배를 받게 되어 미국이란 나라가 해체되면, 미국은 다시는 생겨날 수가 없어. 왜냐하면 너희들은 또 다른 국가 조직으로 재편성되어 살아가면 그만이니까. 그러나 우리는 달라. 국가라는 수평조직이 없어져도 민족이란 수직조직으로 한 덩어리를 이루며 절대로 흩어지지 않아. 그 좋은 예가 바로 일본식민지 치하를 끈질기게 투쟁하며 견딘 거지. 왜냐하면 우린 단일민족으로 오천 년을 살아온 역사전통이 있기 때문이지. 그런 민족일수록 그 민족 특유의 결속력과 고유의 정신력이 있게 마련이고, 자신들의 삶에 대한 방어력과 배타성도 그만큼 강하다는 걸 알아야 돼. 스테이트(State)란 말뜻만 알았지 네이숀(Nation)이란 말뜻을 잘 모르는 너희들이 생각을 고쳐먹지 않고, 아까 말하는 식으로 계속해서 우릴 대했다간 너희들은 결국 배척당하고 말게 된다 그 말이야. ……」[50]

④「두 나라의 점령군을 맞으며 우리는 새로운 역사의 시련에 직면하게 되었습니다. 그 사건을 극복하기 위해서 우리는, 첫째, 두 강대국이 내세운 명분을 무산시킬 수 있도록 일사불란한 민족적 단합을 보여야 했습니다. 둘째로, 그들의 정치적 도구가 되는 것을 단호히 거부하면 제이의 독립운동을 전개해야 했습니다. 그러나 우리는 첫째도 실패, 둘째도 실패함으로써 식민지 상황보다 나을 것 없는 분단국가를 만드는 데까지 오고 말았습니다. 그리고 오늘과 같은 정치・사회적 혼란과 자체분열을 일으키는 민족적 희생이 야기되게 되었습니다. (…중략…) 우리에게 해방은 식민지 시대의 종식이 아니라 새로운 식민지시대의 개막이었습니다. 전시대에는 일

---

50 이것은 김범우가 심슨이라는 미국 병사에게 한 이야기이다.(『태백산맥』 7권, 356면)

본을 공동의 적으로 삼는 민족적 명제나 자존이 있었습니다만, 이제는 백인들이 만들어낸 이즘이라는 것에 최면이 걸리고 마취되어 우리끼리 적을 삼아 살육을 자행하는 시대가 되었습니다. ……」[51]

①에서는 계급 개념을, ③에서는 민족 개념을 토대로 한 현실 인식을 원론적 수준에서 보여주고 있다. 이 점은 앞에서도 확인한 바다. 한편 ②와 ④는 현실에 대한 대처 방안들을 나름대로 제시하고 있다. ①에서 언급되고 있는 사회 구성체의 측면에서 염상진의 주장과 김범우의 주장을 비교해 보자. 염상진은 사회란 계급으로 구성되어 있다고 판단하는 한편 김범우는 민족으로 구성되어 있다고 판단한다. 따라서 계급사회에 문제가 있다고 한다면, 전자는 사회혁명을 통해 사회주의를 건설해야 마땅한 것이고(②), 후자는 민족현실에 문제가 있다고 한다면, 민족이 하나로 결속하면 된다고 보는 것이다(④). 그래서 전자는 새로운 의식과 새로운 제도를 강조하고, 후자가 민족의 특수성과 고유성을 강조한다.[52]

이상의 두 주장을 해방정국의 이른바 통일전선전략에 비추어 보았

---

51 『태백산맥』 2권, 296~297면.

52 이로 미루어보았을 때 김범우의 민족주의는 정치적이라기보다는 문화적이라고 할 수 있다. 이 문화민족주의 입장은 다음에 보는 것처럼 화자에 의해 더욱 강화된다. "…… 다시 옷깃 여미고 생각하건대, 어인 연고로 세계에서 유일하다는 백두산으로 시작되어 그 모양을 그대로 닮은 한라산으로 막음되고 있는가. 백두산 천지에서 한라산 백록담까지 우리 눈에는 안 보이는 무지개다리가 하늘로 드리워지고, 백록담에서 천지까지 우리 눈으로는 볼 수 없는 또 하나의 무지개다리가 땅속으로 이어져 크고 큰 동그라미를 이루고 있는 것은 아닐 것인가. 그 크고 큰 동그라미를 따라 이 민족의 정기는 순환되고, 생명력은 생성되는 것이 아니랴. 그러나, 그 누가 그 수수께끼를 풀 수 있으랴. 아무도 그 수수께끼를 풀 수 없으되, 끝과 끝에 의연하게 자리잡고 있는 서로를 닮은 두 산은 우리 민족이 하나인 것을 증거하는 상징이 분명하고, 우리 민족이 하나가 되고자 하는 염원을 대변하는 상징이 확실하고, 그 어떤 힘으로도 우리 민족을 갈라놓을 수 없다는 것을 암시하는 상징이 뚜렷했다."(『태백산맥』 8권, 15면)

을 때, 이것들은 상호 보완적이어야 했다. 이는 쌍방이 근본주의를 버릴 때 가능하게 된다. 어느 경우나 자신들이 주목하는 모순들이 세계적 차원에서 진행되는 자본주의 팽창의 결과라는 사실적 이해에 불철저하다.[53] 현재로서 전자는 민족공동체 내부의 정치적, 문화적 요소의 중요성을 간과함으로써 민족주의가 지니는 이데올로기적 역동성과 폭발적 혁명적 에너지를 과소평가하는 잘못을 저지를 우려가 있다.[54] 이러한 현상은 지방적 애향주의에 머물러 있는 즉자적 수준의 농민을 과도하게 신뢰하여 성급하게 혁명의 주체로 상정한 데서 비롯된 것으로 판단된다. 동시에 모든 문제를 토지 문제의 갈등에 수렴시킴으로써 경제근본주의에 빠져버릴 우려가 있게 된다. 이런 편향된 자세라면 수직적 민족 통합을 쉽게 이루어내지 못하리라는 점은 충분히 예상할 수 있는 일이다.[55] 한편 후자는 문화적 동질성에 집착하거나 민족을 신비화하고 고정된 실체로 인식한다. 그에 따라 민족모순을 해

---

53 안쏘니 기든스, 진덕규 역, 『민족국가와 폭력』, 삼지원, 1991, 249~252면 참조.

54 임지현, 앞의 책, 187~188면 참조.

55 하정일은 『태백산맥』에는 민중운동의 한 축이면서 사회해방의 선도적인 역할을 담당할 산업노동자들에 대하여 거의 배려를 하지 않은 점에서 변혁운동, 즉 민족운동의 한계성을 지적하고 있다. 민중세력이 민족부르주아 세력과의 통합을 이루어내기 위해서는 현상적인 측면에서 노동자를 적극적으로 등장시켜 농민과 함께 민중세력을 통합적으로 다룸으로써 일차적으로 민중세력의 총체성을 확보했어야 한다고 보는 것이다.(하정일, 앞의 글, 217~218면)
이것은 당위론적 입장인바, 이 같은 견해에 대하여 작가 조정래는 현상론적 입장에서 통박한다. 당시 농민과 노동자의 비율이 50-60대 1 정도라는 사실을 들어 그리한 것이다.(『문학과 역사와 인간』, 43면)
한편 손경목은 이른바 '역사투쟁'의 문제점을 지적하는 가운데 다음과 같은 말을 한다. "…… 『태백산맥』의 목표가 단순히 과거를 반영하는 데 있지 않았다고 한다면, 작가의 당대의 시점에서 이런 한계를 넘어서는 대안적 전망이 혹은 그 전망을 위한 모색의 과정이 작품에 일정하게라도 제시"되었어야 한다고 본다. 대안적 전망의 모색은 오늘날의 관점에서 보았을 때, 중심적 집단인 노동자 계급의 성장과 노동운동의 진출에 대한 일정 정도의 관점은 제시되었어야 하지 않았겠는가 하고 조심스럽게 의견을 개진한다.(손경목, 「민중적 진실과 『태백산맥』의 당대성」, 『문학과 역사와 인간』, 244면)

결하기 위해 순박하게도 민족주의를 주술로 불러들여 대중의 민족감정에 호소한다. 여기에는 사회경제적 인식이 부족함은 물론 사회역사적 조건을 무시함으로써 사회적 개혁 전망이 전혀 드러나 있지 않다. 따라서 김범우가 주장하는 바는 아직은 선험적 판단에 따른 것으로 관념적이고 추상적인 수준에 머물러 있다고 할 수 있다. 그에게 필요하고 중요한 것은 민족주의가 이론 속의 순수한 민족문제가 아니라, 구체적인 역사과정을 겪으면 누적되어온 사회경제적 모순들의 특수한 변형태로서의 민족문제라고 인식하는 일이다.[56] 말하자면 민족문제에 내재되어 있는 사회적 모순의 내용을 철저하게 인식하는 일이다.

민족운동은 위에서 본 바와 같은 수준의 사회해방과 민족해방이 병행적으로 전개된다. 염상진은 농민들을 의식화시켜 동원하고 그들과 연대하여 유격대 활동을 가열차게 전개한다. 한편 김범우는 교사로서 학생들이 일체의 정치활동에 가담하지 못하도록 만류하는가 하면 구속자들을 석방시키는 데 한 몫을 담당하기도 한다. 상호 이해가 부족한 상태에서 자기 나름으로 최선을 다한다. 물론 이들의 갈등은 다른 갈등들을 포괄하면서 진행된다. 다른 갈등들이란, 앞에서 본 바와 같이, 자주독립이냐 재식민화냐를 두고 한국인과 외세가 벌이는 갈등과 토지 문제를 놓고 지주와 소작인이 벌이는 갈등이다. 작품에서는 실제로 이들 두 갈등이 훨씬 다양하고 구체적으로 서술되고 있다. 그럼에도 불구하고 민족운동의 주체 문제와 선차성의 문제를 두고 벌이는 염상진과 김범우가 벌이는 세 번째 갈등이 중심적이라는 사실은 여러 차례 강조된 바 있다. 바로 세 번째 갈등이 첫째와 둘째의 갈등을 매개함으로써 세 갈등은 전체적인 관계망을 형성하여 소설의 의미를 만들어내게 된다는 뜻에서였다.

---

56 임지현, 앞의 책, 205면 참조.

그런데 『태백산맥』은 중반을 넘어서면서 본격적으로 운동상에 드러난 관념성과 추상성을 어떻게 극복할 것인가 하는 문제에 초점을 맞춘다. 문제의 해결은, 염상진과 김범우가 각각 상대방의 현실 인식을 이해하고 수용함으로써, 그리하여 자신의 한계를 인식함으로써 가능하다는 것을 드러내는 방향으로 작품은 진행된다. 그래서 질문은 이제 이렇게 바뀐다. 통일된 민주국가 수립은 사회주의 승리를 위한 전제조건인가? 사회주의는 민족해방을 자동적으로 담보하는가? 상호 이해의 길로 접어든 것이다.

이것은 작품의 공간이 일거에 확대됨과 동시에 부상한다는 사실이다. 전황이 게릴라전에서 전면전으로 확대되고, 벌교라는 지방에서 서울, 이북, 그리고 만주 등으로 공간이 확대되는가 하면 대내적인 사회해방 문제에서 대외적인 민족해방 문제로 초점이 이동된다. 말하자면 공간이 실제와 의식의 수준에서 동시에 확대되는 것이다. 우리는 앞에서 이 대목을 작품 전개상 전환점이라 했는데, 바로 이런 점 때문이다. 앞에서도 언급한 바와 같이 플롯 전환점을 중심으로 하여 전반과 후반이 질적으로 달라진다.

그러면 여기서 전환점을 형성하는 데 중요한 역할을 담당하는 초점인물들을 중심으로 두 운동의 관계를 살펴보자. 초점인물은 김범우와 이학송 그리고 김범준이다. 김범우는 처음부터 등장하여 활약해 오던 인물이고, 이학송은 중반에 등장하는 인물이다.

작품 전반부에서 보인 김범우의 활약상은 그와 대극점에 선 염상진이 벌이는 사건에 비하면 미약하다고 할 수밖에 없다. 그는 벌교에서 교사 생활을 하면서 중도자유주의자의 입장에서 오직 학생들에게 비정치성만을 강조하는가 하면 뚜렷한 조직도 없이 고립무원의 상태에서 외롭게 누구에게나 민족단합만을 역설한다. 그러다 중단했던 대학 공부를 지속하기 위하여 서울로 가지만 곧장 뚜렷한 동기도 없이 공부를 포기한다. 전쟁이 지속되자 미군 통역을 맡게 된다. 이것이 계기가 되어 그는 단연 활기 띤 모습을 보여준다. 지금까지의 염상진에 대한 보조적인 역할에서 벗어나 자립적인 인물로 거듭난 것이다. 전쟁 일선에 직접 참여하여 미국의 제국주의적 횡포를 직접 목격하면서 민족현실을 새롭게 인식하게 된다. 김범우의 참여와 관찰을 통하여 미국 주도하의 전쟁 상황이 구체적으로 표현되고 전시된다. 전달 측면에서 보자면 김범우는 상황을 매개하는 중요한 역할을 맡고 있다고 할 수 있다. 실상 미국인들과의 관계를 맺는 역할이 주어지지 않았다면 김범우는 평면적인 인물에 그치고 말았을 정도이다. 그와 같은 역할을 맡게 됨으로써 그의 민족관이 구체적인 사회역사적 인식과 결합되는 길에 들어서게 된다.

한편 이학송은 법일 스님—작품 처음부터 간간히 얼굴을 내보이는, 인물 유형에서 중도자유주의자로 분류된—의 소개로 작품 중반부에 등장하여 후반부에서 맹활약을 보이는 인물이다.[57] 그런 점에서 낯선 인물이라고 할 수 있다. 그런데 작가는 중간에 등장시킨 이학송이라는 인물을 낯설지 않게 하기 위하여 민기홍이라는 기자를 등장시켜

---

57 이학송의 이전 행적은 다음과 같이 요약 설명되고 있다.
"이학송은 원고지 마지막장을 펼쳤다. 자신은 기자생활을 통해 남다르게 굵은 역사적 사건들의 기사나 취재기를 많이 쓴 편이었다. 그건 우연이 아니라 스스로 자청한 결과였다. 그건 일차로 정권의 정치조작을 방관할 수 없어서였고, 이차로 신문들의 무책임한 동조를 묵인할 수 없었기 때문이다. 기자로서 역사・사회적 소임을 다해야 한다는 의식은 그 다음이었다. 그러나 그 일은 그렇게 쉽지 않았었다. 사삼사건에 대해서도, 여순사건에 대해서도 신문들은 정부가 시키는 대로 사실을 조작하고 진실을 왜곡하는 데 열중해 있었다. 왜 민중들이 반기를 들고 일어섰는가에 대한 진짜 원인을 외면한 것은 말할 것도 없고, 미군 순양함이 제주도를 빙빙 돌며 항해하고, 비행기들이 한라산 위를 종횡무진 날아다니는, 눈에 번히 보이는 상황조차 쓰지 않은 채 반기를 든 민중을 '폭도'로 몰아붙이는 데 여념이 없었다. 그러기는 여순사건에 대해서도 마찬가지였다. 자신은 그런 것들을 어떤 방법으로든 사실대로 써내려고 몸부림했고, 그러다보니 차츰 수사기관의 미움을 독차지하다시피 되었던 것이다."(『태백산맥』 6권, 353면)

이학송과 대조시킴으로써 구체성을 부여한다. 일종의 서사 전략이라 할 수 있다. 이학송이 민기홍을 두고 다음처럼 말하는 대목이 있다. "자넨 역사허무주의나 역사초월주의의 입장에 있는지 모르지만, 난 역사발전주의와 역사창조주의를 믿네."[58] 이 대목은 대조의 효과를 노린 한 예이다. 덧붙여 말하자면, 대조의 효과를 노리지 않았다면 민기홍은 전혀 불필요한 인물 설정이다. 민기홍은 그 역할만 하고 이내 퇴장해 버린다. 그러는 사이 이학송은 낯설지 않게 되어 소설 한 자리를 어엿하게 차지하고 제 역할을 당당히 해낸다.

이학송의 주된 역할이란 미군의 맹폭을 당하는 북한과 만주의 현지 상황을 생생하게 매개하는 데 있다. 그러는 한편 보다 중요한 역할은 분열된 민족운동이 나아가야 할 방향을 제시하는 데 있다. 다음을 보자.

> 미군정이 인공을 부인하며 식민지화의 의도를 노골적으로 드러내고, 그 다음 단계로 좌익세력 제거를 목적으로 삼았을 때 감지한 어둠. 민족은 두 강대국 이데올로기 앞에 분열을 면할 수가 없게 된 상황이고, 민족이 살아날 길은 남북이 공동으로 두 외세에 대항해야 한다는 결론을 내릴 수밖에 없었다. 그건 단기적인 싸움일 수 없었고, 폭력에 의한 정면대결로 될 일이 아니었다. 조직적인 민족의식 고취와 외세축출 의식을 심어 민족적인 대항을 전개해야 된다고 믿었다. 좌익의 정면대결은 아까운 인명손실과 함께 자멸을 초래하는 길이라 여겨졌던 것이다.[59]

이것은 지금껏 이학송 자신이 추구해 왔던 사회계급혁명—이 점 역시 법일 스님에 의해 발췌 설명된다—의 편향성에 대한 반성에서 나

58 『태백산맥』 5권, 189면.
59 『태백산맥』 6권, 216면.

온 것이다. 구체적인 경험과 현실적 근거에서 나온 판단임은 물론이다. 이제 올바른 민족운동은 사회해방과 민족해방이 결합될 때 달성된다는 인식을 보여준 것이다.

한편 이런 인식은 독립운동가요 사회주의자인 김범준이라는 영웅적 인물에 의해서 한층 강화된다. 김범준이라는 인물은 염상진과 김범우가 학생 시절부터 흠모해 마지않던 인물이다. 그를 본받기 위해 두 인물은 마르크스를 읽고, 사회주의에 심취하기도 한다. 말하자면 일찍이 사숙 수준이지만 사제 관계가 형성되어 있었던 터다. 김범준은 만주 지역에서 독립운동을 하던 사람인데, 해방이 되어도 돌아오지 않는다. 그런데 전쟁이 나자 민족통일운동의 대의를 지니고 인민군 고급 군관으로 혜성처럼 나타나 귀향한다. 염상진과 김범우에게는 영웅의 귀환이었던 셈이다. 김범우의 경우 인물 설정 면에서 갑작스러운 등장에도 불구하고 별다른 거부감 없이 받아들여지는 이유는 그의 영웅적 권위에 의존한 측면이 있다고 판단한다. 다음을 보자.

……김범준은 염상진을 옆눈길로 보고는, 「계급혁명을 전제로 한 공산주의운동에 있어서 민족문제를 어떻게 다루고, 또 얼마만한 비중을 두어야 할 것인가…… 하는 문제는 아주 심각하고 그리고…… 중대한 문제가 아닌가 싶소. 그러니까. 중국 공산당이 혁명에 성공한 것은 여러 가지 요인이 작용한 것인데…….

거기에 민족문제는 얼마나, 어떻게 작용했는지를 따져볼 필요가 있을 것이오. 중국공산당은 처음부터 마르크스·레닌주의에 입각하되 민족자주적 혁명, 민족주체적 혁명을 분명히 했던 것이오. 그러니까 중국인의 힘으로 중국민족을 위한 공산주의 계급혁명을 추진한다는 노선이오. 그 노선에 따라 모든 전략·전술이 수립되고 추진되었소. 코민테른의 지시 거부도, 부르주아 혁명단계를 생략하고 농민 프롤레타리아를 혁명의 주체로 삼은 것도, 어제까지 적이었던 국민당과의 투쟁을 중지하고 일본놈들을 내몰기 위해 팔로군으로 국민당군에 편입된 것도, 그리고 우리가 공산혁명을 하는 것은 중국과 중국민족을 쏘련에 넘겨주거나 예속되기 위해서가 아니라는 말을 모택통 주석이 공개적으로 했던 것도, 다 그 노선에 근거한 것이었소. **계급은 사회의 수평적 인식이고 민족은 수직적 인식인데,** 그건 베짜기의 날줄과 씨줄 같은 것이오. 어느 하나가 없어서는 베가 짜질 리가 없지 않소. 그런데 조선공산당은…… 어찌되었소. 민족반역세력에게 '민족'을 도용당하다니…… 그자들이 어찌 감히 '민족진영'이란 말을 쓸 수 있느냔 말이오. 그건…… 그자들이 뻔뻔스럽고 교활한 데도 원인이 있지만, 그보다는 먼저 조선공산당이 민족을 등한히한 데 문제가 있을 것이오. 공산당 쪽에서 계급과 함께 민족을 내세웠다면 그자들이 어찌 민족을 도용할 수 있었겠소. 고유한 문화전통과 생활풍습을 가진 사회집단일수록…… 계급보다는 민족에 더 호응한다는 사실을 간과한 결과요. (하략)」[60](강조는 필자)

염상진이 김범준을 상대한다는 것은 언감생심인데, 모처럼 어려운 자리에서 듣게 된 김범준의 말은 염상진에게 매우 권위 있는 발언일 수밖에 없게 된다. 그 결과, 염상진에게 이제 계급근본주의적 편향도 초민족주의적 편향 그 어느 것도 현실적인 문제에 올바로 대처할 수 없다는 것을 명백하게 인식하게 된다. 이것은 무모한 봉기와 전투가 오히려 점령당국의 반동만 강화했다는 저간의 김범우의 질타의 참뜻을 이해한 데서 우러나온 것이기도 하다. 염상진에게 각별한 영향을 주었다는 점에서 중간에 등장한 김범준 역시 민족운동상의 분란 많은 의견을 종합하도록 하는 역할을 떠맡도록 설정된 인물이라 볼 수 있다. 결과적으로 보면 민족운동상의 사회해방과 민족해방이 변증법적

60 『태백산맥』 7권, 151~152면.

종합의 단계에 들어서야 한다는 문제를 이학송이 제기하고 김범준이 마무리하게 하는 수순을 밟았다고 볼 수 있다.

우리는 지금까지 민족운동의 두 기제, 즉 사회해방과 민족해방의 변증법적 통합 가능성을 모색하는 전환점을 살펴보았다. 이상에 본 바와 같이 김범우, 이학송, 그리고 김범준을 매개로 하여 염상진과 김범우가 폭넓은 인식에 도달하게 된 계기는, 앞에서 본 바와 같이 미국 주도 하의 한국전쟁이다. 한국전쟁을 계기로 미국의 재식민화 의도를 간파한 이들에게 한국전쟁은 그들의 한계에서 벗어나 통합적 인식을 하도록 촉구한다. 그 결과 한국전쟁을 고리로 하여 민족운동, 즉 사회혁명과 민족혁명이 상호성과 균형성에 대한 인식을 올바르게 획득하게 된다. 이는 민족운동이란 "수평적 인식과 수직적 인식"을 동시에 갖출 때 온전하다는 김범준의 인식에서도 확인할 수 있다.[61] 여기서 수평적 인식이란 우리가 지금껏 논의해 왔던 사회해방과 관련되며 수직적 인식이란 민족해방과 관련된다.

그런데 민족 근본주의와 계급 근본주의라는 운동이념의 관성과 비대칭적 전쟁 상황이라는 현실적 조건으로 말미암아 민족운동의 변증법적 통합은 그렇게 용이하게 이루어진 것으로는 보이지 않는다. 다만 변증법적 통합에의 인식들은 관념적이고 당위적 수준에서 이루어지고 있을 뿐 현실적으로는 여전히 자기 논리를 벼리고 자기 노선을 충실히 고수하는 가운데서 이루어지고 있는 것으로 판단된다. 하정일은, 『태백산맥』이 계급모순은 온전한 형상성을 갖추고 있는데 반해, 민족모순은 행동에 의해서가 아니라 말에 의해 부단히 강조됨으로써 관념성과 추상성을 벗어나지 못하고 있다고 비판한다. 여기서 관념성

61 그런 깨달음은 부차적인 인물들인 손승호, 정하섭 등의 결의에 찬 행동에서도 확인해 볼 수 있다.

과 추상성이란 위에서 본 이학송과 김범준 등이 주장하는 내용을 겨냥한 것이다.[62]

그러면 마지막으로 염상진과 김범우가 자신들의 운동논리를 어떻게 마무리짓는가를 살펴보자.

①「……우리의 투쟁은 이제 현실투쟁이 아니라 역사투쟁 속에 있습니다. 여러분들은 그 동안 학습을 열심히 해왔으므로 현실투쟁이 무엇인지, 역사투쟁이 무엇인지 다 아실 것입니다. 현실투쟁은 인민해방을 우리가 살아 있는 동안 눈앞에서 성취시키는 것이며, 역사투쟁은 인민해방을 우리가 목숨을 바쳐 뒷날 역사 속에서 성취시키는 것입니다. 여러분, **역사투쟁은 바로 목숨을 바치는 죽음의 투쟁입니다.** 우리 앞에 놓인 투쟁은 오직 한 길, 우리보다 먼저 역사투쟁을 버리고 죽어간 수많은 동지들의 뒤를 따라가는 것입니다. 여러분, 앞서 죽어간 그 많은 동지들은 우리의 정의로운 싸움이 역사 속에서 기필코 승리한다는 것을 믿었습니다. 또한 인민해방의 진리를 지키는 싸움에 바친 자신들의 목숨이 역사 속에서 틀림없이 되살아난다는 것을 믿었습니다. 그렇습니다, 우리도 그 사실을 철통같이 믿어야 합니다. 역사와의 싸움은 깁니다. 우리는 그 역사의 승자입니다. 우리는 그 역사의 주인입니다. 우리가 흘리고 죽어간 피는 인민해방의 꽃으로 역사 위에 찬란히 피어날 것입니다. 여러분, 우리는 그 틀림없는 사실을 믿어야 합니다. 그래야만 우리보다 앞서 죽어간 수많은 동지들의 죽음에 보답하는 것입니다. **인민해방의 역사는 우리를 부르고 있습니다. 민족해방의 역사**

---

62 하정일, 앞의 글, 214~215면.
『태백산맥』의 추상성은 이뿐만이 아니다. 『태백산맥』에는 미국인들을 마니교적 이분법에 의해 괴물들로만 그림으로써 추상성을 더욱 가중시키고 있다. 미국인들을 그렇게 만든 자본의 작동 논리를 관찰했어야 구체성을 확보할 수 있다고 본다. 모든 미국인들이 형이상학적 수준의 괴물들이 아닐 터이니까.

는 우리를 부르고 있습니다. 이 마당에 어찌 죽음을 두려워 하겠습니까. 최후의 순간까지 투쟁하다가 깨끗하게 죽어가는 것만이 가장 당당하고 떳떳한 해방전사의 모습입니다. 그런 용맹스럽고 자랑스러운 여러분들의 모습을 인민들은 똑똑하게 기억합니다. 그리고, 그 정신을 이어받아 인민들은 계속해서 투쟁할 힘을 얻습니다. 그리하여 마침내 인민해방은 우리의 힘으로 쟁취되고야 맙니다. 그것이 인민해방의 역사이며, 역사의 발전법칙이며, 불변하는 역사의 힘인 것입니다. ……」[63] (강조는 필자)

② 유월 십팔일 새벽 김범우는 마산포로수용소에서 반공포로로 석방되었다. 반공포로 분리수용으로 그는 마산으로 옮겨졌던 것이다.

김범우는 철조망으로 벗어나고 나서 새벽별을 바라보며 거제도에 있는 정하섭을 생각했다. 너는 북쪽으로 가는가. 그래, 가거라. 남쪽에 집을 두고 북쪽으로 가는 것이 어찌 너 혼자뿐이겠는가. 난 이제 고향으로 간다. 너와의 약속은 꼭 지켜나갈 것이다. 휴전이 언제까지 갈지 모르지만. 전쟁이 완전히 끝난 것이 아니라 시한부로 멈춘 것일 뿐인 휴전은 우리에게 내일로 남겨진 숙제다. 그건 새로운 분단으로 남겨진 민족의 숙제다. 그 숙제를 가지고 너는 북으로, 나는 남으로 헤어지는 것이다. 그 동안 곰곰이 생각해보니 휴전은 우리 민족에게 새로운 시작이 될 것이다. 서로 갈라져 살아야 하는 **비극적인 시대**의 시작 말이다. 그건 새로운 싸움의 시작이기도 하다. 너와 나는 그 싸움을 위해 함께 고향으로 가지 못하고 이렇게 헤어지는 것이 아닌가. 부디 잘 가거라. 그리고…… 다시 만날 때까지 우리 꿋꿋하자꾸나.[64](강조는 필자)

---

63 『태백산맥』 10권, 266면.

64 『태백산맥』 10권, 313면.

①은 염상진이 전투 중 막다른 길목에 이르렀다는 판단 아래 동료 대원들에게 최후의 결의를 다지는 대목이다. 작품 말미에 그는 체포되어 처형되지만 이때 이미 죽음을 비장하게 각오하고 있다. ②는 김범우가 반공포로 석방으로 풀려나면서 다짐하는 내용이다. 그는 실은 석방되기 위하여 반공포로로 위장한 것이다. 그는 남쪽에 남고, 그의 제자인 정하섭은 북으로 간다. 두 사람은 사회주의 혁명의 지속적인 실천과 새로운 숙제인 남북분단을 극복하기 위하여 분투할 것을 약속하며 남북으로 갈라선 것이다.

①에서 염상진은 민족운동의 정수가 '인민해방'과 '민족해방'을 동시에 달성한 데 있다는 인식을 분명히 보여준다. 혁명전사로서 그것을 달성하기 위해서는 죽을 각오가 서 있어야 한다는 것이다. 그리고 그는 끝내 죽는다. 이것이 역사투쟁이라는 인식이다. 그의 죽음은 역사의 선택 행위이다. 그렇다면 이것은 '역사'라는 신에 경배를 드린 것이리라. 여기에서 범접할 수 없는 숭고미가 탄생한다. 혁명가 염상진다운 행로다. 그런데 우리는 여기서 역사 초월적 영웅을 보게 되는 대신 실은 역사를 잃어버리는 역사를 만나게 된다. 역사투쟁의 구체성이나 전망이 제시되어 있지 않기 때문이다.[65] ②에 보이는 김범우의 태도는 시종여일하게 침착하다. '비극적인 시대'에 제출된 새로운 숙제를 넘겨받아야 할 사람이 있어야 한다는 것이다. 그다운 자세다. 작

---

65 이 점을 손경목은 다음에서 보듯, 작품이 계급론적 시각을 빈약하게 지닌 데서 찾는다. "…… 그토록 수많은 사회주의자들이 등장하는데도 그들 가운데서 정작 사회주의적 변혁전망을 구현할 핵심대중으로서의 노동자계급의 존재와 역할에 대한 의미있는 인식과 성찰을 제시하는 사람은 아무도 없다. 특정한 계급의 대표자로서의 그들의 모습이 그렇듯 부재하거나 희미한 가운데 작품에서 사뭇 두드러지는 것은 그들의 인간적 품격 혹은 고결함이다. 이렇다는 것은 그들이 이루고자 하는 혁명이 실제로 보편적 인간성의 완성에 도달하기 위한 도정이기도 하지만, 그와 동시에 특정한 계급의 전망이 관철되는 과정이라는 사실이 작가에게서 전면적으로 수용되지 않고 있음을 뜻한다. 이렇게 계급론적인 인식이 명확히 전제되지 않은 조건에서……"(손경목, 앞의 글, 245면)

지만 결코 범상한 일이 아니다. 살아 해결해야 할 일이 있는 법이다.[66] 거대한 혁명이 배제시킨 일상에 눈을 돌린다. 일상이 어느 면에서 거대한 것이다.

그렇다면 좌익진보주의자 염상진의 민족운동은 실패하였는가? 다음을 보자.

> 그는 가슴을 펴며 숨을 들이켰다. 그와 함께 밤하늘이 그의 시야를 채웠다. 그는 문득 숨을 멈추었다. 그는 눈앞이 환하게 열리는 것을 느꼈다. 그가 본 것은 넓게 펼쳐진 광대한 어둠이 아니었다. 그가 본 것은 어둠 속에서 수없이 빛나고 있는 별들이었다. 그는 멀고 깊은 어둠 저편에서 명멸하고 있는 무수하게 많은 별들을 우러러보았다. 가을 별들이라서 그 초롱초롱함과 맑은 반짝거림이 유난스러웠다. 그 살아서 숨쉬고 있는 별들이 가슴을 뭉클하게 했다. 그 별들이 모두 대원들의 얼굴로 보였던 것이다. 먼저 떠나간 대원들은 죽은 것이 아니었다. 그들은 모두 혁명의 별이 되어 어둠 속에서 저리도 또렷또렷한 모습으로 빛나고 있었던 것이다. 그는 봉화가 타오르고, 함성이 울리고 있는 가슴에다 그 별들을 옮겨 심고 있었다.
>
> 끝 간 데 없이 펼쳐진 어둠 속에 적막은 깊고, 무수한 별들의 반짝거리는 소리인 듯 바람소리가 멀리 스쳐흐르고 있었다. 그림자들은 무덤가를 벗

---

66 염상진과 김범우가 민족운동에 대하여 서로 다른 견해를 가지고 있었음에도 불구하고 대화적 관계를 유지해 올 수 있었던 근본적인 원인을 지젝의 다음과 같은 일반론적인 말에서 추론해 볼 수 있다.
"자유주의와 급진좌파의 차이는 비록 그들이 동일하게 세 가지 요소(자유주의 중도, 포퓰리즘 우파, 급진좌파)를 언급하지만, 이것들을 근본적으로 상이한 토폴로지(topology) 안에 배치한다는 것이다. 자유주의의 중도의 입장에서 볼 때 급진좌파와 우파는 동일한 '전체주의적' 과잉의 두 가지 형태다. 반면 좌파에게 있어 단 하나의 진정한 양자택일은 그 자신과 주류인 자유주의 사이에 이루어지며 포퓰리즘적 '급진' 우파는 좌파의 위협을 다룰 수 없는 자유주의의 무능력의 징후에 불과하다."(슬라보예 지젝, 『처음에는 비극으로 다음에는 희극으로』, 153~154면)

어나기 시작했다. 그리고 광막한 어둠 속에서 사라져가고 있었다.[67]

이 장면은 하대치 등 염상진의 살아남은 부하들이 죽은 대원들을 '혁명의 별'로 추억함과 동시에 미래를 기약하며 '광막한 어둠 속으로' 사라져 가는 대목을 묘사한 것이다. 지상의 어둠과 하늘의 별이 대조된 모습이 선명하게 그려져 있다. '광막한 어둠 속'은 당장은 비극적이지만 현실의 난관을 이겨내겠다는 굳건한 결의를 역설적으로 보여준 것이다.[68] 어둠 속으로 사라져가는 하대치의 모습은 전도가 암담한 가운데나마 염상진의 혁명적 열정이 지속된다는 점을 상징한다.[69] 사실적 차원에서 말한다면, 그들은 역사투쟁의 현장을 살아갈 것이다.

『태백산맥』의 주요 등장인물들인 염상진, 김범우, 그리고 민중들 모두는 제3세계의 민족운동의 두 축인 사회해방과 민족해방이 변증법적 통일에의 지향을 실천적으로 보여주었다고 할 수 있다. 극단의 시대에 사회해방과 민족해방의 변증법적 통일 그리고 그것의 관철, 그것은 매우 지난하다는 것은 명백하다.

---

67 『태백산맥』 10권, 341면.

68 손경목은 빨치산들에게서 혁명적 전망이 거의 언제나 물과 풀과 태양, 그리고 별 등 자연에 빗대어 표명되곤 한다는 사실을 짚어낸다. 이는 비극적 서정성을 부여하는 동시에 민중운동의 무한한 생명력을 환기하는 구실을 하는 자연 장면들은 본질적으로 민중들이 의존하고 귀속될 사회적·계급적 준거를 얻지 못하고 있음을 나타낸다고 본다.(손경목, 앞의 글, 244~245면)

69 이 점은 일찍이 김윤식과 이동하가 내놓은 해석이다.
"작가가 하대치를 끝내 살려놓은 것은 따지고 보면, 염상진을 살려놓은 것. 염상진의 지식인적 측면이 이데올로기적 허깨비(관념)와 더불어 죽음(파국)에 이르렀다면, 그의 다른 한 측면인 육체적·핏줄적·계층적 측면 곧 삶의 본질적 측면은 결코 파멸에 이르지 않고 청청히 살아 있다는 것. 그것의 상징이 하대치가 아니었던가."(김윤식, 앞의 글, 129~130면)
이와 같은 견해는 이동하의 「비극적 정조(情操)에서 서정적 황홀까지」(『문학과 역사와 인간』, 171면)에도 나타나 있다.

3. 맺음말

① 이 글은 『태백산맥』의 민족운동 양상을 운동의 주체와 목표 등의 문제와 관련하여 살펴보고자 하였다. 특히 『태백산맥』의 민족운동의 두 양상인 사회해방과 민족해방의 변증법적 상호관계가 어떻게 형상화되었는지 구명해 보고자 한 데 주안점을 두었다.

②『태백산맥』의 갈등 양상은 세 가지로 대별된다. 첫째는 한국과 외세와의 갈등이다. 둘째는 토지문제를 놓고 벌이는 지주와 소작인 간의 대립이다. 셋째는 민족운동의 주체 문제－지식인인가 민중인가－를 두고 벌이는 갈등이다. 이 갈등과 민족운동의 두 양상인 사회해방과 민족해방의 선차성을 두고 벌이는 갈등이 병행된다. 세 갈등 가운데 세 번째 갈등이 작품에서 가장 중심적 역할을 한다. 염상진과 김범우가 벌이는 세 번째 갈등이 첫째와 둘째의 갈등을 매개함으로써 세 갈등은 전체적인 관계망을 형성하여 소설의 의미를 만들어내기 때문이다.

③ 민족운동의 주체를 서민영과 김범우는 역사 과정에서 일정한 정치적 소임을 수행한 계층에 주목하여 부르주아 지식인으로 자연스럽게 상정한다. 이에 비해 염상진은 운동 주체가 담보하는 경제적 진보성에 주목하여 일반 민중을 주체로 상정한다. 후자에 있어서 혁명가로서의 지식인은 혁명을 전위에 서서 이끄는 지도자로서 활동한다.

④ 『태백산맥』은 민족해방과 사회해방이라는 운동과제를 두고 그 우선성에 차이를 보이는 양 세력들 간의 갈등 양상을 형상화한다. 민족운동의 선차성의 문제가 『태백산맥』의 기본적인 동력원이 되고 있는 것이다. 한쪽에서는 민족해방을 먼저 달성해야 한다고 주장하는 반면, 다른 한쪽에서는 사회해방을 먼저 달성해야 한다고 주장한다. 전자는 대외적 모순, 즉 민족모순의 해결을 겨냥하고, 후자는 대내적

모순, 즉 계급모순의 해결을 겨냥한다. 두 주장을 해방정국의 이른바 통일전선전략에 비추어 보았을 때, 이것들은 상호 보완적이어야 한다. 이는 쌍방이 근본주의를 버릴 때 가능하게 된다.

⑤『태백산맥』은 중반을 넘어서면서 본격적으로 운동상에 드러난 관념성과 추상성을 어떻게 극복할 것인가 하는 문제에 초점을 맞춘다. 문제의 해결은, 염상진과 김범우가 각각 상대방의 현실 인식을 이해하고 수용함으로써, 그리하여 자신의 한계를 인식함으로써 가능하다는 것을 드러내는 방향으로 작품은 진행된다. 드디어 한국전쟁을 고리로 하여 민족운동, 즉 사회혁명과 민족혁명이 상호 균형성에 대한 인식을 올바르게 획득하게 된다. 민족운동이란 사회에 대한 수평적 인식과 수직적 인식을 동시에 갖출 때 온전하다는 인식에 도달한 것이다.

그런데 민족 근본주의와 계급 근본주의라는 운동이념의 관성과 비대칭적 전쟁 상황이라는 현실적 조건으로 말미암아 민족운동의 변증법적 통합은 그렇게 용이하게 이루어지지는 않는다. 다만 변증법적 통합에의 인식들은 관념적이고 당위적 수준에서 이루어지고 있을 뿐 현실적으로는 여전히 자기 논리를 벼리고 자기 노선을 충실히 고수하는 가운데서 이루어지고 있을 뿐이다. 그럼에도 불구하고『태백산맥』의 주요 등장인물들인 염상진, 김범우, 그리고 민중들 모두는 제3세계의 민족운동의 두 축인 사회해방과 민족해방이 변증법적 통일에의 지향을 자기 나름의 방식에 따라 실천적으로 보여주었다고 할 수 있다. 극단의 시대에 사회해방과 민족해방의 변증법적 통일과 그것의 관철은 매우 지난한 것임에는 명백하다.(순천대 지리산권문화연구원 남도문화연구소,『남도문화연구』제20집, 2011)

제6장
지방문화시론

1. 왜 지방문화론인가

문화론을 말하면서 기본적으로 지녀야 할 인식은 문화론이란 궁극적으로 현실의 변화에 실천적으로 대응하는 전략의 탐색과 관련될 경우에만 이론적 실천으로서 기능하게 된다고 하는 점이다. 문화론은 현상의 변화에 실천적으로 대응하고자 하는 이론적 생산을 위하여 문화현상을 정확하게 파악할 때 과학적이 되기 때문이다. 지방문화론도 물론 그것이 문화론인 한 사정은 예외일 수 없다. 그렇다면 현단계에서 지방문화론을 말해야 하는 까닭은 무엇인가. 그것은 첫째로 현상의 변화에 따른 이론적 정세의 변화와 관련해서 생각해 볼 수 있으며,[1] 둘째

---

1 현단계 문화론의 특징을 잘 지적하고 있는 글은 다음 두 글이다.
강내희, 「유물론적 문화론의 정초를 위하여」, 『문화과학』 창간호, 1992.6.
심광현, 「유물론적 문화지형학의 구성 전망」, 위의 책.

로는 문화론 자체의 구성 문제와 관련해서 생각해 볼 수 있다.

자본주의가 전일화되면서 이론 진영 내에서 일어난 가장 큰 변화는 사회구성을 설명하는 데 있어서 사회를 구성하는 여러 심급들을 새로운 방식으로 다루려는 새로운 경향이다. 새로운 방식은 물론 현실 상황의 변화라는 새로운 경향에서 추동된 것이다. 자본이 다국적 성격을 띠면서 보여준 가장 두드러진 변화는 사회 과정을 결정하는 경제, 정치, 이론, 문화 등 사회구성의 각 심급들 간의 전통적인 관계에 커다란 변화를 가져온 점이다. 심급들의 서열과 상호관계에 지각변동을 일으키게 된 가장 큰 원인은 문화의 위상 변화에서 찾을 수 있다. 그것은 후기 또는 다국적 자본주의가 대중사회에 대한 헤게모니적 통제를 기하기 위하여 문화를 이데올로기적 주요 기제로 삼아 자기증식의 논리체계를 더욱 공고히 한 결과이다. 자본은 과학에 의해 발달된 대중매체를 십분 활용하여 문화의 생산과 소비의 전메커니즘에 적극적으로 개입하여 대항 헤게모니의 건설을 의도적으로 차단할 수 있다는 데 착안한 것이다. 우리의 경우 또한 90년대에 들어서 문화적 생산과 소비의 증대 현상이 피부로 확인되고 있는 실정이다. 이것은 사회구성의 여러 심급들의 상대적 자율성이 다른 어떤 역사적 단계에서보다 높아져 생산과 소비의 전과정에 복합적으로 개입하게 되었다는 사실을 의미한다. 따라서 사회적 삶을 이해하는 데 이전처럼 경제 영역과 정치 영역만을 일차적으로 주목하고 문화 문제는 주변적인 문제로, 혹은 기껏해야 하나의 잉여적 현상인 예술 문제로 다룰 수는 없게 되었다.[2] 최근 들어 문화담론이 증폭 현상을 보이고, 학계에서는 사회의 작동 원리를 설명하면서 정치나 경제 못지않게 문화를 '주제화'하고

---

2 따라서 이제 이론적 수준에서 사회를 설명하는 전통적인 틀인 경제－상부구조 개념은 비유적 수준의 의미 이상일 수밖에 없게 되었다. 그 설명틀이 아직 유효성을 지니고 있다면 경제의 최종 심급에서의 결정이라는 국면에서일 뿐이다.

있는 이론적 정세가 두드러지고 있는 것도 그와 같은 현실적 요구를 반영한 것이라 하겠다.[3] 이는 이론적 차원에서 현실의 변화에 적극적이고도 구체적으로 대응하려는 태도로 해석해도 좋을 것이다.

그러나 지방의 현상을 고려할 때 심급으로서의 문화의 상대적 자율성의 증대나 이에 따른 문화론의 증폭 현상은 어느 일면 중앙 대도시적 현상일 뿐이다. 지방은 아직도 정치와 경제가 여타의 분야에 헤게모니를 행사하는 전시대의 사회구성체가 오히려 강력한 힘을 발휘하고 있는 실정이다. 다시 말하면 지방의 문화는 사회 현실을 생산하기보다는 아직도 반영하는 수준에 머물러 있을 뿐이다. 더구나 지방사회는 중앙 대도시가 장악한 대중매체에 무방비 상태로 노출된 결과 거의 일방적으로 압박해 오는 중앙 대도시의 새로운 문화와 육화된 자체의 전통적인 생활문화 사이에서 심한 갈등을 겪는 한편, 제국주의가 제3세계에 일방적으로 강요하는 문화 논리를 중앙 대도시와 같은 정도로 수용할 수밖에 없는 중층적인 어려움에 처해 있는 실정이다. 이것은 즉 지방문화가 이제 스스로의 독자성을 지켜내고 자생력을 키워나가기가 힘겹게 되었다는 사실을 의미한다.[4] 따라서 한 국가의 사회, 문화에 대한 정확한 이해를 위하여 그 구성인자인 여러 지방들 또는 여러 권역들에 대해 이해할 경우 중앙문화에 대한 이해와는 다른 그 나름의 틀이 필요하다는 사실이 새삼 강조되어야 한다.

이와 관련해서 현단계에서 지방문화론을 말해야 하는 두 번째 까닭은 문화론 자체의 구성 문제와 관련된다고 할 수 있다. 지방문화에 대한 이해는 지방문화론적 시각에서 이루어져야 한다는 점이 필히 강조

3 강내희, 앞의 글, 70~71면 참조.

4 현재 지방의회가 최우선적 과제로 삼아야 할 문제는 무엇보다 지방문화의 독자성을 지켜내고 자생력을 키우는 일이라는 데 이론의 여지가 있을 수 없다. 따라서 완전한 의미에서의 지방자치제 실시는 하루가 시급하다 하겠다.

되어야 한다. 왜냐하면 지방문화는 현재 중앙 대도시 문화에 비하여 풍부하지 못하고 열악하다 하더라도 그 자체의 문맥과 자율성을 지니고 자신의 삶을 살고 있기 때문이다. 지방문화가 중앙 대도시 문화에 대하여 주변적이라는 인식은 근대화 이론에 토대를 둔 중앙집권적 인식일 뿐이다. 이와 같은 중앙집권적 문화 인식을 탈피시키고자 한 데서 지방문화론의 두 번째 존재 의의가 강조된다. 이때 지방문화론적 시각은 중앙 대도시 문화와 지방문화를 상호 규정적으로 인식함으로써 가능하게 된다. 말하자면 탈중심적 시각이 필요하다. 그러면 이론적 차원에서 중앙문화와 지방문화가 상호 규정적으로 이해되어야 하는 이유를 간단히 살펴보기로 하자.

한 국가의 모순은 상황변화에 따라 여러 측면에서 제기되는 구체적인 모순들에 의해 중층적으로 결정된다. 다시 말하면 국제적 / 민족적, 전통 / 현대, 도시 / 농촌, 중앙 / 지역 혹은 지방, 기성세대 / 젊은 세대, 남성 / 여성, 생활문화 / 제도문화 등 다층적인 갈등과 이에서 파생되는 모순이 사회문화지형 전체를 중층적으로 결정한다. 그런데 현단계의 변화를 추동하는 것은 그 무엇보다, 앞에서도 말한 바와 같이, 현실사회주의 붕괴 이후 전지구적으로 관철되는 다국적 자본주의다. 자본주의가 새로운 순환관계에 들어서고 있는 것이다. 이와 같은 국제적 변화는 일국적 현상에도 심각한 지형 변화를 강요하고 있다. 특히 한국과 같은 제3세계의 입장에 처한 국가들은 냉전 체제 하에서 중층적으로 결정된 모순을 온전히 해결하지 못한 채 변화에 따른 새로운 모순에 대응해야 하는 중첩된 어려움을 겪어야 하는 처지에 놓이게 된다. 따라서 현단계 한국 사회의 모순은 구조적으로 재조정되어 새로운 상황을 조성하고 있다고 하는 것이 정확하다 할 것이다. 현단계에서도 한국의 기본모순은 이전처럼 계급모순 혹은 민족모순으로 설명이 가능하다 하더라도 구체적인 모순들의 양상이 변화함에 따라 이전 단계의 기본모순 내용과는 그 내포를 달리한다고 말할 수 있다. 강조할 필요도 없이 이론적·실천적 전략은 이 구체적인 변화에 적극적으로 대응하여야 한다.

그런데 자본주의의 전지구화와 관련하여 생각해 볼 때 한 국가의 구체적 모순들 가운데 가장 중요하게 고려되어야 할 고리는 산업화와 함께 급격하게 부상하는 도시와 농촌의 갈등, 그리고 중앙과 지방의 갈등이다. 중요하다는 것은 강대국과 약소국의 자본주의적 관계 양상이 한국 사회 자체에서 중앙과 지방의 자본주의적 관계 양상으로 변주되어 나타나기 때문이다. 변주되어 나타날 수밖에 없는 것은 물론 자본주의적 메커니즘의 일방적 관철의 결과이다. 즉 제국주의가 제3세계에 대해서 그렇듯 중앙 대도시가 지방에 대해 일방적으로 그 논리를 강요하고 있는 것이다. 그간에도 국가독점자본주의 체제는 각종 산업정보회로를 통하여 한 나라 안에서 씨에레[협상, 鋏狀] 현상을 교묘하고도 줄기차게 수행해 왔던 것이 사실이다. 그 결과, 문화 현상에 한정해서 말한다면, 지금껏 그런 대로 유지되었던 농촌이나 소도시의 공동체 문화가 급격하게 파괴되고 대도시의 대중문화가 하루가 다르게 팽창하는 현상을 보이게 된다. 이제 자본주의의 새로운 형태인 다국적 자본주의가 관철됨으로써 새로운 형태의 일국적 착취 현상이 가속화되리라는 점을 어렵지 않게 짐작할 수 있다.

사정이 이러함에도 불구하고 문화에 대한 기존 논의들은 다분히 국가 단위를 토대로 한 중앙 대도시의 시각에서 이루어졌다는 사실을 부인하기는 어렵다. 기존 문화론은 대외적인 측면과 관련하여 이루어지는 경우에는 일국의 주체적인 입장을 견지하려는 노력을 보인 것은 사실이지만, 의도적인 것은 아니었다 할지라도 그것은 대체로 중앙집권적 시각에서 이루어짐으로써 결과적으로는 한 국가 안에서 이루어진 문화론이 자본주의의 메카니즘을 충실하게 따르고만 결과를 빚었다고 할 수 있다.[5] 이 같은 이론적 경향도 정신적 측면에서 이루어진 한 국가 안에서 전개된 자본주의의 전일화 현상이다. 말하자면 이론적 실천 자체 또한 자본주의의 메카니즘을 충실히 수행한 결과를 보인 것이다. 이와 같은 현상추수적 인식 태도는 이론가들이 문화에 대한 이론적 실천 전략을 갖지 않은 데서 비롯된 것이라고 말할 수 있다. 이론적 실천 전략을 갖지 않은 연구란 비주체적인 연구일 따름이며 그것은 기존 이론틀을 장악하고 있는 세력들에 대해 암묵적으로 복종하는 태도에 불과하다. 이와 같은 인식과 태도에서 출발한 연구의 결과는 현실 인식에 있어서 구체성의 상실일 뿐이다. 말하자면 지방문화에 대한 현상추수적 이해는 지방문화를 구현한 메카니즘을 전혀 드러내지 못하고 만다.

현실적으로 자본주의가 전지구적으로 관철되면서 제3세계의 중앙과 지방은 예상하기 어려울 정도로 서로가 심각한 갈등 관계에 빠져들고 있다. 이제 중앙과 지방은 변화하는 상황에 공동대처하기보다는 내부적으로는 오히려 상호 심각한 갈등과 모순을 보여 주고 있는 것이다. 이 점 또한 중앙과 지방이 서로 자본주의의 메커니즘에 충실한 결과인데, 이 결과는 스스로 국가 관념의 전제를 부정하는 자기모순에 빠진다. 따라서 한국 사회의 모순을 대체로 민족모순, 계급모순 등의 개념에 포괄 설명하고자 했던 기존 문화론은 중앙대도시와 지방 사이에서 나타난 갈등 현상을 제대로 구명하지 못했다는 비난을 면치 못할 것이다. 자본주의 체제 하에서 한 나라의 중앙 대도시와 지방 사이에는 상호 협조하기보다는 상호 갈등하는 면이 우세하다고 보는 것

5 이와 같은 잘못은 진화론적 근대화이론을 암묵적으로 추종하면서 비롯된 것으로 판단된다. 근대화 이론들은 서구중심적 단선적 발전, 전통성과 근대성의 대립, 퍼스낼리티에 의한 발전과 같은 관념적 설명 형태 등을 전제한다.(박재묵, 「근대화・종속・생산양식의 변증법」, 박재묵 편역, 『제3세계 사회발전론』, 창작과비평사, 1984, 13~16면 참조)

이 정확한 이해이다. 지방에 사는 한 사람 한 사람에게 구체적인 것은 국가가 아니라 자신의 이해와 이에 관련된 관습 또는 문화(이 경우 지방문화)이기 때문이다. 그런데 부르주아 이데올로기를 담지한 자본주의 체제하에서 공식적 문화로 행세하는 중앙문화는 지방문화를 비공식 문화의 위치에 묶어 두고서 지배문화의 위치에 서고자 한다. 그러나 중앙문화와 지방문화는 단일 문화체계 안에서 존재하는 다성적 관계에 있는 것이다.[6] 다시 말하면 중앙과 지방은 상호 대립하고 갈등하면서 한 나라의 문화를 다채롭게 구성하는 것이다. 따라서 현상적으로는 지방이 중앙에 대하여 종속적 또는 주변적 문화 현상을 보인다 할지라도 이론적인 차원에서 현상추수적으로 이해해서는 아무런 생산적인 결과를 기대할 수가 없게 된다. 실제로 지방문화는 중앙문화에 대하여 문제를 제기할 수 있는 역량은 물론, 조건만 성숙된다면 언제라도 지배문화로 부상할 수 있는 능력을 지니고 있다고 보아야 할 것이다. 이와 같은 능력을 지니지 못한 지방문화는 이미 지방문화의 자격을 상실했다고 보아 무방할 것이다. 따라서 중앙문화와 지방문화를 상호 규정적 차원 또는 상호 담론적 차원에서 이해해야만이 현상의

---

6 다성적(polyphonic)이라는 개념은 바흐친(Mikhail Bakhtin)이 그의 언어철학을 정초하면서 정식화한 것인데, 그는 그것을 문화론에도 확장하여 사용한다. 그는 사회역사적 과정에서 전일적으로 통일될 수 없는 언어 현상과 그러한 언어들의 상호작용을 설명하기 위하여 다성적이라는 개념을 사용한 것이다. 그에 따르면 언어의 다성성은 구체적으로 이어성(異語性, heteroglossia)과 다어성(多語性, polyglossia)으로 이루어진다. 전자는 단일한 국어 체계 안에서 일어나는 언어현상을 가리키며, 후자는 단일한 문화체계 안에서 일어나는 언어현상을 가리킨다. 바흐친에 따르면 문화들도 언어와 마찬가지로 다성적 관계에 있다. 문화들은 서로가 투쟁하거나 상대적 자율성을 지니며 병존하는 것이다. 중앙문화와 지방문화 사이도 그러한 관계가 유지될 때 서로가 생산력을 지니게 된다고 보는 것이 바흐친의 인식인데, 때로 그는 지방문화나 민중문화의 카니발적 현상에 주목하여 오히려 지방문화나 민중문화를 더욱 생산력을 지닌 문화로 인식한다.(김욱동, 「미하일 바흐친 : 대화주의와 포스트모더니즘」, 김욱동 엮음, 『포스트모더니즘과 포스트구조주의』, 현암사, 1991, 290~297면 참조)

본질을 정확하게 구명할 수 있으며, 나아가서는 실천적 문화이론을 정립할 수 있는 것이다.

현실적인 차원에서나 이론적인 차원에서 자본주의가 전일적으로 관철되면서 제기될 수 있는 현단계의 문제점을 극복하기 위해서는 자본주의적 문화에 대한 지방적 관점을 균형적으로 지녀야 한다는 점은 재론의 여지가 없을 것이다. 특히 문화론을 구성하는 데 있어서 지방적 관점은 중앙집권적 시각이 초래한 편향성에서 결과된 추상성을 극복시켜 주는 데 커다란 기여를 할 것이다. 문화론이 현상추수적이라고 한다면 문제는 간단하겠지만 변혁적 관점에서 대외적 정당성을 스스로 담보해 내고자 한다면 자신의 내적 현실에 비춰 보아도 정당했을 때 그 설명력은 보다 객관성을 지닐 수 있을 것이다. 이 점은 전체로서의 한 국가사회는 여러 권역의 구조적인 역학관계에 의해서 가능하다는 점에 비추어 보더라도 이론의 여지가 없다. 바로 이것이 현단계에 대응하는 지방문화론이 있어야 하고 지방문화론적 시각이 요청되는 이유이다.

우리는 지금까지 현단계에서 지방문화론이 왜 있어야 하며, 문화론을 구성하는 데 있어서 지방문화론적 시각이 왜 요청되는가 하는 점들을 다소 거칠게 말해 보았다. 그 근거를 현실사회주의의 붕괴 이후 자본주의의 전지구화로 커다란 사회변화를 겪고 있다는 점, 사회변화는 사회구성의 여러 심급들 간의 상호관계에 큰 변화를 가져왔다는 점, 그리고 자본주의의 전일화 메커니즘이 한 국가 안에서도 중앙 대도시와 지방간에도 그대로 관철되고 있다는 점 등에서 찾아보았다. 이와 같은 점들은 지방문화론의 외적 근거들인데, 하나의 논의가 분과학으로서 성립하기 위해서는 자체의 연구대상과 방법을 가져야 함은 물론이다. 본고에서는 우선 연구대상만을 다루고자 한다. 필자는 이 글을 시작하면서 문화론이란 궁극적으로 현실의 변화에 실천적으로 대응하는 전략의 탐색과 관련될 때만이 이론적 실천으로서 기능하게 된다고 하였다. 전략은 이론적 실천가들의 의도 또는 목표 하에서 수립되는 것인데, 이것은 궁극적으로는 그들의 세계관과 관련된 문제이다. 그래서 어떤 이론이 겨냥하는 전략은 그 이론이 상정하는 대상과 방법에 간접적으로 투영될 뿐 직접적으로는 드러나지 않는다. 또한 전략은 대상과 방법에 동시에 관철될 때 완전한 것이 된다. 대상만을 언급하고 방법을 다루지 않은 이 글은 따라서 불완전한 것이다. 그리고 시론적일 수밖에 없다.

필자는 지방문화론의 연구대상을 논의하는 데 있어 진 빚을 미리 밝혀 두겠다. 그것은 국내에서 발간된 『문화과학』지이다.[7] 이 학술지는 이제 막 창간된 것인데, 알튀세르의 사회이론을 기초로 하여 유물론적 문화론을 정초하려는 의도에서 출발한 것이다. 필자는 그 의도와 기획에 많은 부분 공감하면서 그 성과를 상호담론의 수준에서 수용하고자 한다. 또 다른 빚은 바흐친(Mikhail Bakhtin)에 가 닿아 있는데, 이것은 실재와 이론, 그리고 이론과 실천의 상호관계를 매개할 수 있는 전략을 그의 언어철학이 담고 있는 점에 빚을 지기로 한 것이다.[8] 여타의 빚은 따로 강조하지 않는다.

---

7 『문화과학』은 1992년 여름에 창간된 문화이론 전문지로서 강내희 교수가 발행과 편집을 주도하고 있다. 이 학술지의 성격은 "우리는 과학적 문화이론의 구성으로 진보적 문화이론의 모색, 나아가 그 실천에 기여하고자 한다."는 창간사 일절에서 엿볼 수 있을 듯하다.

8 바흐친의 이론은 철학, 심리학, 언어학, 문학 등 다방면에 걸쳐 있을 뿐만 아니라 기존 학문의 유파들 속으로 편입시키는 것을 불가능케 하는 포괄성과 독창성을 지니고 있다. 그의 학문적 성격을 총괄적으로 표현하여 대화주의 또는 대화론이라고 한다.(한용환, 『소설학사전』, 고려원, 1992, 108~110면 참조) 바흐친과 그의 학문 성격에 대한 간명한 논문으로 최현무의 「미하일 바흐친과 후기 구조주의」(츠베탕 토도로프, 최현무 옮김, 『바흐친 : 문학사회학과 대화이론』, 까치글방, 1987)를 들 수 있으며, 저서로는 김욱동의 『대화적 상상력 : 바흐친의 문학이론』(문학과지성사, 1988)을 들 수 있다.

2. 문화론의 대상

흔히 삶의 총체라 불리는 문화란 사회 구성원들과 그들이 만든 사회 조직에 의해 결정된 지형이다. 화이트(Leslie A. White)에 따르면 문화의 지형을 결정하는 사물과 사건들은 시간적으로 그리고 공간적으로 다음과 같은 세 곳에 위치한다. ① 인간유기체 내부(예컨대 개념, 신앙, 감정, 태도)에, ② 사람들 사이의 사회적인 상호작용의 과정 속에, 그리고 ③ 인간유기체 밖에 있지만, 그들 간의 사회적인 상호작용의 제유형의 테두리 안에 있는 물질적인 대상(도끼, 공장, 철로, 도기주발)에 존재한다.[9] 그런데 이와 같은 문화 현상들을 대상으로 하여 문화론을 구성하고자 할 때 실재론적 입장에서 인식하느냐 아니면 명목론적 입장에서 인식하느냐 그도 아니면 두 입장의 상호관계 속에서 인식하느냐에 따라 문화 현상들의 성격은 판이하게 달라진다. 첫 번째 입장은 대상이란 자명한 것, 그래서 선험적으로 주어지는 것으로 인식한다. 말하자면 돌도끼는 자명한 대상으로서 인식주체에게 주어지는 독립적인 실재물이 된다. 두 번째 입장은 대상은 자명하되 문화라는 지형은 기호 혹은 언어에 의해 결정된다고 보기 때문에 실재론에서 주장하는 대상의 실재적 자명성을 부정한다. 말하자면 돌도끼라는 실재는 돌도끼라는 관념이나 언어에 의한 추상의 구상화에 불과한 것이기 때문에 스피로(M.E. Siro) 같은 사람은 "문화는 아무런 존재론적인 실체(ontological reality)를 갖고" 있지 않다[10]고 주장한다. 실재론적 입장이나 명목론적 입장은 가장 전통적인 인식들로서 인식 과정상 대상과 주체 양자를 논리적으로 상정한

---

9 레스리 A. 화이트, 이문웅 역, 『문화(文化)의 개념(槪念)』, 일지사, 1977, 150면.
10 위의 책, 59면.

다는 점에서는 같다. 그런데 전자는 대상을 실재 그 자체로 인식하며 후자는 대상을 실재에 대한 기호 또는 언어로 인식한다는 점에서 서로 다르다. 전자의 경우는 기호 또는 언어를 실재에 대하여 지시적 기능을 하는 것으로 인식하는 데 반해 후자의 경우는 기호 또는 언어는 실재에 대하여 독립적 자율적 입장을 견지하는 것으로 인식한다. 특히 후자는 극단적인 경우 기호 혹은 언어가 대상을 창조한다고 생각하기까지 한다. 한편 세 번째 입장은 대상의 선험성을 승인하지 않는다는 점에서는 두 번째 입장과 같지만 문화지형에 드러난 기호 또는 언어보다는 그것의 사회역사적 이데올로기에 주목한다는 점에서 결정적으로 다르다. 결국 세 번째 입장은 실재론과 명목론의 상호관계 속에서 문화론을 구성하고자 하는 태도라고 할 수 있다. 세 입장들 사이에 나타난 그와 같은 차이는 각기 인식 과정상 대상과 주체 사이에 놓여 있는 기호 또는 언어의 기능을 서로 다르게 상정한 데서 비롯된 것이라 할 수 있다.

그렇다면 기호 혹은 언어는 대상과 주체 사이에서 어떤 기능을 담당하는가. 그것은 실재를 반영하는가, 아니면 창조하는가. 그도 아니면 매개하는가. 지방문화론을 구명하고자 하는 본고는 매개한다는 세 번째 입장에 서고자 한다. 이것은 실재와 그에 대한 개념은 실재론이나 명목론이 주장하는 바처럼 전혀 별개로 존재하는 것이 아니라 구조적으로 절합관계[11]에 있다는 인식 때문이다. 따라서 본고는 실재론과 명목론에 대해 비판적 입장에 서게 된다. 매개한다는 세 번째 입장은, 이후로 자세하게 논의되겠지만, 어떤 의미에서는 실재론과 명목

---

11 '절합관계'란 사물들의 일반적인 존재 방식을 이른다. 모든 사물들은 독자성과 의존성을 지니고서 존재한다. 바꾸어 말하면 하나의 사물은 다른 사물들과 단절되는 측면이 있는가 하면, 결합되는 측면이 있다. 그런데 양자는 다른 것을 다른 측면에서 표현한 것에 지나지 않는다. 말하자면 독자성이 어느 정도이냐 하는 것은 그것의 의존성이 말해 주며 그 반대도 마찬가지다.

론을 변증법적 관계로 보는 입장이다. 본고는 논리 전개의 편의를 위해 먼저 두 문화론에 대한 비판을 통해서 세 번째 입장을 살펴보는 방식을 취한다. 세 번째의 매개론적 입장을 극명하게 보여준 이론가 가운데 한 사람은 바흐친이다. 앞질러 말한다면, 바흐친의 언어이론은 사회문화적 현실을 개념과 실재의 상호연관에서 설명함으로써 토대 / 상부구조의 구조적 관계를 과학적으로 정식화한다.[12] 정치, 경제, 종교 등을 기초로 해서 작성된 여타의 많은 설명틀들이 그 구조적 관계를 단순히 대응하는 것으로 생각한 나머지 그에 대한 설명을 생략해 버림으로써 단순한 실재론이나 관념론에 빠지는 오류를 극복하고자 한다.

바흐친은 소쉬르와 마찬가지로 여러 종류의 기호 가운데서도 인간이 사용하는 언어를 가장 중요하고도 핵심적인 기호로 인식한다.[13] 기호와 이데올로기 그리고 인간 의식은 언어에서 가장 극명하게 나타난다고 보기 때문이다. 언어야말로 가장 탁월한 이데올로기적 현상이며 의식을 표현하는 가장 중요한 매개체인 것이다. 이때 이데올로기라는 개념은 사회 일반의식이라는 보다 느슨하고 포괄적인 의미로 사용된다.[14] 바흐친은 전통적인 언어 연구방법을 추상적 객관주의 언어

---

12 바흐친은, 토대/상부구조라는 설명틀에서 토대를 정치나 경제 등으로 보아 상부구조는 단순히 그것들을 반영한다고 보는 전통적인 결정론들과는 달리 양자를 언어가 매개한다고 보는 입장을 취한다.(M. 바흐친 외, 송기한 역, 『마르크스주의와 언어철학』, 한겨레, 1988, 15~36면 참조)

13 이하의 내용은 바흐친의 『마르크스주의와 언어철학』 가운데 핵심적인 것을 요약 제시한 것이다. 바흐친의 언어철학에 대한 연구는 앞에서 든 토도로프의 연구와 김욱동의 연구를 들 수 있다. 본고는 바흐친의 언어철학을 이해하는 데 있어서 특히 후자에 많은 도움을 받았다.

14 문화 개념과 이데올로기 개념은 구별되는가 그렇지 않은가. 오늘날 문화론자들은 일반적으로 그것들을 명백히 구분하여 사용하고자 한다.
전통적인 맑스주의의 문화론이 문화적인 것의 이데올로기적 효과를 지나치게 강조하는 환원주의적 경향을 보인다. 그런데 심광현에 따르면 토마스 메처 같은 현대 문

학과 개인적 주관주의 언어학으로 나누고 각각의 단점을 날카롭게 구명한 다음 제3의 언어학을 정식화하고자 한다. 그는 언어가 실재를 반영한다고 한다면 추상적 객관주의 언어학이 주장하는 바와 같은 실재론에 기울 것이며, 창조한다고 한다면 개인적 주관주의 언어학이 주장하는 바와 같은 명목론 혹은 언어놀이론에 기울 것이라고 인식한다. 그에 따르면 전자는 언어를 언어적—발화가 아닌—형식의 고정체계로 인식하며, 폐쇄적인 언어의 법칙을 상정하며, 언어 현상을 이데올로기적 동기와는 무관한 것으로 보며, 언어 체계와 그 역사 사이에는 아무런 연관성도 없는 것으로 인식한다. 그는 언어에 대한 이와 같은 인식은 데카르트로 대표되는 합리주의적이고 기계주의적인 세계관을 너무 지나치게 중시한 결과 결국 언어를 물화해 버리는 데까지 나아갔다고 비판한다. 언어야말로 모든 현상 가운데 가장 사회적이며 가장 역사적인 현상이라고 인식하기 때문이다. 한편 후자는 언어를

화론자들은 문화와 이데올로기는 삶의 동일하지 않은, 그러면서도 서로 겹치는 역사적, 사회적 삶의 차원 또는 측면을 지칭하는 것으로 인식하고자 한다. 메처의 경우 문화란 포괄적이고 상위적인 개념이며, 그것은 토대와 상부구조적 과정을 포괄하고 있으며, 나아가 이보다 더 광범위한 역사적 순간의 삶의 총체성의 한 측면이다. 이에 반해 이데올로기는 사회적 삶의 한정된 영역, 즉 상부구조에 속한다. 따라서 문화란 항상 사회적 개인의 자기실현(주체의 욕구, 속성, 능력 등과의 연관 속에서)과 관련되며, 긍정적인 가치 설정을 포함하는 동시에 사회적 행동과 관계의 목표 설정을 포함하는 것으로, 매혹적인 노동이자 인간성의 역사적 형성과정으로서, 현존하는 이데올로기적 장치, 제도들을 포함하면서도 그 내포와 외연이 더욱 포괄적이고 잠재적이다. 이로 보면 메처는 문화의 개념과 이데올로기 개념을 그 내포와 외연에 있어 등치시키지 않고 있음을 알 수 있다.(심광현, 앞의 글, 105~106면)
바흐친 또한 전통 맑스주의자들처럼 문화의 이데올로기성에 주목하지만, 그들과의 결정적인 차이는 그들이 이데올로기 개념을 다분히 가치평가적 개념으로 사용하고 있는 데 반해 바흐친은 사실적인 개념으로 사용하고 있는 점이다. 바흐친은 제도적인 측면은 물론 주관성의 측면까지를 사회의식의 발현이라는 전제하에 이데올로기 개념을 폭넓게 사용하고 있는 것이다. 그의 이와 같은 관점에는 객관과 주관을 이분법적으로 분할하는 전통적인 인식론과 단절하고자 하는 의도가 내포되어 있는 것처럼 보인다(바흐친의 언어와 이데올로기에 대한 인식을 잘 정리한 글로는 송기한의 「바흐찐의 기호학 : 언어와 이데올로기」(M. 바흐친 외, 앞의 책, 227~236면)를 참조할 만하다).

끊임없는 창조의 과정으로 인식하며, 그 창조성의 법칙을 개인적 심리학의 법칙과 동일시하며, 또한 그 창조성을 의미 있는 것으로 보며, 그 언어학은 체계로서의 언어보다는 그 역사성을 중시한다고 한다. 바흐친은 많은 점에서 개인적 주관주의 언어학의 견해에 대하여 공감을 표시하지만 이 언어학이 표현을 중시한다는 점에서 이 입장과 결정적으로 갈라선다. 구체적인 언어 행위인 표현은 개인적인 행위가 아니라 어디까지나 사회적 상황 속에서 일어나며 그 사회적 상황의 여러 조건에 의해 결정되는 사회적 행위로 보기 때문이다. 바흐친에 따르면 표현이란 기호에 의해 외화된 사회적 행위이다. 따라서 바흐친은 두 언어 이론은 본질적으로 서로 다르면서도 다 같이 모든 구체적인 언어 행위, 즉 발화나 언술을 개인적인 행위로 파악하고 있는 점에서 결정적인 오류를 범하고 있다고 본다. 그는 언어 행위란 어떤 상황에서도 결코 개인적인 현상이 아니라 전적으로 사회적 현상으로 인식한다. 언어는 실재를 단순하게 반영하지 않을 뿐만 아니라 단순하게 대상을 창조하지도 않는다고 본 것이다. 언어란 대상과 주체를 매개하는 기호라고 인식하기 때문이다. 그래서 그는 종래의 언어학들의 한계를 극복하기 위하여 인간의 의사소통 행위, 즉 언어적 상호작용을 가장 핵심적인 연구대상으로 삼아 언어를 대상과 주체의 매개 수단으로 인식하는 언어학을 정식화한다.

이상과 같은 언어학적 현실과 그에 대한 비판에 비추어 보았을 때 문화론의 현실은 어떤가. "문화론의 대상은 문화다", 즉 문화의 대상은 자명하다는 인식이 통념화되어 있는 실정이다. 이 인식은 경험적 사실을 토대로 해서 형성된 본질주의적 실재론적 문화관이다. 이 문화관은 일종의 문화결정론으로서 "문화를 관측 가능하며 특히 수량화할 수 있는 대상으로 간주한다. 문화가 수량화된다는 것은 그것이 대상으로서 아무런 문제를 제기하지 않으며 단순하게 관측된다는 의미이다. 문화는 여전히 주어진 사실일 뿐이며 문화론의 작업은 이 경우 이 사실을 기술하는 데 그 목적이 있다."[15] 문화론의 대상을 관찰 가능한 경험 대상으로 간주한다는 것은 또한 관찰의 주체도 이미 특정한 방식으로 상정하고 있다는 것을 의미한다. 이 문화론에서 대상과 주체는 동일한 장에서 서로 대면하고 있는 방식으로 나타나는 것으로 상정되어 있다. 소박한 리얼리즘적 인식이다. 그래서 이 문화론은 자신의 대상인 '문화'와 그 속에서 일어나는 변화를 '읽고' 그 '의미'를 '해독하기'에 급급한다. 따라서 대상은 어떤 때는 성스러운 숭배의 대상이 되기도 하고 어떤 때는 일상적인 현실처럼 친근한 대상으로 나타나기도 한다. 그래서 '문화'는 지고의 가치를 지닌 '예술'로서 숭앙을 받기도 하지만 또한 실증적 의미를 지닌 경험 대상으로 작용하기도 한다.

이와 같은 실재론적 문화론은 바흐친이 주장하는 매개론적 언어관에 비추어 보았을 때 다음과 같은 점을 간과하고 있다는 점에서 오류를 범하고 있다. 첫째로 대상이 어떤 경로를 통해서 대상이 되고 그 의미가 어떻게 설정되어 있는가 하는 점이다. 둘째로는 대상의 역사성을 고려하지 않았다는 점이다. 첫 번째 오류는 기호 또는 언어의 이데올로기성을 무시한 채 경험이 대상을 무매개적으로 주체에게 표상하고 있다는 것을 전제하는 점에 있다. 그리고 두 번째 오류는 본질주의적 문화관으로 말미암아 문화의 역사적 과정에 대한 인식을 억압하는 효과를 가지며, 대상의 실재론적 자명성을 주장함으로써 이 설정 자체가 갖는 역사적 효과에 관한 과학적 인식을 방해한다는 점에 있다.[16] 이 문화론이 어떤 역사성을 지니고 있다면 오랫동안 부르주아 이데올로기를 옹호하는 관념론으로서 작용해 왔다는 외적 사실일 뿐이다.

---

15 강내희, 앞의 글, 73면.

16 매개론적 입장에서 지적된 실재론적 문화론의 오류는 유물론적 문화론에 의해서도 거의 같은 문맥으로 지적된다.(강내희, 위의 글, 72~75면)

한편 이와 같은 통념적인 리얼리즘적 인식에 대해 강한 거부의 태도를 보이는 인식이 금세기 초반부터 본격적으로 일기 시작하였는데, 특히 후기자본주의 시대로 접어들면서 날로 확산되고 있는 실정이다. 그것은 주관적 관점의 확대로 말미암아 야기된 객관적인 확실성에 대한 회의에서 비롯된 명목론이다. 이 인식은 실재론적 언어관, 즉 언어란 시간의 경과에 따라 축적된 말의 더미이며, 세상의 사물들을 지시하는 것이 언어의 일차적인 기능이라고 인식하는 소박한 리얼리즘적 언어관에 깊은 회의를 보인다. 그것은 언어를, 소쉬르의 관점으로 말한다면, 지시대상에 상응하는 기호(symbol)로 인식하는 것이 아니라, 기표(signifiant)와 기의(signifie)라는 종이의 양면과 같은 두 부분으로 이루어진 '기호'(signs)로 인식한다. 이 인식에서 실재 사물이 끼어들 자리는 없게 된다. 언어의 요소들은 낱말과 사물 사이에 무슨 관계의 결과로서 의미가 있는 것이 아니라 오로지 모종의 관계체계의 일부로서만 의미가 있을 뿐이다.[17] 이것은 모더니즘을 대표하는 언어관으로서 이 인식에 따른다면 지식은 사람들에 의해서 만들어지는 것이지 발견되는 것이 아니다. 말하자면 관찰대상은 관찰행위에 의해 변화되는 것이다. 이것은 인식 과정에서 주체의 언어나 방법이 핵심적인 역할을 담당한다는 인식이다. 그래서 과학철학자 T.S.쿤(T.S.Khun)은 '사실'이란 과학적 관찰자가 이해의 대상에 적용하는 참조틀(frame of reference)에 달려 있다고까지 주장한다.[18]

그런데, 탈구조주의자들의 주장에 따르면, 이 언어관도 언어의 관계체계 또는 구조라는 '중심' 개념을 상정하고 있다는 점에서는 전통적인 언어관과 다르지 않다.[19] 탈구조주의자들은 본질 혹은 중심과

17 레이먼 셀든, 윤지관 옮김, 「구조주의비평서설」, 이선영 편, 『문학비평의 방법과 실제』, 삼지원, 1991, 189~190면.

18 레이먼 셀든, 윤지관 옮김, 「독자중심비평서설」, 위의 책, 346면.

같은 개념이나 이에서 유추된 구조 개념 등을 대상의 근거로 보는 전통적인 인식 모두를 부정한다. 대상의 구조는 전통적인 의미의 어떤 중심이나 근거도 없기 때문에 다른 텍스트로 끊임없이 보충함으로써 그 의미가 드러난다고 본다. 이 인식은 새로운 명목론 또는 언어놀이론이라고 할 수 있는데, 이와 같은 태도는 모더니즘 시대의 언어학자인 소쉬르를 부정한 데서 분명히 드러난다.

음성학적 토대 위에 구축된 소쉬르의 구조언어학은 언제나 드러난 소리와 로고스를 연구할 뿐 쓰여진 부호나 흔적을 버린다는 사실에 대하여 탈구조주의자들은 비판적이다. 다시 말하면 기표는 쓰이거나 말해진 하나의 표시이며, 기의는 그 표시가 만들어질 때 '생각'되는 것, 즉 하나의 개념체계라는 인식에 동의하지 않는다. 거기에는 전시대의 이성을 토대로 한 확실성에 대한 믿음이 재현되어 있다고 본 것이다. 탈구조주의자들이 인식하기에는 이제 기표는 기의와 결별한 채 영원히 부유할 뿐이다. 기의를 확정할 어떤 근거나 중심이나 권위란 부재하기 때문이다. 있는 것은 불확정한 의미일 뿐이다. 진정한 의미는 중심적이거나 구조적인 것으로 그리고 전체적인 것으로 존재하는 것이 아니라 미립자들처럼 차이와 흔적으로서만 존재한다. 흔적으로서의 의미는 소리 없는 글쓰기에서만 가능하다는 것이 탈구조주의자들의 인식이다. 이제 기표는 말하기를 떠나 글쓰기와 대면하면서 언어의 감옥 그리고 모든 권위와 구속으로부터 해방된다고 인식한다. 바꾸어 말하면 세상의 모든 인식은 극단적으로 상대화되어 텍스트로 존재할 뿐이다. 텍스트로 존재한다는 것은 완결되고 확정적으로 존재하는 것이 아니라는 의미이다. 따라서 모든 담론은 언제고 누군가에 의해서

---

19 빈센트 B. 라이치, 권택영 옮김, 『해체비평이란 무엇인가』, 문예출판사, 1989, 42면. 이하 역시 이 책의 「제1부 기호학과 해체론—현대 기호이론」을 참조한 것임.

말해지는 담론 속으로 끼어들 채비를 하고 있는 것으로 인식된다. "언어가 실존의 근거로서 작용하기 때문에 세계는 무한한 '텍스트'로서 나타난다. 모든 것이 텍스트화 된다. 정치이든 경제이든 사회적이든 심리적이든 역사적이든 신학적이든 모든 문맥이 간텍스트가 된다. 즉 외부의 영향력과 세력들은 모두 텍스트화를 겪는다."[20] 이것은 물론 언어 또는 텍스트의 불확정성을 전제한 것이다. 그와 같은 진술이 함의하는 바는 의미의 중요성이 아니라 끊임없는 텍스트 상호간의 관계에 대한 인식이다. 그래서 모든 텍스트는 텍스트와 텍스트의 사이에 존재하게 되어 간텍스트성, 또는 상호텍스트성을 존재의 근거로 삼게 된다. 그런데 간텍스트성 개념은 후기 자본주의 또는 다국적의 지배적인 문화양상인 포스트모더니즘을 설명해 주고 정당성을 부여해 주는 이론틀로 작동하고 있다. 이와 같은 변화는 오늘날 세계가 '주체'나 '중심'과 같은 근거를 상실해 버리고 상대성 관념을 극대화한 데서 비롯한 것이다.[21]

이상에서 살펴본 바와 같이 명목론적 문화론－모더니즘적 문화론이든 포스트모더니즘적 문화론이든 간에－의 연구대상은 언어에 의해 표현되거나 생산된 지식 또는 방법 그 자체이다. 말하자면 문화론의 대상은 실재가 아니라 대상에 대한 지식이다. 이때 지식과 방법은 실재대상이 아니라는 이유로 폐기되거나 무효화하는 것이 아니라 인식 과정에서 실재대상과는 따로 독립해서 하나의 지식체계를 이루어 인식대상으로 작용한다는 것이 명목론자들의 인식이다. 말하자면 인간의 지식이나 방법이 인식 과정에서 하나의 관습이나 제도로서 작용한다는 것이다. 이 점은 언어에 의해 이루어진 지식과 방법의 간텍스

---

20 앞의 책, 171면.

21 프레드릭 제임슨, 임상훈 역, 「포스트모더니즘과 소비 사회」, 김욱동 편, 『포스트모더니즘의 이해』, 문학과지성사, 1990, 246~248면 참조.

트성을 강조한 데서 분명히 드러난다. 이와 같은 명목론적 대상관은 매개론적 언어관에 비추어 보았을 때 다음과 같은 점을 간과하고 있다는 점에서 오류를 범하고 있다. 첫째로 대상과 주체의 관계를 완전히 단절시켜 버렸다는 점이다. 이것은 말할 것도 없이 기호 또는 언어의 이데올로기성을 무시한 채 언어 자체의 독자성 또는 자율성만을 극대화함으로써 기호 또는 언어에 의해 이루어진 문화적 관습, 제도, 지식 등을 절대화하거나 포스트모더니즘의 문화론에서 보듯 스스로 불가지론에 함몰된 나머지 인식대상의 불확실성을 주장하게 된다. 둘째로는 실재론적 문화관과 마찬가지로 대상의 역사성을 고려하지 않는다는 점이다. 이것은 기표의 자의성을 극대화함으로써 대상의 역사성을 무시하고 나아가서는 인식주체의 실천의지를 말살하고 만다.

지금까지 살펴본 실재론과 명목론 두 인식에서 나타나는 공통적인 오류는 궁극적으로 다 같이 인식 과정에서 언어의 이데올로기성을 배제한 데서 비롯한 것이다. 그런데 모든 문화 요소는 언어의 이데올로기성에 의해 주관적인 측면과 객관적인 측면이 상호작용하게 한다. 예를 들어보자. 흔히 객관적인 사물로 인식되는 돌도끼는 개념과 태도라는 인간의식, 즉 내적 기호 없이는 아무런 의미가 없다는 점에서 주관적이기도 하다. 반대로 내적 기호로 인식되기 쉬운 개념과 태도는 그것이 사회적 행위나 언어로 인식되지 않고서는 아무런 의미가 없다는 점에서 객관적이다. 이것은 물론 문화를 기호화시켜 주는 언어의 이데올로기에 의해 가능하게 된다. 언어의 이데올로기는 인간과 문화가 서로 사회역사적 과정에서 원인과 결과로서 상호작용하게 한다.

문화의 지형이 언어의 이데올로기에 의해 결정된다고 한다면, 문화는 기호 또는 언어의 매개에 의해 인간과 관계를 맺으며 그 역도 동시에 성립한다. 이것은 사회적 산물인 기호 또는 언어는 인식대상에 대하여 종속적이지도 않고 반대로 우위에 서서 인식주체의 개인적 목소리를 표현하는 수준에 머무는 것이 아니기 때문이다. 따라서 '문화'라는 개념은 실재를 지칭하는 개념이면서 그에 대한 지식의 개념이기도 하다. 역사적 과정에서 실재로서의 문화와 개념으로서의 문화는 절합관계에 있는 것으로서 역사적 과정에서는 영속적인 긴장관계의 성격을 띈다. 그래서 문화론은 실재와 기호(또는 언어)와의 관계 그리고 기호와 기호와의 관계를 동시에 고려하여야 한다.[22]

여기서 문화론의 대상을 항목화하여 말한다면, 개념과 범주들, 그리고 그것들의 체계와 상관되는 역사적 현실, 마지막으로 양자 사이의 연관관계를 일정하게 받쳐주는 구조 등 세 가지가 된다.[23] 이에 따라 문화론은 논리적 분석 목적을 위하여 그 대상을 실재로서의 대상과 지식으로서의 대상 두 가지를 동시에 상정할 수 있다. (이후의 논의에서 우리는 실재로서의 대상을 '실재대상'이라 부르기로 하고 지식으로서의 대상을 '지식대상'이라 하기로 한다.) 전자에서는 지식 생산의 조건들이 문제로 되며, 후자에서는 지식[24]을 생산하는 담론 체계가 문제로 된다. 이때

---

22 화이트는 심리학과 문화학을 변별해 보는 기준을 마련하고자 현상을 신체적인 것과 신체외적인 것으로 구분한다. 그에 따르면 문화란 신체외적인 한 맥락에서 고려된, 상징행위에 의거한, 사건들과 사건들의 한 부류이다.(화이트, 앞의 책, 148면) 여기에는 "현상에 대해서 중요한 것은 그것이 발견되는 맥락이다."(위의 책, 149면)라는 사실이 전제되어 있다. 그러나 그와 같은 전제와 추론 사이에는 상당한 비약이 있어 보인다. 왜냐하면 발견 수단으로서의 방법을 실재 사물을 발견하는 매개수단으로 인식하지 않고 실재와 대립하는 것으로 인식하고 있기 때문이다. 실재와 마주서 있는 것은 사람이다. 따라서 발견 수단으로서의 방법을 매개수단으로서 인식한다면 언어의 이데올로기성을 고려하여야만 한다고 판단한다.

23 심광현, 앞의 글, 93면.

24 심광현은 알뛰세르를 따라 이것을 지식효과(knowledge effect)라 한다. 이와 같은 개념을 설정한 이유는 다음과 같은 문맥에서 분명하게 드러나 있다. "……개념(명제, 담론, 지식, 이론)과 현실의 '절합관계'가 복잡하고 긴장된 운동을 형성하고 있음에도 불구하고 그 운동에는 어떤 구조가 존재하고 있으며, 지식생산의 전과정이 비록 그 절합관계 내에서 상대적 자율성을 지니고 있다 하더라도 궁극적으로는 바로 역사과정에 내재한 그 구조의 작동에서 나타나는 효과일 뿐이라는 사실을 강조하기 위해서이다."(심광현, 앞의 글, 93면)

실재대상을 드러내기 위해서는 기원, 생성, 매개 등에 관심을 기울이는 발생론적인 설명이 요구될 것이며, 지식대상을 드러내기 위해서는 지식생산 메커니즘에 관심을 기울이는 형식적 또는 구조적 설명이 요구될 것이다. 그러나 문화론의 실질적인 대상은 무엇보다 그 양자 사이에 가로 놓여 있는 구조적 관계이다. 구조적 관계는 제 지식을 있는 그대로 간주하는 실재대상의 인식과 이 실재대상의 인식을 생산하는 지식대상의 인식, 양자를 철저히 구명함으로써 드러나게 된다고 할 수 있다. 이와 같은 인식은 인간 경험을 배제하는 실재론적 문화관을 극복함과 동시에 인간 인식(또는 지식)을 절대화하는 명목론적 문화관을 극복하게 한다. 문화의 지형이 이데올로기를 담지한 기호 또는 언어의 매개에 의해 결정된다는 인식에서 판단한다면, 문화론의 대상이 자명하다 또는 자명하지 않다라는 일방적인 인식은 편향된 것임에 분명하다.

그러면 실재대상과 지식대상은 서로 어떤 관계에 놓여 있는가. 유물론적 입장에서 문화론을 기초하고 있는 강내희는 실재대상과 지식대상은 구조적 관계에 있다고 한다.[25] 그에 따르면 실재대상은 유물론의 제1테제로서 사유와 구별되며 객관적으로 존재하는 대상이다. 반면 지식대상은 첫째로 관념, 통념, 개념 등 지식과정에서 생기는 것으로서 실재대상과는 다른 영역에 존재하는 대상이다. 다시 말하면 지식대상은 '인간의 머리속'에서만 생산되며 인간의 두뇌 밖에 있는 실재대상과는 구별된다. 둘째로 지식대상은 관념론적 대상이 아니다. 지식대상은 물질적 과정으로서 사유 내에 존재하는 것이지 어떤 초월적 존재나 절대적 의식이 아니기 때문이다. 셋째로 지식대상은 실재대상과 동일한 차원의 물질적 과정은 아니다. 지식대상은 실재대상에

25 강내희, 앞의 글, 79면.

대한 인식적 전유인 한에서 대상적 위치를 가지는 것이지 그것 자체로 독립하여 있는 것이 아니기 때문이다. 따라서 유물론적 입장에서는 실재대상은 지식대상에 대해 독립할 수 있어도 지식대상은 실재대상에 대해 독립할 수 없다. 여기서 실재대상과 지식대상을 다 같이 물질적 과정이면서 주체 없는 과정으로 인식하는 일이 중요하다.[26] 왜냐하면 유물론은 대상과 그것에 대한 개념, 그리고 양자의 관계 등이 절대적이거나 초월적인 방식으로 나타나거나 이루어진다고 보지 않기 때문이다. 한편 심광현은 지식대상과 실재대상은 절합상태로 문화를 구성하면서 영속적인 긴장관계에 놓여 있다고 한다.[27] 그는 영속적인 긴장관계를 '구조적 효과'라고 한다. 심광현 역시 지식대상과 실재대상이 구조적 관계에 있다는 점에서 강내희와 입장을 같이 한다.

그런데 이들은 그 양자 사이에 상정되는 구조적 관계가 구체적으로 어떤 것인지를 설명하지 않고 있다. 관계를 매개하는 수단을 물질적 차원에서 설명하지 않고 관념적 수준에서 가정된 '구조' 개념만을 성급하게 강조한다. 그런 나머지 그들은 문화론은 문화의 개념이 어떻게 설정되고 있는가, 즉 문제설정 방식을 대상으로 한다거나,[28] 개념

---

26 역사를 주체 없는 과정으로 전제한 것은 다음과 같은 이유에서이다. "역사 속에서 개인들은 활동적이지만 이들은 엄격히 말해 '자유롭다'고 할 수 없다. 왜냐하면 인간은 생산 및 재생산의 역사적 존재형태가 행사하는 규정들 속에서 또 그것들을 통해 활동하기 때문이다."(강내희, 위의 글, 80면)
이와 같은 인식은 전통적인 문화실재론자인 화이트의 천재와 대발명가에 대한 다음과 같은 문맥에서도 분명히 드러나고 있다. "문화학에서는 천재 또는 대발명가란 단지 그의 신경조직에서…… 문화 요소들의 종합이 일어난 사람으로 정의한다. …… 종합은 이러한 특수한 신경조직이 꼭 그 시간에, 꼭 그 장소에 있었기 때문에 일어난 것이다. …… 문화발전의 관점에서 본다면 적절한 시간과 적절한 장소에 있는 꼭 평균의 사고력을 가진 사람은 적절한 시간과 적절한 장소에 있지 않은 탁월한 능력을 가진 사람보다 더 많이 성취할 수 있다는 점에 동의할 만한 이유는 많다."(화이트, 앞의 책, 86면)

27 심광현, 앞의 글, 93면.

28 강내희, 앞의 글, 80면.

(혹은 범주)과 역사적 현실 사이의 '구조적 효과'를 대상으로 한다.[29] 그들이 매개 개념으로 상정한 '구조' 개념은 다만 구조적 관계를 발견하는 인식론적 틀에 불과하다. 그와 같은 주장이 타당성을 지니기 위해서는 양자 사이의 구조적 관계가 존재론적 측면에서 확실하게 설명되어야 한다. 다시 말하면 그 관계는 물질적 개념으로 설명되어 하는 것이다. 그들이 주장하는 바처럼 문화론이 문제설정 방식이나 개념 또는 범주를 대상으로 한다는 것은 결국 지식대상만을 고려하게 되어 문화론에 있어 실재대상을 제1테제로 삼아야 한다는 유물론적 전제가 대상 설정에서 논리적으로 제외되기 때문이다.

그러면 존재론적 측면에서 실재대상로서의 문화와 지식대상으로서의 문화가 서로 어떤 관계에 놓여 있는가. 그리고 그 관계는 어떤 성격의 것인가. 이 문제는 인식의 매개 수단인 언어를 통해 다루어져야만 한다. 지금까지 우리의 작업 토대가 되었던 언어의 매개론적 입장에서는 문화를, 앞서 확인한 대로, 언어에 의해 결정된 지형이라고 인식한다. 이때 언어는 내적 기호인 의식과 외적 기호인 이데올로기를 동시에 실현하는 사회적 기반으로 작용한다. 그래서 바흐친은 문화란 일정한 구조, 즉 내용과 형식을 갖춘 기호로 인식하고자 한다. 기호의 성격은 의식과 이데올로기와의 상관하에서 규정된다고 인식하기 때문이다. 물론 이것은 기호론적 입장에서 문화를 결정하는 언어의 상호작용을 설명한 것이다.[30]

바흐친에 따르면 기호는 단순히 실재의 일부로 존재하지 않고, 또 다른 실재를 반영하고 굴절시킨다. 뿐만 아니라 기호 그 자체는 바로

29 심광현, 앞의 글, 93면. '구조적 효과'를 강내희는 '문화 효과'라 한다.(강내희, 앞의 글, 84면)

30 M.바흐친 · V.N.볼로쉬노프, 앞의 책, 15-59면. 이에 대한 설명은 김욱동의 『대화적 상상력―바흐친의 문학이론』(문학과지성사, 1988) 111면 이하에서 요령있게 이루어져 있다. 이하의 내용은 이 글을 많이 참조한 것임.

실재를 구성하는 물질의 일부가 된다. 왜냐하면 기호로서 작용하는 모든 현상은 반드시 물질적 구현을 통해서만 나타나기 때문이다. 따라서 기호는 전적으로 객관적이며 사회적이다. 그런데 각 기호는 그 나름의 형식과 내용을 지님으로써 의미작용을 한다. 각각의 시대와 각각의 사회 집단 및 계층은 제 각기 특이한 형식들을 만들어 내는데, 이 형식들을 만들어 내는 조건은 다음 두 가지다. 하나는 사회구성원들의 사회적 조직이고, 다른 하나는 구성원들 사이에서 이루어지는 상호작용이다. 기호의 내용 또한 형식과 마찬가지로 사회 구성원의 사회-경제적 물질적 기반에서 비롯된다. 따라서 사회적 가치를 지닌 것만이 기호의 내용이 될 수 있게 된다. 바흐친은 기호의 대상이 되는 총체를 기호의 '주제'라고 부른다. 기호의 주제는 반드시 가치평가적인 악센트를 부여받는다. 이 악센트는 개인과 개인 사이에서 생겨나는 사회적인 악센트이다. 그런데 서로 다른 사회 계층은 대개의 경우 동일한 기호를 사용하고 있기 때문에 서로 다른 악센트가 같은 기호 안에서 교차하고 상충하기 마련이다.

그렇다면 기호는 이데올로기 그리고 인간 의식과 어떻게 관계를 맺는가. 바흐친에 따르면 이데올로기적인 것은 모두 의미를 소유한다. 즉 그것은 그 자체 밖에 놓여 있는 그 무엇을 재현하고 묘사하며 상징한다. 바꾸어 말해서 이데올로기적인 것은 곧 기호이다. 기호가 없이는 이데올로기도 없다. 이데올로기의 영역은 곧 기호의 영역으로서 실재하게 된다. 다시 말하면 과학·예술·종교·윤리·철학과 같은 모든 이데올로기적 산물은 그 자체로서 인간의 신체나 생산 도구 혹은 소비품과 마찬가지로 실재의 일부가 된다. 그렇지만 신체나 생산 도구 혹은 소비품과는 달리 이데올로기적 산물인 기호는 그 자체 밖에 존재하는 또 다른 실재를 반영하고 굴절한다. 따라서 이데올로기적 현상의 실재는 곧 사회적 기호의 객관적 실재가 된다. 다시 말하면 이데올로기는 인간의 정신이나 의식으로부터 생겨나는 것이 아니라 오히려 물질적인 기호를 통해서만 가능하다. 그런데 바흐친은 이데올로기를 외적 기호라 하고, 이에 반해 인간 의식을 내적 기호라 한다. 그는 기호, 의식, 이데올로기 이 세 가지는 서로 밀접한 관련성을 지닌 채 상호 보완적인 관계, 즉 변증법적 관계가 유지된다고 본다. 그래서 그는 인간 의식 또한 기호 그리고 이데올로기와 마찬가지로 사회-이데올로기적 사실에 지나지 않는다고 인식한다. 관념론자들의 주장처럼 초월적이고 신비로우며 불가사의한 존재가 아니라는 것이다. 의식은 사회적 상호작용의 과정 속에서 조직된 집단이 만들어 낸 기호의 물질 안에서 형체와 존재를 부여받는다. 개인의 의식은 기호로부터 영양분을 섭취하며 기호로 인하여 성장하며, 기호의 논리와 법칙을 반영한다. 이렇다면 인식대상과 인식주체 양자가 단순히 무매개적으로 양립되어 있는 것이 아니라 기호 또는 언어에 의해 매개된다는 사실은 확실하다. 이때 기호 또는 언어는 단순한 기호나 언어가 아니라 이데올로기에 의해서만 표출 가능하기 때문에 대상과 주체의 관계는 이데올로기와 마찬가지로 사회역사적으로 가변적이다. 인식 과정이나 실천 과정에서 이데올로기는 원인과 결과로 작용함으로써 대상, 주체, 그리고 기호 또는 언어는 끊임없는 변증법적 관계에 놓이게 된다. 이것은 실재와 지식이 존재론적 측면에서 상호 규정적 관계에 있으면서 절합상태를 유지한다는 사실을 말해 준다.

문화는 실재와 그에 대한 지식의 상호 규정적 관계 가운데서 결정된다는 사실은 명백하다. 따라서 문화론이 논리적 분석 목적을 위하여 그 대상을 실재로서의 문화와 지식으로서의 문화로 상정하는 것은 타당하다 하겠다. 이와 같은 대상 설정의 과학성을 다시 한 번 강조하면 다음과 같다. 실재로서의 대상을 상정함으로써 기호 또는 언어는 구체적이고도 객관적인 현실을 인식주체에 매개함으로써 기호 또는 언어 자체의 물신성에 함몰되지 않는다. 동시에 지식으로서의 대상을 상정함으로써 객관적 현실이란 지식으로서의 대상이 될 때 그 인식이 가능하다는 인식에 준거를 제공할 뿐만 아니라, 인식 과정상 객관적 현실에 대한 지식은 새로운 현실에 대한 인식에 있어서 선험적으로 작용한다는 인식에 준거를 제공하게 된다. 이렇다면 문화론의 대상에 대한 논의에서 제기되는 자명성 여부는 거의 문제가 되지 않는다. 문화론의 대상은 실재이며 동시에 지식이다. 정확하게는 실재와 지식의 상호 규정적 관계와 절합관계를 유지시켜 주는 구조 또는 그 효과이다. 실재와 지식은 언어 또는 기호의 이데올로기에 의해 매개되어 하나로 되기 때문이다.

3. 지방문화론의 대상

지방문화의 대상에 관한 논의 또한 이론적인 수준에서 실재대상과 지식대상 두 측면에서 고려할 때 지방문화의 개념들 또는 범주들과 그것들의 체계와 상관되는 역사적 현실, 그리고 그들 양자 사이의 연관관계를 일정하게 받쳐주는 구조 혹은 그 효과를 드러낼 수 있을 것이다. 그런데 이와 같은 작업이 가능하기 위해서는 지방문화론의 대상을 확정할 수 있어야만 한다.

지방문화론은 근대화 이론이 분석 단위로 삼는 민족국가(nation state)나 종속이론이 분석 단위로 삼는 세계체제(world system)에 상응하는 분석 단위를 설정할 수 있어야 한다.[31] 과연 지방문화론은 지방문화를 분석 단위로 설정할 수 있는가. 다시 물으면 대상으로서의 지방문화의 범위는 자명한가. 지방문화론이 가능하기 위해서는 첫째로 지방문화의 기본 특징으로 자족성과 내재성을 상정할 수 있어야 할 것이며, 둘째로는 지방문화가 하나의 문화로 기능을 발휘하는 데 동력이 되는 자체의 체제나 구조를 상정할 수 있어야 할 것이다. 이 두 가지 문제는 어떤 형태의 사회문화를 분석하고자 할 때라도 기본적으로 다루어져야 할 사항들이다. 지방문화론에서 그 두 문제는 어떤 한 국가 내에서 지방문화가 중앙문화나 다른 지방문화와 변별될 수 있는 독립성을 지니고 있느냐 하는 문제로 귀착된다. 그런데 다국적 자본주의체제가 전일화된 오늘날 이론적 수준에서나마 지방문화의 독자성을 운위한다는 것은 매우 어려운 일이다. 그러나 다음 두 측면에서 지방문화의 독자성을 상정할 수 있다고 본다. 첫째로 어떤 한 지방문화는 역사상 어떤 한 시기에는 독자성을 지니고 있었다는 점. 둘째로는 우리 개인들은 국가나 세계체제보다는 자신이 몸담고 있는 지방을 생활 경험의 장으로 인식하고 살아간다는 점. 따라서 지방문화론은 역사적 과정에서 지방문화의 독자성을 논의해야 하는 한편, 국가나 세계와의 관계 하에서 지방문화의 독자성을 논의해야 할 것이다.

먼저 자족성과 내재성의 문제와 관련하여 지방문화론의 대상을 살펴보자. 자족성이란 한 지방문화가 다른 지방문화와의 관련 없이도 대체로 영위될 수 있다는 것을 뜻하며, 내재성이란 그 문화가 다른 문화들로부터 단절되는 경우에도 주로 자체 내의 힘만으로 이전과 같은 기능을 계속하리라는 것을 뜻한다.[32] 그러나 현실적으로, 앞에서 언급한 바와 같이, 자족성과 내재성을 온전히 지닌 문화 또는 지방문화를 상상할 수는 없다. 실재대상의 측면에서 보았을 때 모든 문화는 고

---

31 박재묵, 앞의 글, 7~35면.

32 나종일, 「월러스틴의 자본주의 세계체제론」, 『세계사를 보는 방법』, 창작과비평사, 1992, 86면 참조.

유한 요소보다는 외래적 요소를 더 많이 가지고 있는 것이 사실이다. 따라서 실재적인 측면에서 일반문화론의 대상과 지방문화론의 대상 사이의 변별성은 드러나지 않는다고 할 수 있다. 다시 말하면 물질문화, 경제생활, 사회통제, 종교, 예술, 언어 등 문화 요소들을 단순히 실재대상으로서만 인식할 경우 그 자체로서는 아무런 지방적 의미를 지니지 않는다. 사물, 사건은 있는 그대로이다. 실재대상은 실재대상일 뿐이다. 다만 알려주는 정보는 어느 지방에 있는 것이 다른 지방에는 없다는 사실 정도이거나 자생적인 것과 외래적인 것의 구별 정도일 뿐이기 때문에 일반문화론의 대상과 지방문화론의 대상 사이의 변별성은 드러나지 않는다. 실재대상으로서의 문화만을 대상으로 하여 지방문화론을 구성하고자 한다면 분명 지식생산의 조건들만을 고려하게 된다. 이와 같은 연구 결과는 역사상의 여러 이론과 지식을 있는 결과로만 간주하게 되어 이론과 지식이 생산된 메커니즘에 대해서는 거의 무관심하게 되어 지방문화의 독자성이 파악되지 않는다. 따라서 실재대상의 측면만을 고려하는 경우 지방문화론은 분과학으로 성립될 수 없다고 해야 할 것이다.

그런데 지방문화는 그 지방 사람들이 자신들의 욕구를 실현시키는 제도 그 자체로서 지방 사람들에게는 삶의 일부로 인식되는 것이 아니라 삶의 전체로 인식되는 것이다. 다시 말하면 지방문화는 지방 사람들의 삶의 표현으로서 실제로 존재하는 것이며 지방 사람들의 이데올로기를 담지하고 있는 것이다. 지방문화도 문화인 한 일반문화와 같이 자연적 요소와 인문사회적 요소를 토대로 하여 그 문화체제를 형성하는 것은 명백하다. 이 가운데 자연적인 문화 요소는 순전히 우연적인 것이다. 물론 잘 선택된 자연적 문화 요소는 행운으로 작용할 것이고, 잘못 선택된 것은 악조건으로 작용할 것이다. 그러나 그것은 무매개적으로 문화 요소가 되는 것이 아니다. 앞에서 여러 차례 확인한 바와 같이 그것은 기호 또는 언어의 이데올로기에 의해 매개되어 문화의 요소가 되는 것이다. 따라서 어떤 지방의 자연적 요소는 그 지방 사람들에게 단순히 실재대상으로만 작용하는 것이 아니라 지식대상, 즉 이데올로기로 동시에 작용하는 것이다. 자연적인 문화 요소들 가운데 가장 결정적인 지리적 요소만 해도 그렇다. 지리적 공간 개념은 어떤 특정 지방문화를 일단 일반문화나 다른 지방문화와 공간적으로 구분시켜 줄 뿐만 아니라 사물과 세계에 대한 판단의 근거를 제공해 주는 중심점으로 작용하여 그 지방의 삶의 실제를 구성한다. 이때 지리적 요소를 나타내는 '지방' 개념은 지방 사람들에게 실재대상이면서 동시에 지식대상으로 작용하는 것이다. 따라서 지방문화는 실재대상의 측면보다는 지식대상의 측면에서 일반문화와는 물론 다른 지방문화와의 차이, 즉 독자성을 확연히 드러내 보인다고 할 수 있다.

그러면 어떤 한 지방문화가 다른 지방문화나 외래문화의 수용으로 말미암아 변동을 일으켰을 경우는 어떻게 해석해야 하는가. 지방문화의 독자성을 의심해야 하는가. 일반문화에 있어서와 마찬가지로 지방문화의 경우에 있어서도 "한 문화가 다른 문화로부터 문화 요소를 전파에 의하여 수용할 때 이것은 본질적으로 그 사회 내부에서 문화 요소를 발명한 것과 같은 의미를 갖는다"[33]고 본다면 그와 같은 생각은 순전히 실재론적 발상에 불과한 것에 지나지 않는다. 어떤 한 지방에 다른 지방 문화가 전파될 경우 그 지방 사람들은 그것을 자신들의 사회역사의식을 담지한 언어의 이데올로기에 의해 새로운 의미를 부여하고 또 체제화하는 것이 삶의 논리이다. 이렇게 함으로써 특정 지방의 문화는 자신들의 문화의 독자성을 유지시켜 나간다. 따라서 지방문화는 지방 사람들이 만들어 낸 생활문화로서 일반문화나 타지방의

---

33 이광규, 『문화인류학개론』, 일조각, 1980, 83면.

문화에 대해 그 자체가, 순수한 의미에서 문화 단위가 지녀야 할 자족성과 내재성을 굳이 강요하지 않는다면, 하나의 독자성과 상대적 자율성을 유지한다고 할 수 있다. 그것들은 지방 사람들이 구사한 언어의 이데올로기를 반영하고 있는 것이다. 그와 같은 지방문화의 독자성과 상대적 자율성은 지방문화를 지식대상으로 인식할 경우에 파악이 가능하다. 정확하게 말한다면 지방문화에 나타난 언어와 실재 사이의 연관관계를 일정하게 받쳐주는 구조는 일반문화론에 비해 상대적으로 지식대상에 주목할 경우에 분명하게 인식할 수 있는 것이다. 따라서 지방문화론을 구성함에 있어서는 실재대상의 측면보다는 지식대상의 측면에 주목할 때 지방문화의 독립성—완전한 의미에서 자족성과 내재성은 아니라 할지라도—을 드러낼 수 있어 지방문화론은 일반문화론으로부터 그 변별성을 확보해 낼 수 있을 뿐만 아니라 분과학으로서 지방문화론의 성립이 가능할 수 있다. 지방문화를 지식대상으로 인식할 경우 어떤 지방의 문화가 실재적인 측면에서 여타의 지방문화와 유사하다 할지라도 지방문화라는 지식을 생산한 특유의 독자적인 메커니즘을 구명함으로써 실재로서의 지방문화에 전혀 다른 인식을 제공할 수 있게 된다.

다음 지방문화의 체제나 제도의 측면에서 지방문화론의 대상의 범위를 살펴보자. 어떤 문화가 하나의 체제를 지니고 있다면 그 문화는 사회역사적 과정에서 태어나고, 자라고, 어느 날엔가는 사라지는 그러한 실체인 것이다. 문화학과 문화사학을 포함하는 문화론은 체제 개념이나 구조 개념을 전제하는데,[34] 이는 단순히 논리적인 분석 목적만을 위한 것이 아니라 문화란 하나의 체제나 제도를 형성하고 있을 때만이 기능할 수 있다는 가정이 전제된 것이다. 문화 요소들이 체제

34 이와 같은 학문적 상상력은 오래된 유기체론적 상상력에서 비롯된 것이다.

로서의 지방문화를 형성하는 것은 기호, 의식, 이데올로기들이 상호 작용하는 구체적인 맥락 가운데서이다. 따라서 이 구체적인 맥락 가운데서 문화주체의 실재대상에 대한 반응 위치가 결정되어 인식적 전유가 가능하게 된다. 그리고 이 맥락의 사회역사적 과정 안에서 모든 문화 요소들은 원인과 결과로 작용하게 된다. 그런데 사회문화 체제를 유지시켜 주는 맥락 또는 지반은 사회역사적 과정에서 일정한 내용과 형식을 갖는다. 내용이란 모든 지식을 생산하는 문제의식, 그것도 사회역사의식에 토대를 둔 문제의식이다. 그리고 이 의식은 사회적으로 규정된 일정한 문제 설정틀을 가짐으로써 사회화되고 객관화된 인식 또는 지식을 낳는다. 말하자면 사회적 인식 또는 지식은 문제설정틀의 결과인 셈인데 바로 이것이 맥락의 형식이다. 따라서 지방문화를 형성하는 문화주체들 역시 구체적인 맥락 가운데서 세계를 인식하고 자신의 삶을 살아간다는 것은 자명하다.

그런데 연구대상인 지방문화를 실재대상으로만 인식했을 경우에 그것을 형성시킨 맥락을 결과적으로 전혀 고려하지 않게 되어 연구는 추상적이 된다. 연구가 추상적이라는 것은 문화체제의 측면에서 우리가 다루고자 하는 어떤 문화의 독자성이 전혀 드러나지 않는다는 것이다. 마르크스는 지식대상의 측면에서 문제되는 이 맥락을 인식할 경우 지반 개념을 인식의 토대로 할 것을 권장한다.[35] 여기서 지반이란 대상이 서 있는 위치, 그것도 사회역사적 위치를 지칭하는 개념이다. 그것은 문제를 특정한 방식으로 인식시키는 작용을 하는데, 대상

---

35 강내희, 앞의 글, 76면 참조.
이와 같은 인식은 알뛰세르의 경우에도 동일하게 나타난다. 알뛰세르는 문제를 특정한 방식으로 인식시키는 현상을 문제 설정틀이라는 개념으로 정식화한다. 그에 따르면 그것은 지식(또는 지식 효과)를 생산하는데, 지식 효과란 지식을 실재대상에 대한 정확한 인식으로 만들어 내는 역할을 한다. 이때 지식 효과의 생산은 일정한 메커니즘에 의해 수행되는데, 이 메커니즘은 지식대상을 실재대상의 인식적 전유로 만들어 주게 된다.

을 가시화함으로써 비가시화하는 역설적 효과를 가지고 있다고 한다. 따라서 과학적 인식을 기하지 않고서는 지반 이동에 의해 새로이 형성된 대상을 현재 보고는 있지만 볼 수 없게 된다.[36] 문화를 지반 개념에 의해 인식한다는 것은 문화를 지식대상으로 인식한다는 것을 의미한다. 문화는 실재대상으로서뿐만 아니라 지식대상으로서 자신들을 형성시킨 문화체제의 맥락의 이미지를 반영한다. 따라서 문화체제의 측면에서도 어떤 문화의 독자성은 문화를 지식대상으로 인식하지 않고서는 드러나지 않는다는 것은 명백하다. 지방문화론의 경우는 더욱 그렇다고 할 수 있다. 이 점은 지방문화의 체제를 유지시켜 주는 맥락이 작동하는 양상을 들여다보면 더욱 분명해진다.

문화는 문화 요소들이 서로 갈등하고 대립하면서 그 자체의 체제 또는 구조를 형성한다고 할 수 있다. 이것은 모순에 의한 대립과 갈등을 존재하는 모든 것의 근거로 본다는 의미이다. 지방문화 내에서 문화 요소들 간의 대립과 갈등 양상은 ① 지방문화와 외래문화 간의 대립, ② 지방문화 자체 내의 문화들 간의 대립으로 나누어 생각할 수 있다. 지방문화와 대립하는 외래문화 가운데 가장 핵심적인 것은 말할 것도 없이 중앙문화이다. 지방문화와 중앙문화의 갈등 양상을 단순화하여 말해 본다면 대립 / 종속으로 상정해 볼 수 있다. 이 가운데 대립은 역사적 과정에서 상대적 독립 정도로 나타날 뿐 완전한 독립은 거의 상상할 수 없다. 왜냐하면 그럴 경우 그것은 지방문화의 위치를 넘어서 버린 것이 되기 때문이다. 다만, 조선 후반 중앙의 훈구 세력과 지방의 사림 세력 사이에 나타난 대립에서 보듯, 분립의 성격을 띈 대립일 경우 지방문화는 대항문화의 성격을 지닐 것이다. 그리고 종속이란 것은 지방문화가 중앙문화의 논리에 편입되는 정도에 따라 다른

---

36 위의 글, 75~76면.

양상을 보인다고 할 수 있다. 또한 종속의 양상은 각 지방마다 중앙과 어떤 관계에 있느냐에 따라 다르다고 할 수 있다. 지방이 핵심부로서의 중앙에 대해 맺는 관계는 주변부적이거나 반주변부적인 것 가운데 어느 하나인데, 이 양상 또한 역사적 변화 과정에서 다양하게 나타난다.[37] 이상적으로 말해서 중앙문화와 지방문화는 단일 문화체제 안에서 다성적 관계에 있으면서 한 나라의 문화를 다채롭게 구성한다고 할 수 있다. 그러나 일반적으로 중앙문화는 지방문화를 비공식 문화의 위치에 묶어 두고서 지배문화의 위치에 서고자 한다. 그래서 중앙문화와 지방문화 사이에는 이른바 지배적인 문화와 피지배적인 문화 또는 귀족적인 문화와 민중적인 문화의 관계가 형성된다. 특히 자본주의 체제 하에서 중앙 대도시 문화에 대한 지방문화의 예속의 정도는 역사상 초유의 일이라고 할 수 있다. 어느 정도이냐 하면 지방 사람들은 그들 한 사람 한 사람에게 구체적인 것은 중앙문화가 아니라 자신들의 이데올로기가 만들어 낸 관습 또는 문화라는 사실조차 망각하고 있을 지경이다. 이런 정도라면 종속의 정도는 거의 완벽한 예속, 즉 봉합관계에 들어선 것이라고 말할 수 있다.

다음으로 지방문화 자체 내에서의 갈등 양상 또한 문화 주체들이 대립적인 관계에 있느냐 또는 종속적인 관계에 있느냐에 따라 다양하게 나타난다고 상정할 수 있다. 그런데 지방문화 자체 내에서의 갈등 양상은 순수하게 자체의 자율적 논리에 따라 전개되는 경우와 지방문화와 중앙문화와의 관계가 변수로 작용하여 전개되는 경우로 나누어 생각할 수 있다. 어느 경우이든 갈등은 지배문화와 피지배문화의 대립 또는 귀족문화와 민중문화의 대립으로 양극화할 수 있다. 대립이 분립의 성격을 띤다면 지방의 민중문화는 대항문화의 성격을 지닐 것

37 박재묵, 앞의 글, 21~22면 참조.

이며, 예속의 성격을 띤다면 그것은 말 그대로 예속문화가 될 것이다.

그러면 문화 주체들의 상호관계를 살펴보자. 지방에서 지배적인 문화를 전파하거나 창출하는 사람들은 행정, 교육, 군사 등 이데올로기적 국가 장치들과 억압적 장치들을 충실하게 운영하는 지방귀족이나 관리들이다. 이외에도 종교, 산업 등 각종 제도의 헤게모니를 쥐고 있는 사람들이다. 이 지배계층에 끝없이 저항하거나 묵종하는 사람들은 말할 것도 없이 일반 민중들이다. 전자를 대자적 계급(class for itself)이라고 한다면 후자는 즉자적 계급(class in itself)이 될 것이다.[38] 지방귀족이나 관리들은 지방 자체 내에서 핵심부에 위치하는 사람들이다. 그러나 그들은 중앙정부와 관련해서는 반주변부적 성격을 띤다고 할 수 있다.[39] 이들은 중앙정부의 이데올로기를 주변인으로서의 일반 민중에게 충실하게 전달하여야 하는 임무를 지니고 있다. 그럼으로써 그들은 다양한 지역 공간 내에서 오랜 기간에 걸쳐 형성되어 온 공동체문화를 파괴하여 중앙정부가 헤게모니를 행사하는 데 유리하게 설정된 단일한 공간으로 일반 민중을 규합해가는 데 충실한 역할을 다한다. 그러나 그들은 일반 민중을 수탈하는 위치에 있지만 그들 또한 궁극적으로는 핵심부 중앙에 수탈당하는 위치에 서 있는 것이다. 따라서 이들의 자율성은 전적으로 중앙정부의 힘에 반비례한다고 할 수 있다. 그리고 이들의 자율성 정도는 지방민의 자율성과도 반비례한다. 그래서 지방문화 자체 내에서 지방민의 갈등 대상은 직접적으로 지방 관리가 된다. 이것은 중앙의 의도이기도 하다. 중앙 핵심부는 지방 귀족이라는

---

38 R. 문크, 「계급과 정치」, 정민 편역, 『주변부사회구성체론』, 사계절, 1985, 263~270면 참조.

39 지방 귀족들이나 관리들이 지방사회에 대하여 역기능을 할 경우 그들은 종속이론에서 상정한 반주변부국가의 성격을 띤다고 할 수 있다. 그들은 지방에서 창출되는 잉여가치를 핵심부로 이송하는 통로이거나, 지방과 중앙 사이를 잇는 컨베이어 벨트 짓을 하기 때문이다.(나종일, 앞의 글, 164면 참조)

매개 장치를 설정함으로써 자신의 단기적 이익에는 손실이 있다 할지라도 장기적으로는 지방민의 직접적인 공격의 화살을 피할 수가 있고, 심한 경우 지방민의 구조적 모순을 해결해 줄 사람을 중앙 핵심부이리라는 환상까지를 갖게 하여 재생산구조를 그런대로 지탱할 수 있게 되는 것이다. 이러한 과정에서 지방문화는 대항문화 체제의 성격을 띠기도 하며 예속문화 체제의 성격을 띠기도 할 것이다.

이와 같은 지방문화의 성격은 역사적 과정에서 지방 사람들의 언어의 이데올로기가 원인과 결과로 작용하여 결정되는 것이다. 거듭 강조한 바와 같이 지방문화에 나타난 언어의 이데올로기는 그 문화 인식에 지식대상 관념을 포함할 때 파악이 가능하다. 지식대상으로서의 문화에 대한 인식은 문화에 투사된 문화주체 또는 갈등 세력의 언어의 이데올로기를 드러내며 자신들의 악센트를 지니고 있기 때문이다. 다시 말하면 지방문화의 체제를 구축한 악센트의 교차와 상충 양상은 지식대상 관념을 포함할 때 제대로 인식될 수 있는 것이다. 여기서 지방문화론의 독자성은 물론 이론적 실천으로서 지방문화론의 의의가 있게 되는 것이다.

지금까지 우리는 지방문화론의 대상의 범주를 지방문화가 갖는 내재성과 자율성, 그리고 체제나 구조의 측면에서 살펴보았다. 이것은 지방문화론이 하나의 분과학으로 성립하기 위해서는 그 대상의 독자성이 확보되어야 한다는 전제하에서 이루어진 작업이다. 지방문화론의 경우 그 대상의 범주는 실재대상으로만 인식할 경우 확정될 수 없다는 사실은 명백하게 되었다. 반복하자면, 지방문화론을 구성하고자 한다면 지식대상으로서의 지방문화에 잠재된 언어의 이데올로기에 특별히 주목해야 한다. 왜냐하면 그와 같은 인식은 지방문화의 개념들 또는 범주들과 그것들의 체계와 상관되는 역사적 현실 양자 사이의 연관관계를 일정하게 받쳐주는 구조 혹은 그 효과를 드러낼 수 있을 뿐만 아니라 지방문화론이 일반문화론과 변별되어 하나의 분과학으로서 독립할 수 있기 때문이다. 이제 우리는 분과학으로서의 지방문화론의 대상은 실재대상과 여기에 표현된 지방 사람들의 언어의 이데올로기, 즉 지식대상이라고 말할 수 있게 되었다.

그러나 이에 대해 다음과 같은 두 가지 의문이 있을 수 있다. 하나는 지방문화의 대상은 이데올로기를 포함한다고 했으니 그것은 결국 관념적이거나 추상적인 수준의 것이 아닌가. 다른 하나는 지방문화의 이데올로기를 문제 삼는다면 문화학으로서의 지방문화론은 심리학과 어떻게 구분되는가. 우리는 앞에서 모든 문화 요소는 주관적인 측면과 객관적인 측면을 동시에 가짐으로써 그 위치를 확보하게 된다고 했다. 그런데 양 측면을 매개하는 것은 언어의 이데올로기이다. 언어의 이데올로기는 실재대상을 객관화하는 외적 기호이다. 바흐친이 말한 바와 같이 기호로서 작용하는 모든 현상은 반드시 물질적 구현을 통해서만 나타나는 것이다. 따라서 대상으로서의 이데올로기는 전혀 관념적인 것이거나 추상적인 것이 아니다.

다음으로 이데올로기를 문제 삼는 문화학은 심리학과 어떻게 구분되는가 하는 문제를 살펴보자. 화이트는 명목론적 문화론자들에 반대하여 심리학은 인간행위를 대상으로 하고 문화학은 행위의 결과물들의 상호관계를 대상으로 한다는 점에서 두 학문은 구분된다고 한다.[40] 이것은 실재론적 구분으로서 전제가 명백히 하고 있는 바와 같이 인식 과정상 주체가 배제된 인식이다. 참으로 인간에게 유의미한 것은 실재대상 그 자체가 아니라 언어에 의해 인간에게 매개된 대상으로서이다. 실재대상은 다만 사건과 사물일 뿐이다. 따라서 그 상호관계라는 것도 대상이 인간에게 매개될 때 가능한 것이다. 대상을 주체에게

40 화이트, 앞의 책, 148면.

매개하는 것은 외적 기호인 이데올로기이다. 외적 기호인 이데올로기는 결코 심리적인 현상이 아니라 전적으로 사회적인 현상이다.[41] 다시 말하면 이데올로기라는 외적 기호는 어디까지나 물질적인 것으로 "이해라고 하는 내적 효과를 실현시키는 데 필요한 기교적 수단"인 것이다. 따라서 실재대상을 이데올로기로 보는 문화론이 심리학일 수 없는 것은 명백하다.

이상으로 우리는 지방문화론을 구성하기 위하여 실재적으로나 이론적으로 지방문화의 독자성을 확보해 내고자 여러 우회로를 거쳐 왔다. 이런 지난한 작업을 해 온 것은 지방문화론이 분과학으로서 성립하기 위해서는 무엇보다 그 대상의 범주를 확정하는 일로부터 시작하여야 한다는 자명한 사실 때문이었다. 무릇 학문이란 말하고자 하는 자신의 대상을 확정하지 않고서는 한 걸음도 나아갈 수 없는 법이다.

4. 맺음말

우리는 지금까지 지방문화론의 현실적 당위성을 주장하고 이를 이론적인 수준에서 뒷받침하기 위하여 먼저 문화론의 대상을 논의한 다음 이에 준해서 지방문화론의 대상을 살펴보았다. 전체적으로 보아 주장에 상응할 만큼 이론적인 견고성을 확보해 내지는 못한 것 같다. 논의를 간단히 요약해 보면 다음과 같다.

① 현단계에서 지방문화론을 말해야 하는 까닭은 현상의 변화에 따

---

41 김욱동, 『대화적 상상력－바흐친의 문학이론』, 113면.

른 이론적 정세의 변화와 문화론 자체의 구성 문제에서 찾을 수 있다.

자본주의가 전일화되면서 보여준 가장 두드러진 변화는 사회 과정을 결정하는 경제, 정치, 이론, 문화 등 사회 구성의 각 심급들 간의 전통적인 관계에 커다란 변화를 가져온 점이다. 심급들의 서열과 상호관계에 지각 변동을 일으키게 된 가장 큰 원인은 문화의 위상 변화에서 찾을 수 있다. 이에 따라 최근 들어 문화담론이 증폭 현상을 보이고, 학계에서는 사회의 작동 원리를 설명하면서 정치나 경제 못지않게 문화를 주제화하고 있는 이론적 정세가 두드러지고 있는 것도 그와 같은 현실적 요구를 반영한 것이라 본다.

다음 한 국가의 문화론이 전체적인 사회, 문화에 대한 정확한 이해를 위하여 그 구성인자인 여러 지방들 또는 여러 권역들에 대해 이해할 경우 중앙문화에 대한 이해와는 다른 그 나름의 틀이 필요하다는 사실이 강조되어야 한다. 그리고 지방문화에 대한 이해는 지방문화론적 시각에서 이루어져야 한다는 점 또한 강조되어야 한다. 지방문화가 중앙 대도시 문화에 대하여 주변적이라는 인식은 근대화이론에 토대를 둔 중앙집권적 인식일 뿐이다. 지방문화론적 시각은 중앙 대도시 문화와 지방문화를 상호 규정적으로 인식함으로써 가능하게 된다.

② 문화론의 대상, 즉 문화에 대한 정의는 언어와 실재의 관계를 기준으로 했을 때 실재론적 입장, 명목론적 입장, 그리고 매개론적 입장 등에서 가능할 수 있다. 첫 번째 입장은 대상이란 자명한 것, 그래서 선험적으로 주어지는 것으로 인식한다. 두 번째 입장은 대상은 자명하되 문화라는 지형은 기호 혹은 언어에 의해 결정된다고 보기 때문에 실재론에서 주장하는 대상의 실재적 자명성을 부정한다. 전자는 기호 또는 언어를 실재에 대하여 지시적 기능을 하는 것으로 인식하는 데 반해 후자는 기호 또는 언어는 실재에 대하여 독립적 자율적 입장을 견지하는 것으로 인식한다. 한편 세 번째 입장은 대상의 선험성

을 승인하지 않는다는 점에서는 두 번째 입장과 같지만 문화지형에 드러난 기호 또는 언어보다는 그것의 사회역사적 이데올로기에 주목한다는 점에서 결정적으로 다르다. 세 입장들 사이에 나타난 차이는 각기 인식 과정상 대상과 주체 사이에 놓여 있는 기호 또는 언어의 기능을 서로 다르게 상정한 데서 비롯된 것이다.

지방문화론을 구성하고자 하는 본고는 매개론적 입장을 취한다. 그 이유는 물론, 바흐친에 따라, 문화에 대한 실재론과 명목론이 지닌 오류를 극복하고자 한 의도에서다. 실재론의 오류는 대상이 어떤 경로를 통해서 대상이 되고 그 의미가 어떻게 설정되어 있는가 하는 점과 대상의 역사성을 고려하지 않는다는 점에서 결정적으로 드러난다. 첫 번째 오류는 기호 또는 언어의 이데올로기성을 무시한 채 경험이 대상을 무매개적으로 주체에게 표상하고 있다는 것을 전제한다. 그리고 두 번째 오류는 본질주의적 문화관으로 말미암아 문화의 역사적 과정에 대한 인식을 억압하는 효과를 가지며, 대상의 실재론적 자명성을 주장함으로써 이 설정 자체가 갖는 역사적 효과에 관한 과학적 인식을 방해한다. 다음 명목론의 오류는 첫째로 대상과 주체의 관계를 완전히 단절시켜 버렸다는 점이다. 이것은 말할 것도 없이 기호 또는 언어의 이데올로기성을 무시한 채 언어 자체의 독자성 또는 자율성만을 극대화함으로써 기호 또는 언어에 의해 이루어진 문화적 관습, 제도, 지식 등을 절대화하거나 스스로 불가지론에 함몰된 나머지 인식대상의 불확실성을 주장하게 된다. 둘째로는 실재론적 문화관과 마찬가지로 대상의 역사성을 고려하지 않는다는 점이다. 이것은 기표의 자의성을 극대화함으로써 대상의 역사성을 무시하고 나아가서는 인식주체의 실천의지를 말살하고 만다.

이상에서 지적한 실재론과 명목론 두 인식에 나타난 공통적인 오류는 궁극적으로 다 같이 인식 과정에서 언어의 이데올로기성을 배제한 데서 비롯한 것이다. 언어의 이데올로기는 인간과 문화가 서로 사회역사적 과정에서 원인과 결과로서 상호작용하게 한다. 문화의 지형이 언어의 이데올로기에 의해 결정된다고 한다면, 문화는 기호 또는 언어의 매개에 의해 인간과 관계를 맺으며 그 역도 동시에 성립한다. 이것은 사회적 산물인 기호 또는 언어는 인식대상에 대하여 종속적이지도 않고 반대로 우위에 서서 인식주체의 개인적 목소리를 표현하는 수준에 머무는 것이 아니기 때문이다. 따라서 '문화'라는 개념은 실재를 지칭하는 개념이면서 그에 대한 지식의 개념이기도 하다. 역사적 과정에서 실재로서의 문화와 개념으로서의 문화는 절합관계에 있는 것으로서 역사적 과정에서는 영속적인 긴장관계의 성격을 띤다. 그래서 문화론은 실재와 기호(또는 언어)와의 관계 그리고 기호와 기호와의 관계를 동시에 고려하여야 한다.

문화론의 대상을 항목화하여 말한다면, 개념과 범주들, 그리고 그것들의 체계와 상관되는 역사적 현실, 마지막으로 양자 사이의 연관관계를 일정하게 받쳐주는 구조 등 세 가지가 된다. 이에 따라 문화론은 논리적 분석 목적을 위하여 그 대상을 실재로서의 대상과 지식으로서의 대상 두 가지를 동시에 상정할 수 있다. 전자에서는 지식 생산의 조건들이 문제로 되며, 후자에서는 지식을 생산하는 담론 체계가 문제로 된다. 문화는 실재와 그에 대한 지식의 상호 규정적 관계 가운데서 결정된다는 사실은 명백하다. 따라서 문화론이 논리적 분석 목적을 위하여 그 대상을 실재로서의 문화와 지식으로서의 문화로 상정하는 것은 타당하다 하겠다. 실재로서의 대상을 상정함으로써 기호 또는 언어는 구체적이고도 객관적인 현실을 인식주체에 매개함으로써 기호 또는 언어 자체의 물신성에 함몰되지 않는다. 동시에 지식으로서의 대상을 상정함으로써 객관적 현실이란 지식으로서의 대상이 될 때 그 인식이 가능하다는 인식에 준거를 제공할 뿐만 아니라, 인식

과정상 객관적 현실에 대한 지식은 새로운 현실에 대한 인식에 있어서 선험적으로 작용한다는 인식에 준거를 제공하게 된다. 이렇다면 문화론의 대상에 대한 논의에서 제기되는 자명성 여부는 거의 문제가 되지 않는다.

③ 지방문화론을 정식화하고자 할 때 가장 먼저 부딪치는 문제는 대상의 범주에 관한 것이다. 지방문화론의 대상으로서 지방문화의 범위는 자명한가. 지방문화론이 가능하기 위해서는 첫째로 지방문화의 기본 특징으로 자족성과 내재성을 상정할 수 있어야 할 것이며, 둘째로는 지방문화가 하나의 문화로 기능을 발휘하는 데 동력이 되는 자체의 체제나 구조를 상정할 수 있어야 할 것이다. 이 두 가지 문제는 어떤 형태의 사회문화를 분석하고자 할 때라도 기본적으로 다루어져야 할 사항들이다. 지방문화론에서 그 두 문제는 어떤 한 국가 내에서 지방문화가 중앙문화나 다른 지방문화와 변별될 수 있는 독립성을 지니고 있느냐 하는 문제로 귀착된다. 그런데 다국적 자본주의체제가 전일화된 오늘날 이론적 수준에서나마 지방문화의 독자성을 운위한다는 것은 매우 어려운 일이다. 그러나 다음 두 측면에서 지방문화의 독자성을 상정할 수 있다고 본다. 첫째로 어떤 한 지방문화는 역사상 어떤 한 시기에는 독자성을 지니고 있었다는 점. 둘째로는 우리 개인들은 국가나 세계체제보다는 자신이 몸담고 있는 지방을 생활경험의 장으로 인식하고 살아간다는 점. 따라서 지방문화론은 역사적 과정에서 지방문화의 독자성을 논의해야 하는 한편, 국가나 세계와의 관계하에서 지방문화의 독자성을 논의해야 할 것이다.

그런데 자족성과 내재성의 측면에서나 자체의 체제 또는 구조의 측면에서 지방문화를 실재대상으로 인식할 경우 다 같이 중앙문화나 다른 지방문화와의 변별성이 드러나지 않는다는 점이 지방문화론의 한 특징이다. 실재대상의 측면에서 보았을 때 모든 지방문화는 고유한 요소보다는 외래적 요소를 더 많이 가지고 있는 것이 사실이다. 따라서 실재적인 측면에서 일반문화론의 대상과 지방문화론의 대상 사이의 변별성은 드러나지 않는다. 다시 말하면 물질문화, 경제생활, 사회통제, 종교, 예술, 언어 등 문화 요소들을 단순히 실재대상으로서만 인식할 경우 그 자체로서는 아무런 지방적 의미를 지니지 않는다. 사물, 사건은 있는 그대로이다. 실재대상은 실재대상일 뿐이다. 다만 알려주는 정보는 어느 지방에 있는 것이 다른 지방에는 없다는 사실 정도이거나 자생적인 것과 외래적인 것의 구별 정도일 뿐이기 때문에 일반문화론의 대상과 지방문화론의 대상 사이의 변별성은 드러나지 않는다. 실재대상으로서의 문화만을 대상으로 하여 지방문화론을 구성하고자 한다면 분명 지식생산의 조건들만을 고려하게 된다. 이와 같은 연구 결과는 역사상의 여러 이론과 지식을 있는 결과로만 간주하게 되어 이론과 지식이 생산된 메커니즘에 대해서는 거의 무관심하게 되어 지방문화의 독자성이 파악되지 않는다. 따라서 실재대상의 측면만을 고려하는 경우 지방문화론은 분과학으로 성립될 수 없는 것이다.

지방문화는 그 지방 사람들이 자신들의 욕구를 실현시키는 제도 그 자체로서 지방 사람들에게는 삶의 일부로 인식되는 것이 아니라 삶의 전체로 인식되는 것이다. 다시 말하면 지방문화는 지방 사람들의 삶의 표현으로서 실재로 존재하는 것이며 지방 사람들의 이데올로기를 담지하고 있는 것이다. 따라서 어떤 한 지방의 문화 요소들은 무매개적으로 문화가 되는 것이 아니다. 그것들은 기호 또는 언어의 이데올로기에 의해 매개되어 문화의 요소가 되는 것이다. 이와 같은 사실은 어떤 지방의 문화는 그 지방 사람들에게 단순히 실재대상으로만 작용하는 것이 아니라 지식대상, 즉 이데올로기로 동시에 작용한다는 사실을 의미한다. 따라서 지방문화는 실재대상의 측면보다는 지식대상의 측면에서 일반문화와는 물론 다른 지방문화와의 차이, 즉 독자성을 확연히 드러내 보인다고 할 수 있다. 따라서 지방문화의 독자성과 상대적 자율성은 지방문화를 지식대상으로 인식할 경우에 파악이 가능하게 된다. 정확하게 말하면 지방문화에 나타난 언어와 실재 사이의 연관관계를 일정하게 받쳐주는 구조는 일반문화론에 비해 상대적으로 지식대상에 주목할 경우에 분명하게 인식할 수 있는 것이다. 따라서 지방문화론을 구성함에 있어서 실재대상의 측면보다는 지식대상의 측면에 주목할 때 지방문화의 독립성－완전한 의미에서 자족성과 내재성은 아니라 할지라도－을 드러낼 수 있어 지방문화론은 일반문화론으로부터 그 변별성을 확보해 낼 수 있을 뿐만 아니라 분과학으로서 지방문화론의 성립이 가능할 수 있게 된다. 다시 말하면 지방문화를 지식대상으로 인식할 경우 어떤 지방의 문화가 실재적인 측면에서 여타의 지방문화와 유사하다 할지라도 지방문화라는 지식을 생산한 특유의 독자적인 메커니즘을 구명함으로써 실재로서의 지방문화에 전혀 다른 인식을 제공할 수 있게 된다.

방법을 문제 설정틀로서 인식한다면 대상과 방법은 하나다. 대상만 말하고 방법을 말하지 않은 본고는 불완전하고 따라서 시론적이라고 앞에서 밝힌 바 있다. 지방문화론의 대상에 대한 논의에 있어 빠졌거나 모호한 점들은 방법을 논의해 봄으로써 분명하게 드러날 것이다.

글을 시작하면서 문화론이란 궁극적으로 현실의 변화에 실천적으로 대응하는 전략의 탐색과 관련될 경우에만 이론적 실천으로서 기능하게 된다고 하였다. 문화론에만 한정되는 이야기는 아닐 것이다. 지방문화론이 이론적 실천을 다하기 위해서는 그것이 문화정치학으로서 기능할 경우라고 본다. 본고는 그 근처에 가지도 못했다.(순천대 남도문화연구소, 『남도문화연구』 제4집, 1993)

▌참고문헌

1. 기본자료

이청준, 『가위 밑 그림의 음화와 양화』, 열림원, 2008.
______, 『눈길』, 열림원, 2009.
______, 『당신들의 천국』, 열림원, 2009.
______, 『말없음표의 속말들』, 나남, 1986.
______, 『서편제』, 열림원, 2008.
______, 『소문의 벽』, 열림원, 2008.
______, 『자서전들 쓰십시다』, 열림원, 2000.
조정래, 『태백산맥』 1-10, 해냄, 2004(3판).
서울대 동아문화연구소 편, 『국어국문학사전』, 신구문화사, 1981.
한용환, 『소설학사전』, 고려원, 1992.

2. 국내서

강내희, 「유물론적 문화론의 정초를 위하여」, 『문화과학』 창간호, 문화과학사, 1992.6.
강준만, 『지방은 식민지다』, 개마고원, 2008.
고은 외, 『문학과 역사와 인간』, 한길사, 1991.
구중서, 『한국문학사론』, 대학도서, 1978.
권성우, 「욕망, 허무주의, 그리고 『태백산맥』」, 『현대소설』 1990 가을호.
권영민, 『태백산맥 다시 읽기』, 해냄, 1996.
권오룡 엮음, 『이청준 깊이 읽기』, 문학과지성사, 1999.
권혁범, 『민족주의는 죄악인가』, 생각의나무, 2009.
김동근, 「『태백산맥』의 텍스트 기호론적 분석－'지주/소작인' 코드를 중심으로」, 『현대문학이론연구』 16, 현대문학이론학회, 2001.12.
김동욱, 『국문학사』, 일신사, 1995.

김동춘, 『전쟁과 사회』, 돌베개, 2000.
김동환, 「이청준 소설의 공간적 정체성 — 「남도사람」 연작을 중심으로」, 『한성어문학』 17, 한성대 한성어문학회, 1998.
김우창, 「다원시대의 문학읽기와 교육」, 한국문학교육학회 제17회 학술대회 『세계화 논리와 문학교육』, 한국문학교육학회, 1999.
김욱동 엮음, 『포스트모더니즘과 포스트구조주의』, 현암사, 1991.
______, 『대화적 상상력 : 바흐친의 문학이론』, 문학과지성사, 1988.
______, 『포스트모더니즘의 이해』, 문학과지성사, 1990.
김윤식, 「『태백산맥』론」, 『한국문학의 근대성과 이데올로기 비판』, 서울대 출판부, 1989.
김윤식 · 김현, 『한국문학사』, 민음사, 1973.
김정자, 「이청준의 '폭력과 희생제의'의 연구」, 『현대소설연구』 6, 한국현대소설학회, 1997.
김흥규, 『한국문학의 이해』, 민음사, 2003,
나병철, 『소설의 이해』, 문예출판사, 1998.
나소정, 「이청준 소설의 공포증 모티프 연구」, 『한국문예비평연구』 23, 한국문예비평학회, 2007.
나종일, 『세계사를 보는 방법』, 창작과비평사, 1992.
남도문화연구소, 『남도문화연구』 1, 순천대 남도문화연구소, 1985.
____________, 『승평지』, 순천대 남도문화연구소, 1988.
동국대 문화학술원 한국문학연구소 편, 『'고향'의 창조와 재발견』, 역락, 2007.
동악어문학회 편, 『조선한시작가론』, 이회문화사, 1993.
박경태, 『인종주의』, 책세상, 2009.
박성봉, 『대중예술의 미학』, 동연, 1999.
박찬승, 『민족 · 민족주의』, 소화, 2010.
소광희, 『하이데거 「존재와 시간」 강의』, 문예출판사, 2004.
송건호 외, 『해방전후사의 인식』 1, 한길사, 2008(개정 제3판).
순천시사편찬위원회, 『순천시사, 문화 · 예술편』, 순천시, 1997.
신용하, 「'민족'의 사회학적 설명과 '상상의 공동체론' 비판」, 『한국사회학』 40, 한국사회학회, 2006.
심광현, 「유물론적 문화지형학의 구성 전망」, 『문화과학』 창간호, 문화과학사, 1992.6.
안숙원, 「『태백산맥』에 나타난 민족주의 여성상」, 『여성문학연구』 9, 한국여성문학연구회, 2003.
양영희, 「『태백산맥』의 주제 전개를 위한 응결성 실현 양상에 대한 고찰」, 『현대문학이론연구』 16, 현대문학이론학회, 2001.12.
여증동, 『한국문학역사』, 형설출판사, 1983.

우정권, 「이청준의 「잃어버린 말을 찾아서」에 나타난 '말'과 '소리'에 관한 연구」, 『현대소설연구』 13, 한국현대소설학회, 2000.
유경수, 「이청준의 「눈길」 연구」, 『인문학연구』 제32권 제2호, 충남대 인문과학연구소, 2005.
이광규, 『문화인류학개론』, 일조각, 1980.
이기갑, 『전라남도의 언어지리』, 탑출판사, 1988.
이병주, 『한국한시의 이해』, 민음사, 1987.
이선영 편, 『문학비평의 방법과 실제』, 삼지원, 1991.
임규찬, 「작품과 시간-조정래의 『태백산맥』론」, 『문예미학』 5, 1999.
임성운, 「남도문학의 지방문학적 성격」, 『남도문화연구』 10, 순천대 남도문화연구소, 2004.
______, 「문학사 기술방법 연구」, 동국대 박사논문, 1990.
______, 「여수 지방의 근대문학」, 『남도문화연구』 11, 순천대 남도문화연구소, 2005.
______, 「우리 문학사의 지역문학 인식－호남 지역문학을 중심으로」, 『남도문화연구』 6, 순천대 남도문화연구소, 1997.
임지현, 『민족주의는 반역이다』, 소나무, 2005.
임환모, 「『태백산맥』의 서사 전략」, 『현대문학이론연구』 16, 현대문학이론학회, 2001.12.
______, 「1980년대 한국소설의 민중적 상상력－조정래의 『태백산맥』을 중심으로」, 『한국언어문학』 37, 한국언어문학회, 2010.
장영우, 「경험적 사실과 허구적 진실－「퇴원」·「병신과 머저리」론」, 『한국어문학연구』 52, 한국어문학연구학회, 2009.
전광식, 『고향－그 철학적 반성』, 문학과지성사, 1999.
전형대 외, 『한국고전시학사』, 홍성사, 1981.
정경운, 「서사공간의 문화 기호 읽기와 스토리텔링 전략Ⅰ－『태백산맥』의 벌교를 중심으로」, 『현대문학이론연구』 29, 현대문학이론학회, 2006.
정창열, 「백성 의식, 평민 의식, 민중 의식」, 『현상과 인식』 1981 겨울호.
조동일 외 편, 『한국문학연구입문』, 지식산업사, 1982.
조동일, 『동아시아문학사비교론』, 서울대 출판부, 1993.
______, 『문학연구방법』, 지식산업사, 1980.
______, 『지방문학사』, 서울대 출판부, 2004.
______, 『한국문학통사』 1-5, 지식산업사, 2005.
조현연, 『한국 현대정치의 악몽－국가폭력』, 책세상, 2007.
천이두, 『한의 구조 연구』, 문학과지성사, 1994.
천정환, 『근대의 책읽기』, 푸른역사, 2003.

찾아보기

ㄱ

ㅂ

ㅇ

ㅈ